I0825369

ПРОСТАЯ ДУША

Вадим Бабенко

Ergo Sum Publishing
WWW.ERGOSUMPUBLISHING.COM

Литературно-художественное издание

Издательство Ergo Sum Publishing, 2014

ISBN 978-99957-42-21-8 (Электронная книга)
ISBN 978-99957-42-22-5 (Мягкий переплет)
ISBN 978-99957-42-23-2 (Твердый переплет)

www.ergosumpublishing.com
www.simplesoulbook.com

Глава 1

Июльским утром жаркого високосного лета Елизавета Андреевна Бестужева вышла из дома на улице Солянка, где жил ее последний любовник, замешкалась на мгновение, щурясь на солнце, потом расправила плечи, гордо подняла голову и зашагала по тротуару. Было около десяти часов, но утренняя суета еще не пошла на убыль – Москва готовилась к долгому дню. Елизавета Андреевна шла быстро и смотрела прямо перед собой, стараясь ни с кем не встречаться взглядом. Все же, у поворота на Солянский проезд, на нее надвинулся настырный зрачок, но тут же обратился витринным муляжом в виде огромного зеленого глаза, в который она с удивлением заглянула и отметила лишь, что он безнадежно мертв.

Потом она повернула налево, мрачный дом скрылся из вида. Елизавета с облегчением почувствовала наконец, что предоставлена самой себе, гоня прочь мысли о минувшей ночи и необходимости что-то решать. От любовника она устала, и быть может поэтому их встречи становились все бесстыдней. Утром ей хотелось смотреть в сторону и расставаться поскорее, даже без прощального поцелуя. Но он был настойчив, ритуал его прощаний обволакивал, как вязкий туман, и после она всегда сбегала по лестнице бегом, не доверяя лифту. А потом – спешила прочь от серого здания, как от мышеловки, из которой удалось счастливо ускользнуть.

Елизавета Андреевна глянула на часы, покачала головой и прибавила шагу. Тротуар был узок и запружен людьми, но она шла легко, не замечая помех – встречных прохожих, ухабов и рытвин, луж, оставшихся от ночного дождя. Неустроенность города не смущала ее, но какое-то новое беспокойство шевельнулось вдруг внутри и поползло по спине холодной щекоткой. Почему-то казалось, что тот самый глаз наблюдает за ней, полуприкрыв веки. Чудилось, что она не одна, а будто связана с кем–то тончайшей нитью – она даже дернула плечами, отгоняя наваждение, но тут же укорила себя за глупость и вновь погрузилась в собственные мысли.

Вскоре показалась Старая Площадь: сначала церковь – там, где когда-то наблюдали казни – а потом торговая часть, заставленная ларьками и авто, припаркованными без всяких правил. Елизавета лавировала, как шустрый лоцман, сетуя на грязь под ногами, будто оставшуюся от прежних веков, когда здесь же, на Старой, ноги вязли по щиколотку, а купцов хлестали по щекам и пороли розгами за сапоги с бумажными подметками. Добравшись до хлипкой ограды, в которой, по странному замыслу, не было предусмотрено входа, Елизавета Андреевна покачала головой, потом изящно переступила через массивную цепь, и оказалась в сквере, дышащем прохладой, вожделенной уже и в это, далеко не полуденное время.

Начался подъем – длинный путь в гору, символ преодоления, достойный городского утра. Елизавета подмигнула Кириллу и Мефодию, скучно взирающим на табличку «От Благодарного Отечества» – словно в насмешку над Отечеством, никогда не умевшем быть благодарным – обогнула лавочку со спящим бомжом, от которого невыносимо воняло, и, поколебавшись немного, пошла по левой пешеходной дорожке, на которой, в сравнении с правой, было чуть больше тени. Над Москвой вставало марево очередного душного дня. Сквер был полон людей – жертв утреннего похмелья с банками пива в руках, сбежавших сюда из близлежащих контор. Открытая пивная тоже не пустовала, официантка лениво прохаживалась меж столиками, зная свою власть. Елизавета посматривала по сторонам, сканируя недружелюбную местность, бесстрастно отмечала скопления страждущих, но не различала лиц, бесцветных для нее, одинаково закрытых и погруженных в себя. Она шла, почти не затрачивая усилий, представляя себя парящей над тротуаром, скудной зеленью и загаженными кустами, и лишь однажды сбилась с шага, вновь ощутив на себе чей-то скрытый, но настойчивый взгляд. Это могла быть ошибка, и, скорее всего, была ошибка, но на душе все равно стало тревожно, и мысли смешались в беспорядочный ворох.

Тем временем подъем закончился, солнечные лучи резанули глаз, запахло асфальтом и сожженным бензином. Елизавета, постояв у светофора, пересекла проезжую часть и вышла к зданию Политехнического музея, спасавшему от солнца куда лучше чахлых деревьев. Музей переживал плохие времена – быть может худшие с того давнего века, когда на его месте был зверинец с индийским слоном, что взбесился однажды, не стерпев настойчивости зевак. Судьба музея, как и судьба слона, давала повод для сожаления, но у Елизаветы Бестужевой хватало собственных забот. Тревога все не проходила, она даже оглянулась через плечо – без всякого конечно результата – и, помедлив, остановилась у застекленной афиши, наблюдая зыбкие отражения. Все они были безобидны, и она фыркнула с досадой на саму себя, а потом прочитала текст под стеклом, приглашавший послушать о разнообразии упаковок в неком Клубе Упаковщиков, что нашел пристанище в обнищавшем здании, и ей стало весело на миг, а тревога обрела мистически-иноземный налет.

Миновав музей, Елизавета Андреевна рассеянно глянула на грозную Лубянку и спустилась под землю, чтобы выйти у станции метро, прямо возле Малого Черкасского, где находился ее офис. Вновь посмотрев на часы, она заторопилась, семеня по лестнице вверх, но прямо у выхода обнаружились вдруг книжные лотки, и

Елизавета, не утерпев, подошла к книгам и стала рассматривать обложки. Что-то привлекло ее внимание, она открыла увесистый черный том, но тут ее толкнули под локоть, и книга выпала из рук, сразу создав на лотке живописный хаос. Возникла суета, низкий мужской голос пробормотал извинение, а хозяин лотка бросился наводить порядок, опасаясь кражи. Елизавета рассеянно ответила «да-да» голосу, обладателя которого так и не успела рассмотреть, отошла чуть в сторону и раскрыла другую книгу в ярком цветном переплете. Содержание, впрочем, оказалось слишком серьезным, а чуть ли не на второй странице красовался треугольник, выведенный во весь лист, и она сразу вспомнила прочитанное где-то: треугольник – гордая фигура, ей подневольны души. Это был несвоевременный знак – глупый намек, граничащий с издевкой. Елизавета смутилась, украдкой глянула по сторонам и, положив книгу на место, заспешила прочь от лотков, к старому пятиэтажному зданию, где ютились мелкие фирмы и конторы небогатых госслужб.

Маша Рождественская, называвшая себя Марго, компаньонка Елизаветы и убежденная эмансипэ, встретила ее покладисто, будто и не заметив опоздания. Причина была проста – Машу разбирало любопытство. Незадолго до появления Елизаветы Андреевны к ним постучался посыльный и вручил оторопевшей Маше большой букет роз, обернутый в золотую фольгу. «Для госпожи Бестужевой», – коротко сообщил он и ускользнул, словно растаял в московском смоге, а на визитке, пришпиленной к краю фольги, было написано лишь: «Воздыхатель» – игривой вязью с завитками.

Маша никогда не видела таких визиток и была безмерно удивлена. За два года, проведенных вместе в душной комнате, почта не доставляла сюда ни цветов, ни завалящего любовного письма. Нынешнее событие было из ряда вон, и на запыхавшуюся Елизавету, едва она переступила порог, обрушился град вопросов.

Увы, все они остались без ответа. Елизавета Андреевна была

озадачена не меньше Маши, и та поняла очень скоро, что от нее ничего не пытаются скрыть. Произошедшему не находилось объяснения; пришлось принять как факт, что у Бестужевой завелся тайный поклонник, и это было столь странно, что скорей раздражало, чем казалось волнительным и забавным. Ничего тайного не было в ее жизни, а поклонников она выбирала сама, не слишком рассчитывая на случай.

«Знаешь, – задумчиво сказала она Маше, – я еще остановилась у лотка, а там книга... Открываю, представляешь – и сразу треугольник, сама не знаю к чему».

«Это от лихорадки, – пояснила Марго, прищурившись и не скрывая насмешки. – Треугольный заговор, лучшее средство. На бумаге пишут или по-старому, на звериной шкуре – снимает, как рукой».

«Брось ты, – оскорбилась Елизавета, – я серьезно. Треугольник – это душа, там и написано было – душа, мол, не тело есмь. И потом еще что-то, я не поняла, а в конце – дух есмь любовь...»

«Дух есмь любовь, – задумчиво повторила компаньонка, – ну-ну. Ты вообще не скучаешь, подруга, – резюмировала она, покачав головой, и добавила с укором: – Лизка-лиска...» – так что Елизавете стало неловко. Она ответила рассеянной улыбкой и отправилась на поиски банки с водой, а Маша еще долго косилась на необычный букет, будто силясь подобрать-таки не подмеченный обеими ключ к разгадке.

Ревностная противница всяких таинств, тем более связанных с противоположным полом, Маша Рождественская не верила ни в фигуры, ни в бесхозные букеты. В отличие от Елизаветы, ее отношения с мужчинами не заладились с юности и походили более на затяжную войну, нежели на воплощения грез. Многие считали, что ей недостает характера, а потому использовали ее без стеснения – получали требуемое и исчезали без следа, оставляя безутешную Машу залечивать сердечные раны. Потом душа ее огрубела, но каждый по-прежнему видел в ней лишь игрушку – это иссушало иллюзии и ранило посильней одиночества, с которым она начинала свыкаться. В конце концов, Маша предприняла контр-демарш, оказавшийся весьма успешным. Ей удалось переставить вещи наоборот, убедив сначала себя, а потом и прочих, что это она пользует любовников почем зря – для удовольствий, денег, мелких подарков и услуг. Если же они пропадают слишком скоро, то обидного тут ничего нет, вокруг полно желающих, стоит только мигнуть.

Ее стали уважать и даже побаиваться иногда. Из жертвы она превратилась в подобие львицы с чуть затравленным взглядом, который приходилось прятать. Метаморфоза, однако, отняла много сил, и она теперь восстанавливала их по крупице, безжалостно отгоняя, как ненужную блажь, все, не подвластное рациональному цинизму. Странности любви и связанные с ними томления она трактовала по новой моде как неправильное устройство чего-то там в голове – вроде энергий разных цветов, не могущих достичь баланса. Чувства преходящи, цвета норовят смешаться и превратиться в серое. Даже и обсуждать тут нечего, выискивая надуманные смыслы, считала Маша на нынешнем этапе своей жизни. С куда большим удовольствием она говорила о прическах, картах Таро и особенно о собаках, которых обожала. Она даже спала в одной постели с мопсом, а свою борзую, не так давно умершую от старости, вообще считала инкарнацией чего-то, идентичного ей по духу.

С Елизаветой Андреевной они дружили не слишком, но и не враждовали в открытую. Работа была скучна, их туристическое агентство служило лишь фасадом в делах большого человека, имя которого не произносилось вслух. От фасада требовалась безупречность форм без всяких претензий на содержание. Бизнес не шел, принося в основном убытки, но какой-то молчаливый юноша аккуратно доставлял зарплату, вовсе немалую по московским меркам.

В целом, все были довольны. Маша с Елизаветой оклеили картинками стены, разбросали буклеты по подоконнику и столам, разжились тибетской музыкой и фигурками из Китая. На правой от входа стене висели африканские маски, а напротив красовалась карта двух полушарий, исчерканная траекториями авиарейсов, словно подтверждая, что тут всегда готовы отправить желающих хоть на край света, если в том возникнет нужда. Большому человеку понравилось бы, загляни он сюда на досуге, но досуга у него не случалось к сожалению обеих компаньонок. Желающие лететь куда-то тоже объявлялись не часто, так что девушки проводили дни в пространстве электронной Сети или за чтением книг, украшая собою не слишком шикарный офис, словно яркие бабочки пыльный куст.

Из них двоих Маша привлекала внимание первой. Темные ее волосы были без преувеличения роскошны, глаза – велики, полные губы – чувственны и порочны. Быть может, чуть подкачали широкие скулы, но кое-кто посчитал бы и это за достоинство, усматривая сходство с женщинами Заволжья, ненасытными в любовной страсти. В целом, облик ее и манеры настойчиво утверждали бурление жизни, хоть она и понимала уже, что жизнь бывает бледнее облика, и потому не чуралась эпатажа, особенно в обществе баловней судьбы, никогда, впрочем, не опускаясь до вульгарных неприличий.

В сравнении с ней, Елизавета Андреевна казалась золушкой, отодвинутой на задний план. Внешне они контрастировали разительно, и если вначале взгляд фокусировался на роковой Марго, то потом равновесие торжествовало, и трудно было сказать, кто имел больше шансов в долгосрочной схватке. Так или иначе, шлем русых волос Елизаветы прекрасно дополнял узкое лицо с изящным носом и зеленоватыми глазами – она походила на большую кошку, но только анфас, а в профиль напоминала странную птицу. Ко всему прилагались очень нежная кожа, узкие запястья и лодыжки – наследие аристократических предков, линии которых перепутались донельзя, подтверждаясь лишь фамилией и горделивой осанкой. Было известно, что одна из бабушек происходила из польской шляхты, и именно бабушкины гены, прыгнув через поколение, определили изящество и утонченность, а заодно быть может склонность к прагматичному романтизму, которую она старалась скрывать по неписанным правилам столичной жизни. Романтизма, впрочем, могло быть в достатке и в русских трех четвертях разветвленного рода, про который Бестужева не знала почти ничего – к немалому своему стыду. Стыдиться однако было не перед кем, да и мысли о прошлом посещали ее не часто. Ей вполне хватало настоящего со всей его суетой и себя – такой, какая она есть.

Елизавета, в отличие от многих, имела четкое представление о себе самой, равно как и о мире, в котором жила. Большая его часть находилась не снаружи, а у нее внутри, и легко поддавалась анализу, которым она, вполне по-женски, старалась не увлекаться чересчур. Кое-что, конечно, все равно приходило на ум, но главное было ясно без всяких умствований: она знала, что в ней умещается целая вселенная со своими собственными небесными телами. Некоторые из них были населены – до нее доносились голоса всех существ, живших внутри, несмотря на то, что их количество не поддавалось счету. Иногда они мучили ее, иногда радовали беспричинно; это находило отклик и в душе, отзываясь смятением или волнением, и в самом теле, проявляясь капризами физиологии. Свой невидимый мир Елизавета Андреевна считала лучшим из всех возможных.

Она замечала, что некоторые из окружающих тоже несут в себе миры – столь же совершенные в глазах их владельцев. Конечно же, это существенно усложняло жизнь: потому и сигналы от одних особей к другим часто бывают невнятны и трактуются кое-как, говорила себе Елизавета. Им нужно преодолеть слишком много преград – все-таки, оболочки не совсем прозрачны. Где уж тут дойти без искажений – да и, к тому же, у каждого в голове свой особый язык. Люди вообще беспомощны в донесении смыслов – странно, что они хоть как-то понимают друг друга. Ведь это так трудно – отвлечься на внешний раздражитель, воспринять морзянку или иной какой-то код, переводимый в слова с большим трудом…

Она бывала внимательна к чужим слабостям, за которыми, быть может, таились сложности приватных мирозданий. Многие ценили ее за терпимость, но с теми, чей мир был пуст, она вела себя небрежно, даже и не пытаясь скрыть отсутствие интереса. Так получалось без злого умысла, она не считала себя лучше прочих, но – получалось и все тут, морзянка терялась в вакууме, и не было надежды на ответный сигнал. К сожалению, в число носителей вакуума попадало большинство знакомых Елизавете мужчин.

Тут же нужно добавить: в отличие от непримиримой Марго, она не питала неприязни к сильному полу. Главной вещью на свете Бестужева считала любовь – в ее традиционном, старомодном смысле. Это был осознанный вызов, крайнее проявление романтизма, что достался от польской бабушки или от безвестного русича, обладавшего горячим сердцем и пылким нравом. Было тут и противоречие – между внутренним и внешним, своим и чужим, декларацией самодостаточности и ожиданием судьбоносной встречи. Иногда Елизавета даже спрашивала себя с обидой: а мир внутри – он что, не взаправду? Он полон соков и теплой плазмы, но не обман ли это, раз все надежды упираются в простое счастье?

Она знала в себе зачатки порывов, необузданных и способных удивить любого, но ей нужен был кто-то со стороны, чтобы разбудить их и вызволить на свет. Кокетничая с мужчинами, она испытывала их смелость – чтобы чужое бесстыдство взгляда открыло ей что-то в глубине себя. Иногда ей казалось, что ради мига прозрения стоит пожертвовать очень многим, даже и россыпью галактик внутри, замкнутой в безупречный контур. Хрупкую конструкцию однажды можно подбросить и не ловить, пусть будет звон, стекло, осколки… Эта мысль пугала ее, ей было неуютно думать, что где-то в теплой плазме спрятан механизм отрицания и распада. Она понимала, что властвовать над этим не под силу ей самой – лишь кто-то иной, кого она встретит однажды, определит, до какого безумия им обоим случится дойти. Это было милосердно по-своему, оставляя место для любых фантазий. Елизавета Андреевна отдавала фантазиям должное, не сомневаясь ни на миг, что, когда настанет время реалий, она встретит его достойно и не упустит свой шанс.

О любви она знала по книгам, которых было много

в родительском доме – они теснились по полкам вдоль стен, занимая пространство от пола до потолка. Елизавета просиживала вечера, зарывшись в страницы; читала и ночью, включив тайком тусклую лампу. Ее никто не трогал, старший брат жил своей взрослой жизнью, а у родителей хватало проблем – семья Бестужевых никогда не была счастливой. Отец, работник внешторга, был завидной партией в советское время, но женился на простой девушке из общепита, удивив родственников и друзей. У него был свой расчет: хотелось неоспоримого лидерства, которое он и получил – наряду с возможностью безнаказанно унижать супругу на протяжении многих лет. В остальном, как хорошо знали дети, всем негласно заправляла мама, а он к тому же еще и рано умер, подцепив в африканской командировке редкую болезнь. Из начитанной Елизаветы выросла тургеневская барышня – она обожала Куприна, шмыгала носом над плохими стихами, просиживая часы в районном парке, и чуралась любых проявлений грубости. Вскоре, впрочем, романтика девяностых перетрясла ценности в ее хорошенькой головке. Старший брат стал зарабатывать деньги, грязно ругаться и курить гашиш, подруги обзавелись любовниками на подержанных импортных машинах, а у нее самой завязался роман с главарем бандитской группировки, в результате чего в девятнадцать лет она рассталась наконец с девственностью, краснея от столь вопиющего ретроградства. Потом девяностые подошли к концу, Елизавета оплакала своего бандита, угодившего на кладбище в полном согласии со спецификой ремесла, отучилась в университете, получив никому не нужный диплом, и стала жить отдельно, несмотря на недовольство матери и брата. Они так и не сблизились впоследствии, она все больше отдалялась от них, отказываясь от советов и от денег, а потом брату пришлось перебраться на другой континент, мать продала квартиру и отправилась к нему, и Елизавета почувствовала себя по-настоящему свободной.

Вскоре случилось и первое замужество, по мгновенному горячечному капризу, не оставившее никакого следа. Избранник оказался ничем – серостью, насекомым, пустейшим местом – и быстро наскучил, так что она вздохнула с облегчением, получив повод выставить его вон. Ей сразу стало очень жаль себя, но тут в ее жизни появилась подружка, некто Сара, с туманным прошлым и ярко-красной прядью в волосах, на четыре месяца завладевшая ее судьбой. Сара была склонна к экстримам, что-то в ней завораживало Елизавету почти до транса, а особенно – блестящее лезвие, узкий стилет, с которым та не расставалась ни на миг. Они придумывали игру за игрой, и Бестужева забыла о невзгодах – и даже порой грезила наяву, вспоминая лезвие, испробовавшее разные места, резвый язычок и свой сладчайший стыд. Никто до того не ревновал ее с таким остервенением, в этом тоже был свой интерес; потом Сара исчезла, внезапно укатив на Алтай, а Елизавета поняла, что худшее позади, и она готова жить дальше.

Несколько пожилых любовников с хорошими манерами окончательно вернули ей уверенность в себе. Тут же вновь захотелось огня и страсти, но с этим оказалось непросто, несмотря на веселый нрав и завидную энергичность поиска. В результате, личная жизнь Елизаветы Андреевны свелась к компромиссам и утолениям вожделений. В них крылась своя страсть, авантюрная и бесстыдная, с терпким мускусным привкусом, на которую она когда-то не считала себя способной. Внешняя ее прохладность иногда вдруг сменялась всплеском бурных энергий, она словно вырывалась из клетки, становясь несдержанной и ненасытной. Это не ограничивалось грубой чувственностью; природа вихрей, завладевавших ею, была куда пронзительней и тоньше. Елизавета и сама не знала ей названия, считая с некоторой натяжкой, что это и есть энергия любви.

Время шло, но ничто не менялось – лишь подруги обзаводились семьями одна за другой. Елизавета Андреевна не испытывала к ним зависти – зная, что ей уготован особый жребий, который не пристало торопить. Мужчины были падки на нее, слетаясь, как грузные мотыльки, на лукавый отсвет и бессловесный призыв, но потом и сама она повзрослела и стала экономнее расходовать флюиды. Ей наскучило разнообразие, поклонники сменялись теперь не так часто, из них лишь немногие получали постоянный статус, но и тех она так и не научилась уважать. Гулкий вакуум, выставляемый ими напоказ, не резонировал ни на одной частоте, не откликался ни единой волной, ни светом, ни словом – она сердилась поначалу, а потом они просто стали ей забавны. Она приняла как факт, что сильный пол в ее стране в целом значительно хуже слабого, и это знание примиряло ее с действительностью, подводя под эпизоды надежную базу. Имея объяснение, всегда легче жить: она наблюдала с улыбкой, даже с какой-то материнской заботой, как ее любовники ходят по комнате, жестикулируют, расправляют плечи и украдкой смотрятся в зеркало, как они пытаются важничать и занимать побольше места, как они едят, пьют и курят, симулируют раздумье и сосредоточенно морщат лбы, а потом с облегчением отдаются знакомому делу – будь то хозяйственные хлопоты, секс или вождение автомобиля. Она знала, чего стоят их претензии и намеки, туманные обещания и частое нытье, знала, как легко их смутить и выбить почву из-под ног, как легко польстить им, добиваясь своего, как вызвать на разговор или заставить замолчать в сомнении. Она имела над ними власть, но не упивалась властью, ей было удобно контролировать ход вещей, но если что-то шло не по ней, она относилась к этому легко, не вступая в споры и не переживая ничуть.

Последний из них держался уже седьмой месяц. Бестужева не любила его, но ценила за преданность – качество, пробравшееся незаметно в первые ряды обновленных приоритетов. Он был удобен в общении – так же, как наверное и в длительной совместной жизни, но этого, она знала, им никогда не удастся проверить. Было ясно, что и эта история подходит к концу – по утрам, после бурных ночей, она с трудом сдерживалась, чтобы не вести себя по-свински, а покорный вид снующего рядом «Шурика», как он стал называть себя ей в угоду, вызывал раздражение и брезгливость. Это уменьшительное она вообще перестала выносить, несколько раз сорвавшись и нагрубив, после чего «Шурик» превратился в понурого «Александра», путающегося в согласных, и она старалась теперь вовсе обойтись без имени, чтобы, по крайней мере, самой не произносить ЭТО вслух.

«Александр» нравился ее подругам, включая компаньонку Машу и нескольких сокурсниц, что когда-то тешило самолюбие, но теперь тоже стало раздражать. В целом же, Елизавету не заботили чужие мнения – она давно поняла, что каждый взгляд по-своему однобок, да и к тому же ни от кого не дождешься правды. Все преследуют собственные цели, а что такое цель – ясная, четкая, достижимая в срок – она хорошо знала и сама. У нее их был целый список, она любила, засыпая, устраивать им смотр – подводя итоги и намечая новые шаги. Многое тогда выстраивалось по ранжиру, находя свое место и свое время – многое, но не все. Были вещи, стоявшие особняком – находясь вне всяких списков, дразня неуловимостью, оставаясь бессрочной мечтой.

Глава 2

Рассудив, что Маша потеряла к беседе интерес, Елизавета Андреевна разобрала служебную почту и включила компьютер. Электронных писем было немного, и одно из них сразу привлекло внимание. «Счастливая!» – гласило заглавие. Это было, конечно же, довольно странно. Елизавета покосилась на букет, ощущая себя не в своей тарелке, потом открыла письмо и стала искать смысл в мелких значках появившейся на экране картинки.

«Машка, посмотри-ка...» – позвала она было компаньонку, но тут экран вдруг ожил, значки зашевелились, задвигались и сложились в большое сердце, окрасившееся в пурпурный цвет.

«Что?» – подняла голову Маша, но Бестужева поспешно замахала рукой – ничего, ничего – и почувствовала, что краснеет. «Кликни!» – проступила надпись. Она покорно ткнула в нее курсором, и на месте сердца появился текст, состоящий из набора кратких команд.

Это была инструкция по вычислению Числа души – так утверждал заголовок, набранный жирным шрифтом. Заинтригованная Елизавета произвела все действия, повторив их дважды, чтобы не ошибиться, и впечатала результат в окошко внизу, под которым красовалась кнопка «Расшифровать». Расшифровка не заставила себя долго ждать. «Ваше число – шесть,

– появилась надпись. – Вы Венера, Ваш камень бриллиант. Ваша сущность – любовь, материнство, домашний покой…»

Затем все исчезло, вновь сменившись сердцем, а потом и оно распалось на осколки и обратилось в ничто. Елизавета хотела запустить картинку еще раз, но не тут-то было – письмо больше не оживало, оставаясь бессмысленным набором знаков. Ей отчего-то стало грустно. Она снова глянула на букет, будто ожидая подсказки, покачала головой и откинулась на спинку стула, задумавшись о сегодняшнем утре, Числе души и всей своей жизни.

Так она промаялась до вечера и вышла на улицу с головной болью, в раздражении на все и всех. Книжные лотки исчезли, их место заняли торговцы фруктами с маслянистыми глазами. Елизавета, не любившая южан, подумала мельком о недолговечности окружающих ее декораций, исключением из которых, да и то сомнительным, были только офис и съемная квартира. Она спустилась вниз, пересекла площадь и медленно побрела по Большой Лубянке в тени всем известного здания, до сих пор источающего угрозу и наводящего на некоторых необъяснимый страх.

Ее, впрочем, никак не трогали ни здание с гранитным постаментом, ни другие призраки прошлого, которое она застала уже на излете и не имела причин принимать всерьез. Москва хорохорилась новым содержанием, Елизавету Бестужеву оно устраивало вполне, особенно ввиду отсутствия альтернатив. Она свернула на Кузнецкий Мост, сверкающий витринами бутиков, и направилась к Тверской, поглядывая по сторонам. Дорогие магазины, не доступные ни ей, ни большинству сограждан, давно уже не вызывали интереса, она рассеянно скользила взглядом по яркой одежде, белью и аксессуарам, высвеченным ртутными лампами за толстым стеклом. Потом настал черед ювелирных домов, Елизавета, неравнодушная к украшениям, еще замедлила шаг и вспомнила о бриллианте из утреннего письма, но тут же устыдилась и пошла быстрее, сделав чуть надменное лицо.

Рабочий день подошел к концу, и Кузнецкий был полон

прохожих. Елизавета Андреевна с неудовольствием отмечала, что все они похожи друг на друга, как капли воска или другого вещества, с легкостью принимающего любую форму. Она чувствовала в этом подвох, какую-то обидную несправедливость, хоть и не знала, как и почему должно было быть иначе. Закатное солнце и отблески чужой жизни сделали окружающих ее людей неприметными, почти бесплотными, искривив их и истончив. Они скользили взад-вперед, как тени или персонажи наспех придуманных книг. Их движениями управляли сущности очень простого свойства; их желания, амбиции и проблемы ничего не стоило угадать наперед. Город дал им передышку, и они приняли ее покорно, как до этого принимали тяготы буднего дня – хамство начальников, упреки и нервотрепку, скверный обед в ближайшей столовой. В них недоставало чего-то важного, и Бестужевой не хотелось называть это «что-то» – все тогда могло стать еще грустнее. Она ощущала себя до странности чужой им всем, словно спустившейся с другой планеты, тут же подмечая в припадке самоедства, что все это преходяще, а ей, наверное, когда-то придется повзрослеть. «Когда-то, но не сейчас, – пробормотала она себе самой, – повезло тебе, красавица…» – с тайным удовлетворением подумав тут же, что по-иному не могло быть, а еще, что «красавица» – это в точности про нее.

После пересечения с Рождественкой, Кузнецкий Мост пошел вниз и сразу потускнел. Бутики уступили место рядовым магазинам и кафе. Елизавета зашла в одно из них, названное по имени индусского бога, заказала цитрусовую смесь и стала глядеть на уличную суету. Прямо напротив располагалось посольство новой страны, малозначимой и никому не нужной, рядом – магазин иноземных вещиц, а чуть поодаль – знаменитая некогда Книжная лавка писателей, в которой теперь продавали открытки и матрешек. Ее единственное окно было занято рекламой клюквенной помады, чей слоган, как вкус долгого поцелуя, напомнил Елизавете о ночи накануне, от которой к этому часу остались лишь утомление и досада.

Вдруг у нее по спине вновь пробежала холодная щекотка,

и чей-то взгляд почудился невдалеке. Она стала озираться – порывисто, сердито – потом откинулась на спинку стула и закрыла глаза. «Совсем сдали нервы, – пожаловалась она шепотом, – все время мерещится всякая дрянь!..» Елизавета Андреевна была неправа – ощущение возникло не на пустом месте. За ней, соблюдая положенную осторожность, наблюдал неприметный человек.

Этим утром его могли бы встретить у серого дома на Солянке и потом во всех остальных местах, где появлялась Бестужева, за которой он следовал, как неотступная тень. Неприметный человек был профессиональным филером. Его задание на первый день гласило, что «объекту» следует дать намек на слежку, не позволяя убедиться доподлинно и не открывая себя. Заказчика он не знал – ему сказали лишь, что тот из иногородних, и этого было достаточно, чтобы проникнуться симпатией к Елизавете, попавшей по несчастью в сферу интересов провинциального толстосума. «Толстосум», однако, не был провинциалом – он родился на Ордынке и прожил в Москве до двадцати семи лет. Знай об этом филер, его симпатия могла бы охладеть ввиду солидарности с мужчиной-земляком, но и тут он попал бы пальцем в небо, ибо заказчик, в пику стереотипам, испытывал к Москве стойкую неприязнь.

Его звали Тимофей Тимофеевич Царьков. В свое время он был сокурсником Елизаветы, небогатым студентом, чуть запоздавшим с учебой – ибо юность он потратил на фарцу и дилетантский рок, угодив затем в пехотные войска, но не растеряв ни оптимизма, ни свойского нрава. Как-то раз они столкнулись взглядами посреди спиртовок и колб, у них случилась беседа, потом скорая возня под одеялом, потом – интерес друг к другу и пылкая страсть. Елизавета влюбилась в него по-девичьи, открытым сердцем, а он ценил в ней молодость и задор, но роман оказался недолог. Город нанес Царькову смертельную обиду, и жизнь его изменилась навсегда.

Виной всему была скользкая дорога – «Жигули» Тимофея занесло и впечатало в соседний джип. Они завертелись по шоссе, задев еще несколько машин, возникла свалка, в которой странным образом никто не пострадал, хоть автомобилям досталось по первое число. Когда Царьков, низкорослый и худощавый, выбрался из покореженной «шестерки», к нему подошел водитель джипа, отшвырнул взвизгнувшую Елизавету и ударил в лицо так, что у Тимофея случилось сильное сотрясение мозга. В больнице он понял, что жить по-старому больше не может. Его перестали занимать учеба, приятели, Елизавета Бестужева. Он хотел теперь одного – мстить миру тем же способом и манером, вызывать страх, иметь деньги и власть, добиться неуязвимости и права на жестокость. Будучи максималистом, он ставил планку грядущего взлета весьма высоко. Будучи человеком здравым, понимал, что в Москве его цель неосуществима – вследствие недостатка средств и, главное, связей. Тогда Тимофей Царьков от всей души возненавидел Москву.

Елизавета почти неотлучно провела с ним первые два дня, но он был замкнут, отстранен и тяготился ее присутствием, так что она обиделась и стала приходить реже. Потом, перед выпиской, у Тимофея случилась интрижка с медсестрой, о чем он с тайным удовольствием поведал Бестужевой – не простив, что она была свидетелем унижения, и желая побольнее уколоть. Последнее удалось ему вполне, они тут же расстались, крайне недовольные друг другом, а вскоре он ушел из университета, и никто из знакомых никогда больше о нем не слышал.

Порвав с прошлым и, особенно, настоящим, Тимофей отправился в Екатеринбург, где жил его дядя, промышлявший ювелирным делом. Быстрых лавров он не снискал, да и дядя оказался порядочной сволочью, но удача улыбнулась-таки ему, зайдя с неожиданной стороны. Как-то раз он подошел к человеку, валявшемуся без памяти у автобусной остановки, а когда понял, что от того не пахнет спиртным, поймал машину и отвез его в больницу, чем, как оказалось, спас ему жизнь. Человек оказался крупной шишкой, державшей в руках часть Среднего Поволжья. На Урал он прибыл инкогнито по очень личным делам и чуть за это не поплатился – во время утренней прогулки с ним случился приступ падучей, от которого он потерял сознание. Как сказали врачи, падучая и обмороки были следствием нервной болезни на фоне врожденной деформации сосудов. Приступ нужно было купировать сразу во избежание худшего исхода, и, если бы не Тимофей, таковым исходом скорее всего и закончилось бы дело.

В результате, больного спасли и в два дня вернули к нормальной жизни. Он аккуратно записал в блокнот малопонятный диагноз, произнес несколько слов в адрес волжских медиков, которых явно ждал непростой разговор, потом отправился в ближайшую церковь, пожертвовал ей всю свою наличность и отбыл в родной город Сиволдайск, прихватив с собой Тимофея в качестве помощника по общим вопросам. Это было семь лет назад. С тех пор Тимофей Царьков и его покровитель трудились бок о бок и не теряли времени даром. «Покровитель» пересел в кресло местной администрации, где чувствовал себя еще вольготнее, а Тимофей Тимофеевич, в котором открылась склонность к финансовым схемам, основал свое скромное «хозяйство», как он любил его называть, и наживал капитал, вполне соразмерный калибрам, намеченным когда-то в больничной палате.

Беда, как и удача, пришла из ниоткуда: у «покровителя» внезапно подросла дочь. Ревностный папаша, он желал чаду наиполнейшего счастья и давно уже прикидывал варианты будущих матримониальных уз, но «кровиночка», достигнув двадцати с небольшим, став дородной русской бабой, одетой по последней моде и не привыкшей отказывать себе ни в чем, сама внесла ясность в собственную судьбу. Нежданно-негаданно, она по уши втрескалась в Царькова, который помнил ее смешливым подростком с веснушками и косой, когда-то, к смущению всей семьи, не умевшим пользоваться ножом и вилкой.

Теперь она повзрослела, и он ее боялся. В ней жили тысяча дьяволят, две-три матерых суки и Альберт Эйнштейн или его двойник, переиначенный на среднерусский лад. Она была сильнее, умнее и безжалостнее любого, ее темперамент повергал окружающих в трепет, ей, полагал Тимофей, ничего не стоило откусить любовнику голову, как самке богомола, да и, ко всему, он не любил полных женщин. Словом, надвигалась катастрофа, которую Царьков ощущал всеми органами чувств.

Дочь – ее звали Майя – после первой неудачной попытки затащить избранника в постель сразу отправилась к папе и потребовала свадьбы. Любовь, объяснила она, придет позже, сейчас так делают все, да и может ли кто-либо устоять перед таким сокровищем, как она? Не может, согласился тот, несколько ошеломленный напором, и довольная Майя укатила в Кливленд по программе культурного обмена, наказав родителю поспешить с разработкой деталей. Вернуться она должна была месяца через три, один из которых почти уже истек, и Тимофей понимал, что отсрочка, предоставленная небом – его единственный шанс на спасение.

«Покровитель» имел с ним мужской разговор, в котором оба тщательно подбирали слова. Тимофей, проявив сообразительность и чутье, сумел внести в ситуацию толику многозначности. Он был невнятен и загадочен в меру, намекнув на обстоятельства прошлого, которые пока нельзя раскрыть. В его монологе промелькнули понятия «честь» и «долг», весьма близкие собеседнику – человеку старой школы и отживших правил. В общем, разговор не привел ни к чему, показав лишь, что намеренья сторон серьезны, и незадачливому жениху не откупиться малым.

Ослушаться грозное семейство без веской на то причины Тимофей не мог – оскорбленная гордость «покровителя», а главное, ярость отвергнутой Майи стерли бы его в порошок. Была идея прикинуться любителем мальчиков, но это не годилось для российской глубинки – никто не подал бы ему руки и не стал бы иметь с ним дела. Оставалось одно – срочно соорудить альтернативный брак, причем задним числом и с возможной достоверностью, и он озаботился этим со всем своим пылом, отложив прочее на потом.

Найти фиктивную супругу оказалось непросто – ей нужно было довериться во многом, и, размышляя над персоналиями избранниц, Тимофей впадал во все большую тоску. Знакомых женщин хватало, он даже подумывал теперь, глядя на них новым взглядом, что ко многим был несправедлив и разбрасывался почем зря. Все они, однако, обретались здесь, на виду, с простыми биографиями, прозрачными до самого рождения, переписать которые не представлялось возможным. Нужен был кто-то со стороны, но он растерял давние знакомства – не предлагать же первой встречной ввязаться в тонкую и хитрую игру. Тимофей готов был отчаяться, но тут ему в голову пришла счастливая мысль, и он перевел дух, зная, что спасение возможно, хоть пока еще не гарантировано на все сто.

Его женой должна была стать Елизавета Бестужева, она подходила по всем статьям, умея хранить секреты и держать слово – если склонить ее к неосторожному обещанию. Она была честна и не способна на подлость – в отличие от почти всех прочих – а Тимофей питал слабость к порядочным и честным, не уставая удивляться, что они не совсем еще перевелись. Конечно, ее упрямство могло свести всю затею на нет, в чем он отдавал себе отчет, вспоминая, как бурно они расстались семь лет назад. Но отступать было некуда, оставалось надеяться на стойкость сердца Елизаветы и ее романтическую натуру, а также – на собственное обаяние и умение добиваться своего.

К реализации задуманного он приступил немедля. За ночь составился подробный план, что показался бы кому-то слишком сложным, но Тимофей не признавал легких путей. Он всегда полагался на изощренные комбинации, которые странным образом удавались – в том числе и в делах «хозяйства», к удивлению искушенных партнеров. Обычная его тактика состояла в нагромождении случайностей – до той самой точки, когда они, перейдя зыбкую грань, порождают неизбежность или, по крайней мере, ее фантом. А с неизбежностью не поспоришь, в этом залог успеха – потому Царьков, уловивший суть причинности, действовал смело и не знал сомнений. Так и теперь: вокруг Елизаветы Андреевны задвигались невидимые фигуры, создавая цепь событий с одним и тем же вектором, словно указующим перстом. Место, в которое указывал перст, должен был вскоре занять сам Тимофей.

Конечно же, филер, замерший за дверью канцелярской лавки наискось от террасы, где сидела Елизавета, не был посвящен в такие тонкости, хоть и руководил всей «уличной» частью операции. Он сочувствовал молодой женщине, которую, очевидно, поджидали проблемы, но сочувствие не мешало ему относиться к работе со всем положенным тщанием. Он вообще не чурался эмоций в своем нелегком труде, даже культивировал их в себе, проникаясь к «объектам» то жалостью, то ненавистью или презрением – это помогало сносить неудобства и утешало порой в дни промахов и неудач. Промахи, впрочем, случались редко, его высоко ценили в определенных кругах, и от заказчиков не было отбоя.

Филер посмотрел на часы, нажал кнопку на сотовом телефоне и сказал в него несколько слов. Через минуту из соседнего дома на Кузнецкий выбежала девочка в гетрах и розовой тунике и посеменила по улице вверх, привлекая всеобщее внимание. Действительно, вид ее был вызывающ, да и еще она держала в руке большую розу, обернутую в фольгу. Прохожие оборачивались ей вслед, посетители открытого кафе тоже глядели на бегунью во все глаза, а та вдруг сделала крутой поворот, оказалась прямо возле Елизаветы Андреевны и вручила ей цветок, сделав старомодный книксен. Роза была точно того же цвета, что и в утреннем букете, но гораздо крупнее и свежее на вид.

«Пожалте, – проговорила девочка, заглянув Елизавете в зрачки, – пусть одна, но как рубин. А бриллиантик – потом, потом...» – и улыбнулась хитрой улыбкой, отчего лицо ее сморщилось, и стало видно, что она не так уж молода.

«Что это?» – спросила Елизавета в недоумении, но девочка лишь вновь улыбнулась ей, погладила руку холодной ладонью и со всех ног побежала прочь, тут же растворившись в толпе.

Елизавета Андреевна вздохнула, пожала плечами и положила розу на стол. Все смотрели на нее, но она не замечала взглядов, будучи основательно сбита с толку. Толстая официантка принесла счет и тоже глянула с откровенным любопытством. Елизавете отчего-то стало грустно и даже немного защипало под веками. Она расплатилась, взяла розу, уколовшись об острый шип, вышла из кафе и быстро зашагала к Тверской. Через полчаса она уже сидела на тахте в своей квартирке в Гнездниковском, глядела на цветок в узкогорлой вазе и шептала ему: «Я – Венера, мой камень – бриллиант…» – словно защищаясь от чьей-то воли, вторгшейся в ее жизнь.

Глава 3

Утром того же дня сорокалетний москвич Николай Крамской, не признававший отчеств и до сих пор не имевший семьи, вышел из подъезда на тихую улицу Гиляровского и зашагал к Садовому кольцу. Большой двухцветный дом, где он проживал с рождения, был известен на всю округу. Три его арки соединяли напрямую узкие переулки и оживленный проспект Мира, что не раз оказывалось на руку всякому отрепью, так что жители привыкли к беспокойству и милицейским рейдам. Прямо посередине дом разделяла черная полоса. Верхняя половина, выкрашенная в синий цвет, считалась прибежищем аристократов, а с крыши не раз бросались на асфальт самоубийцы обоих полов, среди которых была любовница австрийского посла и еще несколько персон помельче.

Николай плохо спал этой ночью, был небрит, утомлен и хмур. Он шел, лавируя меж машин, оставленных прямо на тротуаре, вниз по сонной улице, что безропотно приютила зажиточные сословия разных лет, перемешанные в одно и растерявшие большую часть отличий. Взгляд его был мрачен, давний шрам на щеке, походящий на след крохотной руки, выделялся сильнее обычного и придавал ему зловещий вид. Начиналась жара, от тротуара будто поднимался пар, и окружающий мир ничем не радовал с самого утра.

Выйдя на Садовое, шумное как автодром, Николай привычно глянул в сторону Сухаревки, дождавшись, чтобы башня отсалютовала ему безмолвным бликом. Он подмигнул в ответ – стрелецкому полковнику, под страхом смерти не предавшему царя, колдуну Брюсу, что умел добывать золото из свинца, чернокнижникам, слугам дьявола и прочим призракам, вольготно разместившимся у нее под куполом – и свернул к подземному переходу, что выводил в сумрак старых улиц. Там, он знал, его ждали прохлада и тишина, столь редкие для городского лета.

Сегодня он решил пойти по Трубной, узкой и гулкой, действительно похожей на изогнутую трубу. Почти все особняки, принадлежавшие когда-то купеческой знати, сохранились в перипетиях бурных лет – там теперь хозяйничали банки, изгнав учреждения Совдепии и выдавливая понемногу рядовых жильцов. Николай шел, не торопясь, разглядывая разноцветные дома, словно окликая знакомых, в лицах которых ожидаешь увидеть предчувствия горьких дней. Они были красивы, выделяясь пятнами на сером, но красивы бесцельно, этим некому стало гордиться. Серое наступало, прикрываясь порой безвкусно-пестрым; неумелая власть хозяйничала без оглядки; дерево эволюции сбрасывало под ноги никому не нужные листья. Как и многие москвичи, Крамской приучился относиться к этому легко: общество достойно своих поводырей, а оставшимся в меньшинстве должно пенять лишь на досадное невезение.

Дойдя до площади, где был когда-то птичий рынок, он покачал головой и выругал себя за ошибочный маршрут. Теперь тут, заполонив пространство, раскинулась строительная площадка – перекопанная вдоль и вширь, изрезанная канавами, заставленная времянками и лесами. Делать было нечего, и Николай, как и другие незадачливые прохожие, пустился в путь по шатким мосткам, по доскам и листам железа, служившим временными тротуарами – пробираясь, будто среди воронок, оставшихся от бомбежек. Кое-как доплетясь до Рождественки, он перевел дух, утер пот со лба и стал карабкаться на холм по неровному асфальту, казавшемуся теперь верхом совершенства. Ему захотелось представить, как когда-то тут катили шикарные экипажи, спеша с жилых окраин на сияющий Кузнецкий Мост, но в душе почему-то были лишь раздражение и горечь.

Кто это писал, – вспоминал он хмуро, – «чтобы заставить русского сделать что-то порядочное, нужно сначала разбить ему рожу в кровь»? Удивительно верно подмечено. Люди вообще склонны к саморазрушению. Ну а заодно и вокруг многое удается порушить…

Солнце теперь светило прямо в лицо, заставляя щуриться и недовольно моргать. Как же тяжело преодолевать московские пространства, будто бредешь по пустыне или бескрайнему бездорожью, – думал он еще, запыхавшись на подъеме, среди рытвин и ночных луж. – Порой и не знаешь, доберешься ли до нужного места, а добравшись все же, чувствуешь, что силы иссякли вконец. Выживание в этом городе требует постоянных маленьких свершений. Удивительно, как они потребляют весь ресурс. На свершения серьезные не остается сил – это ли не насмешка над московской спесью?

Конечно, Николай преувеличивал, намеренно сгущая краски. Причиной тому была странная тоска, владевшая им в это утро. В ней жил подвох, не имевший разгадки, Крамской не мог бороться с нею и оттого не любил ни окружающее, ни себя.

Подобное происходило с ним и раньше, мир порой оборачивался смутным ликом, но не часто и скорей по поводу, чем без. Несмотря на привычку к въедливому раздумью, Николай отнюдь не был мизантропом, он принимал действительность как есть, никого не виня в своих бедах и состояниях души. Это было непросто, и винить, конечно же, хотелось многих, но он умел вовремя себя одернуть, боясь превратиться в брюзгу, что означало бы начало старения и потерю свежести взгляда. Когда-то он обрел привычку думать вслух, это помогало сохранять присутствие духа, а еще – на страже душевного равновесия стояла собственная его система мироустройства, взращенная в часы бессонниц, которой он не делился никогда и ни с кем.

Она была почти не выразима в словах – нужных слов отчаянно не хватало. В ее основе, как непознанный зверь, располагался организм-хозяин, живущий своей жизнью, где любой частице, молекуле, мельчайшему элементу отведена определенная роль. Николай Крамской был такой частицей – и не знал пока, много это или мало. Его, Николая, мысли и душевные порывы, его желания, стремления и планы – все это рождалось не случайно, являясь продуктами реакций в метаболизме, сложность которого не описать в жалких рамках людских суждений.

Это была вселенная – быть может, в этом жил Бог, если уж договариваться о терминах, что, признаться, Николаю не хотелось делать. Следствий хватало и без того – к примеру, не стоило обольщаться по поводу личных прав и свобод. Организм-владелец не был на них щедр, а может и не предлагал их вовсе – с этим Крамской тоже еще не разобрался до конца. Зато он знал, что и прочие, нередко мнящие о себе слишком много, не так независимы, как привыкли считать. Они сами не более чем частицы, и хорошо еще, если их роли разнятся хоть чуть-чуть. Большинство из них – балласт, энергетический материал, что годится лишь для простейшей химии. Это, впрочем, никого не делает хуже – ведь и без них не обойтись, да и потом в любой неприметной точке может родиться сигнал, достойный расшифровки. Просто, не нужно злиться, когда поймешь, что сигналы долетают редко, а мироздание коверкает их и глушит по каким-то лишь ему известным правилам игры.

Словом, жаловаться не имело смысла: сегодня, как и всегда, настроение определялось высшими сферами – хитроумным замыслом извне, постичь который не представлялось возможным. Николай послушно нес его в себе, транспортируя, как хрупкую ношу, через холм и вниз, к городскому центру, мимо ломбардов и поддельного антиквариата, Архитектурного института и Сандуновских бань, к кипящему жизнью Кузнецкому Мосту. Там следовало свернуть направо, чтобы попасть прямиком в нужное место, но в последний миг будто чья-то рука направила его в другую сторону. Он решил прогуляться кругом, да еще и заглянуть в любимый бар на Лубянке, в верхнем этаже одного из зданий. Уже подойдя ко входу, он заметил неподалеку книжные лотки, свернул к ним, бегло окинул взглядом и повернулся было, чтобы уйти, но задел чей-то локоть и вызвал маленький переполох, оказавшись в самом его центре. Кто-то вскрикнул, том в черном переплете выпал из рук девушки, стоящей рядом, и в плечо тут же задышал юноша-продавец, зорко следящий за порядком. Николай сделал успокоительный жест, пробормотал извинение и поднял упавшую книгу, раскрытую на середине. *«...а ему выпало четыре – две двойки на выщербленных костях – гнусный символ головы Раху, словно высеченной из гессонита, контур судьбы, в коей ни радости, ни тепла, одна лишь скука и тяжелый труд»*, – прочитал он с неудовольствием, быстро оглянулся, словно стыдясь, и пошел назад, к стеклянным дверям, ничего не купив и еще более нахмурясь.

Наверху ему стало лучше. В конце концов, пророчество наверняка предназначалось другому, он просто влез не в свое дело, как это с ним бывало не раз. Тут вообще неравнодушны к пророкам, к оракулам, гадалкам и магам – он и сам не прочь заглянуть в грядущее, но не уподобляться же тем, кто верит в явную чушь. Конечно, если нет другой пищи для ума, то сгодятся и двойки на костяшках, и драконья голова, но он-то не настолько глуп, чтобы пугаться незнамо чего!

Николаю принесли фруктовый коктейль, он отпивал его маленькими глотками и смотрел на площадь внизу, на столпотворение машин и здание бывшего КГБ. Вид был неплох, но не слишком радовал глаз – он предпочел бы перенестись назад, лет так на сто или еще побольше. Ему хотелось видеть извозчичий трактир, погребальные экипажи на углу и мягкие пружинные кареты, слышать не какофонию клаксонов и шорох шин, а стук копыт по мостовой, звяканье цепей и ведер, людской шум и крики. Девятнадцатый век и даже век двадцатый, включая бурные события последних лет, влекли Крамского куда больше, чем блеклая сиюминутность, от которой хотелось морщиться, как от похмельной горечи во рту.

Нынешний город не будил в нем теплых чувств. Москва, хлебосольная и горделивая, полная тайн и неиссякающего духа, стремительно теряла былой шарм, как скатерть-самобранка, захватанная пальцами, что съеживается в лоскут на манер шагреневой кожи. Она метила в столицы скудного мира – общества потребления, стосковавшегося по ярким оберткам. И она преуспевала в этом – открещиваясь от прежних качеств, не желая более ни созидать, ни изыскивать новое, ни питать своим величием тех, кому невыносим всеобщий примитив. Многообразие форм стало ей не под силу, она стремилась к стандартам по чужим рецептам, намеренно опрощаясь, теряя свой слух и голос. Николай порой вертел в недоумении головой, словно спрашивая, где он и что с ним, и куда делись все те, что окружали его десяток лет назад.

Он, однако, не желал огорчаться по поводу временного несходства взглядов с городом, в котором родился и провел всю жизнь. От чрезмерного огорчения попахивало слабостью и нытьем, каковые он вообще не мог терпеть. Конечно, необъятность существа, в которое он был хитрейшим образом вживлен, располагала к укрупнению масштабов. Превратности одной судьбы, пусть даже и своей собственной, не казались столь уж серьезной вещью. Но и отдельные судьбы были наделены смыслом – иначе зачем такие заморочки с устройством человеческих тел и душ, беспокойного разума и инстинктов? Нет, все не так просто, и сам он, пусть не титан, но и не бессловесная пылинка – Николай знал это твердо, хоть и стеснялся превозносить свою значимость чересчур. В грандиозной картине не было места жалобам, равно как и хвастовству или излишкам самомнения. Мироздание действовало по плану, имея на него какие-то виды, и жизнь текла по законам «предназначения», осознать которое представлялось наиважнейшим делом. Приняв это и определившись с главным, было нетрудно мириться с досадными мелочами – например, с насмешками, выпадающими любому, претендующему на верность взгляда или, по крайней мере, на его гибкость.

Впрочем, неудобств было не так много – «личная метафизика», как Николай ее называл, не мешала ему неплохо устраиваться в быту. Он получил бесплатный багаж очень даже полезных знаний – за счет империи СССР, уже изготовившейся к распаду. Затем успел потрудиться в Академии, что пришла в упадок, как только СССР не стало, и теперь еще ностальгировал по обеим – и по империи, и по Академии – трезво отдавая себе отчет, что подобная вольница не могла оказаться вечной. Когда свершился крах, и легион творцов науки кинулся спасаться поодиночке, Николай удачно примкнул к группе компьютерных гуру с бородами и учеными степенями, еще не нащупавших дороги на Запад. Он швырнул в общий котел все, наработанное для государства, о котором стало вдруг неприлично вспоминать, и зажил вполне безбедно по тем голодным временам. За два года они собрали вместе целый ворох мертвых теорий, вызволенных на свет из недр советских НИИ, стянули их, как болтами, броскими функциями интерфейса и, написав сверху большими буквами «Технология Т», стали искать покупателя покрупнее. Затея была авантюрной и почти без шансов на успех, но успех случился все же по странным законам российского абсурда. Этому способствовало оглупление мира в целом и, в частности, близорукость Европы, решившей вдруг довериться мифам «перестройки». Один из них оказался как нельзя кстати, и, одурманенные им, эмиссары большого голландского концерна закупили большое «Т», даже не сильно торгуясь, заплатив настоящими деньгами и по самым настоящим ценам.

Случай был уникален и многому кое-кого научил – по крайней мере, один из пресловутых мифов, скорее всего, приказал на этом долго жить, до чего счастливым героям не было никакого дела. Почти все они, впрочем, быстро потеряли заработанное, бросившись без оглядки в мутную стихию новорусской коммерции, лишь Николай Крамской, не имея к коммерции интереса, проживал понемногу свою часть, пробуя то одно, то другое в поисках главной отгадки – чего же на самом деле хочет от него вселенский гигант. Так прошло более десяти лет, денег оставалось еще лет на сорок, за которые, он был уверен, с загадкой удастся справиться или, по крайней мере, существенно продвинуться в ее решении.

Имея средства и свободное время, Крамской пользовался ими вовсю. Первый шок от нежданного благополучия быстро прошел, и у него хватило ума не причислять себя к «богачам». Он понял, однако, что стал обеспеченным человеком, принял новую свободу и сумел справиться с ней, не наделав глупостей, хоть деньги и жгли ему карманы с непривычки. Живя в городе стадных повадок, он избежал соблазна следовать правилам, погубившим многих, подгонять себя под расхожий образ и являть послушно образец «успеха», навязываемый со стороны. Он даже не купил себе автомобиль – испытывая брезгливость к хаосу московских дорог. Он также не стал менять жилье и обзаводиться предметами роскоши. Вместо этого он скрылся от всех на неделю в подмосковном пансионате средней руки, заполненном едва ли на треть в холодную декабрьскую погоду, и там, бродя по зимнему лесу и согреваясь самодельным пуншем, набросал себе вчерне план дальнейших действий, оказавшийся вполне разумным.

Главное место в плане отводилось поездкам в иные страны, чему Николай отдался со всем пылом, не страшась перелетов и бытовых неудобств. Поначалу он тушевался и прибивался к тургруппам, но быстро понял, что слишком многое оставляет за кадром, после чего сделал усилие и выучил английский, за каких-то полгода обретя независимость от гидов. Это далось непросто, но он проявил упорство, занимаясь каждый день по многу часов вопреки представлениям о русской лени, а заговорив и утратив стеснительность, обнаружил вдруг, что глаза его раскрыты, и мир доступен во всем многообразии, о котором до этого он мог только мечтать.

Крамской селился в лучших отелях, полюбив безличную пятизвездную роскошь, но потом бродил в небогатых местах, вдали от проторенных туристами троп. Он искал обыденность, а найдя, впитывал ее в себя, не чураясь грязных мостовых и косых взглядов – расспрашивал домохозяек и стариков, будто бы в поисках забытого адреса, покупал всякую мелочь в местных лавках, заходил в прокуренные бары и вступал в беседы с совершенно случайными людьми. Языковый барьер для него более не существовал – даже если в стране, где он в данный момент находился, по-английски говорили немногие. Помня об усилии и гордясь им, он, подобно бесцеремонным янки, убедил себя, что это не его проблема, и научился держаться так, что в это верили собеседники. Потом он осмелел настолько, что стал знакомиться с женщинами – изъясняясь порою лишь с помощью жестов – и узнал с удивлением, что и тут количество общих слов не играет решающей роли. У него случилось даже несколько мимолетных удач, об одной из которых он долго потом хранил теплое романтическое воспоминание.

За несколько лет Крамской побывал на всех материках, кроме Африки, куда его совсем не тянуло. В конце концов, многообразие мира выявило несколько доминантных форм и обрело структуру, близкую к пирамидальной. Это было признаком пресыщения – слишком многое начало повторяться вне зависимости от географических координат. Еще какое-то время Николай занимал себя чтением книг, накупив мало-помалу целую библиотеку, а потом ему надоела праздность, и он признал, что поиск предназначения происходит чересчур пассивно, расползаясь к тому же вширь – в ущерб проникновению вглубь.

Казалось даже, что он, проскальзывая, бежит на месте, а это и вовсе уже никуда не годилось, так что от беспечного наблюдения Николай решился перейти к созиданию. Он стал затевать небольшие «дела», к каждому из которых готовился весьма тщательно. Непременным условием был возврат вложенных денег – желательно, в течение первого же года – дабы не поставить себя в положение проигравшего. Это всегда удавалось – потому, наверное, что деньги были невелики – после чего он, как правило, закрывал «дело» навсегда, тут же принимаясь размышлять над чем-нибудь новым. Закрывал, заметим, с облегчением, будто избавляясь от тяжелой ноши – его амбиции простирались куда дальше предпринимательства по мелочам. Но и оно казалось милосердней недавнего безделья, к которому теперь он уже не решился бы вернуться – да и к тому же некоторый интерес он находил и в этих своих затеях, особенно в предметной их части, на которую можно было порой взглянуть под философским углом, абстрагируясь от бухгалтерии и прочих скучных вещей.

Салон «Астро-Оккульто», с которого он начинал, заставил углубиться в древнюю науку, имевшую отношение к близким ему идеям. Конечно, положения звезд казались упрощением, граничащим с невежеством, и главное оставалось за скобками, скрывая механизмы и предлагая пути в обход, но в целом он с удовольствием тратил время, вчитываясь в графики и таблицы, изящно совмещавшие друг с другом траектории холодных светил. Потом наступило разочарование ввиду непозволительной удаленности от реалий, так что следующее «дело» оказалось реалистичным донельзя. Он открыл консультационный центр по вопросам практической сексологии, прикупив по случаю вполне аутентичный диплом и предлагая пациентам советы в духе китайско-индусских практик. Практики эти он бесстрашно объединил в одно, пусть пока лишь в теории, не вошедшей в трактаты, и разработал собственную методику, способную быть может примирить даосов и кришнаитов в вопросах любовных таинств. О нем скоро разнесся слух, и предприятие оказалось доходным, так что Николай закапризничал и вовсе перестал принимать клиентов-мужчин, ограничившись прекрасным полом, с которым оказалось куда легче работать. Во время сеансов и бесед его, зачастую, откровенно пожирали глазами, но он решил с самого начала, что не воспользуется доверчивостью ни одной из пациенток – из соображений этики, а также, опасаясь разоблачения – и так ни разу и не отступил от правила, несмотря на множество соблазнов. Потом были другие затеи, тоже связанные с Востоком в соответствии с московской модой тех лет, но в конце концов восточную тему прибрали к рукам серьезные люди, и Крамской понял, что его выдавили из заманчивой ниши. Тогда-то он и набрел на нынешнее свое детище, лукаво именуемое «Геральдический изыск», которое, вопреки традиции, уже два года существовало в неизменном виде, уверенно держась на плаву и даже принося прибыль.

Так или иначе, на «предназначение» он пока не набрел – и честно признавал это, говоря себе, что все еще впереди. Были и другие причины держаться за свои бизнесы покрепче, как за тонкую пуповину, связывающую с реальной жизнью, в чем он сознавался с куда меньшей охотой. Независимость от денег, к которой привык Николай, давала свободу от человечества – возможность вильнуть вбок и оказаться вне строя, вырваться из унизительного дерби с себе подобными, воюющими друг с другом за скудные куски. Но, оказавшись вне, он обнаружил, что все не просто, и та же свобода, без которой он теперь не мог, как не мог без воздуха и пищи, таит в себе опасность, неведомую ему прежде. Он стал другим за эти десять лет – непохожим не только на себя прежнего, что не играло особой роли, но и на большинство прочих, что было существенно весьма. Строй был монолитен, он же стоял отдельно – стоял и покусывал губы, не решаясь отойти далеко.

Ощущение «отдельности от остальных» приходило к нему постепенно, часто соседствуя с тревогой и беспокойством. Крамской не был глуп и умел предвидеть потери по первым признакам грядущих перемен. Он понимал, что несхожесть взглядов, поначалу невинная, как домашний театр, может развиться вскоре в очень печальный случай, обратившись пропастью, которую не преодолеть. Взгляд еще можно перенастроить, прикидываясь своим, но если сдвинется ракурс, то это уже не скроешь, и трещина поползет, разрастаясь, отрезая пути назад…

Представлять подобное было довольно грустно, тем более, что в своих фантазиях он умел забираться в самые дебри. Он видел, будто воочию, как расстояния растут, огни и дымы скрываются из вида, и мир становится враждебнее с каждым днем. Любая осторожность подводит когда-то, компромисс изживает себя, и тогда остается лишь одно: выкрикнуть протест, пока есть силы, сделать его слышным, если есть средства, бросить все на алтарь призрачного храма и обратиться в пепел без надежды воскреснуть. Конечно, при этом может очень даже ярко полыхнуть, и есть шанс, что заметят и повернут головы, отвлекшись на мгновение от повседневных дел – но и что с того, и какой в этом толк? Нет, это годится лишь для тех, кто желает изменить мир, что забавно само по себе, но, к несчастью, вовсе невыполнимо, потому что договариваться нужно с самой главной инстанцией, с организмом-хозяином, распределяющим судьбы. Ну а тот, понятно, даже и не расслышит наглеца, так что останется лишь вибрировать себе в одиночку, рассылая ничтожные импульсы в никуда и возмущая предельно малую окрестность.

Все это не давало спокойно жить. Поначалу, пока обособленность еще не стала привычкой, а враждебность мира, казалось, увеличивалась с каждым днем, Николай пытался оспорить ход вещей, изобретая методы борьбы с неизбежным. Со стороны это выглядело метаниями без всякой цели, он же видел в своих действиях последовательность протеста. Протест, однако, был недолог и закончился ничем, предоставив, как часто бывает, лишь возможность посмеяться над собой.

Возобновив старые знакомства, он скоро отказался от них вновь: следы из прошлого в необъяснимом единстве вели в одно и то же место – к нарождающемуся классу «менеджеров», с которыми не о чем оказалось говорить. Их поза представлялась Крамскому абсурдной, корпоративные игры, принимаемые всерьез, вызывали неодолимую зевоту. Он стал думать даже, что знает теперь, как выглядят по-настоящему несчастные люди, но потом усомнился-таки в этом знании ввиду переизбытка «несчастных», из которых, к тому же, ключом било самодовольство. Как бы то ни было, он понял, что искать следует не там, и занялся изучением альтернатив – в основном в местах концентрации малоимущего населения, таких, как дешевые пивные и публичные бани.

В них даже было свое очарование – особенно в немногих уцелевших рюмочных, где господствовал интерьер семидесятых, приобретший налет античности, но не утративший при этом наивного убожества, присущего вещам Совдепии. Там пахло хлоркой и испорченным пивом, мерцали тусклые лампы под потолком, шустро сновали официантки с отвисшими грудями и лицами многодетных матерей. Посетители не любили яркого света, они жались по углам и прятали лица в ладонях, но Николай намеренно садился в самом центре, словно вызывая на себя все взгляды. Он добросовестно подмечал детали и старался следовать этикету: пил некачественное спиртное, ругал то, что ругали все, и поддерживал сетования на давно ушедшие времена. Сначала ему, как правило, удавалось слиться с массой, но после одно-два неосторожных слова портили всю картину. Собутыльники узнавали в Крамском чужака и отвергали его с презрением или же замыкались в себе, впадая к тому же в необъяснимую печаль, хоть он и пытался оживить разговор анекдотом или острым словцом.

«Вы даже не хотите со мной напиться, – шутливо упрекал он сидевших рядом. – Не хотите узнать мои тайны, выпытать их из глубин души. Вряд ли вам еще встретится кто-то, у кого будет столько всего в душе. Вы это подозреваете, но не хотите верить. Будь по-вашему, я напьюсь один…»

На него косились и усмехались криво, но на сближение не шли – что-то в нем фальшивило, не попадая в тон. Случались и проявления пьяной агрессии, несколько раз с ним затевали конфликт, однажды дошло и до настоящей драки. Николаю разбили губу, но и он не сплоховал, ответив обидчику по имени Яша увесистым крюком в скулу. Они, впрочем, быстро помирились и сообща улаживали дело с вызванной кем-то милицией, а потом, сделавшись враз друзьями, купили еще водки и рыбных консервов и поехали к Николаю домой – вопреки его строжайшему правилу не пускать к себе посторонних.

Яша подкупил его открытым взглядом и начитанностью, редкой даже для опустившегося интеллигента. «*Били меня, мне не было больно; толкали меня, я не чувствовал; когда проснусь, опять буду искать того же*, – цитировал он из Экклезиаста и вопрошал почти трезвым голосом: – О чем это, Крамской? – Потом пояснял: – Все о том же, о пьянстве, – и добавлял, ухмыляясь: – В целом, я согласен с пророком. Вот только мне интересно, в каком режиме бухал царь Соломон? В частности, интересует время дня и периодичность – потому что, по-моему, я что-то делаю не так…»

Николай был удивлен – ему вдруг показалось, что он нашел человека, с которым можно говорить на одном языке. После он корил себя за внезапную глупость и подмечал с иронией, что действительно слился с большинством в тот день – быстро напился допьяна, как принято у работяг, и уснул прямо за кухонным столом. Проснувшись, он обнаружил, что приятель Яша исчез по-английски, не попрощавшись, и прихватил с собой – уже вполне по-русски – наличные деньги из серванта и новенький японский фотоаппарат. Денег и камеры было не очень жаль; Крамской благодарил судьбу хотя бы за то, что не отравился рыбными консервами, один взгляд на которые поутру поверг его в ужас. Тем не менее, этот эпизод завершил попытки обучиться мимикрии в целях слияния с окружающей средой. Бессмысленно вновь стремиться к тому, что и само по себе перестало иметь смысл, – сказал он себе, приняв как постулат, что свободного полета не избежать. Нужно лишь аккуратно рассчитать траекторию – двигаться не по прямой от, от и от, а куда более изощренно, отдаляясь и возвращаясь, вальсируя и кружась, скользя на одном коньке и выписывая восьмерки. Нужно идти на хитрость и сознательный компромисс: лавировать в людской массе, не уносясь прочь подобно комете, но и допуская из взаимодействий лишь те, что нужны тебе самому. Это настоящее искусство, обучиться ему непросто, но наверное нужно, если хочешь достичь комфорта, и Крамской овладевал им понемногу, иногда примечая и других таких же, как он – осторожных теней, облаченных в тщательно подогнанные маски. Их можно было узнать по походке, по манере смеяться, иногда просто по взгляду. Они назывались «наблюдатели» или еще «посторонние». Они были одиноки в мире, привыкшем к однообразию, и принимали одиночество с поднятой головой, сознавая его неумолимую суть. Николаю порой становилось неуютно, когда он думал об этом, спрашивая себя – а он-то, мол, уже относится к таковым? Вопрос уходил в пространство по невидимым проводам, но отклик терялся где-то, не добираясь до адресата. Быть может, он не умел выделить его из шорохов и шумов, да еще и хитрил немного, не слишком напрягая слух.

Глава 4

К полудню Николай Крамской допил коктейль, съел апельсин и почувствовал себя бодрее. В офис по-прежнему не тянуло, но день, пожалуй, мог пройти лучше, чем казалось еще час назад. Он собрался было встать, но уловил вдруг аромат духов, волнующий и пряный, дразнящий воображение, напоминающий о чем-то, не сбывшемся до сих пор. Источник запаха находился у него за спиной, там же слышались шелест страниц и какая-то возня, и Николай просидел еще с четверть часа, не оборачиваясь, фантазируя и почти уже любя незнакомку, которую никогда не видел.

Как же легко увлечься, если отбросить ненужное, – думал он потом, спускаясь в лифте. – Положительно, миром правят лишь несколько вещей. Иногда это парфюмерия – спросите у парижан, они вам расскажут, хоть скорее всего заврутся. Все равно, у них есть своя правда – стоит зайти в большой универмаг и ощутить, как пахнет со всех сторон. Уж они-то знают, как управлять чувством…

Крамской неторопливо брел по Никольской и размышлял о превратностях обоняния. Ему вспомнилась отчего-то хромая девушка, похожая на мышонка, с которой он познакомился в библиотеке несколько лет назад. Она пахла смешно и наивно, набрасывалась на него жадным ртом, а утром глядела с веселым изумлением. Воспоминание было приятным, но быстро померкло, а ему на смену явился вдруг зыбкий образ несостоявшейся жены, что с полгода проходила в «невестах», жила у него в квартире, но потом сбежала прочь, хлопнув дверью и обвинив во всех грехах. Она питала пристрастие к курительным палочкам из Лаоса, и их горьковатый запах въелся ему в память, накрепко связавшись с ссорами по пустякам, частым стыдливым сексом и ощущением катастрофы. После первой же недели он понял, что совместная жизнь не для него, и пытался было обратить все в шутку, но «невеста» не признавала шуток – она освоилась и разложила вещи, и вовсе не собиралась отдавать завоеванное. Николай запаниковал, у него затряслись руки и пропал сон. Потом и весь организм восстал по собственной воле: пошла сыпь по коже, начались корчи, ночные судороги и рези в желудке. Он думал, что погибает, и, чтобы спастись, прикинулся несносным занудой, изводя сожительницу брюзжанием и придирками, но та сносила их безропотно-терпеливо. Тогда, как последнее средство, он принялся строить из себя скупца, считая копейки и ограничивая в тратах, и это наконец помогло – подруга задумалась всерьез, а в один прекрасный день исчезла со всеми своими вещами, устроив на прощанье безобразную сцену.

Николай тогда многое понял о русских женщинах, познав на себе взбалмошность и тяжелый нрав – и потом считал себя знатоком, выводя правила, не нашедшие применения. Приятели, которых хватало в ту пору, посмеивались над ним, когда он толковал о свойствах женских натур, а присмотреться самим им было недосуг – все они угодили в скорые браки и выпали из действительности Николая, перекочевав туда, где требуют, терпят и существуют «в рамках». Там они и обретались с тех пор, разводясь, деля детей, квартиры и деньги, снова спариваясь и заводя «очаг», не имея ни времени, ни привычки задуматься. Наблюдая за ними, он отметил для себя еще, что женщины, в подавляющем большинстве, не представляют себе истинного устройства жизни, ожидая от нее слишком многого без всяких на то причин. Они правда многое готовы и отдать, думая, что оно у них есть и вводя в заблуждение тех, что рядом. Приятели Николая клевали на эту приманку и после удивлялись собственной слепоте, но потом все повторялось вновь, и не один раз. Он скоро перестал удивляться вместе с ними, рассудив, что ошибиться немудрено: вера в собственную сущность одухотворяет не меньше, чем сама сущность – от нее светятся лица и горят глаза, и поди разбери, во что раскроется бутон, радующий глаз упругой свежестью. Потом почти все выходит пустышкой, лишь запросы остаются непомерны, но тут уж ничего не попишешь, и приходится обходиться тем, что когда-то выбрал сам. К тому же, выбор невелик, если трезво рассудить – по крайней мере, все знакомые проходили через одно и то же к немалой его досаде.

Теперь Николай почти не имел друзей, а с теми, что считали себя таковыми, виделся редко – не чаще раза в месяц. Интересы разошлись чересчур далеко, что заботило его не слишком: он повзрослел и мало в ком нуждался, приняв как факт, что мир удручающе близорук и вовсе не хочет прозревать. Ему был неинтересен их быт, они же, быть может завидуя втайне, отвергали явно или неявно ту чрезмерность свободы, что он отстаивал своим образом жизни и холостяцким нравом. Конечно, хватало и кривотолков, и даже откровенных насмешек – особенно со стороны приятельских жен. Он маячил у них на виду, как дразнящий вымпел, претендуя на исключительность и неприятие «нормальной жизни», за что, понятно, подвергался обструкции, граничащей с прямой клеветой. Когда-то был даже пущен слух о его «наклонностях», и новость с удовольствием подхватили, обмусоливая на все лады. Тут же из небытия выплыл некий друг детства и проявил отвагу в фантазиях, пришедшихся как раз кстати. Вообще, голубое тогда входило в моду, на эту тему любили поговорить, но все возводилось на зыбкой почве – никто ничего не видел и не знал наверняка. А Николай на самом-то деле всегда был откровенно гетеросексуален и не мог поддержать сплетню ни одним подходящим фактом.

Потом его оставили в покое, но он еще долго испытывал горечь и даже что-то похожее на ненависть – к коварному полу, служившему, казалось, источником всеобщей лжи. Конечно же, он был несправедлив – и сам со смехом признавал это после, вспоминая, как когда-то преисполнился презрения сначала к женам своих друзей, а потом и к московским феминам в целом. Они стали раздражать его почти всем, за томной их грацией виделись очень ясно неуклюжесть порывов и грубость движений. Он глядел на них сквозь недобрый прищур, фиксировал развязность и нагловатый импульс, моментально сходящий на нет, если дать ему хоть какой-то отпор, а за ними – истинную сущность, вечную готовность к унижению, что была прописана на их лицах симпатической тушью плаксивых масок. Они считали унижение неизбежным и покорно принимали его как должное, отыгрываясь на тех немногих, что робели перед ними или их боготворили – но и это с оглядкой, с затаенной робостью, которую не истребить. Где достоинство? – вопрошал он безмолвно. – Где спокойная уверенность и гордая стать? Почему почти все в душе похожи на попрошаек? И еще очень любят жалеть – опустившихся, бездарных, слабых. Впрочем, жалость к убогим у россиян в традиции, ничего тут нового нет…

Лет до тридцати трех Крамской мучился и страдал, чувствуя, что его обманули, недодав обещанное когда-то, но потом острота переживаний стерлась, он стал сильнее и перестал винить других за то, что они такие как есть. К тому же, следовало признать, что те же москвички могут быть влекущи, непосредственны, как нимфы, и желанны, как вкусные конфетки. Главное – не требовать слишком многого; стоит это уяснить, как все становится проще, и Николай в конце концов преодолел искусственный барьер, который выстроил для себя сам. Оттого и противоположный пол сделался ему куда милее, и сам он вдруг, без заметных усилий, стал вызывать известный интерес. Чем, отметим, пользовался вовсю – по мере настроения и свободного времени.

Жара становилась все сильнее, прямые лучи плавили асфальт.

Крамской вышел на Театральный проезд и повернул вниз, к углу Петровки. Добравшись до ЦУМа, дававшего густую тень, он вздохнул было с облегчением, но тут из кармана липнувшей к телу рубашки раздалась певучая трель. Николай глянул на панель сотового, поморщился с досадой и откликнулся мрачноватым «да».

Еще по самому звонку он понял, что хорошего ждать не стоит. Не иначе, в радиосигнал вплелись гармоники чужого настроения, и старый корейский телефон отрезонировал в миноре. Крамской успел еще подумать, что и утренняя тоска была вызвана предчувствием разговора, которому давно следовало состояться. Более того, виновником ситуации был не кто иной, как он сам.

Звонил клиент, обратившийся в «Изыск» три недели назад. Он был раздражен и резок – и не мудрено: Николай, получив задаток, почему-то расслабился, размяк и не мог заставить себя заняться его заказом. Это было тем более странно, что заказ оказался единственным за лето, и речь не могла идти о недостатке времени или сил.

Теперь клиент требовал отчета. Как раз сегодня неприятности сыпались на него со всех сторон, и он хотел отыграться на ком-то. Крамской подвернулся очень кстати: оговоренный срок подходил к концу, и полное отсутствие результата было веской причиной для недовольства. Именно к недовольству клиент и перешел немедля, с заметным усилием удерживая себя в рамках приличий.

Николай, в свою очередь, старался не нагрубить в ответ. Всякий раз, когда в «делах» случались сбои, и нужно было превозмогать себя, чтобы одолеть проблемы, зачастую высосанные из пальца, у него возникал порыв встать в позу и послать все к чертям, еще и объяснив окружающим, что он-то на самом деле ничуть от них не зависит. С порывом, он знал, нужно было бороться жестко, и он боролся, считая в уме до десяти, пощипывая себя за предплечье и стараясь медленно выдыхать воздух. Отказаться от клиента, разругавшись с ним и вернув деньги, значило уйти в большой текущий минус, который пусть и не страшен с позиций общего достатка, но все же неприятен, как тревожный звонок, как тень неудачи – и не только в своих глазах. Был и еще один пристрастный взгляд, который Крамской принимал в расчет и не мог позволить себе проявить слабость, поддавшись минутному капризу. Потому, ситуацию нужно было спасать, за клиента – бороться, и вообще вести себя так, как и подобает мелкому бизнесмену, не слишком твердо стоящему на ногах.

Впрочем, ответить было нечего, и Николай, держа корректный тон, отделывался общими словами, заверяя, что заказом занимаются, не покладая рук, и усилие вот-вот вознаградится. Подождать осталось совсем чуть-чуть, а итог не разочарует, – настаивал он, желая поверить в это сам. Клиент еще побурчал, вынуждая Крамского повторить одно и то же на разный лад, и они расстались довольно холодно, договорившись созвониться дня через три. За это время, понимал Николай, должен произойти реальный сдвиг, иначе заказ и задаток будут потеряны навсегда, а потому – с бездействием необходимо покончить, хочется этого или нет.

Покончить следовало прямо сейчас. Идти в офис теперь не имело смысла – там неоткуда было взяться нужному материалу. Николай постоял в раздумье, потом, решившись, зашагал все к тому же Кузнецкому и через минуту вошел в здание библиотеки, все в язвах от осыпавшейся штукатурки, приютившее интернет-клуб, где было прохладно и давали незамысловатую еду. Вышел он оттуда уже после шести – уставший, со слезящимися глазами – скривился от яркого света, ослепившего с непривычки, и медленно побрел вверх, к станции метро. Поиск не дал результата – перерыв множество статей, Николай не наткнулся ни на одну идею и был теперь так же зол на клиента, как и тот на него несколько часов назад.

По крайней мере, этот день подходит к концу, подумал он мрачно и даже пробормотал ругательство себе под нос. Его обогнала, чуть не задев локтем, девочка в гетрах с большой розой в руке. Крамской посмотрел было ей вслед, но тут кто-то рядом назвал его имя, и он, забыв о девочке, удивленно воззрился на нищенку с пропитым лицом, обращавшуюся вовсе не к нему, а к патлатому соседу-бомжу.

Нищенка говорила громко, как глашатай; на нее оглядывались люди, некоторые замедляли шаг. Николай и вовсе остановился, сам не зная зачем, постоял несколько минут и стал искать мелочь в карманах брюк. Рядом с ним застыли еще несколько зевак, нищенка даже глянула на них удивленно, не прерывая вдохновенной речи, но тут кто-то загоготал, послышалось оскорбление, потом другое, и она вдруг сникла, начала ругаться в ответ, а потом всхлипывать и жаловаться по-бабьи. Ее сосед сплюнул в сторону и пробормотал, вздыхая: – «Ну вот, запричитала, кликуша...» – а Николаю стало неловко, и он поспешил дальше, к открытой террасе любимого им кафе.

Хотелось холодного пива, но в меню не было алкоголя, и он заказал цитрусовую смесь, скучно оглядев официантку с прыщами на лице, ответившую ему равнодушно-надменным взглядом. «Рыба!» – подумал он мрачно. Настроение не улучшалось, и, вдобавок, болели натруженные глаза. Николай поискал пепельницу, обнаружил ее на соседнем столе, неловко поднялся, чуть не перевернув стул, потом передумал, махнул рукой и сел на прежнее место. «Ну нет, так не пойдет, – произнес он вполголоса, – снова пытаются затянуть в сети. Кому-то сегодня выгодна моя злость».

Официантка, подошедшая с бокалом и салфеткой, посмотрела с испугом, явно считая, что он не в себе. Крамской подмигнул ей, она фыркнула и, пыхтя, поспешила прочь. «Вот ведь рыба, – подумал он опять, – или курица. Интересно, с ней кто-нибудь спит? Наверное нет, от этого и прыщи. Вон как зыркает – неужели боится?»

Прыщавая девица втолковывала что-то компаньонкам в дальнем углу террасы, изредка поглядывая в его сторону. Николай пересел на соседний стул, чтобы оказаться к ней спиной, потом закурил-таки сигарету и стал глядеть на улицу, залитую вечерним солнцем, наказав себе более не вспоминать ни клиента, ни бездарно потерянный день.

Все-таки, толпа до странности однородна, – думал он лениво, – типажи все те же, разнообразия не сыщешь днем с огнем. Больше лиц, нежели голов, а душ еще менее, как говаривал Карамзин – трудно не согласиться. Вот только у мужчин от лица растет неинтересное тело, а у женщин, напротив, интересное тело дополняется лицом. Да и мысли у них мелькают чаще – нынешнему мужчине непросто отважиться на мысль. Напряжение душит и эмоций недостает, а те, что случились, застывают маской – и лица смиряются, устав спорить. Оттого-то они искривлены и смяты, это знаки смирения после недолгой борьбы. И еще многие словно кричат: «Как можно меня любить, если у меня нет денег?..» А женщина думает о вечном, ей, по большому счету, не с кем ввязываться в спор, вселенная все определила за нее. Интересно, они ощущают чуткую дрожь вселенной? Или все больше ссорятся из-за мишуры?

Николай взял новую сигарету из пачки и скривился с досадой – мысль о деньгах потянула за собой воспоминание о клиенте. Все одинаковы, все спешат, – подумал он сердито, – как будто каждому есть куда. Я вот не каждый, и мне, к примеру, спешить некуда вовсе, но все равно придется – из-за чужой спешки, которая бессмысленна, сплошная видимость и глупость. Бега, бега… У большинства на лбу так и написано флуоресцентом: «Я участвую в бегах проворных крыс», – и надпись не смоешь, как ни старайся. Оно не стыдно, просто звучит жалко. Не так уж они плохи, эти самые бега – не дают заскучать, жизнь проходит быстро, и мучения такие же, как у всех. Есть чем гордиться – если кто шныряет проворнее соседей; есть к чему тянуться – к тем, кто еще проворней и ловчей. Вон они, клацают когтями по асфальту – все на виду, смотрят свысока. Ну пусть, сейчас их время, а прочие на обочинах. Диспозиция изменилась и, может быть, навсегда.

Он отпил глоток из узкого стакана, потом заглянул в него одним глазом, зажмурив другой, как в калейдоскоп или подзорную трубу. В стакане было весело-разноцветно, словно в комиксе из воскресной газеты. Занятный узор, – подумал Николай, – и вообще, непонятно, чего я злюсь? Город как город, бывают и хуже, мне наверное следует его любить. Это экономика во всем виновата – нефть в цене, за ворованное не бьют по рукам, вот они и жиреют, позабыв об остальном. А сменится колея – опомнятся, остановятся, станут лучше, открытей. Нужен лишь небольшой финансовый крах, хоть я никому не желаю зла…

«Гриф, нажравшись падали, становится так тяжел, что его колотят дубинками», – вспомнилось неизвестно откуда. Бегите, бегите, все впереди, будет и вам счастье. И как судьбе не надоедает стричь всех под одну гребенку? – Николай отставил пустой стакан, глубоко вздохнул и потянулся всем телом. Тело откликнулось приятной истомой в мышцах, натруженных в спортивном клубе. Завтра на тренажеры, – прикинул он деловито, – а с вечером нужно что-то делать, никак не годится сдаваться и раскисать. Потом он почувствовал вдруг, что жара спала, и в воздухе грезятся уже запахи ночи, от которых раздуваются ноздри. Решение тут же созрело само собой, да и лежало, в общем-то, на поверхности.

Крамской помахал в пространство за спиной, и ему принесли счет, достойный шикарного манхеттенского бара. «Оставьте себе сдачу», – буркнул он официантке, замершей над плечом укоризненной тенью. Та ушла, не поблагодарив, а Николай достал свой сотовый, сделал один короткий звонок и, ощутив себя вдруг молодым и бодрым, поспешил к Петровке – ловить сговорчивое такси.

Глава 5

Все тем же жарким июльским утром американский подданный Фрэнк Уайт Джуниор вывернул на улицу Ривер Роуд со своего драйввэя в местечке Потомак, скрипнул покрышками на повороте и помчался к автостраде четыреста девяносто пять. Было еще очень рано, солнце едва взошло, и светофоры до сих пор мигали желтым. Его новенький «Додж» летел вольной птицей; на дороге больше не было ни души; буйная зелень подступала вплотную к обочине, дразня ощущением лубочной свежести. Ощущению немало способствовал кондиционер в салоне – влажная духота за стеклом уже набирала силу, но это не портило ничуть прелесть утра, словно сошедшего с журнальной обложки. Перед самым шоссе из кустов выскочил дикий олень, стал как вкопанный у края полотна, чутко поводя ноздрями, а вскоре показался и нужный съезд – «Додж» лихо вырулил в пустующий левый ряд и взял курс на международный аэропорт Даллес. Фрэнк Уайт Джуниор был совершенно счастлив.

Он летел в Россию, в которую когда-то был влюблен. Любовь эта началась в далеком детстве: много лет назад отцу Фрэнка предложили возглавить московский корпункт влиятельной вашингтонской газеты, на что тот согласился, несмотря на удивление всей семьи. Впоследствии об этом никто не жалел, кроме сослуживцев Уайта в головном бюро, ценивших коллегу за мрачный юмор и твердые принципы потомка пилигримов.

Это было время расцвета советского строя, переходящего понемногу в его закат. Шпионские страсти затягивались в тугой узел, и на плечи официальных лиц давил немалый пресс, заставляя быть бдительным до абсурда и подбирать с особой тщательностью выражения и знакомства. Семейство Уайтов готовилось к прозябанию в «медвежьем углу», к тревогам и лишениям, приближенным к фронтовым, но все оказалось не так страшно, а точней – очень даже весело, куда веселее привычной американской жизни.

Легкие на подъем, Уайты быстро вписались в пестрый «западный круг», относимый в советской Москве к бомонду наивысшей пробы. Как следствие, «западники» оказались охвачены русским гостеприимством, пусть и переиначенным на реалии социализма, но сохранившим многие из национальных черт – в частности, неутомимость и широту. Европейцы и янки, воспитанные на точности счета и занудстве повсеместного контроля, легко входили во вкус сытных излишеств пирамидальной системы, оказавшись вдруг в распределителе удовольствий, запущенном на полную мощность. Приемы, перфомансы и застолья без повода шли сплошной чередой. Разнообразие знакомств превосходило самые смелые ожидания, и ни о какой скуке не могла идти речь. Отец Фрэнка к тому же был сильно занят на работе, а мама, вместе с женой одного француза, в лучших традициях миссионерства опекала голодный андерграунд под внимательным, но осторожным оком вездесущего КГБ.

По ее настоянию Уайта Джуниора отдали в городскую школу – вместо посольской, более подходящей по статусу. Формальным поводом послужил русский язык – и стремление изучить его в превосходной степени, что впоследствии не обеспечит никакой университет. Втайне от мужа, считавшего русских занятными, но совершенно нецивилизованными людьми, а их страну – обреченной на медленное умирание, миссис Уайт, очарованная

Большим театром и картинами гениального алкоголика Зверева, подозревала, что русской мощи может хватить надолго, и языковая свобода поможет Фрэнку в будущей блестящей карьере. Было и еще кое-что, не слишком выразимое словами, с чем не уживалась казенная атмосфера посольских классов, но, впрочем, Уайт-старший лишь пожал плечами, полностью доверяя жене в вопросах воспитания и просвещения. В результате, маленький Фрэнк стал посещать пусть специальное, но вполне советское заведение с углубленным изучением математики, к которой у него не выявилось никакой тяги.

Школьные годы пробудили в нем многое и запомнились как самое светлое время в жизни. Сверстники приняли его неплохо, и он ничем не отличался от остальных – вплоть до старших классов, когда спохватившаяся миссис Уайт настояла на индивидуальной программе для подготовки в Гарвард. Но и тогда, чуть не каждый день, он проводил по нескольку часов в обществе одноклассников, поблизости от темноволосой Наташи, завладевшей его подростковым сердцем. С ней лет в шестнадцать он обрел первый опыт жарких поцелуев, с нею же полюбил Москву навсегда, чувствуя себя здесь куда естественней и проще, чем в родной своей стране, где Уайты бывали лишь в коротких отпусках.

Окончание отцовской командировки грянуло для него, как гром с ясного неба, хоть в доме давно уже ходили слухи о завистниках, ждущих момента, чтобы занять их место. Момент настал внезапно, вскоре после смерти очередного генсека, на смену которому пришел человек, до сих пор ненавидимый Фрэнком и презираемый всей уайтовской семьей. Им лично, впрочем, он не сделал ничего плохого и едва ли вообще подозревал об их существовании, а Фрэнк Уайт-старший признавался потом со смехом, что не год и не два искренне верил в горбачевскую «перестройку», не замечая, подобно многим, ничтожество действующих лиц. Как бы то ни было, «свежая струя» всколыхнула течение жизни в американской газете, кое-кто подал даже в отставку, вытолкнутый новой риторикой и новыми людьми, да и, по правде говоря, директор московского корпункта и так уже сидел на своем месте куда дольше положенного. Уайты были отозваны и вернулись в Вашингтон, а сердце Фрэнка раскололось на множество частей, подобно стране, попавшей по недоразумению в руки безнадежных тупиц.

К своей родине, впрочем, он привык быстро, а подоспевший вскоре Гарвард придал ему необходимый лоск. Однажды он побывал в Москве с группой студентов-русистов и остался разочарован: Наташа вышла замуж и ждала ребенка, бывшие одноклассники разбежались кто куда, город бредил кооперацией и шальными деньгами. Люди радовались «переменам», сразу вдруг опростившись и поглупев, ненавистный молодой генсек сверкал лысиной с телеэкранов, о школьной юности напоминало немногое. Вернувшись в Штаты, Фрэнк твердо решил забыть о России навсегда.

Семьсот сорок седьмой Боинг авиакомпании Дельта медленно выруливал на взлетную полосу. Фрэнк Уайт Джуниор сидел у окна, по соседству с рыхлым блондином, что сопел и пыхтел над непослушным ремнем. В салоне задавали тон французский одеколон и русская речь, лишь стюардессы щебетали по-английски и вовсе ничем не пахли. Прислушавшись на минуту, Фрэнк поймал себя на мысли, что воспринимает оба языка как один, лишь разбухший от необязательного сленга. Тут еще и сосед, пристегнувшись наконец, вытер пот со лба, глянул на Фрэнка и спросил радостно: – «Наш?»

«Кто?» – не понял Фрэнк Уайт, вздрогнув от неожиданности.

«Ты», – пояснил сосед и ткнул для определенности пальцем ему в грудь.

«Э-э, не совсем», – осторожно ответил Фрэнк Уайт, улыбнувшись широкой американской улыбкой. Сосед пробормотал «О'кей» и отвернулся, нахмурившись, а Фрэнк с трудом сдержался, чтобы не рассмеяться, ощутив вдруг в полной мере, что его приключение вот-вот по-настоящему начнется.

Ошибка блондина удивила его слегка – он совсем не был похож на русского. Потомок разорившихся баронов из Шеффилда, Фрэнк Уайт обладал внешностью, которую, при некотором допущении, можно было бы счесть безупречной. Он был в меру высок и широкоплеч, имел правильные черты лица с прямым аристократическим носом, и лишь глаза его казались слишком живыми для наследника столь старинных генов. В России он не был десять с лишним лет и плохо представлял себе страну, возникшую на месте той, что он знал когда-то. С тех пор слишком многое изменилось – и не раз. Карьерный рост Фрэнка оставлял желать лучшего – вопреки надеждам миссис Уайт, обретенное в юности двуязычие отчего-то не пошло впрок, а род занятий оказался далек от «семейных» журналистских сфер. В Гарварде он защитил диплом по истории Древнего Рима – к немалому удивлению обоих родителей, которые не решились на прямой запрет, рассудив вполне здраво, что в их стране каждый должен глотнуть хоть чуть-чуть свободы. Тайны римской империи, включая изощренные практики Маккиавели, не слишком впечатляли работодателей, да и к тому же, получив заветную степень, Фрэнк почувствовал вдруг, что исчерпал интерес к исторической науке, а толстые фолианты нагоняют на него тоску. Он мыкался от фирмы к фирме, подвизаясь на вторых ролях то в маркетинге, то в связях с общественностью, пока судьба не завершила очередной виток, и в жизни Фрэнка Уайта вновь не зазвучала славянская тема. На вечеринке у случайного приятеля, слоняясь по комнатам роскошного особняка, он услышал слово, произнесенное по-русски, и познакомился с Акселом Тимуровым, нарушив тем самым шаткое равновесие своего беспечного прозябания.

Вначале Фрэнк принял его за европейца – Аксел умел пускать пыль в глаза и скрывать очевидное к своей моментальной выгоде. К тому же, в отличие от большинства «советикос», он неплохо владел английским, а еще – производил в целом мощное впечатление «успеха», ждущего где-то за углом. На это клевали почти все, заводившие с ним разговор, и даже призрак американской мечты оживал в его чужеземном присутствии – словно в укор местным продолжателям идеи, утерявшим былой кураж. Очень скоро, впрочем, возникало смутное беспокойство, закрадывалось подозрение, будто здесь что-то не так, а еще через несколько минут всплывал неоспоримый факт: Аксел Тимуров был безнадежно туп.

Тупость его была всеобъемлюща и абсолютна, она застила ему глаза и затыкала уши, но это, заметим, никак не противоречило «мечте», что и становилось понятно каждому после минутного замешательства. Собеседник успокаивался, поняв раз навсегда, где таится подвох, и уже не удивлялся дичайшим суждениям и неумению удержать даже самую простую мысль. Потом, вдобавок, создавалась иллюзия комфорта – казалось, ключик подбирается очень просто, так что зачастую именно недостаток ума служил Акселу входным билетом в довольно-таки серьезные круги, куда вообще не пускали иностранцев и особенно русских. Но Тимуров, щеголяя ярлыком удачи, будто пришпиленным на лацкан, сходил если и не за своего, то за вполне безобидный казус, способный к тому же принести пользу. Его терпели, как туземца, нацепившего волей провидения облик «хомо модерно». При том, конечно, никто не упускал случая посмеяться за глаза. Нелепости Аксела пересказывали друг другу, производя его в герои абсурднейших небылиц.

По части абсурда, кстати, он и сам был мастак, подбрасывая насмешникам предостаточно материала. Самой анекдотичной стала легенда о его происхождении и завидном родстве, которую он придумал вскоре после приезда в Штаты и сам же отчаянно полюбил. Она была пущена в ход на приеме у консула Бельгии, куда Тимуров проник одному ему известным способом и где, основательно выпив шампанского, признался кому-то из посольских секретарей, что является дальним отпрыском последнего российского императора. Бельгиец не моргнул глазом, проявив профессиональную выдержку, и рассказал в ответ о любви к Чайковскому и яйцам Фаберже, а Аксел с тех пор не упускал случая, чтобы зажать в угол очередную жертву и вопросить ее с печальной серьезностью: – «Вам, кстати, не говорили, что я родом из Царской семьи?..» Эта его маленькая слабость быстро стала известна, как еще один миф о «mysterious Russians», не умеющих жить без сказок. Иные зубоскалы впрямую заговаривали с ним о проблемах королевских династий, переживающих не лучшие времена. Но Аксел ничего не замечал – лишь напускал на себя таинственный вид и горделиво поглядывал по сторонам.

Именно о царской семье и услышал Фрэнк Уайт уже через полчаса после их знакомства. Это удивило поначалу, но он быстро научился относиться к Акселу терпимо, ценя возможность вновь говорить на русском и ощутив внезапно, что стосковался по России. Они стали ненавязчиво дружить, а потом у Тимурова случился роман с кузиной Фрэнка, падкой на экзотику, в результате чего он перезнакомился со всей семьей Уайтов и произвел на них хорошее впечатление. Быть может и тут сыграла свою роль ностальгия по счастливому прошлому, особенно со стороны миссис Уайт, принявшей в Акселе нешуточное участие и представившей его родственникам и друзьям, среди которых были небедные и весьма влиятельные люди.

Надо признать, что при всех своих странностях Аксел имел неоспоримый талант. Он умел нравиться при первом знакомстве, сразу изыскивая шестым чувством верный повод для тонкой лести, а пресловутый призрак «успеха», витающий кругом как нимб, с лихвой компенсировал его глупость. Из чего происходил «успех», точнее его неуловимая тень, Фрэнк так никогда и не смог понять. Дела Аксела до знакомства с Уайтами были не слишком хороши: свой бизнес, которым он бредил, не приносил ни гроша, а средства на жизнь приходилось зарабатывать в Национальном институте здоровья, где начальник-немец, не любивший славян, шпынял его, как ленивого мальчишку. Тем не менее, чуть не все готовы были поверить в грядущий блеск, что Аксел расценивал вполне здраво как единственный реальный шанс, что вот-вот должен был привлечь долгожданную удачу.

Он легко убедил Фрэнка в перспективах совместного дела.

Они стали партнерами и принялись искать деньги, рассчитывая не на банки, у которых не выпросишь ни гроша, а на все тот же уайтовский круг, благосклонно отнесшийся к начинанию. К тому времени Аксел зазубрил уже наизусть выигрышные места многострадального бизнес-плана, да и диплом Фрэнка с престижным гарвардским лейблом тоже пришелся кстати. Всего за месяц они насобирали немало, что позволило всей затее не умереть, едва родившись, и волей-неволей связало их прочной нитью на довольно-таки долгий срок.

С той поры прошло пять с половиной лет. Они перепробовали многое, включая щенков русской борзой, изделия из бересты и даже редкоземельные металлы, из-за которых случились маленькие неприятности с ФБР. В конце концов, самой выгодной статьей импорта оказались российские программисты, на чем приятели и остановились, удачно влившись в модную нишу защиты от хаккеров, наводнивших мир. Программисты были неразговорчивы и пугливы; приходилось учить их таким простым вещам, как дезодорант и вождение машины; при появлении начальства они сбивались в кучу и прятали глаза с кривоватой усмешкой, но в целом оказались светлы душой и на редкость работоспособны. Бизнес пошел вверх, Аксел Тимуров раздобрел и стал неприятно-заносчив, но с Фрэнком держал себя по-прежнему ровно, ибо именно Фрэнк Уайт, как никто другой, умел обходиться с программистской братией и тем самым сделался незаменим. Он, в свою очередь, давно уже недолюбливал Аксела, обнаружив в себе редкую для американца нетерпимость к дуракам, и подумывал даже, не уйти ли из компании насовсем, но всякий раз ловил себя на сожалении, уходящем корнями в школьные годы, с которым почему-то не хотелось бороться. К тому же и к программистам он привязался по-своему – это были странные создания, питавшие к нему угрюмое, пугливое доверие, которым стоило дорожить. Тимурова же Фрэнк стал рассматривать как символ иной, незнакомой ему России, где столь многое чуждо, но, увы, неопровержимо. Он даже говорил о нем как о «новом русском» – подсмотрев где-то популярный термин и желая подчеркнуть, с наивностью постороннего, что русские раньше были другими. Потом им случилось столкнуться с настоящими «новыми», и Фрэнк понял, что был неправ. В его сознании произошел еще один сдвиг; Аксел Тимуров сделался для него вневременной флуктуацией богатого российского генотипа. Уайт переживал лишь, что прочие, глядя на его партнера, еще будто поглупевшего и походящего теперь на павлина, могут составить ложное представление о стране, достойной более вдумчивого взгляда.

Была и еще одна вещь, служившая для Фрэнка источником беспокойства – с некоторых пор он стал ощущать отсутствие твердой почвы под ногами. Ему казалось, что он снова хочет ТУДА, и винить в этом было некого, кроме разве тех же программистов. Два континента тянули его к себе, и порою он оказывался как бы между, над равнодушным океаном, не в силах качнуться ни в одну из сторон. Между ним и Россией осталась какая-то связь, как невидимая пуповина, хоть общаясь с русскими на своей земле, Фрэнк Уайт Джуниор чувствовал себя американцем до мозга костей. В кругу соотечественников, однако ж, он с некоторых пор стал испытывать неуверенность, будто подозревая себя в шпионстве, глядя на окружающее со стороны, чужими глазами, как через тонкое, но прочное стекло. Это была раздвоенность, временами становящаяся мучительной – ощущение невнятной тоски приходило нечасто, но регулярно, и не покидало Фрэнка так уж легко. Он даже наблюдался у врача, не нашедшего никаких отклонений, а потом, встревожившись не на шутку, обратился к дорогому психотерапевту. Однако тот, уже на втором сеансе, стал задавать вопросы о детстве с нехорошим подтекстом, и Фрэнк решил, что тратит свои деньги зря.

В нем росло напряжение, он ждал знака или толчка, и, наконец, ровно месяц назад произошло событие, выходящее из ряда вон. Ему встретился человек, которого звали Нильва; это была фамилия, столь же странная, как его лицо и одежда, а своего имени он никому не сообщал из суеверия, суть которого осталась неясной. Они познакомились у Аксела дома, и Нильва был отрекомендован Фрэнку как сосед по питерскому двору, приятель детства, внезапно возникший из небытия. Тот и в самом деле лишь недавно объявился в Штатах, прибившись к еврейской коммуне в окрестностях Сан-Франциско, а на другое побережье его занесли, как он выразился, дела семьи – хоть семья все еще ожидала очереди на выезд в ветреном и хмуром российском краю.

Нильва атаковал Фрэнка Уайта, как тщательно выслеженную дичь, и уже через час признался, что обременен тайной, которую вскоре со всеми подробностями раскрыл. Удивительно, но Фрэнк поверил в нее сразу, распознав будто, что судьба толкала его к ней уже давно. Для этого когда-то его научили говорить по-русски, свели сначала с Акселом, а потом и с акселовским «другом детства», и все время поддразнивали далекой страной, будто держа в готовности к большому делу. Еврей Нильва с грустными глазами как раз и предложил таковое. Посопев и поморщившись, он поведал Уайту Джуниору, что имеет на руках подлинный план богатейшего клада, хоть и уступающего, к примеру, известному захоронению Чингисхана, но все равно способного навсегда обеспечить счастливца, который его отыщет. Этот клад – не что иное, как часть добычи, награбленной разбойником Пугачевым, а бесценная бумага попала Нильве в руки благодаря цепочке случайностей или звездам, вставшим в правильную фигуру.

Потом он зачастил, брызгая слюной и порой переходя на шепот. В его истории не было ярких красок, но обыденность ее не портила впечатления и не порождала сомнений. Все началось с благородного порыва – шефской помощи отсталой глубинке: в музей Эрмитаж, где Нильва трудился с юности, прибыл на анализ контейнер старых рукописей, вывезенных из хранилищ провинциальных городов. Каждому из сотрудников досталось по нескольку ящиков, в которые никто не совал нос уже многие десятки лет. Рукописи были свалены без всякого порядка, состояние некоторых было ужасающим, и специалисты-петербуржцы лишь вздыхали, глядя на это безобразие. Он и сам, признаться, был не в восторге от свалившейся на них неблагодарной работы, но потом, как водится, вошел во вкус и зарылся в старые бумаги с головой. Тут-то его и поджидал невероятный сюрприз.

«Нам раздали ящики, и это был 'раз', – бормотал Нильва, потрясая ладонью с загнутым пальцем. – А потом стало 'два': один из моих пришел из Сиволдайска – города, который, между нами, не примечателен почти ничем. Но это если рассуждать без контекста, а ящик был в контексте, то есть, сам контекст, частично пораженный плесенью, находился в ящике, заполняя его целиком. Ибо, – он загибал палец, – 'три': все почти, пришедшее из Сиволдайска, оказалось славных пугачевских времен, а о Пугачеве – о, о нем я знал достаточно, чтобы тут же поиметь интерес. Ведь именно под Сиволдайском, уже на обратном пути, потерпел разбойник сокрушительное поражение. Был там наголову разбит и едва унес ноги, отступил без почета с горсткой людей, среди которых были и те, что предали его потом – скоро уже, совсем скоро…»

«В общем, – загибал Нильва пальцы, – 'четыре', 'пять' и 'шесть'». В Сиволдайской крепости почуял Емельян скорую гибель. Там коснулся его ледяной холод, и стал он терять веру в человеческий род – сделался хмур и скрытен, и до страшного черен лицом. И там же, в одном из припадков отчаянья, наказал он двоим самым преданным людям зарыть в укромном углу половину всей своей казны, да не говорить о том никому во избежание воровства и измены. На что он хотел ту половину употребить, знают лишь бог и покаянная разбойничья душа, но слушок о содеянном потянулся сам собой, хоть исполнители молчали, как могила, а в скором времени и очутились в могиле, погибнув от императорских пуль. Сама же казна была не из скромных, там хватало золота и камней, собранных по разоренным домам, а поскольку домов разорили без счета, то и половина потянет на сумму, от которой у любого загорятся глаза. И искать тот клад пробовали, но, как водится, все без толку, потому что – как искать, если не очень-то знаешь, где. «А теперь вот известно, где – я знаю, ГДЕ!» – вскричал Нильва и тут же испуганно прикрыл ладонью рот, а потом, передохнув и посетив стол с напитками, досказал историю, финал которой вышел весьма печален.

Бумага с планом – выцветший невзрачный листок – сама легла ему в руки в процессе описи «документов эпохи», сваленных в пресловутом ящике беспорядочной кучей. Подлинность ее была, очевидно, слабейшим местом всего рассказа, но Нильва с такой горячностью стал приводить доводы, ссылаясь то на данные химической экспертизы, то на почерковедение и совпадение дат, что Фрэнк, не знавший многих слов и скоро потерявший нить, согласился, не дослушав. «Вы ведь сами специалист, – резюмировал новый знакомый чуть обиженно, – сами должны понимать… Я ж не втираю вам тут…» – и Фрэнк Уайт поспешно закивал, а Нильва заговорил дальше, сделав теперь страдальческое лицо.

Ему, право, стоило посочувствовать. Убедившись в серьезности вдруг выпавшей удачи, он почти уже наметил конкретные шаги, и вот тут-то судьба сыграла с ним злую шутку. Нежданно-негаданно, из добропорядочного гражданина, пусть и прозябающего бесславно на обочине жизни, он превратился в преступный элемент с перспективой провести в этом качестве ближайшие годы. России знакомы такие метаморфозы, она их любит и знает без числа, ну а с ним все произошло очень глупо и совсем не по своей вине. Давние друзья убедили его войти в партнерство – по другому, конечно, поводу, не связанному с пугачевским кладом. Он согласился, обдумав все сотни раз, и поставил злосчастную подпись, после чего очень скоро нагрянули люди из серьезной «конторы», и всплыли деньги, о которых он знать не знал, и какие-то вкладчики, и долги… В общем, его подставили, в этом суть произошедшего. Ему пришлось бежать из России, захватив с собой лишь носильные вещи, чуть-чуть валюты и документ, открывающий путь к роскоши и богатству. Хорошо еще, что в паспорте стояла многократная американская виза – Нильва гостил у родственников и вернулся совсем недавно – а иначе, прощай свобода, а может быть и жизнь. Ну а так – осталось лишь переправить сюда терпеливую семью и найти человека понадежней, чтобы достать-таки из-под земли разбойничьи сокровища, ждущие своего часа.

Потому-то, продолжал он, взяв Фрэнка за рукав и ласково глядя в глаза, потому-то он так рад их приятному знакомству, ибо Уайт Джуниор, владеющий языком и имеющий о России представление «из первых рук», практически единственная персона, которой Нильва, чрезвычайно осторожный человек, может по-настоящему довериться. «Русские, – кивнул он головой в сторону акселовских гостей на веранде, – русские обязательно обманут и еще почтут за большой поступок. Завистливы все, завистливы и злобны, и готовы соседу выколоть глаз. Раньше было не так...» – и он пустился в воспоминания, вовсе уже не связанные с их совместной авантюрой.

Они виделись еще два раза, обсуждая в общем-то одно и то же, а потом ударили по рукам. Найденное решено было делить пополам – Фрэнк подозревал в этом несправедливость, но его партнер оказался неожиданно тверд, чуть речь зашла о долях и процентах. Некоторую заминку вызвал и вопрос гарантий – Нильва не сомневался в честности Фрэнка, но, зная переменчивость людских намерений, хотел доказательств серьезности компаньона. Сумма в несколько тысяч долларов, признался Нильва, вполне убедила бы его, что Фрэнк не передумает и не займется чем-нибудь другим, пока сам он будет ждать и терять время. Затем, видя сомнения Уайта Джуниора, он спустился с нескольких тысяч до одной единственной, но с нее уже не сходил, на что Фрэнк в конце концов согласился, убедив себя, что каждый должен иметь страховку на случай «lost opportunities». В результате произошел торжественный обмен – ксерокопии старинного документа на тонкую стопку стодолларовых купюр – и каждый отправился заниматься своим делом. Нильва – хлопотать о переезде семьи, а Фрэнк Уайт – оформлять скорый отпуск и паковать вещи, которых, впрочем, набралось не так уж много.

Теперь бесценная ксерокопия лежала во внутреннем кармане пиджака, Фрэнк летел над хмурой Атлантикой и был весьма доволен собой. Несмотря на фантастичность проекта, он твердо верил в успех, поджидающий впереди. Обдумывая предложение Нильвы, он изучил таблицы звездных знаков – все указывало на Пегаса, гордое существо, что парит над условностями, зная свое везение, свою особую участь. Замысел небес был сложен и растянулся на годы – но отчего бы, собственно, ему не быть таковым? Там, где решают за Фрэнка Уайта, нет ни суеты, ни спешки, ни боязни остаться не понятыми до конца.

Меньше всего на свете он хотел спугнуть счастливый шанс. Шансы представали перед ним не часто, куда реже, чем он сам о них думал, вспоминая сокурсников, взлетевших по-настоящему высоко. Фрэнк не испытывал зависти, но и не считал себя достойным худшей доли – и потому, вполне в национальном духе, тщательно пестовал свой собственный оптимизм, едва лишь для того выдавался повод. И сейчас, глядя из окна Боинга на пелену перистых облаков, он не мучился перепроверкой посылок, а напрямую размышлял о следствиях, к примеру о том, что будет делать с добытым богатством – рисуя картины, полные домыслов и клише. В голове у него, сменяя друг друга, вертелись дома, машины и яхты, дорогие женщины и их капризы, пальмы на фоне прибрежной лазури, собственные повар и бодигард. Это было наивно и очень по-детски, в чем он и сам отдавал себе отчет, полагая однако, что толика фантазий едва ли может чему-то навредить.

Затем размышления приняли более рациональный оборот. Фрэнк стал прикидывать так и сяк реализацию давней своей мечты, на которую не жаль было потратить часть будущих денег. Мечта отдавала некоторым сумасшествием, но имела амбицию большого масштаба, чем он гордился втайне от себя самого. Турбины гудели ровно, и мысли текли плавно, как строки на бумаге, а облака внизу сочетались в затейливые узоры, в которых чудились то чьи-то силуэты, то письмена, то очертания зданий. Порой там будто даже возникали цифры – тройки, сцепившиеся вереницей, или пятерки, воплощения изменчивого Меркурия, обещавшие столь многое в многоликой Москве.

Глава 6

Николай Крамской трясся в потрепанной черной «Волге», пробираясь дворами в объезд Кутузовского, скованного пробкой. Он страдал от духоты и пыли, но глядел орлом и пребывал в нетерпении. Все в нем изменилось, как по волшебству, от недавней тоски не осталось и следа. Подпрыгнув на бордюре, машина выскочила на окраинную улицу, вильнула, объезжая открытый люк, и прибавила хода. Николай откинулся на спинку сиденья и что-то задорно просвистел. «К бабе едет, – подумал немолодой шофер. – Любитель, небось, по бабам шляться».

Шофер был прав – обиды ранней молодости давно забылись, и уже много лет женщины занимали в жизни Николая весьма заметное место. Его тянуло к ним по причине острого любопытства, не иссякшего к сорока годам и не связанного с переизбытком гормонов. До сих пор еще он готов был видеть в них тайну – ту, что может захватить и обезоружить, пусть лишь на краткий миг. Его волновали порыв и отклик, он часто думал, что родился в правильном месте – касательно мимолетных тайн Россия стояла особняком, а поездки в иные страны лишь убеждали в очевидном.

Соотечественницы не уставали удивлять – сочетанием чувственности и невинной позы, соседством скромности, пусть напускной, и грубо выраженного сексуального начала – в груди и бедрах, прикрытых одеждой, в голосе и походке, которые не скроешь. Иную из подруг бывало непросто расшевелить – хоть тело часто откликалось раньше сознания, застывавшего невпопад перед невидимой гранью. Но потом, когда шаг был сделан, и эмоциям давался зеленый свет, все оковы спадали сразу, и уже сознание летело впереди, увлекая за собой. Восторг от придуманного, часто без усилий со стороны, вызывал реакции, которых не добиться никаким любовным искусством. Оставалось лишь тонуть в женском естестве, хватать воздух, не чая вернуться на твердую сушу, а после – долго еще вспоминать стихии и глубины, безумства штормов и тишайшие дуновенья, каждое из которых имеет свой собственный смысл.

Когда успокаивались тела, все становилось скучнее – приходила очередь томных повадок, порывистость откровений уступала место игре, давно знакомой и не имеющей вариаций. Глубина тут же обращалась мелью, хотелось курить и думать о своем, что Николай и делал, отстраненно кивая в ответ на жеманный шепот. Некоторые оставались искренни всегда, но таких было до обидного мало, а с другими выяснялось, что накал любовной страсти – очень непостоянная величина. Она зависела в полной мере от настроений партнерши, которые менялись слишком часто. Поначалу он сердился и даже обижался порой, но скоро научился принимать и это как должное, находя интерес в извечной непредсказуемости и возводя ее в ранг национальных достоинств, пронесенных почти без потерь сквозь века и общественные уклады.

Вообще, повзрослев, Николай стал куда терпимей. После неудавшейся женитьбы он, по большей части, избегал постоянных связей и опытов совместного житья. Лишь когда «отдельность от остальных» встревожила его всерьез, он вновь, пусть ненадолго, возобновил поиск партнерши «на остаток лет» – связующего звена между ним и «остальными», позицией постороннего и обычной жизнью вокруг. Однако ж, стоило ему возжелать постоянства, предмета грез неприкаянных обольстительниц, как тут же все обольстительницы перестали быть неприкаянны, и Крамскому оказалось не из кого выбирать. В конце концов он познакомился все же с высокой и чуть сутулой переводчицей из МИДа, истосковавшейся без секса, которая накинулась на него, как тигрица. Ее порыв был столь силен, что он принял его за свидетельство большого чувства, но спустя месяц новая подруга стала посматривать на него с сомнением и не спешила признаваться в претензии на долгосрочность. Тогда Николай решил, что все дело в косности женской мысли, и стал доказывать недоказуемое, изо всех сил демонстрируя избраннице, что он подходит на роль «настоящего мужчины». Так прошел еще месяц, в течение которого он с методичным упорством чинил многочисленные электроприборы, рассуждал об оружии и машинах и проявлял сочувствие к сентенциям о природе женщины, нуждающейся в понимании и защите. В результате, переводчица разорвала их связь, сообщив, что он чересчур зануден – к немалому его облегчению, ибо вся эта суета оказалась утомительной на редкость. Крамской остался там же, где начинал, сожалея лишь о том, что вел себя глупо, не разглядев в предполагаемой невесте блестки неординарности, которая встречается нечасто.

Сразу после этой истории, не успев перевести дух, Николай воспылал страстью к продавщице из отдела галантереи, поразившей его порочной линией губ и острыми ключицами вчерашней школьницы. Больше от школьницы в ней не было ничего, она оказалась на полтора года его старше, но что-то и впрямь запало ему в душу – он страдал и мучился почти взаправду, добиваясь этой женщины, как чего-то, важнейшего на свете. Добившись же ее и пережив несколько горячечных дней, он решил, что это и есть настоящая близость, которой у него не было никогда и ни с кем, а белокурая Людочка – восхитительное, одухотвореннейшее существо. Вскоре выяснилось впрочем, что ее уступчивость слишком уж прагматична, а потом он узнал еще, что у продавщицы имеется бывший муж, с которым она встречается до сих пор, ибо не может себе в этом отказать. Претензии Крамского, ошеломленного последним обстоятельством, остались ей непонятны. Они поссорились довольно-таки некрасиво, и чувства его иссякли в один миг – так что и вспоминать о них было потом неловко.

Чтобы отвлечься, Николай укатил на две неделю в Прагу, полную доступных меркантильных чешек. Вернулся он оттуда значительно посвежевшим и постановил, что романтизм допустим отныне лишь в тщательно отмеренных дозах. Он стал скуп на красивые слова – многие из подруг находили это забавным, путая, как обычно, следствие и причину. Когда же случались обиды, Николай разъяснял все вполне искренне, не желая кружить головы понапрасну и приводя в оправдание «труды» и «раздумья», на которые тратится его душевный пыл. «За ними стоит вечность, – признавался он скромно, – потому они достойны больших усилий», – а на попытки уязвить отделывался остротами, так что все понимали, что с него нечего взять, и не строили иллюзий, существенно облегчая ему жизнь.

Годам к тридцати пяти Крамской стал считать за норму поверхностную природу своих романов, научившись контролировать их продолжительность и частоту, а потом произошел случай, открывший и еще кое-что – иной ракурс и новую колею. Он встретил «сладкую Яну» – двадцатилетнюю студентку-гимнастку, ласковую и гибкую, бесстыдную и не унывавшую никогда. У нее часто сменялись мужчины, она отдавала каждому лишь малую часть себя, но создавала из этой части уютнейший мирок, удобно обустроенную квартирку, которую так не хотелось покидать. Любовники обожали ее и носили на руках, холили и облизывали с ног до головы, а она лишь мурлыкала и потягивалась всем телом, всегда зная в точности, чего ей хочется и зачем.

С ней Николай ощутил очень остро разность в годах и пропасть в мировоззрениях. Это было милосердно, в этом были новизна и сладостная боль. Он понял, что молодость – это яд страшной силы, и ничего не сделать с собственной нежностью, которую хочется расточать и расточать. Будущего не было вовсе, и не было двойной игры – тем острей переживалось настоящее, в котором дозволялось почти все, включая и пресловутый романтизм, что был теперь безопасен, ибо никого не мог обмануть.

Они встречались не так уж долго, но случай многому его научил. Он почувствовал, что не должен легко раскрывать себя перед ней, срывать покровы и отстегивать броню. Знание должно копиться по крупицам – и он выдавал его по крупицам, скрывая главное, отшучиваясь и ускользая, тщательно подбирая многозначные слова. Гибкая Яна с удовольствием приняла игру, и призрак тайны, как мистический отсвет, будоражил ее воображение, а с ним и чувственное желание, перекликаясь с собственной женской мистерией, которая есть всегда. Так Николай открыл для себя счастливую формулу: своих любовниц он находил теперь среди совсем молодых девчонок, предпочитавших мужчин постарше мускулистым сверстникам с дворовыми замашками. Пусть у многих из пассий были острые акульи зубы, но смотрели они открытым взглядом, даже не начав еще уставать от жизни и бояться нестрашных вещей. Разница в возрасте казалась им огромной, туда можно было вместить что угодно – он подбрасывал слова-намеки, и они сами придумывали небылицы, увлекаясь им еще сильней и сильнее волнуя его собой.

Крамской, к тому же, привлекал их внешне, они видели в нем героя – темного мефистофельского толка. Он был высок и чуть сутул, сухощав и породист. Его темные волосы почти не поредели, но в них уже пробивалась седина – это тоже вызывало известный интерес. Да и серые глаза, и сам взгляд служили хорошей приманкой – тонкие губы и чуть заметный шрам делали его взыскательным и дерзким, что порой, особенно в полумраке, действовало безотказно.

Истории, как правило, выходили краткими, но это принималось как должное – к тому же, Николай обнаружил с удивлением, что юных красоток, желающих иметь с ним страстный эпизод, куда больше, чем ему казалось. Они не искали совместного быта, надежной стены или крепкого мужского плеча. Им хотелось наслаждаться жизнью – не думая о замужестве и сложностях бытия. Крамского это устраивало вполне, он будто даже помолодел и воспрял духом. Тягостные мысли о старении и скорой потере сексапила вовсе перестали его посещать. Он задористо косил глазом в московской толпе и считал свою личную жизнь удающейся на все сто.

С той, к которой он мчался теперь, ерзая на сиденье чужой машины, все было по-другому, хоть и ей едва исполнилось двадцать три. Они знали друг друга уже не первый год, и «страстному эпизоду» давно пришла пора сойти на нет. Тем не менее, у него в душе перекликались бодрые голоса, а пальцы сами выстукивали дробь на пыльном пластике подлокотника.

С Жанной, носившей смешную фамилию Чижик, он познакомился три лета назад неподалеку от Кремля. Накануне ему приснился странный сон – там была девочка, бродившая по городу с ручным тигром на поводке. Утром видение все стояло перед глазами, и Крамской отнесся к нему серьезно – бросил дела и пошел шляться по улицам, зорко глядя по сторонам в поисках девчонки с тигром, по которому только и можно было ее узнать. В одном из переулков он спугнул черную кошку, потом заплутал в подворотнях и с трудом выбрался к знакомым улицам, а к полудню отчаялся вовсе и, оказавшись у Красной площади, заговорил с первой попавшейся незнакомкой, ничем не похожей на ту, из сна.

Он сразу признал в ней провинциалку и был снисходительно-небрежен. Сон и девочка с тигром уже отодвинулись далеко, черная кошка, наверное, давно о нем забыла, все было просто, обыденно и скучно. «Вы не знаете, где здесь продают шампанское?» – спросил он Жанну Чижик, увлеченно поедавшую эскимо, на что та лишь распахнула глаза и замотала головой. «А я знаю, – сообщил Крамской, вздохнув. – Не желаете составить компанию?»

Они выпили шампанского в баре одной из гостиниц, где на Жанну поглядывали с неприятной усмешкой. Потом он катал ее на речном трамвае и кормил недорогим обедом, а после они поехали к нему и без лишних слов занялись любовью. Она считала, что должна ему отдаться – к тому же, Николай был галантен и очень ей симпатичен. Конечно, у себя дома она бы не разрешила тех вольностей, на которые он склонил ее в своей московской квартире, но в большом городе все было не стыдно, а кое-что оказалось до странности приятно. Уже на другой день Жанна решила, что очарована на всю жизнь, и воспылала к Крамскому бесхитростной страстью, озадачив его и напугав.

Возникла дилемма, знакомая многим: ему хотелось избежать усложнений, но и при том терять Жанну так скоро не было ни малейшей охоты – она влекла его чем-то, задев глубокую струну. Сердце Николая оставалось спокойно, но разум противился разлуке, тем более, что Жанна Чижик не собиралась назад в маленький волжский город, решив начать новую жизнь, с Николаем или без. Он представлял себе прекрасно те пучины и бездны, что ждут за дверью его подъезда, готовые поглотить ее вместе с тысячами других таких же, чтобы смять, искалечить, переделать на третьесортный лад и выплюнуть в толпу, навесив грубые ярлыки. В ней был кураж, были искренность и свежесть, что имели здесь копеечную цену, и он хотел владеть ими или хотя бы иметь к ним доступ, но отнюдь не в ущерб свободам и привычкам, расстаться с которыми казалось немыслимой авантюрой. Потому, кривясь от собственного вранья, он стал лавировать и юлить, а потом, придумав удачный план, использовал всю силу убеждения, на которую был способен, да и Жанна проявила трезвость рассудка, понимая наверное, что сбыться всем мечтам сразу – это уж чересчур. В результате они нашли компромисс, устроивший обоих, хоть она и поплакала немного, жалея себя и скорую влюбленность, но слезы быстро просохли – от избытка впечатлений и природного легкого нрава.

Николай снял ей квартиру и устроил в колледж средней руки, а еще – платил зарплату секретаря, вовлекая ее бесстрашно в свои «дела», к чему она относилась со смущавшей его серьезностью. Денег выходило немного, но Жанне и не требовалось много, запросы ее были весьма скромны – по крайней мере, до наступления некоего «будущего», о котором иногда говорил Николай. Его детали не разглашались и не обсуждались никогда. Жанна даже и не пробовала о них размышлять, лишь чувствуя в себе нерастраченный пыл, который вырвется когда-то наружу. Пока же ей нравилась ее жизнь, и она не хотела никакой другой.

Для Николая все вышло сложнее, хоть и не то чтобы слишком сложно. Они стали друзьями, созванивались каждый день, иногда спали вместе, не придавая этому большого значения. Он не знал, были ли у нее другие мужчины, полагал что были, но не задавал вопросов. Его мучили иные вещи – к примеру, истинный смысл всей довольно-таки громоздкой затеи, который оставался неясным и не поддавался формулировке. Потратив столько сил, он не мог теперь удовлетвориться малым – «любовница» или «содержанка» оскорбили бы внутренний слух, решись он подумать о Жанне столь примитивно-просто. Нужное слово все не шло на ум, и это раздражало, как обидная недосказанность, а потом, по истечении года, возникло и еще кое-что, сидевшее занозой – то и дело он ловил себя на мысли, что владеет в ее лице слишком многим, за что в будущем могут очень даже строго спросить. Крамского не оставляло предчувствие, что когда-то она исчезнет из его мира, найдя другой, где ему не будет места, а началось все опять со слишком подробного сна – точнее, с череды сновидений, связанных общей нитью, в одну из душных ночей, когда простыня липла к телу, а открытое окно впускало звуки, но не прохладу. Сон был долог, там были Жанна, приморский город и яркий камень аметист – и она покинула его во сне и забрала камень с собой. Он очнулся с лицом, мокрым от слез, проспав почти до полудня, и долго не мог понять, отчего воображение разошлось с такой силой. Аметист был как настоящий, а прочее так и осталось загадкой, размышлять над которой совсем не хотелось. Он почувствовал лишь, что Жанна Чижик имеет над ним какую-то власть, что было неприятным открытием и могло нарушить устойчивость их союза.

Николай тогда утратил покой, опасаясь новой горячки

чувств, и быстро убедил себя, что не хочет и не может уже наверное полюбить ни Жанну, ни кого-то еще. Но осадок остался, он понял, что терять можно даже и не любя. Злосчастный сон надолго врезался в память, и он порой стал испытывать страх – перед грядущей потерей. Потом он научился загонять его внутрь, глубоко-глубоко, откуда почти не слышно, и ощущение устойчивости вернулось на место, хоть он и стал внимательней за ним следить. Даже к «делам» он относился по-другому с тех пор, как Жанна заняла в них свою скромную нишу. Теперь нельзя было ударить в грязь лицом и предстать неудачником, пусть на краткий срок, да и к тому же он побаивался оставить ее без занятия и высвободить пространство, которое тут же заполнится чем-то иным.

Он приучал ее к музыке и хорошим картинам, порой приносил ей книги, никогда не заставляя читать через силу. Понемногу у нее развивался вкус, ее вопросы ставили его в тупик, что не могло не радовать и не приносить удовлетворения. Он стал представлять себе в фантазиях, что Жанна Чижик – тайное оружие, ждущее своего времени. Что когда-то, когда она станет «готова», он поймет, как использовать в полной мере все ее умения и таланты. Однако, подробности грядущих битв, где они сразятся наконец бок о бок, не давались ему никак, что конечно злило не на шутку. Тогда Николай прикрикивал на себя, прикрываясь велением высшей силы, очевидно вновь решившей что-то за него, и успокаивался на сиюминутном, дарившем осязаемые радости. При этом он отмечал с удовлетворением собственника, что бывшая провинциалка до сих пор еще кристально честна и не слишком уверена в себе, а потому и не способна пока справляться в одиночку с реалиями московской жизни.

Жанна не была стеснительна, но порой проявляла робость в самых неожиданных вещах. Больше всего на свете она ненавидела железные дороги – все ее детство прошло на захолустной товарной станции в семье стрелочницы и машиниста. Незадолго до школы родители развелись, и отец женился вновь на осмотрщице поездов, что работала все в том же депо. Это повысило их социальный статус, но отношения с мачехой не сложились, и Жанну отправили в кадетский интернат, который она полюбила всей душой. У нее и сейчас хранилась форменная курточка с погонами курсанта, символизирующими, ни много ни мало, достоинство и честь. Снятие погон или даже одного из них за какой-нибудь неприглядный поступок было для кадетов стыднейшей карой, олицетворением позора, страшнее которого не бывает – и это въелось в сознание Жанны Чижик навсегда.

Она, как правило, нравилась себе самой, хоть и подмечала, что многое в ней далеко от идеала. Так, ей казалось, что она хитрит слишком часто, хоть все ее хитрости были весьма наивны. В детстве от нее, завзятой сладкоежки, мать прятала шоколадные конфеты – она находила их и съедала ровно столько, чтобы недостача не бросалась в глаза. Потом, когда она немного подросла, старший брат запрещал ей пользоваться игровой приставкой, к которой ее тянуло, как магнитом. Это было уже не так невинно, она стала изобретательней и ловчее, выслеживала его, как настоящий детектив, и научилась заметать следы. С тех пор, узнав в себе склонность к подобным вещам, Жанна стала считать себя немного испорченной, хоть на деле была простодушна и открыта – благодаря то ли кадетской выучке, то ли просто внутренней цельности, пока еще не разменянной ни на что.

Внешность ее, впрочем, намекала на другое. От природы она была рыжеволоса, чуть веснушчата и сероглаза. Ее легче было представить разгуливающей по крышам или летящей в ночь на послушной метле, нежели корпящей трудолюбиво над основами пиара и психологии масс. Ее улыбка напоминала порой лисью ухмылку, она знала это и в следующей жизни хотела стать небесной лисой. Ей подошло бы лукавить без устали – с естественностью шепота или дыханья – кружить голову и сбивать с толку, обманывать и добиваться своего. Но именно обман был чужд ей больше всего и, несмотря на лукавый профиль, от нее исходило столько светлого чувства, что вскоре каждый понимал: она не принесет вреда. Наверное, повстречав раз, ее непросто было забыть – Николаю казалось даже, что по Москве бродят целые толпы видевших ее мимолетно и с тех пор утерявших покой и сон…

Расплатившись с водителем и легко взбежав на третий этаж, он замер на мгновение перед кнопкой звонка – словно в нерешительности, собираясь с мыслями. Это было глупо, Крамской тут же обругал себя быстрым шепотом, а потом ухмыльнулся довольно-таки прохладно в ответ на горячий поцелуй, и еще какое-то время был нарочито деловит, пока его рыжеволосый агент, разместившись на широком диване, сверкал глазами и всплескивал руками, повествуя обо всем, что случилось за день.

Как обычно, ей было, что рассказать – хоть они не виделись всего трое суток. Николай всегда отмечал с завистью, как много событий умещается в ее днях, и как в любом из них она находит какой-то новый смысл. С нею он размякал душой, теряя ощущение часов и минут – время Жанны текло неспешно, несмотря на бойкий пульс города за окном. Тут, в своей квартире, она жила в собственном ритме, который захватывал Николая куда более властно, чем он сам хотел бы себе признаться.

Главной темой сегодняшнего рассказа был звонок дальнего родственника – из того самого городка, где прошли ее детство и юность. Вообще, о родных местах она говорила редко – досыта насмотревшись на убогий быт, берущий начало сразу за московской окружной дорогой. Она вспоминала лишь испитые лица, нужду, грязь и скуку, от которых хочется бежать, не оглядываясь, да и родственник был обычной пьянью и жил в нищете, перебиваясь случайными заработками. Но при том, потратившись на дальний звонок, он просил не денег, а книг – с оказией или по почте. Это было более чем странно, и она относилась к этому, как к нелепой блажи, поглядывая на Николая чуть жалобно, словно испрашивая поддержки. Крамской с удовольствием посмаковал мысль о том, что Жанна до сих пор принадлежит ему и смотрит все еще снизу-вверх, а потом подумал с ленцой, что не стал бы помогать никому деньгами, а в такой вот трогательной просьбе отказать, прямо скажем, непросто.

«Давай, знаешь, сделаем ему посылку», – предложил он, тут же вспомнив об одном своем приятеле, которого не видел много лет. Тот тоже жил теперь на берегу Волги и в последнем своем письме, случившемся уже бог знает когда, просил Николая о том же, о книгах – в обычной своей дурашливой манере.

«...Да, и пришлите книг, Николя», – писал приятель, и было там еще что-то смешное, а он конечно забыл о нем, замотавшись, и это стыдно, и никуда не годится. Крамской покачал головой, уйдя в свои мысли и вовсе перестав слушать Жанну Чижик, а очнувшись, понял вдруг, что та смолкла и смотрит на него с откровенным прищуром. Все было привычно и знакомо, и время текло витиевато, как раз так, как им обоим хотелось. Спесивый мегаполис остался снаружи, наваливаясь своей тяжестью на других, до которых им не было дела. Николай успел еще подумать, что любое равновесие капризно и требует постоянного присмотра, а потом встал, подошел к Жанне, и она протянула ему руки, не отводя глаз, ставших вдруг совершенно бесстыжими, но все еще прячущих в глубине зрачка чуть заметный лукавый блик.

Впрочем, блик мог и привидеться случайно, – размышлял он потом, выйдя в теплую ночь, – а если не привиделся, тем лучше: быть может потому его и не мучит мужская ревность. На душе было легко, жизнь казалась вполне терпимой, он ощущал теперь власть над жизнью – где-то даже назло всемогущему вселенскому организму – и холил ее в себе, как еще утром пестовал мысли, навязанные будто бы извне. Что ж, этим быть может различаются времена суток, – пробормотал он вслух и даже прошел пешком несколько кварталов, хоть окраины в этот час были небезопасны для прохожих. Потом из подворотни что-то бросилось наперерез и исчезло за мусорным баком.

Николай споткнулся от неожиданности и, не желая более испытывать судьбу, вышел к проезжей части и поднял руку.

Уже в машине, скрипучем «Форде» грязно-белого цвета, он вновь вдруг вспомнил о приятеле с Волги – они вместе когда-то продавали голландцам «Технологию Т», но потом пути их разошлись. Приятель быстро потерял часть денег и вернулся в родной Сиволдайск, решив заняться литературным трудом. Николай подумал внезапно, что был бы не прочь его повидать. Мысль эта долго вертелась в голове и даже приняла практический оборот, чему способствовали и вечер, проведенный с Жанной Чижик, и ее откровенный взгляд. Было жаль, конечно, что она родом из другого города, но и Сиволдайск казался связанным с нею. Там, наверное, представлял себе Крамской, бродят по улицам толпы провинциалок – они подобны ей и в то же время слегка другие. Да нет, не слегка – совсем, совсем другие. Разные, загадочные, неведомые – но с таким же прямым бесстыдным взглядом.

Глава 7

Всю следующую неделю с Елизаветой Бестужевой происходили странные вещи. Кто-то окликал ее в толпе, называл по имени, подобравшись совсем близко, и она оглядывалась – сначала испуганно, а потом с досадой – но голос не мог принадлежать никому из тех, что шагали мимо, не замечая незнакомку. Она тогда чувствовала себя еще более чужой и городу, и прохожим, на сигналы извне будто накладывалось вето, и скромное помещение турбюро представлялось спасением – как укрытие от непрошенных радиоволн. Но и там не было покоя: компьютер выдавал по утрам целую пачку электронных писем, отправители которых имели странные адреса, разные каждый день – и не возникало сомнений, что у нее не могло завестись такого количества виртуальных знакомцев. В посланиях были все больше фото – шикарных, роскошнейших цветов, от которых будто даже доносился запах. Елизавета привыкла к ним через несколько дней и дулась на грубоватую Марго, называвшую их презрительно «гениталиями растений» – наверное потому, что испытывала к компаньонке легкую зависть. Однако, и привыкнув, она не могла не признать, что цветы, пусть красивы, но совершенно необъяснимы – а потом, в довершение всего, стал пошаливать и автоответчик. Кто-то звонил ей домой днем, в неурочное время, когда она не могла снять трубку и отвадить наглеца. На пленке оставались не слова, а покашливания и вздохи, что было совсем уж неприлично, хоть вздыхали, признавала она, без чувственного надрыва, а скорей с печалью и смиренной тоской.

Но более всего Елизавету нервировала слежка. Иногда ей казалось, что тот самый глаз с витрины на Солянке плывет за ней в мареве городского лета – взмывая над крышами и лавируя меж зданий, отпихивая ветки и чахлую листву, слезясь от выхлопных газов, щурясь на ярком солнце. Это, впрочем, было безобидной фантазией в сравнении с происходящим на самом деле: за ней следили совсем уже открыто, она давно заметила наблюдателя и стала узнавать его в лицо. У нее будто сделалась чуткая кожа – она вздрагивала порой, как от прикосновения, ощущая на себе чужие зрачки. Этот человек следовал за ней везде, словно на невидимом поводке. Он был настойчив и неутомим, как хищник, преследующий добычу, и Елизавета недоумевала даже, почему он не пускает в ход зубы и когти – она достаточно беззащитна и не сможет дать отпор. Бывало, ей становилось невмоготу, она разворачивалась вдруг и шла к нему, расталкивая прохожих, намереваясь строго расспросить, а то и устроить сцену, заранее злорадствуя при мысли о том, как неловко будет сейчас этому нахалу. Но тот всякий раз ускользал, без труда растворяясь в толпе, оказываясь неуловимым, как и подобает хищнику, да и по части сцен Елизавета не отличалась умением, старательно их избегая всю свою сознательную жизнь.

Филер за эти дни тоже по-своему к ней привык, изучил ее расписание и маршруты и считал, что они знакомы давным-давно. Бродя за ней по московским улицам, он смаковал с приятной грустью их временную тайную общность, представляя себя рыцарем в изгнании, не смеющим подойти вплотную, хранителем ее покоя, всегда готовым прийти на помощь, хоть это и не входило в список его забот. Елизавета нравилась ему все больше, но, при том, бизнес был на первом месте, и он знал наверняка, что никакая симпатия не помешает ему выполнить инструкции до последней буквы. К счастью, инструкции эти были вполне безобидны, и потому он отрабатывал выгодный заказ без лишних волнений и душевных мук.

Для приятелей и знакомых он был просто Димон, так к нему обращался каждый, не задумываясь даже, псевдоним ли это или же настоящее имя, которым его звали, когда он еще не был бесплотной тенью. Он вырос в рабочем Лианозово, в смрадной духоте пятиэтажек, в сырости и грязи дворов-ловушек, которые тонули в облаках дыма из огромных заводских труб. Это был странный мир со своим особым многоцветьем – ядовитой зеленью и лужами, отдающими рыжиной, желтой коростой на трубах и розоватым мхом, гнездящимся в швах блочных «хрущевок». Выжить в нем, казалось, могли только наглые птицы и стаи бродячих собак, опасных, как гиены, но жизнь и тут била ключом – со своими кумирами и страстями, поножовщиной и любовью, жестокими нравами и пьяным бытом, в котором Димон ощущал себя неплохо, стыдясь лишь рязанского происхождения, всегда служившего мишенью для шуток. В Рязани до сих пор жили его сестра и тетки с дядьями, он любил ездить туда на праздники, волоча с собой по привычке объемистые сумки с провизией, но в московской жизни стеснялся своего круглого лица и чуть заметной провинциальности, от которой никак не мог избавиться. В свободное от работы время он старался выдерживать какой-то «стиль», питал любовь к цветастым рубахам и сам укладывал волосы феном, взбивая залихватский кок, но что-то ускользало, он чувствовал, что играет в чужую игру и стремится к невозможному. Успокаивался он, лишь вновь выходя на задание, типизуясь и растворяясь, если ставилось такое условие, или, напротив, все время маяча на виду, как в случае с Елизаветой, обретая самый средний из возможных обликов, в котором только и был залог успеха.

Трудно поверить, но когда-то, в компании лианозовской шпаны, он вовсе не отличался незаметностью, имея непримиримый нрав и враждуя по поводу и без, отстаивая принципы до мелочей, даже и не видных прочим. Его не смогли переделать ни законы дворовой стаи, ни армия, ни первые любови – сильные женщины, подавлявшие Димона во всем. В нем была крепкая сердцевина – она сохранялась нетронутой с юных лет, во многом доставшись от родителей, спокойных русских людей, всегда уважавших тех, кто рядом, и готовых поделиться, даже в ущерб себе. Быть может оттого он оказался на обочине преуспевания, вечно занимая неудобные места и не умея оттолкнуть локтем или, того хуже, соврать в глаза. Какое-то время он еще пытался «выбиться», сходясь то с одним, то с другим из бывших друзей, равнялся с ними, напрягал мускул и набирал воздуха в грудь, но ему всегда доставались крохи, зачастую вместе с насмешкой. Как-то раз, раздосадованный очередной неудачей, он изрядно набрался в третьеразрядном клубе, проснулся утром в чужой машине без телефона и пиджака, вышел, хлопнул дверью и зашагал наугад по незнакомым дворам, не представляя ни где находится, ни куда идет. Солнце едва взошло, город был тих и чуток, все казалось мистически-новым, будто порвалась связь с прошлым, и тайна жизни приоткрылась на миг, но через четверть часа он увидел вдруг перед собой аляповатую вывеску того самого клуба с сонным охранником у двери. Там, пожурив за забывчивость, ему вручили помятый пиджак, и даже телефон оказался во внутреннем кармане, и вообще все было тем же самым, и мутило от выпитого, и сильно болела голова. Именно тогда он осознал со всею силой, как бессмысленно бороться за место под солнцем, если ноги сами ведут по кругу, и в душе не рождается ничего, не испытанного уже когда-то. А осознав, избрал смирение, от которого было недалеко до той самой неприметности, что помогла найти надежную нишу, превратившись из привычки в профессиональный навык.

В четверг, проводив Елизавету до офиса в Малом Черкасском и зная уже, что сделал это в последний раз, Димон неторопливо брел по Театральному проезду в сторону гостиницы Метрополь и размышлял о том, что всякое ремесло таит в себе компромиссы. Задание было выполнено – почти до самого конца. День кончится, придет хмурое послезавтра в похмельной тяжести коротких выходных, и он заставит себя забыть эту женщину навсегда, более не вспоминая ни один из ее адресов, ни вообще сам факт ее существования. Таково неписанное правило – никаких продолжений «после», даже если слежка велась тайно, и риск оказаться узнанным сводился к нулю. Так было и с другими «контрактами», к иным он привязывался еще сильней и давно привык к горечи расставания, как и к любой неизбежности, подстерегающей тут и там.

Дойдя до Большого театра, филер перешел под землей к знаменитому скверу, символу однополой любви, сел на лавочку у фонтана и сделал два коротких звонка. Один – известному пожилому актеру, чтобы подтвердить договоренность, достигнутую ранее, а второй – знакомой сводне, всегда имевшей в распоряжении целую армию роскошных девиц. Она узнала его, и это было приятно. Он с удовольствием потянулся, запрокинув голову и удивившись на мгновение безоблачной синеве. Потом откашлялся, взял строгий тон и наказал прислать ему вечером брюнетку с большой грудью, разговорчивую и веселую, и не слишком склонную к полноте.

«Отдыхать будете?» – уважительно спросила сводня.

«Отдыхать», – подтвердил филер и дал отбой. «Отдыхать», – повторил он еще раз, просто так, чувствуя отчего-то, что и в самом деле очень устал.

В это время Бестужева сидела за рабочим столом и рассеянно перебирала флаеры, пришедшие с сегодняшней почтой, стесняясь признаться самой себе, что ждала от почты гораздо большего. Собственно, все последние дни проходили под знаком ожиданий, словно вестников перемен, что вот-вот случатся в ее жизни. Она не ощущала угрозы, но томилась неизвестностью – плохо спала, стала раздражительна и придирчива к мелочам. Мысли ее витали в самых дальних краях, с трудом возвращаясь к ежедневной рутине.

Больше всего Елизавета размышляла об одиночестве. Отчего-то, ей хотелось жалеть себя, чуть не до слез, хоть ничего трагического не было в ее судьбе. Все происходило в общем так, как ей самой представлялось правильным и разумным – если конечно не брать в расчет странности последней недели. Одиночество в смысле жизненного уклада вовсе ее не тяготило – напротив, на сегодняшний день она находила его комфортным и едва ли не единственно возможным способом устройства быта. Когда она забиралась с книгой на уютный диван, раскладывала вещи и распространяла свою ауру на все пространство небольшой квартиры, становилось ясно, прежде всего ей самой, что там не найдется места для кого-то еще.

Первый брак научил Елизавету не верить чужим представлениям о счастье и, быть может, продлился бы дольше, будь у них с мужем разные спальни и привычка стучаться, прежде чем войти. Конечно, большое чувство, что должно прийти к ней когда-то, вполне способно все переиначить, но в его отсутствие она не понимала, для чего терпеть неудобства и менять комфорт на мнимые радости совместного проживания, о котором порой заикались ее мужчины. Однако теперь, когда течение жизни оказалось вдруг нарушено, она преисполнилась сомнений во многих вещах. Ей захотелось чьего-то присутствия рядом – и днем, и ночью, и вообще всегда – а внутренние ее миры сжимались порой в комок, затаившись и не подавая признаков жизни. Пустая квартира сделалась неуютной, звуки и шорохи – пугающе чужими, и даже мебель, которой было совсем мало, стала выказывать нрав и обрела острые углы.

О своем нынешнем любовнике она позабыла напрочь. Тот недоумевал и звонил каждый день, но Елизавета всегда была до крайности холодна с мужчинами, к которым теряла интерес. Они переставали для нее существовать, словно отделенные прозрачной стеной. Она не тратила сил на выяснение отношений, ничего не объясняла и не отвечала на упреки – не из бессердечия, а оттого, что подобные разговоры доставляли ей невыносимые муки. Это их подавляло, они становились жалки и даже плаксивы иногда, изощряясь в мольбах, которые, конечно, ни к чему не вели. Елизавета не могла им помочь и желала им лишь, вполне искренне, поскорей найти утешение в ком-нибудь другом.

Теперь же утешение требовалось ей самой, но для этого, конечно, не годился ни один мужчина. После некоторых раздумий она отправилась к Хельге – двоюродной тетке, зачем-то переделавшей имя на немецкий лад, что многие считали непозволительным и говорили даже, что Ольга-Хельга слегка тронулась умом. Она жила в Ясенево, у самой кольцевой. К ней нечасто добирались гости, а Елизавета была гостьей желанной, любимой с детства, так что встретили ее радостно, расцеловав в щеки и напоив чаем со степным медом. От чая тетка раскраснелась и даже похорошела, но Елизавета отметила с жалостью, что Оленька, как она называла ее про себя, стареет лицом, не имея мужчины, хоть ее улыбка, а значит и душа, становится все моложе.

Проблема Елизаветы вызвала у тетки самый живой интерес. Она долго выспрашивала, что и как, особенно про цветы и тоскливые вздохи, потом достала карты и выложила их на стол, но те молчали, то ли что-то скрывая, то ли и впрямь не умея помочь.

«Злой дух кружит, – сказала Хельга, пожевав губами, – злой дух-соблазнитель. Асмодеем кличут или еще Дефиортом, но твой – точно Асмодей, шепчет в ушко, а лица не кажет. Сейчас я тебя заговорю».

Она обняла племянницу и долго бормотала у нее над плечом, а потом дала с собой немного темной жидкости в аптечном пузырьке. «Вощанку поставь в изголовье, да не бойся. Это чертополох, не будет вреда, а больше и не знаю, чем тебе помочь, – добавила она на прощанье. – Вот придет зима, будет первый снег, так умоешься с серебра снеговой водой. У меня и блюдо есть, настоящее, старинное. А сейчас – ничего, терпи, Лизочка, бог даст – пронесет».

«Если и впрямь соблазнитель, то до зимы-то он уж меня соблазнит сто раз», – рассмеялась Елизавета, но распрощалась с Оленькой тепло и ушла, будто успокоенная немного. Она даже помахала рукой филеру, привычно трусившему следом и подумала озорно – уж не он ли Асмодей? Но к вечеру на сердце вновь стало тревожно, а ночью снились дурные сны, несмотря на вощанку, мутную на просвет, которую она послушно примостила у края кровати.

Помимо тетки, Елизавета решилась довериться и единственной подруге, претендующей на статус близкой. Та, в отличие от Хельги, была не склонна к мистицизму и искала в явлениях предметный базис. Они пили сладкий мате в кофейне на Садовом под аккомпанемент внезапного летнего ливня, ловя боковым зрением мужские взгляды. Кофейня, открытая недавно, не успела еще обрести своего лица, а эклектика дизайна, поневоле настраивала на несерьезный лад. Все здесь казалось игрой – японские картинки, кальяны на подставках, вымпел мадридского футбольного клуба над барной стойкой – Елизавета не удивилась бы даже, увидев на своем соглядатае цилиндр или шутовской колпак. Но тому было не до шуток, он мелькнул за стеклом в обычном своем неприметном облике, метнулся куда-то в сторону, скрываясь от крупных капель, и через мгновение в окне остались лишь грязно-серые силуэты высоток Нового Арбата, похожих на раскрытые книжки, зачитанные до дыр.

Подруга носила пролетарское имя Зоя, что удачно сочеталось с фамилией Климова, доставшейся от супруга. Впрочем, и девичья ее фамилия тоже звучала в унисон, сразу вызывая в воображении папашу-военного, комсомол и российскую глубинку. Все примерно так и было, они переехали в Москву из Тамбова благодаря запредельному усилию, предпринятому родителем перед самой отставкой. Ввиду прихода новых времен, комсомольская романтика коснулась Зои совсем чуть-чуть и не смогла излечить от застенчивости и девичьих комплексов, но потом, выскочив замуж, она освоилась и научилась управляться с противоположным полом. Теперь Зоя Климова знала себе цену, и ее непросто было сбить с толку. Лишь изредка остатки неуверенности напоминали о себе беспричинной экзальтацией, а то и ступором речи, случавшемся, если ее перебивали невпопад. Это казалось ей очень стыдным, так что говорить она старалась много и, по возможности, без пауз.

Выслушав Елизавету, Зоя погрустнела и насупилась. Она всегда считала подругу легкомысленной чересчур и не понимала, почему та не желает этого признать. «Забудь, – сказала она, – это тебя за нос водят. Ничего хорошего не будет, лучше в милицию заяви. Может повезет, познакомишься там с начальником милицейским – будешь вся в шоколаде…»

Вскоре стало ясно, что разговора не выйдет – в довершение к несовпаденью взглядов у Зои случились проблемы с мужем, и она не могла думать ни о чем другом. «Он не любит моего кота, – говорила она, сгорбившись и опустив плечи, – злится, кричит, угрожает выгнать – я вообще не нахожу себе места. Кот такой домашний, у него диета и подпиленные коготки. Все на улице обалдеют, когда увидят такое – ему туда нельзя, он пропадет. Он давно привык спать со мной вместе, стал неженкой и ленивцем. Жаль, мужчины не понимают таких вещей, им кажется, что все послушно их воле. А кот, понятно, его презирает, у кота достоинства куда больше…»

Лиза слушала ее час и другой, а потом ей все это надоело, и она поднялась было, чтобы уйти, но подруга вцепилась в нее мертвой хваткой, разрыдавшись тут же, на виду у всех. Пришлось успокаивать ее до вечера, заказав уже не мате, а текилу и джин, но та все равно была недовольна и сказала на прощанье какую-то гадость. Это было вчера, теперь Елизавета сидела нахмурившись и мрачно думала о том, что подруги, вообще, никуда не годятся. Беспечная Марго поглядывала на нее осторожно, но расспрашивать не решалась, зная уже, что у компаньонки временно испортился характер. Часы недавно пробили полдень, приближалось время обеда, и тут случилось наконец событие, положившее конец неизвестности: Елизавета Бестужева получила Письмо.

Сначала раздались шаги – кто-то шел от лифта в сторону их открытой двери, и хоть само по себе это не могло удивить, обе девушки, как по команде, замерли и насторожились. В шагах было что-то, выдающее непреклонность намерения – сама судьба могла б иметь такую поступь, доведись ей когда-то прогуляться по этому этажу. А через мгновение незнакомец объявился в дверном проеме, и у Марго вырвалось невольное «А-ах!»

Дело было даже не в том, что фигуру вошедшего облегал темный плащ, неуместный в июльскую жару, и не в локонах парика, черных, как уголь, обрамлявших его худое лицо. Дело было в том, что у них в дверях стоял знаменитый актер, любимый некогда всенародной любовью, да и сейчас все еще бывший на виду. Встретить его здесь, в неприметном бюро путешествий, казалось столь невероятным, что Маше Рождественской хотелось щипать себя за бедро или колоться булавкой. Елизавета тоже оторопела сначала, но в целом оставалась вполне спокойна, будто зная, что незнакомец явился по ее душу, да и не мог не явиться – только, почему-то, слишком долго ждал.

Человек в плаще, тем временем, не спеша осмотрелся, учтиво и с достоинством поклонился каждой из компаньонок и заговорил, обращаясь непосредственно к Елизавете. «Имею честь передать послание госпоже Бестужевой, – сказал он негромко, но заполонив словами все пространство. – Это без сомнения Вы – взглянув на Вас, поверьте, никак нельзя ошибиться. Потому – примите это письмо и простите великодушно за внезапное вторжение среди рабочего дня».

Он достал из-под плаща белоснежный конверт и протянул его Елизавете. Та поднялась со стула и взяла письмо, поблагодарив улыбкой и взмахом ресниц. Секунду или две они глядели друг на друга. У Елизаветы кружилась голова – все его движения и слова, и хрипловатый обволакивающий голос были исполнены такой сдержанной силы, что она не могла противиться наваждению. В комнате будто возникла иная реальность, созданная им за один лишь миг, и она не могла позволить себе сфальшивить, допустив неверное слово или жест.

«Вы очень любезны, – сказала Бестужева наконец, стараясь, чтобы голос не дрожал, – но кто же он, таинственный отправитель? Согласитесь…» – тут она смешалась, а незнакомец сдержанно улыбнулся, потом наклонился и поцеловал ей руку. Он верил в мощь своего обаяния, как и обаяния таланта вообще, и умел ценить отклик, не оскорбляющий нежеланием эту мощь признать. Елизавета нравилась ему, он подумал мельком, что из нее вышел бы толк, но тут же оборвал себя – это не его дело, да и сколько таких еще – хорошеньких, умненьких, с врожденным благородством. Нынче, правда, их трудно разглядеть – трудно, да и недосуг…

«Не стоит беспокоиться, – проговорил он с чуть лукавой усмешкой. – Есть основания полагать, что намеренья отправителя безупречны. Имею честь».

Он вновь поклонился обеим девушкам и вышел, не оборачиваясь. Елизавета стояла и напряженно смотрела ему вслед. Вскоре послышались шум лифта, хлопанье дверей, и все стихло. Только тогда она перевела взгляд на письмо и нерешительно пожала плечами.

«Ну и ну! – громко сказала Марго. – Нет, ну это просто… Ну что ты застыла, как соляная статуя, давай читай!»

«Да погоди ты, – отмахнулась Елизавета, повертела конверт в руках и прошлась по комнате взад-вперед. – Дай хоть ножницы, что ли…»

Потом в офисе повисла звенящая тишина – да и право, таинственное письмо стоило того. В самом его начале отправитель называл себя, и у Елизаветы сразу зарделись щеки, хоть она почти не вспоминала о Тимофее последние несколько лет. Но теперь, когда сенсоры восприятия стали чутки до предела, а душа жаждала разгадок, любая определенность казалась желанной, как знак к раскрытию всех прочих тайн. Сердце ее стучало, как у испуганной куницы, хоть она была не из пугливых и не отличалась робостью чувств. Напряжение в воздухе еще сгустилось, словно перед грозой. Электричество щекотало веки, и на глаза наворачивалась непрошенная влага.

С первых строк Тимофей признавал вину, затем нещадно

себя казнил, потом же – искусно выводил из всего надежду на еще один шанс. Он был скуп на красивости, старательно избегая штампов, но кое-где сквозь суровую простоту и сдержанность прорывалась нешуточная страсть, очевидно жившая в нем все годы их разлуки. Тут же, не жалея красок, живописал он свои достижения и успехи, приведшие, что скрывать, к завидному благополучию. Только вот сердце… – и он обрывал себя, – только душа… – и вновь запинался, как бы не решаясь продолжить. Потом, решившись наконец, выкрикивал все же заветные слова и замолкал, опустошенный, удивленный даже чуть-чуть собственным красноречием и жаром, но твердо стоящий на своем, знающий, что пути назад уже нет.

Да, письмо производило впечатление – еще быть может и оттого, что писал его профессионал, обладающий немалым мастерством. Тимофей Царьков заплатил ему, не скупясь, полагая, что так выйдет лучше в смысле конечного результата. Результат и вправду получился отменным – он и сам чуть не прослезился, прежде чем заклеить конверт, и Елизавета сидела теперь в странном оцепенении, вся во власти магических слов. Потом она еще раз перечла написанное, внимательно рассмотрела прилагавшийся тут же железнодорожный билет, убрала все в сумочку и глубоко вздохнула.

Она даже не была удивлена – чему удивляться, в самом деле, просто нужно быть честнее с самой собой. Ничего ведь так и не случилось с той юношеской поры – ничего, походящего хоть как-то на то огромное, что грезилось в туманном далеке – а ведь ей уже не так мало лет. И посещала, посещала мыслишка, что вот тогда-то они как раз и прозевали настоящее – по молодости, по глупости, по неведению… По крайней мере, он нашел в себе смелость признать это первым – если конечно не врет, ну а с чего ему врать? Никто ведь не тянул его за язык, а получить с нее нечего, кроме нее самой.

«Понятно, понятно», – пробормотала Бестужева чуть слышно, потом потерла висок и покачала головой. В хаосе странностей и тревог обнаружилась точка опоры – этого нельзя было не признать. К ней очевидным образом как раз и вели все странности и тревоги. Все ли? Может и те, что были раньше? Пусть наивно, но и в это хочется верить иногда…

Она произнесла про себя его имя и прислушалась осторожно. Неприятного не случилось, даже напротив – хотелось улыбаться, и совсем не было давней злости. Мысль о том, чтобы очутиться вдруг с ним рядом, естественным образом пришедшая следом, тоже показалась не такой уж глупой – и даже волнительной слегка. Не очень было ясно, при чем тут Сиволдайск, и что он делает так долго в такой глуши, но эти мелочи, конечно, не могли отвлечь от главного, только и имевшего смысл. Елизавета закрыла лицо руками, чувствуя, что губы растягиваются-таки в улыбке, а румянец на щеках становится еще ярче.

«Ну что, подруга? – не выдержала Марго, извертевшаяся за своим столом. – Давай, рассказывай, не томи душу».

«А что рассказывать – в гости зовут, – безмятежно откликнулась Елизавета. – Давний друг, ты его не знаешь. А еще – в отпуск я иду. С послезавтра…» – и больше не проронила ни слова, разочаровав компаньонку до глубины души.

Глава 8

Офис Николая Крамского располагался на углу Камергерского и Тверской, в двухкомнатной квартире старого пятиэтажного дома. Квартира досталась ему в аренду от одного из клиентов, давно разбогатевшего и уставшего от удовольствий, а потому – решившего озаботиться поиском вечных истин. Не так давно он оказался в Китае, где на него повеяло-таки чем-то вечным – в последнем письме бывший клиент сообщал, что не намерен возвращаться в течение нескольких лет. Это было большой удачей – Николай платил совсем немного для такого завидного местоположения, особенно теперь, когда Москва пухла от шальных денег.

Окна офиса выходили прямо на кассы МХАТа. С декоративного балкона можно было попасть окурком в памятник Чехову, провинциальному врачу и моралисту, взирающему утомленно на пожирателей скверной пиццы, теснящихся за столиками у самого постамента. Дальше, за кассами, высились шедевры монументальности, безвкусно исчерканные красно-желтыми лого местных хозяев мобильной связи. Эклектика достигла здесь вершин абсурда, тревожа намеком на вселенский хаос, но дом стоял прочно, а железная дверь подъезда не пропускала посторонних, ограждая от тревог. После реставрации и капитального ремонта здание хотели прибрать к рукам чиновники вездесущего мэра, но остались ни с чем – среди квартирных собственников оказались весьма серьезные люди. Яростная силовая атака встретила не менее жесткий отпор, кое-кто, по слухам, прилично обломал на этом зубы, и в результате все признали, что передел собственности тут уже состоялся – до следующей мощной мутной волны.

Клиентура Крамского была непроста – оттого наверное, что все его бизнесы тяготели к экзотике, не слишком понятной массам. Нынешний, связанный с генеалогией и геральдикой, привлекал, как правило, солидных людей, желающих утвердить в наглядной форме неясные порой нюансы происхождения. «Прикоснуться к корням» или «припасть к истокам», как Николай называл это при знакомстве, или же просто «получить доказательства», как он определял это потом, когда речь заходила о конкретном деле. Дела эти были достаточно щекотливы, а за прочие он и не брался, оставляя рутинный поиск конкурентам, сидящим под крылышком у государства. К нему приходили люди, разочарованные итогом, те, кто заплатив уже немалые деньги и прождав порой не один год, получали либо не то, что хотели, либо не все, либо и не то, и не столько.

Тому могло быть множество причин – бреши в архивах, недостаток усердия, а порой и упрямство исторических фактов, выстраивавшихся не в ту картину, что виделась изначально. В любом из случаев Николай предлагал помощь, обещая все сделать быстро, убедительно и по разумной цене. Он конечно отдавал себе отчет, что многие из требуемых «доказательств» просто не существуют в природе, и никогда не скрывал от клиента, что собирается выдумать историю заново, а не портить глаза понапрасну, читая в затертых следах минувшего. Но и тут же он убеждал с жаром, что любая правда все одно полна фальсификаций, а придуманные истории, знает каждый, бывают ничем не хуже настоящих.

А иногда и лучше, – с облегчением соглашался клиент, убедившись, что Крамской умеет заглянуть в самую суть вопроса, тем более что вопрос никогда почти не сводился к нагромождению откровенной лжи. Скорее, он состоял в шлифовке, скрупулезной чистке и сглаживанию кривых, а порой – всего лишь в добавлении скупых штрихов, замыкающих мозаику в единое целое. Это трудно было назвать подделкой в ее грубом, вульгарном смысле, тут шла игра полутонов и оттенков. Каждый шаг за незримую грань маскировался отскоком к вполне правдивым деталям, добытым добросовестными архивными крысами. Даже и взыскательному оку непросто было расставить истины по ранжиру и докопаться до тех из них, что находились по другую сторону условной границы. К тому же, нынешнее состояние технических средств позволяло достичь многого и открывало пространство для маневра, ибо о подлинниках речь почти никогда не шла.

Это, быть может, отражало настрой современности, тяготеющей к суррогатам, или же просто давало понять, что человечество привыкает обходиться малым, но, в любом случае, существенно облегчало жизнь. Копии, как известно, на то и копии, что допускают вмешательство извне, способное их улучшить. Изощренный софт позволял делать удивительные вещи, далеко превосходящие потребности прикладной генеалогии. Николаю даже не приходилось прибегать к услугам каллиграфов, и вообще, это была несложная часть работы, пусть трудоемкая и нудноватая порой. Главное же заключалось в разработке стратегии хирургического вмешательства, способного с максимальным правдоподобием обеспечить нужный результат.

Требования к результату, отметим, заметно различались от заказа к заказу, равно как и клиенты, почти не повторявшие друг друга. Для одних смысл задуманного состоял в удовлетворении тщеславия, другие же имели практический интерес, иногда признаваясь даже, что в непроглядной тьме прошлого припрятан ключ к их нынешнему успеху. Последние платили щедрее, но были недоверчивы и капризны, и Николай намучался с ними, нащупывая решения, не вызывающие сомнений. Ему случалось помогать фабриканту, выживавшему конкурента, и потомственному магу, оклеветанному группой староверов.

Приходили к нему и мелкие политики, возжелавшие прыгнуть выше головы. Самым же привередливым оказался биржевик, вступивший в связь с разбитной шотландкой, продолжательницей древнего рода, которой давно пора было замуж.

Эту историю вообще стоило занести в анналы, как практический случай торжества воображения. С профессиональной четкостью оценив за и против, биржевик наплел рыжеволосой Мари о тщательно скрываемой семейной тайне, ставящей его в ряд с потомками русской знати, но столкнулся с бычьим упрямством ее папаши и братьев, не доверявших слову и требовавших наглядных свидетельств. Их можно было понять: шикарный по меркам Москвы коттедж на Рублевке никак не соперничал все же с родовым эдинбургским замком, а больше биржевику нечего было представить, если не считать российского паспорта и целого бункера наличных денег. Не привыкший отступать, он привлек к работе лучшие силы, но результат оказался чрезвычайно скромен – в нем отсутствовали патина веков и черты дворянского вырождения. Время шло, ничего не случалось, шотландское семейство нервничало и не возвращало звонки. Заметно приунывший биржевик готов был уже расстаться с мечтой о знатном союзе, но обратился-таки к Николаю, хватаясь за соломинку без всякой надежды, а тот придумал гениальный ход с эскизом фамильного герба, выполненным специальной тушью поверх рукописи семнадцатого века, которая все равно почти уже стерлась. Эскиз имел отдаленное сходство с логотипом фирмы, которой владел клиент, это было подано как продолжение традиций и с лихвой восполнило недостаток прочих данных в глазах шотландцев, чтящих традиции превыше всего. Образ презренного нувориша заслонили тени бородатых русских князей – тем более, что Мари и впрямь очень уж перезрела в девицах – так что у биржевика все потом пошло, как по маслу, а чем кончилось, Николаю узнать не довелось, да и расстались они во взаимном неудовольствии, разойдясь во мнении по поводу выставленного счета.

Нынешний его клиент скупостью не отличался и сам предложил задаток, достойный если не биржевика, то, по крайней мере, преуспевающего купца. Он разыскал Николая через газету, объявился лично, но потом пропал, чтобы, по собственному его выражению, «навести справки», потому что Москва, известно, полна мошенников и ловкачей. Наведение справок заняло без малого месяц и, по-видимому, удовлетворило клиента – по крайней мере, он сразу перешел к главному, без увиливаний и недомолвок.

Суть проблемы заключалась, как и всегда, в личности дальнего предка, но тут все было проще на первый взгляд, ибо предка своего заказчик прекрасно знал. Он был уверен, что происходит от русского разбойника Пугачева, о чем свидетельствует и его фамилия – Пугин – лишь чуть-чуть искаженная временем или боязливым дьяком, а также прочие факты, не слишком убедительные порознь, но дающие ясную картину, если сложить их вместе. Интерес к прошлому возник у Пугина как побочный результат чтения романов, к которым его приобщила молодая супруга. Начинал он неохотно, но потом увлекся, вошел во вкус и обнаружил вдруг, что собственная его жизнь, полная поражений и побед, имеет немало общего с судьбами персонажей, тела которых давно обратились в прах. Это был повод гордиться собой, до того не приходивший в голову ни ему самому, ни приятелям, любящим пускать пыль в глаза, и Пугин использовал его сполна, почуяв перспективу, далеко превосходящую по размаху привычные новорусские «понты». Он проглатывал книгу за книгой, пролистывая скучные места, и без устали примерял себя к эпохам и странам – будто в поиске подходящей точки на лубочной карте пространства-времени или собратьев, живших когда-то, близких по духу, если уж не по крови.

Особенно восхищали его рыцари-крестоносцы. Их трудные судьбы и верность идее, отвага и неустанная борьба с сумятицей неблагодарного мира казались Пугину созвучными непростым реалиям собственного ремесла. Крестовые походы напоминали войну группировок в годы накопления первых денег, а то, что большинство крестоносцев гибло, не доживая до зрелых лет, в то время как немногие, вернувшиеся живыми, становились богатеями-самодурами, не признававшими ничьей власти, походило очень сильно на случившееся с ним самим и его коллегами по «бизнесу» двух последних десятилетий. Они стали для него чем-то вроде примера, на них хотелось равняться, как когда-то на космонавтов и первых русских миллионеров, и Пугин, всегда тяготевший к делам, а не раздумьям, начал с того, с чего и подобает начинать крестоносцу – захватил землю на берегу водохранилища под Москвой и стал строить фамильный замок. Строительство шло медленно, но верно. Местная администрация оказалась сговорчива, а со столичными упрямцами, не признавшими наглеца, он судился уже третий год, не слишком по этому поводу волнуясь.

Следующим шагом был герб – то, что каждый рыцарь обязан иметь в довесок к замку – и тут началось знакомство Пугина с наукой геральдикой, поначалу сильно его злившей своей негибкостью. Потом, впрочем, он попривык, разглядев в канонах гарантию достоверности, и со многим согласился, в результате чего, например, в центральной части композиции победоносного орла сменил более традиционный медведь. От крестоносцев на гербе не осталось и следа, что ничуть его не удручило. Они дали идею, а развиваться дальше Пугину хотелось в рамках отечественных символов и понятий.

Он был завзятым русофилом – по крайней мере, не стеснялся декларировать это во всеуслышание. Он хотел гордиться русскими корнями и даже гордился ими уже, избрав в качестве отправной точки имя не последнего в истории человека. Емельян Пугачев – это было лестно, и это был верный выбор. Пугин не желал претендовать на что-то, чуждое ему по сути, например – на происхождение из утонченных дворян, что не вязалось бы никак ни с его внешностью, ни с окружающим свинством. Пугачев – это было бешено и зло, а он любил в себе приступы злобной дури, случавшиеся то под действием алкоголя, а то и сами по себе, без всяких причин. Наконец, Пугачев – это был протест, и Пугин хотел протеста, в душе считая себя бунтарем, пусть и не имеющим пока ясной бунтарской цели.

Он родился в подмосковных Мытищах, и там же прошла жизнь его матери и отца, но бабка, женщина суровая, в которую и сам он пошел духом, говорила не раз о привольном детстве в бескрайних заволжских степях. Одно это способно было навести на верную мысль, хоть и не являлось безусловным основанием, на что ему намекнули очень прозрачно в архивном агентстве, пользовавшем московский официоз. Там вообще собрались неприятные люди, с ними было трудно иметь дело. Они изъяснялись недомолвками и все время хотели денег, не скрывая при этом, что желаемого скорее всего не удастся достичь. Пугин потратил на них целый год, после чего расследование зашло в тупик, уведя к тому же не к Волге, а куда-то в Архангельск, никак не связанный с Пугачевым. Он обиделся и собирался уже разговаривать жестко, не имея привычки отступать от задуманного, но тут, по счастью, до него дошел слух о маленькой фирме Крамского, с которым быстро удалось достичь полного взаимопонимания.

Николай сразу предупредил, что не фабрикует простых фальшивок – это дело бесчестных людей, не имеющих исторического чутья. Однако, привести документ эпохи к удобной форме – так, чтобы не стыдно было показать другим – за это он возьмется с охотой, зная не понаслышке, как безжалостно время к чернилам и бумаге. Иной раз вовсе ничего не разберешь, да и многое утеряно навсегда, так что в наличии порой остаются лишь материалы второстепенного сорта, поддающиеся неоднозначной трактовке. В этом проблема, но в этом же и спасение – почему бы не взять вторичную деталь, выхватив и усилив суть спрятанного за нею факта, тем более, когда у клиента нет сомнений в самом этого факта содержании. Под содержание можно подстроить форму – пусть каждый получит то, что хочет – но именно «подстроить», а не грубо изваять самому. Тут Николай был тверд и не шел на уступки.

Словом, они поладили, быстро поняв друг друга. Пугин отсчитал небрежно некоторое количество купюр и отбыл, весьма довольный тем, что дело сдвинулось с мертвой точки. Настоящая подвижка, однако, произошла не скоро – сначала у Крамского не было идей, а потом случился приступ необъяснимой лени. Пугинским вопросом он занялся всерьез лишь после пресловутого телефонного звонка, когда отступать стало некуда. Теперь, спустя пять дней, он чувствовал наконец, что все находится под контролем. Дело Пугина-Пугачева, давний приятель, просивший книг, и, в перспективе, бесстыдный взгляд Жанны Чижик стягивались понемногу в одну общую точку.

За это время Николай, проявив недюжинную активность, словно в укор себе самому за потерянные недели, нащупал-таки решение, способное связать воедино вольного разбойника и его настырного потомка. Помог ему в этом материал, выложенный в Сеть неизвестным автором, собравшим в кучу сведения о Пугачеве и его последних днях. Никакой корысти у автора не было и в помине, но к работе он отнесся серьезно, копнул глубоко и был дотошлив по части материальных свидетельств, включая бумаги и письма, найденные у разбойника в личных вещах. Там, среди прочего, обнаружилось нечто, наведшее на верную мысль.

Это была записка, извещавшая Емельяна о смерти незаконнорожденного сына. Писал ее староста селения Чумово, расположенного неподалеку от Сиволдайской крепости, а сама записка вместе с прочими рукописями хранилась не где-нибудь, а в музее города Сиволдайска. Там проживал и несправедливо забытый приятель Николая, что конечно же было знаком, а не случайным совпадением. У Крамского застучало сердце – стало ясно, что он нащупал нить, и все вот-вот сойдется одно к одному, сцепившись выступами и пазами, как в детской головоломке.

Дальнейшее было просто – стоило лишь чуть-чуть напрячь воображение. Конечно, чья-то смерть уже на первом году не слишком годилась как свидетельство продолжения рода, но указывала на очевидную вещь – совращение, связь, наверное даже страсть, возникшую когда-то в деревне Чумово между легендарным разбойником и селянкой, враз потерявшей голову, сдавшейся, как степной редут, без единого выстрела, под одним лишь напором бешеных угольно-черных глаз. По срокам и датам выходило довольно-таки ясно, что разбойничья любовь посетила селение на пути Пугачева вверх по Волге, когда он был еще во всей своей силе и брал один город за другим. Пред ясноокой девицей с крепкими икрами и русой косой предстал не загнанный зверь, а удачливый хищный волк в бурке из соболей и синей ойратской шапке. Таких девиц случалось у него на пути без счета, но именно к этой почему-то прикипел он душой. И задержался в Чумово дня на два, а то и на три, дав себе передышку. Отгородился стенами ее избы от провидения, беспощадно гнавшего вперед – к лжекороне и необъятной власти…

Николай глядел в окно, выходящее в Камергерский, и постукивал пальцами по столу, додумывая детали. Было ясно, что от демона вольного гнева красавице-селянке достался младенец – в придачу к колечкам из сожженных усадьб, парчовой шали и жгучим поцелуям. Это был установленный факт, от него и следовало плясать, делая осторожные шаги по окольным тропам. Емельян, небось, не забывал свою зазнобу, пекся о ее судьбе, да и об отпрыске тоже, слал подарки и подкидывал деньжат. Оттого и староста пишет, а то не стал бы и беспокоить по пустякам. Наказали ему, наверное, присмотреть да озаботиться, вот он и присматривал как мог. А тут, поди ж ты, помер отпрыск – беда, беда – но извещает староста о том без страха, с обычной канцелярской учтивостью – это так отчего? Почему не боится и не бьет в раскаянье о землю лбом – виноват, мол, не углядел, пощадите? «А потому… – Николай многозначительно присвистнул. – А потому, – сказал он сам себе, – что младенец мог быть не один. Рожали на Руси близнецов? – Рожали, и еще как. Один умер – невелика потеря, остался второй, на него вся надежда. Примем как факт: их было двое, и в живых остался только один из братьев. Ну, вот вам и разгадка!»

Версия была хороша – и вполне правдоподобна. Он прикинул

наскоро, что можно сделать с письмом старосты, и пришел к выводу, что задача совсем не сложна. Всего-то приписать несколько слов, скопировать буквы и попасть в слог – работы на день, если не лениться. Козыри были налицо, Крамской чувствовал их весомость и размышлял, покусывая карандаш, как построить разговор с клиентом. Следовало снять все вопросы разом и убедить его, по возможности окончательно, что решение у них в кармане, точнее – в захолустном сиволдайском музее, наверняка прозябающем в забвении и нищете.

Наконец, он набрал номер и, с трубкой в руках, зашагал по комнате. Пугин откликнулся после третьего гудка. «Приветствую!» – бодро начал Николай и сразу понял, что попал не вовремя. И черт с ним, – решил он про себя, сменил тон на сухо-официальный и стал сжато излагать суть дела.

Пугин вел себя раздраженно, делая вид, что все еще недоволен «Изыском», но Крамской сразу понял, что клиент попал на крючок и наживку не отдаст. «Нашелся интереснейший документ, – сообщил он, как мог бесстрастно, и в ответ на пугинское нетерпеливое ‘ну’, добавил: – Музейный экземпляр, хранится в жуткой дыре, но решает проблему на все сто. Вам название Чумово ни о чем не говорит?»

«А что оно может сказать? – недовольно откликнулся Пугин. – Это вы мне скажите, я вам плачу, в конце-то концов».

В его голосе будто шуршали сторублевки и звякала копеечная медь. Хорош, – подумал Николай про себя, а вслух согласился: – «Совершенно верно. Так вот, я вам и говорю: Чумово – это как раз то место, где у интересующего вас лица завелся в свое время внебрачный сын – ваш, по-видимому, прямой предок. И назвали его Емельяном, по отцу, а фамилию дали вашу – чтоб похоже было да не совсем. Как вам такая история?»

В трубке что-то щелкнуло и вздохнуло, испуганная женщина пролепетала «извините», и вновь повисла тишина. «История? – переспросил Пугин, помолчав. – История хороша, я и сам такую могу придумать. А документик-то у вас на историю есть?»

«То-то и оно, – подтвердил Николай, – именно, документик. Про него-то я вам и толкую. Нашли – с трудом, с издержками, но нашли. Есть письмо старосты, где ваш пра-пра-пра упоминается в нежном возрасте по причине кончины брата-близнеца. Качество, конечно, никуда не годится, поистерлась бумага, но если подновить чуть-чуть, то все будет как на ладони, не придерешься. Вам ведь все равно копия нужна, оригинал – он уж очень ветхий».

«Не придерешься... – задумчиво повторил Пугин, – Ну что ж, хорошо, коли так. А как ее сделать, копию – просить будете кого?»

«Зачем просить? Куда лучше поехать туда, договориться и сделать, – сказал Николай скучным голосом. – Дайте-ка я гляну... – Потом пошелестел бумагой на столе и добавил: – Вот, в начале недели у меня свободно. Я мог бы выехать дня через три, если мы принципиально договоримся».

«Принципиально... – снова повторил Пугин и засопел. – Ну что же, договорились. Принципиально... Только вы уж и оригинал у них изымите, чтоб не отсвечивал больше никому».

Не соскучишься с ним, – вновь подумал Николай и переспросил, будто не понял: – «Как это, изъять?»

«Ну как, как – за бабки, – брюзгливо пояснил Пугин. – А то мало ли какие еще придут, раскопщики. Нечего ему там делать. Бабки я подброшу», – добавил он, расценив, очевидно, по-своему молчание Крамского, и тому не оставалось ничего другого, как подтвердить, что он сделает все, что можно.

«И все, что нужно! – пробасил клиент с нажимом и закончил на удивление благодушно: – Будем, как говорится, на связи», – на чем разговор завершился, оставив у Николая ощущение легкой брезгливости. Поразмыслив, он рассудил однако, что вполне добился своего и даже засвистел мелодию, сбившись после первых же знакомых нот.

Позже, вечером, мелодия все не шла у него из головы – по дороге домой, в толпе, заполонившей Тверскую. На пути к бульвару он позвонил Жанне Чижик и строгим голосом сообщил о скорой своей командировке, во время которой ей придется «разбираться с делами одной», пока он будет «закрывать проект». Никаких дел у них не ожидалось, но Жанна восприняла известие с подобающим пиететом, что было приятно само по себе. На Пушкинской площади он повернул направо, вновь и вновь размышляя, как удачно все связалось в одну цепочку – приятель, которого не видел много лет, разбойник Пугачев и его несчастный бастард, вечер с Жанной, раздразнивший фантазию, Пугин, который теперь уже никуда не уйдет. Можно было подумать даже, что события сами выстроились в ряд, подталкивая к этой, вполне рядовой поездке.

«Ну что ж, Сиволдайск. Может, еще один штрих», – глубокомысленно сказал он сам себе, ухмыльнулся сказанному и, занятый своими мыслями, едва не налетел на человека с застывшим лицом, что стоял у газетного киоска, всматриваясь в витрину.

Глава 9

Между тем, мужчина у киоска, хоть и обернулся на извинение Крамского, вовсе его не заметил, глянув мимо и сквозь. Другие люди не интересовали его теперь, он был поглощен своей собственной жгучей мыслью. Звали его Александр Александрович Фролов, он жил в доме номер один по улице Солянка. Именно из его квартиры Елизавета Бестужева вышла июльским утром почти неделю назад.

С тех пор Александр не знал покоя. Вновь и вновь прокручивал он в голове каждый миг последней их встречи, отчаянно пытаясь понять причину постигшего его несчастья, и не мог подметить ни одной тревожной детали, ничего необычного, стоящего особняком. Но несчастье было налицо, жизненное пространство стремительно уменьшалось в размерах, и весь мир, казалось, рушился вокруг.

Они не виделись больше ни разу, что не было странно само по себе – встречи и до того случались нечасто, как и положено в городе, никому не дающем вздохнуть свободно. Однако теперь он слышал угрозу в каждом звуке, видел ее следы, ощущал ее запах – и в панике не находил себе места. Между ним и Елизаветой исчезла связь, порвалась какая-то хлипкая нить, это было необратимо и навсегда. Фролов мало спал, почти ничего не ел и не мог думать ни о чем другом. Среди знакомых пронесся слух о поразившей его психической болезни, что было не так уж далеко от истины. Он, сам того не желая, подливал масла в огонь – отделывался междометиями и односложным мычанием, обрывал разговор и швырял телефонную трубку, к которой летел перед тем со всех ног. Даже и на работе в его сторону стали поглядывать странно – работник из него был теперь никудышный, что, конечно же, не могло укрыться от глаз начальства. Он думал отстраненно, что с начальством может вскоре произойти конфликт, а за ним – увольнение, крах карьеры, потеря источника средств, но не испытывал по этому поводу никаких эмоций.

Где бы он ни находился и что бы ни делал, его терзали раздумья о Елизавете Бестужевой и страх потерять ее навсегда. Их роман продолжался более полугода, и он успел поверить, что эта женщина, как ничто иное, является смыслом его однообразной жизни. Теперь смысл ускользал, уходил в песок, оставляя вместо себя пустоту, и вид пустоты был столь пугающ, что разум Александра отказывался в нее верить. Только страшным усилием воли он заставлял себя не выслеживать Елизавету у дверей ее дома и не звонить ей чаще одного раза в день, страдая после каждого такого звонка от чувства, что катаклизм набирает мощь. Порой случались просветления, отчаяние отступало на краткий миг, и Александр глядел на мир более-менее трезвым взглядом, планируя даже поступки, что могли бы положить конец унижению, в которое он сам себя ввергал. Но хватало его ненадолго, очень скоро внутри вновь начинал биться гнетущий нерв. Он метался по квартире, как больное животное, или выбегал прочь и часами бродил по улицам, пока усталость не притупляла внутреннюю боль. Таким и увидел его Николай Крамской, и прошел мимо – не разглядев, почти не заметив и не отличив от прочих.

Александр уже не вспоминал, что когда-то Лиза казалась ему простушкой, не очень опытной в сердечных делах. Он был в то время полон собой, искренне считал, что играет первую скрипку, вел себя снисходительно и чуть небрежно. Она не давала его взгляду проникать далеко вглубь, и это не тревожило его до поры, он додумывал сам то, что не умел увидеть, теша себя иллюзиями, безобидными на вид. Очень скоро, впрочем, он увлекся всерьез – разглядев в Елизавете вековое смирение сквозь коварную линзу воображения, решив, что она пылает истинным чувством, лишь чуть-чуть ускользающим из вида, и задавшись целью, словно из любопытства, разбудить в себе что-то под стать. Иллюзии сразу сделались злее, а любопытству завязали глаза и оставили плутать в потемках, ну а потом, когда он стал понимать в растерянности, что она куда нужнее ему, чем наоборот, было уже поздно. Демоны проснулись и выбрались на волю, пламя разгорелось, жаркий дурман отравлял сознание, властвуя и подчиняя. Время лишь усугубляло ситуацию – воображение было изгнано прочь как не оправдавшее надежд, и далеко не все частности казались теперь приятны взгляду. Он успокаивал себя лишь тем, что Лиза слишком скрытна, а взаимная страсть достаточно глубока – для того, чтобы связать его с нею навсегда. Уже давно он разучился перечить и старался во всем ей потакать, не умея выносить холодности и насмешек – словом, попал в зависимость, в которой сам обреченно себе признавался, не находя уже сил ни стыдиться этого, ни тем более что-то менять.

При этом, в обычной жизни никто бы и не подумал, что он способен плясать под чужую дудку. Фролов умел зарабатывать деньги и «ставить» себя с людьми своего круга, а сейчас, когда былая кастовость сошла на нет, круг этот сделался весьма широк. В него попадал любой, умевший выжить в московских джунглях, отхватывая свой кусок, но не выделяясь из общей массы – и в Александре не было ничего чересчур цепляющего взгляд, хотя он бывал забавен, всегда держа наготове острое словцо, где-то вычитанное и отложенное на всякий случай. Это даже почиталось за ум – особенно барышнями, находившими в нем интерес – и, в действительности, имело под собой систему, о которой не подозревали окружающие.

Система была проста, но тянулась корнями к проблемам

высшего толка, среди которых не последнее место занимал и смысл существования вообще. Подобно множеству несчастливцев, Фролов познал очень рано страх физической смерти, неизбежность конца – и с тех пор пытался, опять же подобно прочим, найти для себя, если и не решение, то хотя бы его тень, на которой можно сосредоточить мысль в минуты, когда ужас захлестывает ледяной волной. Рецепты бессмертия, доступные широким массам, не выдерживали критики; религии, сводившие вопрос к набору популистских догм, раздражали простецкой ложью; очень скоро стало ясно, что бороться со страхом предстоит собственными силами и умом. К чести Александра, это открытие не сломило его и не заставило опустить руки, лишь чуть-чуть добавив горечи в отношения с внешним миром, к которому до того он, в общем, не имел претензий.

Борьба длилась годы и закончилась, можно сказать, вничью – по крайней мере, ни одна из сторон не достигла явного перевеса. Быстро разочаровавшись в практиках омоложения тела, Фролов обратился к субстанции духа как единственной возможной альтернативе, в которой только и оставалось искать спасение. Обещая многое поначалу, субстанция огорчала отсутствием ясных форм. Довольно скоро он понял, что на бесплотное нельзя опереться, и, еще поразмыслив, решил для себя, что единственный выход – найти в эфемерном образ материального, зафиксировать его, как твердую сердцевину, от которой потом уже можно делать дальнейшие шаги.

Задача была трудна – даже сочинители религий справлялись с ней не всегда – но любое усилие вознаграждается в конце концов, если проявить упорство и не чураться компромиссов. Так и Александр, поломав как следует голову, выбрал для себя осязаемый признак духа, а точнее его продукт, пригодный для обращения в материальный образ – во всяком случае, для начала. Таковым продуктом он постановил считать любую оригинальную мысль, возникающую непостижимо в хаотической суете нейронов, которая либо пропадает втуне и тогда бесполезна для его целей, либо поддается улавливанию и фиксации, становясь новым атомом в терпеливо создаваемой среде.

Конечно же, идея была не безупречна и вызывала вопросы, способные, при въедливом рассмотрении, погубить всякий энтузиазм. Слишком многое оставалось за скобками, в том числе и следующий шаг, который должен быть сделан, когда «среда» достигнет зрелости. Даже и с шагом нынешним было ясно далеко не все, но медлить не стоило. Никто не знал, сколько кирпичиков должно быть уложено в фундамент, чтобы создать критическую массу, и Фролов, надеясь на лучшее, решил, что настало время действовать, а не размышлять. Он стал листать энциклопедии и справочники, прислушиваться и смотреть по сторонам, отбирая, где только можно, чужие мысли, достойные рассмотрения. Он вычитывал их, подслушивал и чуть ли не воровал, хранил в памяти, зазубривал наизусть, пока не оказывался у себя дома, где наконец заносил их, непременно перьевой ручкой, в специальный гроссбух, насчитывающий уже два десятка тетрадей.

Это успокаивало и обнадеживало само по себе. Ему вообще нравился вид чернильных строк на белой бумаге. Пухлые тетради, сложенные в стопки, давали ощущение наглядно растущего объема, и, глядя на них, он всякий раз убеждался, что не бездействует и не стоит на месте. Насколько же хорош окажется итог, всегда трудно судить заранее – многие мысли казались ему странны или своевольны чересчур. Иные из них повторяли друг друга или даже противоречили одна другой, но Александр относился к этому терпимо и фиксировал их без искажений, считая, что неосторожное вмешательство способно лишь навредить. О самих же тетрадях он заботился со всем тщанием: укрывал их от пыли специальным чехлом, отмечал закладками месяцы и годы, а для каждой уловленной мысли тщательно указывал ее источник – с педантичной основательностью, достойной бухгалтера или чистокровного немца.

Основательность имела, впрочем, вовсе не бюргерские корни – дед Александра, Фрол Фролов, сын, в свою очередь, другого Фрола, был из зажиточных уральских кулаков. Он не ладил с советской властью, несколько раз бывал раскулачен, но вновь поднимался и обзаводился хозяйством – на зависть революционно настроенной голытьбе. В последний раз у него отобрали все в самом начале тридцатых, отправив вместе с женой, беременной отцом Александра, строить завод Уралмаш. Была стужа, был голод и непосильный труд, но они выжили и родили ребенка, а через год Фрол сбежал назад в деревню, где снова выстроил дом и начал богатеть. Больше его не трогали по какому-то недосмотру, он не прятался и не скрывал благополучия, ездил поздней осенью отдыхать в Сочи, а еще – любил читать Достоевского скучными зимними вечерами.

Словом, фамилию Фроловых дед продолжал достойно, но на нем природа решила остановиться и даже несколько повернуть вспять. Дело, быть может, было в неосторожно выбранных именах, но дети Фрола получились куда плоше его самого, и лучшим из них был отец Александра, тоже названный Александром по горячему настоянию матушки. Он рос задумчивым и тихим, потом, повзрослев, уехал из деревни в Свердловск, женившись там на учительнице французского, а Достоевскому предпочитал Чехова, перечитывая одни и те же рассказы по многу раз. Сам же Александр Александрович, кроме аккуратности в размещении закладок, вообще мало что унаследовал от деда, хоть был, как и тот, статен и широк в плечах, пусть и не очень высок ростом. К плечам, однако, прилагались впалые щеки и заостренный подбородок русского интеллигента, выразительные глаза казались посажены слишком близко, а в юности он был слаб здоровьем и вообще склонен к рефлексии, что для Фроловых было неслыханным делом.

Этому способствовало и то, что семья Александра Фролова-старшего, перебравшись по случаю в Москву, проживала на Бауманской, в мрачнейшем месте. Окна безликой девятиэтажки выходили на древние рабочие бараки, загаженные и наполовину сожженные – наверное за то, что призрак свободы, витавший среди них, так и не смог перерасти состояние абстрактной идеи. Там не было ни деревьев, ни травы – лишь гулкая брусчатка и асфальт, вспученный трамвайным рельсом; женщины с опущенными плечами бродили там, глотая на ходу пиво из бутылок; от всего исходил трудный запах плохой наследственности, болезней и ранней смерти. В таком ландшафте депрессии цвели пышным цветом, и Александр Фролов-младший окреп лишь к тридцати годам, уже в собственной квартире на Солянке. Решение завести гроссбух, раздвигающий горизонты, сыграло в этом не последнюю роль, так же как и монументальность его серого дома, веселая церковь по соседству и весь окрас Китай-города, благодушного и шумного, будто сохранившего до сей поры пряный опиумный дух.

Конечно, коллекционирование чужих мыслей происходило не беспорядочно. В нем случались периоды определенной тематики – Александра захватывало на время какое-то явление или просто слово, которым оказывались созвучны записи текущей тетради. Последний его интерес до знакомства с Бестужевой был связан с перипетиями великих войн, так или иначе волнующих душу любого мужчины. Он часто бормотал вслух что-то полюбившееся – к примеру, «на войне все просто, но самое простое в высшей степени трудно» или еще «война состоит из непредусмотренных событий», что в свое время подметил Наполеон. Ну а потом в судьбе случился поворот – непредусмотренное событие, подброшенное отнюдь не войной: Елизавета вторглась в его реальность, быстро вытеснив из головы все остальное. И он теперь, хоть и черкал в своих тетрадях, делал это скорей по привычке, нежели из прежнего деятельного порыва.

Порыв заметно поугас, когда Александр попытался рассказать о нем Бестужевой – в немалой степени для того, чтобы прибавить себе очков, ибо как раз тогда в их отношениях наметилось отсутствие паритета. К несчастью, он выбрал плохой момент – Елизавета была не в духе и подумала было, что Фролов кичится и задирает нос, намекая на ее собственную недоученность, о которой она задумывалась иногда, слыша незнакомые слова. Ей захотелось немедленно отомстить, и она поведала ему в ответ о первой своей любви, Тимофее Царькове, чуть сгустив краски в той части, что касалась плотских утех, и намекнув зачем-то на особенности индивидуальной анатомии. Это чрезвычайно его удручило и надолго выбило из колеи, а Елизавету позабавило и только. К тому же и анатомия не имела для нее значения, а если уж вспоминать Царькова и лучшие любовные минуты, то наибольшее удовольствие она получала, когда тот доводил ее до крайности возбуждения, умело перебирая пальцами позвонки в нижней части спины.

Этим, понятно, она не могла поделиться с Александром, как деталью слишком интимного свойства, и тот так и не оправился от удара, вызванного ее легкомысленным намеком. Тогда же он стал замечать, что его чувства выходят из-под контроля, превосходя по накалу совокупность ее эмоций, из которых на его долю достается, увы, немного. Мало-помалу, он терял интерес к остальному, сутки его и недели распались теперь на периоды ожидания – следующей встречи, следующего звонка, следующего благоприятного знака. Он заставлял себя верить, что их связь становится все прочнее, и Бестужева привязывается к нему сильней и сильней. Что уже совсем скоро она не сможет без него обходиться, а потом отважится наконец по-настоящему его полюбить. Не раз и не два он порывался сделать решительный шаг, отчаянную попытку заполучить ее всю, но свободолюбие Елизаветы охолаживало его пыл. Фролов понимал, что именно первый выстрел имеет куда больше шансов на успех, чем все последующие, даже если им позволено будет случиться. Потому он выжидал, проявляя терпение, достойное античного стоика, хоть в крови у него полыхал жар, и на душе становилось невыносимо при каждом расставании после короткой ночи.

Теперь, когда все летело в пропасть, сил Александра хватало лишь на то, чтобы удержать себя от глупостей необратимого свойства. Больше всего на свете ему хотелось подкараулить

Елизавету в любом из посещаемых ею мест и вызвать на откровенный разговор, но это, он понимал прекрасно, скорее всего приведет к окончательному разрыву. Любой неосторожный жест грозил стать роковым – и он держался вдали от ее маршрутов, которые давно знал назубок. Он бродил, как призрак, по пыльным улицам – хватаясь за телефон и тут же пряча его в карман, запрещая себе даже и думать о внеочередном звонке, страшась ненароком еще больше испортить то, что, он чувствовал с тоской, уже едва ли можно было испортить.

Сейчас, правда, маршрут его был осмыслен и имел определенную цель. Александр шел на встречу с Машей Рождественской, о которой условился накануне. Настало время крайних мер – ни его неприязнь к Марго, ни боязнь выставить себя в смешном свете не имели больше значения. Конечно, в телефонном разговоре он старался не выдать обреченности, с которой сжился за последние дни, но Маша поняла сразу, что Фролов цепляется за соломинку, и сама предложила встретиться в тот же вечер, не откладывая надолго. В другой раз она обязательно проговорилась бы Елизавете – из врожденной стервозности и еще из желания рассмотреть драму с разных сторон – но сейчас, будучи обижена на компаньонку за вопиющую скрытность, решила завести свой собственный секрет. Пусть и у нее будут тайны от Бестужевой, явно задравшей нос, да и к тому же Александр был мужчина не из последних, а Маша, хоть и презирала мужчин в целом, все же не могла отрицать, что они объективно существуют и бывают очень даже нужны. Конечно, сейчас от него было мало толку, он до сих пор еще оставался собственностью Елизаветы, что она безошибочно определила по слишком бодрому его тону. Но обстоятельства имеют свойство меняться, и тут, было видно по всему, надвигались большие перемены.

Они встретились у Белорусского вокзала, в кафе, стилизованном под поезд-пульман. Это очень напоминает что-то, – сказала Маша будто в рассеянности. Что же, что же?..

Ах да – она видела совсем недавно железнодорожный билет на столе у Лизы!

Ну вот, – подумал Фролов, мертвея лицом, – вот все сразу и прояснилось. Он старательно поддерживал разговор о ерунде, уставившись в стакан с зеленым чаем. Стакан был старого образца, в массивном серебряном подстаканнике, что также развивало железнодорожную тему в соответствии с замыслом дизайнера.

Александр почти уже не сомневался: она уезжает навсегда. Тут же явилась вдруг мысль о Царькове – как непрошенная, леденящая душу разгадка. Что ж, и анатомия на его стороне, – думал он убито. – Говорят, женщины не могут этого забыть. И шансов нет, никак не поспоришь.

«Многие катастрофы случались точно по расписанию, – произнес он вдруг, прервав Машу на полуслове. – Прости, Марго, что-то я задумался невпопад».

«Ты это сам придумал?» – удивилась Маша. Потом накрыла его руку своей, заставив посмотреть в глаза и спросила мягким голосом: – «Что, все так серьезно?»

«Да», – сказал он только, пожав плечами. Она не стала его утешать, понимая, что помочь тут нечем, но потом предложила все же разузнать поточнее и известить его непременно, потому что неизвестность, знает каждый, есть худшая из пыток.

«Ты пойми, – вновь взяла она его руку, – женщины бывают совершенно бессердечны».

«Да», – откликнулся Фролов все тем же единственным словом, искривив губы ухмылкой проигравшего, и Маша, озадаченная слегка, пообещала сделать все, что сможет. Было ясно, что вокруг компаньонки закручивалась нешуточная интрига – и ей самой уже казалось невыносимым оставаться в неведении.

Глава 10

На свое путешествие в Россию Фрэнк Уайт Джуниор возлагал большие надежды. Конечно, поиск пугачевского клада оставался главнейшей из целей, но были и другие, греющие душу и волнующие кровь. Не все из них годились для обсуждения с Акселом или Нильвой, так что Фрэнк был весьма уклончив, уходя от расспросов и навязываемых ему советов. В то же время, к планированию поездки он отнесся с надлежащей серьезностью.

Первую неделю он решил провести в столице – отдавая должное воспоминаниям, пусть и поблекшим за последние годы. Впрочем, ностальгия была лишь ширмой; чего ему хотелось на самом деле – так это позабыть обо всех целях и познать беспечность в полнейшей мере, бросившись с размаху в водоворот эмоций, на которые Россия должна быть по-прежнему щедра. Фрэнк хотел увлекаться и пьянеть, разочаровываться и впадать в отчаяние, восхищаться, страдать, тосковать и жалеть себя – запасая на годы вперед страстей и душевных драм, которых так недостает в его размеренной американской жизни. Теперь, на шестой день своих московских «каникул», он отмечал с мрачным удовлетворением, что справляется с задачей неплохо. Переживаний было накоплено в достатке – казалось даже, что на еще одну порцию может не хватить места.

Фрэнка Уайта мучило похмелье, а в некоторой степени

– и раскаяние. Он чувствовал себя свиньей, и это чувство не было почему-то ни тягостно, ни стыдно. Напротив, оно казалось на удивление созвучно окружающей среде – Фрэнк ощущал всей кожей, как притягательно безобразие вообще, и понимающе усмехался, подперев ладонью небритую щеку в ожидании первой за день «кровавой Мэри». Даже к похмелью он в общем-то притерпелся, испытывая его каждое утро. Как случается почти со всеми, он признал после недолгой борьбы, что русские привычки жили в нем всегда и лишь ждали своего часа, прикрываясь умеренной заокеанской позой. По вечерам он напивался пьян, с удовольствием представляя себя пропащим, сползающим в бездну. Обводя мир помутневшим взглядом, вслушиваясь в какофонию жизни, глядя на собственное отражение в многочисленных ночных зеркалах, он удивлялся, но не корил себя. Часть разума, всегда остающаяся трезвой, подмечала, что весь угар – не более, чем аттракцион, карусель, которую остановят через заданный срок. И можно будет сойти – пусть на ватных, подгибающихся ногах.

Главным номером московской программы был, впрочем, не алкоголь. Еще принимая от Нильвы ксерокопию секретного плана, складывая ее вчетверо и пряча в карман пиджака, Фрэнк почувствовал, что сердце его екнуло от мыслей совсем не кладоискательского толка. В последние же дни перед отлетом он и вовсе перестал скрывать от себя, что предстоящее приключение то и дело обращается грезами о русских женщинах, ждущих за океаном. Этому способствовали и память о школьной подруге, расстаться с которой пришлось столь внезапно, и откровения Аксела Тимурова, любившего похвастаться былыми победами, число которых выходило несметным даже с поправкой на приблизительность счета. Книги тоже внесли свою лепту – не имея привычки читать помногу, Фрэнк успел-таки потребить свою порцию русской литературы, что, понятно, не могло не сказаться на его представлениях о российских девах, равно как и о женской природе в целом.

Быть может поэтому, в упрощенном американском быту,

искусственная почва которого не питает чувствительные натуры, он терпел с соотечественницами одну неудачу за другой. Так было в университете, так продолжалось и потом, доходя порой до смешного, но вызывая невеселые мысли. Фрэнк мог припомнить лишь два более-менее удачных опыта – однако и в них партнерши, которых трудно было назвать возлюбленными, в конце концов покинули его сами по прошествии года или около того. Одна предпочла вульгарной мужской любви подружку по колледжу, которую так и не смогла забыть, а другая просто переехала в другой штат, найдя работу, приносящую больше денег. С тех пор его личная жизнь была настолько бедна, что о ней не хотелось вспоминать. Дошло даже до ночных поллюций – он отчаянно их стеснялся, как подросток, еще не расставшийся с прыщами, и подумывал порой с горьковатой иронией, не прикупить ли себе резиновую красотку, с которой может быть удастся поладить.

Понятно, что на подобном фоне мысль о России вызывала мощный гормональный выброс. Ему грезились крупные женщины с русыми волосами, сероглазые дивы гордой славянской стати, изящные брюнетки и их хрупкие плечи, как у любимой когда-то Наташи, или зеленоглазые блондинистые кошки, коготки которых столь игривы и царапают совсем не больно… Он представлял их в урочные и неурочные часы, видел во снах и сокрушенно вздыхал, пробуждаясь, а в самолете, не в силах справиться с нетерпением, осматривался украдкой, как воришка, будто пытаясь по первым кадрам представить все обещанное кино. Даже стюардессы, чистокровные американки, казались ему уже представительницами иной породы, не той, что осталась за линией демаркации, где витает пуританский дух. Одна из них явно была из глубинки, где нравы попроще, чем на побережьях. В ее мясистом лице Фрэнку чудилось что-то из стыдных снов, и он, набравшись храбрости, заговорил с ней, стараясь держаться по-свойски, что не очень хорошо ему удалось. Девушка, впрочем, улыбнулась с охотой, назвала свое имя – Ширли – и даже наверное ждала продолжения, поблескивая подведенными глазами, но он не хотел от нее ничего, исчерпав уже запас смелости, да и не имея, по правде, особого к ней интереса.

Потом, в аэропорту, дожидаясь багажа, он рассматривал пассажирок и их угрюмых спутников, в отеле, забывшись, глазел в упор на смазливую, бойкую ресепшионистку, а едва разобрав вещи, нацепил темные очки и вышел на улицу, уверенно свернув к городскому центру. Москва встретила его жарой и вонью выхлопных газов. По тротуарам текла пестрая толпа, Фрэнк затесался в ее середину, стараясь не вертеть головой и слиться с окружающей средой. Он шагал не спеша, насыщаясь деталями, жадно сличая действительность с ворохом недавних фантазий, казавшихся теперь бесполезными и смешными.

Все было так и не так, улица пахла по-другому, иначе, чем в школьной юности, и женщины оказались не такими, какими он их себе представлял, хоть и замечательными по-своему. Среди них не было красавиц, а попадались, прямо скажем, и откровенные дурнушки. Фрэнк Уайт с удивлением отмечал безвкусицу и фальшь, неумелый макияж и плохую одежду, что бросались в глаза даже ему, не привыкшему судить о подобных вещах, но потом перестал присматриваться к несущественному и принял как факт, что они все равно прекрасны – ибо не имел намерения считать иначе. Они расцвечивали пространство, как яркие пятна на грязно-сером, стремясь как будто развеять уныние неопрятных красок. Ему хотелось расправить плечи и помочь им в этом – или хотя бы ободрить, дать понять зашифрованным жестом, что он все видит и ценит. В их лицах он силился различить беззащитность невинных жертв – это могло бы кое-что объяснить и примирить со многим. Он представлял себя тут же сильным и смелым, и способным на большее, чем мог бы подумать о нем любой – особенно в собственной его стране, где никто не признавал себя жертвой и не искал сочувствия в других. Фрэнк будто даже сделался выше ростом – по крайней мере, так казалось ему самому – и неважно, что там было на самом деле с этими девицами, бредущими навстречу, и какое разочарование ожидает постороннего, если поддаться искушению и узнать их получше.

«У русских женщин хороший аппетит, и еще они все время беременеют, – говорил с чуть наигранной ленцой один из знакомых, вернувшийся из России, и добавлял, понимающе глядя на отчаянно краснеющего Уайта: – Да, в этом сила, это – качество генотипа и потенциальная мощь нации!»

Знакомый был ему неприятен, но слова о потенциальной мощи запали в душу. В них чудился непознанный мир, и Фрэнк подсознательно искал разгадок. При этом, он не собирался предаваться одним лишь мечтам, хорошо помня, что времени у него в обрез, и не стоит тянуть с шагами практического свойства. Ему хотелось познакомиться с совсем простой девушкой – продавщицей или официанткой, секретаршей, фабричной рабочей. За два часа, что он провел на центральных улицах, ему встречались не раз и не два занятнейшие экземпляры, наверняка стоящие того, чтобы восхититься, воспылать, быть может отчаянно полюбить. Фрэнку Уайту нравились высокие женщины, большие тела и тяжелые бедра, взгляд с поволокой и наив дешевых духов. Он видел в этом бездны нерастраченной страсти; не верилось даже, что столько может достаться одному мужчине – плоти, нежной кожи, запахов, вздохов… Он робел и мялся, потом вновь набирался решимости, но так и не заставил себя с кем-то заговорить и в конце концов трусливо бежал, укрывшись в ресторане аляповато-купеческого толка, чтобы взять паузу и перевести дух.

Пауза оказалась кстати: после сытного обеда, за которым Фрэнк не удержался и выпил две рюмки водки, чтобы обмануть джет-лэг, он приступил-таки к действию – и потерпел полное фиаско. В жаркий летний день на него пахнуло холодом заснеженной степи и равнодушием больших пространств. Он был чужд и неумел, язык его заплетался от непривычки к спиртному, от него шарахались и в недоумении глядели вслед. Очень скоро ему стало ясно, что русские женщины умеют отказывать в знакомстве почище американок. В их чертах стали вдруг проглядывать жесткая сила и грубость души, он успел заметить, что и руки у некоторых из них неухоженны и грубы, и похожи на руки прачек, как он их себе представлял, пусть и не видел никогда. Что-то было не так с его картиной мироздания, это беспокоило и удручало. Фрэнк стал даже подозревать, что разгадки, которые он ищет, тоже будут полны подвохов – если ему случится до них добраться.

Обескураженный и уставший, он напился вечером в гостиничном баре и отправился в номер нетвердой походкой одинокого командировочного, прожившего еще один бесполезный день. На пути к лифту ему встретилась стайка ночных фей, разодетых как яркие бабочки, с цепкими глазами молоденьких волчиц. Они окликнули его, сначала по-русски, а потом и на неплохом английском, но он смешался и потрусил прочь. Тут же мелькнула мысль, что уходит еще один прекрасный шанс – девушки были веселы, свежи и вовсе не походили на падших созданий, опустившихся на самое дно. Но Фрэнк напомнил себе о болезнях, кражах и прочих ужасах, поджидающих потребителей платной любви, и уснул в пьяных грезах, ощущая всей душой горькое несовершенство мира.

На следующий день многое повторилось, но уже как будто с другим Фрэнком Уайтом, повзрослевшим и сбросившим розовые очки. Праздник кончился, начались будни; сознание, мучимое похмельем, порождало трезвейшие мысли. Глядя по сторонам, Фрэнк чувствовал себя до обидного равнодушным, бесстрастным. Действительность потускнела, как волшебный фонарь при свете; стали видны частности, выдающие неумелую хитрость. За обедом он пил теперь не водку, а пиво, и долго сидел в пустом зале, глядя в окно, сожалея, что официантка толста и нелюбезна. Ему казалось, что завеса приподнимается понемногу, а в двери видна уже замочная скважина – осталось лишь подобрать нужный ключ. Потом он вновь бродил по городу – свернув на этот раз не к центру, а к бульварам, заплутав в арбатских переулках и вернувшись к Тверской по пыльному и шумному Садовому кольцу.

Знакомства в этот день опять не получилось – хоть прогресс, казалось, был налицо. Его почти уже воспринимали всерьез и, как знать, быть может ему и улыбнулась бы удача, если бы он сам не терял вдруг веру в себя под смешливым взглядом, полным нехитрого кокетства. Фрэнк добрел до отеля, пребывая в задумчивости, рассеянно поднял с пола газету, подсунутую под дверь, и сразу наткнулся на рекламу эскорта, что красовалась на заглавной странице. Сердце его забилось гулко, он упал ничком на кровать, махнул рукой и выругался по-русски, зная уже, как проведет сегодняшний вечер.

Потом все оказалось проще, чем он ожидал. Мужской голос в трубке был предупредительно-бархатист, у него не спросили лишнего, и вообще в разговоре не прозвучало ни одной вульгарной ноты. Манеры администратора вызывали в воображении концертный зал, контрамарки, публику в партере. К тому же, предложив Фрэнку девушку на вечер, он отрекомендовал ее скрипачкой, попавшей в черную полосу, музыканткой хорошей школы, прибрегаемой для взыскательных клиентов.

«Я слышу в Вас интеллигентного человека, – журчал голос. – Вы останетесь довольны: москвичка, ангел, длинные нервные пальцы…» – и сердце Уайта Джуниора заколотилось вновь, а после он действительно не был разочарован, хоть «скрипачка» и оказалась украинкой из Донецка, признавшейся со смехом, что у нее напрочь отсутствует музыкальный слух. Они вместе повеселились над телефонной хитростью, и потом она была вполне мила, особенно когда раздевалась без стеснения и жеманства под его напряженным взглядом. Любовь ее оказалась несколько механистична, но автоматизм действий не оскорблял нарочитостью. Она сказала даже, что он ей чем-то приятен, и Фрэнк поверил в это, в свою очередь избавившись от стыдливой скованности. К тому же, «скрипачку» звали Наташа, имя отозвалось в душе сладкой болью и добавило содержания в предоплаченную страсть.

Уже перед прощанием, выйдя из душа, Фрэнк увидел, что гостья вертит в руках бумажник, который он беспечно бросил на журнальный стол. «Хотела глянуть на твою жену, – рассмеялась она, – вы ведь все таскаете с собой фото. А ты, я погляжу, даже и не женат…» Она смотрела на него бесстыжими глазами, желтыми, как у таежной рыси, и ухмылялась во весь рот, а потом они расцеловались, и в комнате остался лишь запах ее духов. Фрэнк налил себе коньяка из мини-бара и сосчитал деньги, приготовившись к худшему, но обнаружил вдруг, что не помнит, сколько у него оставалось наличных, и лишь посмеялся над собой.

В целом, следовало признать, что вечер удался, и он признал это, и опять напился пьян. Ночные феи в баре казались ему теперь хранительницами общей тайны, связавшей их и его, и еще наверное добрую половину сидящих тут, в прокуренном полумраке. С легкой грустью глядел он на их лица, сознавая, что его жизни не хватит на то, чтобы познать все тропы запретных кущ, и представлял, как можно прожить годы здесь, в городе греха, в разврате и алкогольных парах, ни разу не вспомнив ни об одном запрете. Утром он чувствовал себя больным и до полудня провалялся в постели, потом поехал в центральный парк и долго гулял, с наслаждением вдыхая полной грудью, а вечером все повторилось вновь – реклама в газете, звонок, вкрадчивый баритон. Продавщицы с официантками не интересовали его больше. Путь к истине был куда короче, и не стоило терять драгоценное время.

На этот раз ему прислали Ольгу, черноволосую и скуластую, с чуть восточным разрезом век. С нею он провел вечер, а потом и три следующих ночи. Сначала, впрочем, все вышло неловко – после двух часов любви и прощального поцелуя он, памятуя о вчерашнем, решил заглянуть в злосчастный бумажник и обнаружил, что карман брюк, свисающих с кресла, девственно пуст. Это было уже слишком, и Фрэнк переполошился не на шутку. Он сразу вдруг вспомнил, что находится в опасной стране, где свирепствует криминал и никому нельзя верить, дрожащими руками набрал номер коварной службы и наорал на диспетчера фальцетом, полным бессилия, сознавая, что спохватился слишком поздно. Диспетчер был искренне удивлен и обещал разобраться во всем немедля; с четверть часа Фрэнк метался из угла в угол, ругаясь сквозь зубы и кляня собственную глупость, а потом, по какому-то наитию, пнул ногой ненавистное кресло, отогнав его к стене, и сразу увидел свою пропажу, безобиднейшим образом выпавшую на пол.

Все оказалось на месте – и карточки, и деньги. Отчаянию Фрэнка не было предела. Служба эскорта, как назло, долго откликалась короткими гудками, и он мычал от досады, сжимая ладонями виски, а дозвонившись, обрушил на обладателя баритона такой шквал эмоций, запутавшись от волнения в русском языке, что тот по-настоящему растерялся и стал оправдываться, не зная своей вины.

Вскоре все разрешилось. Фрэнка Уайта заверили с надлежащим тщанием, что подобное может случиться с каждым, и нет причин волноваться и переживать. Что же касается девушки, у которой, конечно, уже поинтересовались ее версией произошедшего, то она лишь обрадуется счастливой развязке и не станет держать на него зла. Фрэнк, однако, настаивал с горячностью, что хочет извиниться лично, на что вкрадчивый голос посоветовал сделать это в ближайший же вечер, в процессе получения романтических услуг, что, конечно, будет воспринято Ольгой с благосклонностью, как сочетание приятного с полезным. «Особенно если на всю ночь…» – осторожно уточнил голос, на чем они и порешили, распрощавшись друг с другом подчеркнуто-тепло.

На другой день она пришла к нему с бирюзовой лентой в волосах, была грустна и немногословна и призналась, вздохнув, что никто еще никогда не обвинял ее в краже. Фрэнк суетился вокруг, как новобрачный подле капризной дивы, он сказал много лишнего и не знал, куда девать глаза и руки. Потом они наскоро помирились и отправились ужинать в итальянский ресторан, а ночью почти не спали, делясь историями своих жизней вперемешку с любовными играми, обретшими неожиданное свойство. Ольга принесла элегантные наручники, чуть испугав его поначалу, но они блестели так призывно и казались столь невинны, что ему вновь стало стыдно за свою подозрительность.

Впрочем, связанная с ними игра, оставаясь близкой безобидной шутке, выявила немало новшеств. Фрэнк был растерян – ему предлагали непривычную форму свободы. Ее было больше, чем представлялось на первый взгляд, он подумал мельком, что русские женщины в чем-то глубоко, искренне безумны и готовы поверить едва ли не любому, способному поделиться в ответ своей собственной безумной мыслью. Ему стало не по себе – от чужой покорности, зашедшей чересчур далеко, но тут же он увидел, что покорность – лишь средство, припасенное вовсе не для него, а для самой Ольги, черноволосой рабыни, ждущей своей очереди с воображаемым хлыстом. Потом и это стало казаться естественным и желанным, она шепнула ему: «Доверяй мне», – и он принял доверие как главную сущность действа, а после они шептали друг другу нежные слова, будто пережив вместе опасности и тревоги, которых хватило бы на несколько лет.

НаутроОльгаушла,иФрэнкУайтпонял,чтопочтиужепотерял голову. Он бродил по московским улицам, невыспавшийся и хмурый, бормоча что-то, будто ведя с нею нескончаемый диалог. Ни одной женщине он не рассказывал о себе столько – полагая не без оснований, что его едва ли станут слушать – и это тоже было ново и принесло странное облегчение. Он осознал вдруг, что перерос себя – такого, каков был раньше – и гадал с усталой иронией, что еще случится ему разведать в себе самом, и сколько нужно таких ночей, чтобы привыкнуть к ним и не удивляться поутру. После обеда он провалился в тяжелый сон, а потом вновь была Ольга и торопливый шепот. Они теперь говорили не о прошлых жизнях, а друг о друге и тяготах одиночества, признаваясь осторожно во взаимной симпатии и тщательно подбирая слова, чтобы избежать патетики. Потому быть может многое осталось недоговоренным, отчего Фрэнк потом страдал, щуря глаза на дневном солнце, а когда ночь пришла опять, и Ольга пришла, имея в черных волосах не бирюзовое, а алое, как кровь, он и вовсе утратил контроль и наговорил всего, что только может наговорить мужчина, опешивший от соблазнительности приманки. Когда он добрался до обещаний увезти ее в Вашингтон, устроить на работу и, чем не шутит черт, связать когда-то их жизни вместе, проверив предварительно крепость чувств, Ольга сжала ему руку – не то от волнения, не то от чего-то другого. Фрэнк очнулся вдруг и стал целовать ее с благодарностью, а после, стоя под душем, ругал себя за длинный язык, понимая, что зашел слишком далеко. Вернувшись в комнату, он сказал ей, что уезжает по делам в другой город – продолжать еженощные свидания становилось уже страшновато, как бродить по чужой территории, где ждут замаскированные ловушки. Она всплакнула чуть-чуть и оставила номер своего телефона, а он с жаром обещал позвонить – немедленно по возвращении.

Словом, условности были соблюдены, но, оставшись в одиночестве, Фрэнк вздохнул с облегчением. Чего-то оказалось слишком много, ему явно нужна была передышка. К тому же, следовало наконец вспомнить и о делах – «другой город» не был ложью, а от Москвы он успел уже получить больше, чем намеревался.

Он проспал почти до середины дня, а теперь сидел в кафе с видом на брусчатку Столешникова и холил мрачноватый сплин, вновь переживая последнюю ночь и свои слова, которых наверное следовало стыдиться. Но стыдно ему не было ничуть, и еще – он впервые за много лет нравился сам себе. Конечно, кое-что случилось сболтнуть, не подумав, – признавал Фрэнк Уайт, отпивая принесенный коктейль. – Наверное, он разбил девушке сердце, она будет надеяться и ждать. Быть может, она даже оставит доходный бизнес – по крайней мере, на время своих надежд. Но нельзя же подстраивать жизнь под женские слезы – это хлопотно чересчур, да и последствия не ясны. А Ольга, к тому же, обладает не самым привлекательным прошлым, вдруг это будет его мучить?.. Он с интересом оглядел двух девиц, томно проплывших мимо, ощутил себя свободолюбивым самцом, полным сил и желаний, и махнул официанту, указав на свой пустой стакан. Жалко девушку, – подумал он вновь с притворной грустью, откидываясь на спинку кресла и потягиваясь всем телом. – Но и все же прав был Аксел: их много, а выбор так труден…

Притворная грусть, впрочем, была бы тут же им позабыта, узнай он мысли недавней своей возлюбленной, что сидела в это же время в пустом баре на юго-востоке Москвы. Она потягивала мартини, переглядываясь с барменом, довольно щурилась и предвкушала интенсивный шоппинг. Выгодный клиент подвернулся кстати – Ольга хвалила себя за умелую игру и жалела недотепу-американца, что оказался такой легкой добычей. Ее даже чуть-чуть мучила совесть, что случалось совсем уж редко и могло быть расценено как забавный казус. Она вспоминала, как Фрэнк совал ей деньги сегодня утром, выбираясь из ситуации, в которую сам же себя загнал, и как она подпустила притворных слез, желая усилить эффект.

«Чертова жизнь», – сказала она бармену, как сообщнику, который должен быть в курсе всего, и тот согласно наклонил голову. «Я – московская сука!» – добавила она с гордостью уже чуть заплетающимся языком, и бармен усмехнулся в ответ. А Фрэнк Уайт Джуниор, покинув кафе, брел в сторону Петровки, посылая ей мысленно прощальный поцелуй и готовясь забыть о ней прочно и навсегда.

Добравшись до отеля, он направился прямиком к консьержу и попросил заказать билет на самый комфортабельный поезд до Сиволдайска, а также гостиницу, желательно номер-люкс, подумав при этом, что потратил уже немало, но, право же, в этом городе просто невозможно не сорить деньгами. Вскоре миловидная горничная принесла ему в номер конверт со всем необходимым. Он поглядывал на ее ноги, подписывая счет, даже и не заметив браслет из жемчуга у нее на запястье, что мог бы сказать о многом, пусть в прописной сумме и не оказалось ни одной двойки. Жемчуг отсвечивал луной, а колени девушки вызывали самые нескромные мысли, но Фрэнк Уайт Джуниор решительно гнал их прочь, наказав себе ограничиться в этот вечер одним лишь одиноким пьянством.

Глава 11

Фирменный поезд Москва-Сиволдайск подали к первому пути за целый час до отхода. Павелецкий шумел, как пчелиный улей – наступал вечер последнего воскресенья июля, и вокзальная площадь была забита народом. Центром событий был именно первый путь – туда направлялись в это время самые состоятельные пассажиры. Предыдущий фирменный, на Волгоград, ушел два часа назад; следующий, на Воронеж, отправлялся ближе к полуночи; а прочие поезда, для публики попроще, не являли собой ничего значительного. К вагонам уже плыли степенные носильщики, подбирались мелким шагом карманники и попрошайки, брели охранники, похлопывая дубинками по толстым ляжкам – и там же вскоре должны были оказаться наши герои, все еще не подозревая о существовании друг друга.

Первым на вокзале появился Александр Фролов – осунувшийся, с темными кругами у глаз, но полный решимости и готовый к действию. Марго не подвела: тайный замысел Елизаветы Андреевны был-таки частично раскрыт. Как ловкий лазутчик, она выяснила точную дату отъезда, номер поезда и даже вагон и место, хоть сделать это было непросто – компаньонка вела себя все так же скрытно. Пришлось пойти на маленькую хитрость, которая подействовала безотказно – потому наверное, что Елизавета не ждала от Маши подвоха. За мужчину, что звал ее к себе, еще не нужно было вступать в борьбу, чуткий женский сенсор оставался в бездействии, и она легко поверила истории о каких-то страховках и подписях на бланках, до которых ей не было сейчас никакого дела.

«Раньше нужно на работу приходить, – не преминула заметить ехидная Маша, – но я за тебя договорилась, не бойся. В пятницу съезжу и все сделаю, ну а если без подписи никак, то подвезу уж тебе – домой или на вокзал. Подстрахую уж тебя, подруга...» – и Елизавета, рассеянно поблагодарив, сообщила ей и поезд, и дату, и место в вагоне, но когда та, ободренная успехом, попыталась выудить из нее что-то еще, вдруг сказала раздраженно: – «Ах, Машка, отстань, не знаю я и сама!»

Рождественская усмехнулась про себя на эту очевидную ложь и вскоре позвонила Александру, добавив, чтобы сгустить краски, что дело серьезное и может кончиться настоящей драмой, а замешан в нем человек, с которым Бестужева пережила уже немало в каком-то прошлом, давнем или не совсем.

«Маш-ша, Маш-ша... – грустно проговорил Фролов. – Ну спасибо тебе, ты прямо боевой товарищ».

Марго хихикнула довольно-таки двусмысленно, но он поспешил закончить разговор, не имея больше сил на слова. Все становилось хуже и хуже, мир не просто рушился, теряя форму, мир умирал, распадался на элементы. «Не можешь жить – займись чем-нибудь другим», – горько процитировал Фролов недавно подсмотренное где-то, потом прошептал, качая головой: – «Всех ожидает одна и та же ночь...» – и потом еще: – «Умереть – значит присоединиться к большинству». Что-то щелкнуло в голове, лицо застыло и превратилось в маску. Впервые за тридцать четыре года его посетила мысль о самоубийстве.

Чужие истины сразу вдруг показались ему смешны. Трудно было поверить, что еще недавно он старательно заносил их в разлинованную тетрадь, усматривая в этом немало прока. Александр застонал, обхватив голову руками, потом захихикал, вспомнив еще одну: – «Нравственность народов зависит от уважения к женщине», – встал, подошел к окну и вдруг заорал тонко и страшно: – «Сука! Сука! Блядь!..» Затем, помолчав, он сел на пол, привалился спиной к стене и всерьез задумался о том, чтобы покончить с собой.

Способ сведения счетов с жизнью Фролов выбрал быстро: самым надежным ему казалось прыгнуть с крыши высокого здания. Его дом на Солянке, восьмиэтажная «сталинка» с трехметровыми потолками, подходил для этой цели как нельзя лучше. Он наскоро прикинул, в какой части двора заведомо отсутствуют помехи в виде клумб и мусорных куч, рассудив, что тротуар между шестым и седьмым подъездами годится ему вполне. После этого решать стало нечего и медлить больше не стоило. Люк на крышу не запирался никогда, лазеек к отступлению не существовало, а пережив столько, сколько довелось пережить ему, было как-то уже неловко поворачивать назад.

«Мы должны верить в свободу воли – у нас просто нет выбора, – сказал он вслух. – И как там было дальше? – Каждой глупости – свое время? Все, все, кончено, хватит!»

Усмехнувшись, он подумал, что всю свою жизнь боялся смерти, порой до судорог и ночного бреда, следил за здоровьем и оберегал свое тело, едва ли не паникуя при любых сигналах, казавшихся проявлениями функциональных сбоев. Право, это было смешно: он вспоминал свои страхи по поводу мнимых венерических болезней, слишком яркого – «чахоточного» – румянца на щеках, лица, опухшего спросонья, что могло свидетельствовать о проблемах с почками, синяков под глазами, бывающих, как он вычитал где-то, при плохой работе сердца… Все это звучало теперь так глупо, что можно было бы посмеяться вволю, если найти еще для смеха хоть малую толику отваги.

Александр сжал кулаки и приготовился встать. «Все, хватит, пошел!» – прикрикнул он на себя. Но глаза его защипало, он почувствовал, как что-то стекает по щеке, понял, что это слезы, и отчаянно устыдился. Тут же вдруг жалость к себе самому нахлынула мутным потоком, и Фролов зарыдал, укрыв лицо руками и уткнувшись в колени, как когда-то в детстве. Рыдал он долго, со всхлипами и подвываниями, а обессилев и успокоившись поневоле, понял, что позыв к суициду иссяк вместе со слезами, а на его месте утвердилось желание действовать и мстить. Кому и за что, он пока не осознал до конца, и план действий был совсем еще невнятен, но ему стало ясно, что нельзя позволить Елизавете выбросить его из своей жизни, даже и не попытавшись ничего объяснить.

Нет, это было бы слишком просто – и для нее, и для соперника-счастливца. Что-то должно произойти с его, Фролова, непосредственным участием. Он знал, что готов на многое, а убить себя сейчас – ну уж нет, не дождетесь, это все-таки слишком поспешный выбор. Есть и иные, куда занятней: почему бы не расправиться с кем-то другим – то ли с соблазнителем, посягнувшим на чужое, то ли с коварной партнершей по так и не случившемуся союзу? Или, быть может, обойтись без крови – просто расстроить их наглый союз взамен, объявившись в нужный момент ко всеобщему изумлению? Если же и это не удастся, то, по крайней мере, стоит довести самоистязание до абсурда, до последней уже черты, оставшись тайным свидетелем и убедившись во всем воочию. А потом – потом будет видно: либо орган страдания отомрет внутри, не выдержав перегрузки, либо отчаяние заполонит настолько, что последнему прыжку не помешают никакие слезы.

Всю субботу Александр был почти спокоен. Он ел с аппетитом, изголодавшись за время своих терзаний, и пролежал на диване большую часть дня, выйдя из дома лишь для того, чтобы купить билет в плацкартный вагон, где легко укрыться, не привлекая внимания. На вокзал он прибыл очень рано – поезд только-только подползал к платформе – и занял место за киоском с шаурмой, изготовившись глядеть во все глаза. Ему хотелось удостовериться, что Бестужева и впрямь едет в Сиволдайск – события развивались столь гадко, что внезапные козни могли ждать где угодно, а он больше не желал, чтобы его водили за нос.

«Мы добьемся мира, даже если для этого нам придется

воевать», – бормотал Фролов вполголоса, поправляя темные очки. К очкам прилагалась шапочка с длинным козырьком и мешковатая камуфляжная футболка. Положительно, его было не узнать, если не присматриваться вдумчиво и долго.

Вскоре на вокзальной площади показался и Фрэнк Уайт Джуниор – взволнованный и зорко глядящий по сторонам. Он тоже ожидал всевозможных каверз, опасаясь в частности: опоздать, заблудиться, сесть не в тот поезд, быть ограбленным и вдобавок избитым – и пр., и пр. Наличные деньги он сложил в нательный пояс, приобретенный еще в Штатах, а билет с паспортом сунул во внутренний карман джинсовки, закрывающийся на молнию, хоть ему в ней было очень жарко.

Путешествие и вся акция целиком вступали в очень серьезную фазу. Фрэнк понимал, что покидает обжитой город, который, пусть с натяжкой, можно назвать частью цивилизованного мира, и отправляется в место, о котором цивилизованный мир знает очень мало. Насколько правила тамошней жизни подходят для неподготовленного человека, ему предстояло выяснить самому. Он ощущал некоторую робость, но в целом был скорее горд – ответственностью, которая легла на его плечи и, пожалуй, имела право называться почетной.

Даже сами русские, напоминал себе Фрэнк Уайт, с опаской относятся к путешествиям в «глубинку» – вот и Нильва предупреждал об осторожности, и консьерж в отеле говорил что-то о повышенной бдительности и ночных разбойниках. Фрэнк приготовился быть бдительным как никогда и теперь бегло обшаривал зрачками каждого встречного, ни на секунду не ослабляя внимания. Вскоре в глазах у него стало рябить, и даже голова закружилась немного, так что он счел за лучшее остановиться у того самого ларька, за которым прятался Александр Фролов, и постоять несколько минут, свыкаясь с обстановкой.

Обстановка казалась вполне миролюбивой – разве что было грязно и сильно пахло горелым. Рыжий подросток с болезненным лицом покрутился около Фрэнка и исчез.

Потом две юные девицы, голоногие и смазливые, глянули на него мельком, проходя мимо. Одна из них оглянулась и даже затянула хрипло: – «Дяденька, скока время-а?..» – но подруга дернула ее за руку, и они зашагали к пригородным кассам, громко смеясь на ходу. Никто другой не обращал на Уайта Джуниора никакого внимания. Он осмотрелся и увидел прямо над головой большое табло. Сиволдайский поезд был указан в верхней строке, и первый путь, обозначенный зеленой цифрой, находился тут же неподалеку, так что Фрэнк порадовался своему чутью, приведшему его прямиком в нужную точку. Он не спеша прошелся вдоль платформы, а убедившись, что посадка еще не началась, решил разыскать туалетную комнату, что оказалось неожиданно трудным делом и заняло чуть не четверть часа. Сам же туалет произвел на Фрэнка Уайта очень сильное впечатление – настолько, что даже о бдительности он позабыл на какое-то время и лишь у входа в вагон, предъявляя паспорт с билетом, вновь сделался напряжен и сосредоточен, украдкой глянув вокруг.

Взгляд его не выявил ничего интересного – перрон у вагона бизнес-класса был почти безлюден, хоть, осмотрись Фрэнк пятью минутами позже, на глаза ему мог бы попасться Николай Крамской, неторопливо шагающий к хвосту состава. Николай был хмур и, как обычно, погружен в собственные мысли. Все складывалось пусть неплохо, но все же весьма противоречиво. Он не мог понять, что это значит, и чего хотят в высших сферах, дергая за несколько нитей сразу.

В том, что там, в сферах, от него действительно ждут чего-то в связи с этой поездкой, случившейся столь внезапно, Крамской почти не сомневался. Все события вокруг командировки, совершенно обычной на первый взгляд, происходили чересчур своевольно. Стоило ему принять решение и настроиться на немедленный отъезд, как недавние совпадения стали отмежевываться одно за другим. У приятеля-литератора молчал телефон, и на электронное письмо от него так и не пришло ответа. В турагентстве, промучившись около часа, он добился-таки гостиничной брони, но билет ему предложили лишь купейный, а Крамской вообще не любил соседей, особенно если их целых три, а не один. Наконец, в субботу ему позвонила Жанна Чижик – пожелать легкой и счастливой дороги – они поболтали с полчаса, практически ни о чем, но что-то насторожило его и осталось сидеть занозой, испортив настроение на весь следующий день. После он понял: в рассказах о волжской юности, на которые сам же он ее и натолкнул, прозвучали вдруг неприятные нотки, какой-то нездешний неряшливый говорок. На него пахнуло заунывной тоской тех мест, их равнодушием ко всему на свете, и тайные мысли о сиволдайских женщинах тут же показались наивной блажью. Он посмеялся над собой и потом еще долго морщился с досадой, словно удивляясь мальчишеству, которое давно пора изжить.

Словом, знаки фортуны обретали все менее разборчивый вид. Лишь пугинский заказ оставался твердым делом – на этот фундамент можно было опереться, да к тому же Николай и сам вдруг увлекся пугачевской темой. Он продолжал рыскать в Сети и выискивать новые факты – уже из собственного любопытства.

Очень скоро ему стало ясно, что героический образ лукавит и не отбрасывает тени. Донской раскольник, возжелавший короны, хоть и замахивался на многое, был атаманом самой низкой черни, предводителем отрепья, утерявшего в своем большинстве подобие человеческого облика. Описания казней и бессмысленных зверств ужасали даже по истечении многих лет и не могли не напомнить о другом чумном нашествии, уже не черном, но красном, случившемся через полтора века и тоже высвободившем страшную силу – гиблую энергию простых масс. Сам же Пугачев, жестокий и хитрый, порой трусоватый и всегда по-крестьянски вероломный, был интересен прежде всего тем, что именно в нем воплотилась карающая длань, что обрушилась на знать, погрязшую в бессилии духа. Это был демон вселенского мщения, символ memento mori, которому не вняли до конца – и еще раз поплатились позднее.

При этом, Николай не мог не признать, что думает о

разбойнике с живейшим сочувствием, всегда сопутствующим мятежу, обреченному на провал, и дерзкой решимости, за которую платят гибелью. Где-то тут же была и зависть к счастливцу, избранному высочайшей силой – ибо кого как не разбойника Емельяна вела чья-то ладонь, толкая в спину и заставляя творить безумства, сводя со смертью и укрывая от нее до поры, пока неведомая программа не будет выполнена до конца. Вся его жизнь и крутой ее поворот, и история бессмысленного бунта не могли не вызывать восхищения – как событие большого масштаба, задуманное кем-то, кому масштаб был по силам. Часть этого восхищения доставалась и самому атаману, как бы он на самом деле ни был низок или глуп, или необъяснимо жесток.

Право, замысел свыше способен объяснить многое – виселицы и трупы, и приступы страха, и неумение управлять вассалами, многие из которых, кстати, были умнее и решительнее вождя. Но демон вселился в него, а не в кого-то другого, и заставлял повиноваться блеску именно его страшных зрачков, пред которыми трепетал всякий, ибо поглядывало оттуда нечто не вполне человеческое. И даже теперь Крамской ощущал ту чужую дрожь, думая о мощи нездешней воли, нашедшей выражение в воле Емельяна Пугачева, заставившей его поверить в исключительность себя самого – с основанием на то, признанным всеми.

«А ныне ж я один из потерянных объявился и всю землю своими ногами исходил, и для дарования вас милосердием от Господа создан…»

«И если кто ныне познает сие милосердие, жалую тех землею, рыбными ловлями, лесом, бортями, бобровыми гонами и прочими угодьями, а также вольностию и свободами и вечно казаками…»

«А если кто не будет на сие милосердие смотреть, яко то: помещики и вотчинники, тех, как сущих преступников закона и общего покоя, лишать всех жизни то есть казнить смертию, а домы и все имение брать себе в награждение…»

«А если кто сверх сего милосердия останется в своем

недоразумении, тот уже напоследок воспримет от меня великое истязание и ничем себя не защитит…»

«А хотя и восхощет обратиться к законному повиновению и будет стараться и спospешествовать и приносить услуги, но только ничего принято не будет. Тогда уж и воздохнет он из глубины сердца и воспомянет всемирное житие свое, да уже возвратить будет никак нельзя…»

Так диктовал самозваный император, не умевший ни читать, ни писать, верному своему секретарю, который записывал слово в слово, лишь порой подбавляя витиеватости на вольнолюбивый казацкий манер. Николай восхищался слогом и думал о судьбе этого человека, быть может полагая даже, подобно клиенту Пугину, что имеет с разбойником какую-то связь. Того тоже должны были вести знаки, он наверное искал их и мучился, гадая о потаенных смыслах. Николай теперь переживал то же самое вместе с ним, делая конечно скидку на лукавую природу донесений из прошлого, о которой всегда стоит помнить.

Размышляя о Пугачеве и вихрях его стихии, он порой ловил себя на мысли, что в последние годы связал себя слишком многим. Не иначе, дух свободолюбия, населявший разбойничьи указы, обладал нешуточной живучестью и не слишком растерял свои свойства. Крамскому стало грезиться даже какое-то заманчивое будущее – и сам он, изменившийся до неузнаваемости, отрекшийся от мелочных усилий, нашедший скрытый рычаг, ухватившись за который можно потягаться с мирозданием всерьез. Существуя пока лишь в грезах, эти картины могли обратиться явью – нужно было лишь отбросить лишнее, оторваться от чего-то, освободиться от пут, оков или, быть может, пальцев чьих-то цепких рук. Распознать их было непросто, все попадало под подозрение. Он понимал, что тут не обойтись одним поспешным выводом и не откупиться ни Жанной Чижик, ни «Геральдическим Изыском», бросив их малой жертвой на воображаемый алтарь. Дело было серьезней и глубже, даже сам организм-хозяин не имел априори ни алиби, ни индульгенций. Концепция высших сфер могла оказаться неоправданным сужением перспективы, а «предназначение», заготовленное для него кем-то – вовсе не искомой точкой, а самым что ни на есть воплощением оков и пут.

Конечно, забираясь в такие дебри и позволяя себе усомниться почти во всем, следовало не увлекаться чересчур и не сжигать раньше времени мосты над бездной. Грезы грезами, но путь к ним долог, а реалии – вот они, перед носом, и, имея с ними дело, нельзя терять трезвость взгляда. Крамской напоминал себе об этом каждый день до отъезда, упрощая формулировки и избегая ненужного пафоса. Тем не менее, уже подходя к поезду, он постановил, не без некоторой торжественности, считать короткое путешествие освобождением от чего-то, о чем он еще подумает на досуге – сейчас и потом, по возвращении в Москву.

В купе, к чрезвычайному своему неудовольствию, Николай обнаружил подвыпившую мужскую компанию. Он кисло поздоровался, предчувствуя тяжелую ночь, но вскоре выяснилось, что едет из всех лишь один, оказавшийся совсем трезвым, а остальные провожают его на «решающую», как выразился кто-то из них, «битву». Крамскому сообщили, что его попутчик – не кто иной, как директор ансамбля «Ромашка», а вся веселая группа как раз и представляет собой этот ансамбль, уже многие годы несущий в массы лучшие традиции русского фольклора. Тут же ему предложили и коньяка из бутылки с сомнительной этикеткой – не слишком впрочем навязчиво, ибо желающих «добавить» было в избытке.

«Третью открывай – помнишь, из Питера провожали, так вообще на ходу спрыгивали...» – гудел низким басом кто-то за спиной у Николая, ожесточенно пихавшего сумку под нижнюю полку. Но тут вдруг в дверях показались две пожилые женщины в одежде послушниц, оторопевшие от избытка жизнелюбивых мирян, и фольклористы сразу сникли, вытекли в коридор и стали пробираться к выходу, переговариваясь отчего-то вполголоса.

Им, впрочем, было уже пора – времени до отхода поезда оставалось не много. Пассажиры на перроне, спеша к вагонам, перешли на легкую трусцу вместе с носильщиками, утерявшими степенность, а Александр Фролов весь извелся на своем посту, гадая, пропустил ли он уже Елизавету, проскочившую коварно за чужими спинами, или же она вообще передумала ехать – а то, быть может, легкомысленная Марго напутала что-то, намеренно или случайно, пустив его по ложному следу... Он почти уже решил сделать слабый ход – набрать телефонный номер той, которая, очевидно, больше не числила его в своих абонентах. Это было унизительно, но могло прояснить ситуацию – Александр вздохнул, достал сотовый из кармана, но к счастью не успел нажать ни на одну из кнопок, заметив в тот же миг запыхавшуюся Лизу, выбежавшую из вокзального здания. Он глубоко вздохнул, пропустил ее вперед и пошел следом, не приближаясь, став вдруг совершенно спокойным и не имея теперь причин куда-либо торопиться.

Елизавета же была взвинчена до предела. С самого утра все шло не так и валилось у нее из рук. Автомобильная пробка из-за аварии на Тверской стала последней каплей: она совсем разнервничалась и накричала на шофера, хоть тот был не виноват и ничего не мог сделать – лишь бурчал что-то невразумительное в ответ. Как бывает в Москве, машины встали сразу и мертво – казалось, это уже навсегда, но потом что-то сдвинулось, весь поток пополз понемногу, и шофер проявил чудеса изворотливости, буквально втискиваясь в каждый просвет. «Настоящий городской водила», – сказал он про себя с гордостью, когда стало ясно, что они все же успели, и Елизавета ласково ему улыбнулась, но улыбка недолго держалась на ее лице, тут же вновь сменившись выражением озабоченности и досады.

Досадовала она главным образом на саму себя – так, ни от чего, просто пребывая в беспокойстве. Оно никак не желало улечься, да и не мудрено – этому воскресенью предшествовали очень нервные дни. Первая волна теплого чувства, нахлынувшая на Елизавету Андреевну по прочтении романтического письма, скоро уступила место смятению, поглотившему ее с головой. Мысли о счастливых месяцах, проведенных когда-то с

Тимофеем, вдруг сменились воспоминанием о пережитой обиде – она и теперь, оказывается, готова была вскинуться, как фурия, при одном лишь намеке на то давнишнее «предательство». К тому же, как выяснилось скоро, самого Царькова она помнила очень смутно в сравнении со злополучной медсестрой. Та была медноволоса, большегруда и чертовски, непозволительно юна в воспоминаниях семилетней давности, так что Елизавета, смотря на себя в зеркало, недоумевала, почему Тимофей не давал о себе знать так долго, прождав в нерешительности и позволив ее собственной юности ускользнуть от них обоих навсегда.

Царьков позвонил в тот же день, пытался грубовато шутить и вообще вести себя по-свойски, но разговор вышел плохо: она отчаянно стеснялась, была скована и цеплялась к словам, за что потом сильно себя корила. Он, впрочем, не обиделся и тут же прислал электронную записку, призванную сгладить неловкость, а Елизавета, вся вспыхнув, настучала в ответ длинное чувственное письмо – и не знала, куда деваться от стыда через пять минут после его отправки.

Так у них и продолжалось потом – до самого воскресенья. Настроения менялись часто и совпадали на удивление плохо – то есть, это ей так казалось, а Тимофей, как ни пытался, просто не успевал угадывать их причудливый ход. Она хотела прояснить для себя что-то за эти несколько дней, но времени было слишком мало, и разрозненные части не складывались в одно. Ответы казались неясны, потому что и вопросы мешали друг другу. Что же до главного из них, то с ним она просто боялась иметь дело, отгоняя его куда-то за спины прочих.

Потом она совершила ошибку, рассказав обо всем «комсомолке» Зое. Та помирилась с мужем, отвоевав себе и коту вдоволь жизненного пространства, и глядела теперь с прищуром превосходства. «Замуж-то он тебя не возьмет», – подытожила она безжалостно – и Елизавета сузила глаза в ответ и стала говорить грубости. Зоя Климова лишь усмехалась победно – ее позиция не имела слабых мест. Бестужева почувствовала это и распрощалась тут же, кляня и Тимофея, и себя саму. Пресловутая точка опоры шаталась, как хлипкий мост. Все дрожало под ногами, и ладони хватали пустоту.

«Мир – это то, что внутри меня», – говорила себе она и оглядывалась, сознавая: нет, мир вне, он смотрит. Смотрит недобро и ничем не хочет помочь. Скользит мимо и не дается в руки, и не отличает тебя никак – в его взгляде напрочь отсутствует интерес. За ней не следил больше внимательный глаз, ее не преследовал человек, неуловимый, как тень – Елизавета заметила даже, что тоскует по филеру. Между ними был натянут нерв, было притяжение, покалывающее электричеством – и вот ничего не стало, а центр притяжения переместился в Сиволдайск. Она думала о тетушкиной вощанке и усмехалась нервно: каков он теперь, Дефиорт? Потом вспоминала витрину на Солянке и морщилась с досадой: хватит! Тут лишь ненужные любовники и мертвые зрачки!

Наконец, Елизавета согласилась с концепцией «реванша» – как самой безопасной с точки зрения самооценки. В этой игре нужно смотреть свысока, убеждала она себя. Ведь это он захотел ее вновь, и она, а не кто другой, решает, делать ли ему навстречу ответный шаг. Поехать к нему конечно стоит – хотя бы для того, чтобы убедиться воочию, что он и впрямь все еще ею увлечен. Узнать такое всегда приятно – к тому же, можно вновь вскружить ему голову, если окажется, что прошлые чары недостаточно сильны.

«Власть над мужчиной – такая сладкая вещь», – повторяла Елизавета, как мантру, зная при этом, что власть имеет лишь форму, подобно дутой, негодной вещи. На оболочку не опереться, как не ступить на тончайшее из стекол, но из причин не приходилось выбирать – лучшие из лучших тоже оказывались дутыми на поверку. Они годились лишь для толстокожей Зои, ее кота и множества таких же, как они. «Вообще, любую мысль приходится додумывать в одиночку, – говорила она себе и жалела себя. – Это ли не причина, чтобы уехать хоть на край света?»

Размышлять о реванше было комфортно, намеренья

выходили неуязвимы для насмешки, но меж ними на каждом шагу угадывались потайные ходы, ведущие в совсем иные миры – к мыслям, взрывоопасным, как порох, и полному отсутствию расчета. Двери этих миров запирались с искренним тщанием, но замки готовы были пасть по первому же знаку – она прекрасно сознавала это, пусть и негодуя на собственную глупость. А вдруг ему нужна помощь, ведь не зря же он вспомнил о ней именно сейчас, думала она тут же, отмечая с некоторым злорадством, что наверное у Царькова так и не появилось близкого человека за все годы, что они провели врозь. Потом сомнения одолевали вновь, она вспоминала о непостоянстве мужчин вообще, а в частности – все о той же медсестре, грубоватой и некрасивой, даже и не подозревающей, что кто-то думает о ней до сих пор. Наконец, подошло время отъезда – уже заказав такси, Елизавета чуть не расплакалась вдруг от непонятного страха, а в машине, томясь в заторе, больше всего на свете боялась опоздать на сиволдайский поезд.

Глава 12

Соседом Фрэнка Уайта по двухместному купе оказался полный, но очень живой мужчина средних лет. Он быстро разобрался со своими вещами, переоделся в тренировочный костюм, заботливо развесил пиджак, рубашку и брюки, задернул занавеску на окне и уткнулся в газету, изредка почесываясь и сопя. Фрэнк, намеревавшийся насладиться пейзажами Подмосковья, был раздражен таким самоуправством, но не стал спорить, не будучи уверенным в знании вагонного этикета. Он посидел какое-то время, глядя вбок, потом все же решился и совсем уже собрался было высказать претензию по поводу занавешенного окна, но тут в дверях появилась официантка, предложившая сделать заказ на ужин, и ситуация разрядилась сама собой. Сосед принялся выспрашивать детали небогатого меню, а Фрэнк Уайт, воспользовавшись моментом, тут же отодвинул занавеску чуть в сторону и стал глядеть в образовавшуюся щель – с очень независимым видом.

«Ну, я решил, – вдруг обратился к нему сосед. – Сначала селедочку под шубой, а потом, пожалуй, гуляш – и водочки сто пятьдесят, само собой. Вы как, меня поддержите?»

Прозвучало это столь аппетитно, что Уайт Джуниор, собиравшийся обойтись лишь чаем из страха перед некачественной едой, вдруг заулыбался в ответ и тоже заказал и селедочку, и гуляш с подливой, и, само собой, попросил водочки, чтобы не отставать. Покончив с заказом, он поймал себя на мысли, что ему уже очень нравятся поезд, официантка и даже пыхтящий сосед, после чего они церемонно познакомились и даже обменялись визитками, причем соседская оказалась куда солидней на вид.

«Георгий Владимирович Самохвалов, старший эксперт», – значилось на ней довольно-таки загадочно, но сосед тут же добавил, что называть его следует просто Жорой, и стал без всякого перехода рассказывать о путаной своей работе, имеющей касательство к дрязгам в Спорткомитете, в тонкостях которых Фрэнк не смог разобраться. Но это было не так уж важно: сосед Жора не нуждался в поддержке и оживленно ругал чиновников-ворюг, из-за которых была проиграна Олимпиада, нанеся очередной удар по национальной гордости, и без того уже загнанной в медвежий угол. Тут как раз принесли еду и водку, они выпили по тридцать грамм, после чего Жора выругался беззлобно и возразил сам себе, что гордость – черт с ней: по большому счету, жаль не гордости, а былого величия. Ну а его-то нет как нет и, наверное, уже не будет, а есть одно лишь дремучее хамство, которое, без сомнения, будет здесь всегда.

«Вот Вы издалека, как Вам на первый взгляд?» – спросил он Фрэнка Уайта, занюхав черной корочкой и закусив селедочкой, и Фрэнк сделал то же самое, а потом ответил вполне искренне, что ему тут очень даже нравится, хоть, конечно, судить о вещах серьезных он бы пока не взялся. «Нравится, нравится... – пробурчал сосед, – ну а что же Вам такое нравится, позвольте поинтересоваться?» – и Фрэнк стал послушно перечислять и скоро дошел до барышень-москвичек, о которых упомянул со смущением, несмотря на водку. Тут ему пришлось замолчать, ибо Георгий Владимирович подхватил тему на лету и уже не упускал инициативы, успевая при этом отпивать по чуть-чуть и заедать с большим удовольствием, следя и за собеседником, чтобы не нарушал темпа.

Мнение Самохвалова, старшего эксперта, в целом совпадало

с уайтовским, хоть, конечно, по существу вопроса он имел сказать гораздо больше. «Бабы, – веско заявил сосед, – сейчас в Москве не те. – И стал пояснять, несколько горячась: – Стать не та, а порода и вовсе теперь не та – будто повывелись или забились в щели!»

Фрэнк сделал удивленное лицо и хотел было возразить, но Жора отчаянно замотал головой, не давая прервать начатую мысль.

«Мы-то знаем, они не повывелись, – продолжил он уже чуть спокойнее. – Просто держат их взаперти, как Василис прекрасных, в темницах или в башнях этих элитных, в кабаках и приемных, сразу по многу штук. И кому от этого легче, скажите – мне или может быть Вам? То-то и оно, что одно расстройство, а красивые лица пропали. Ни на Тверском не встретишь, ни на Чистопрудном, везде одни колхозницы – нечерноземье или голимое зауралье. Хороших теперь прячут, и сами они прячутся где-то, а на улицу – нет, ни-ни. В общем правильно, сейчас на улице приятного мало, но все равно жаль – обидно, понимаете, за страну. Бывало-то ведь, чуть выйдешь – на каждом шагу по смазливой кошке, а теперь не то: времена меняются и всегда приносят грусть».

«Хоть вообще, – он сделал значительную паузу, поднял рюмку и подмигнул Уайту, – вообще, женщина в России – это вещь! Больше тут ничего не осталось – купчики на рысях, да всякие бандюганы. Тошно, право слово, хоть каждый пыжится и строит из себя, но женский пол, скажу я Вам, это нечто особое до сих пор – если столицу не брать в расчет. Столицу мы уступили – и пусть они с окраин все в нее прутся, но баб в России много, на наш век хватит».

«Вы посмотрите, сколько места, – кивнул он за окно. – Сколько пространства, и все оно наше – отказываться нельзя, пусть в нем одиноко донельзя. Плохо, если по одному – и нам с Вами трудно, с водкой или без водки, и, точно так же, любой из девиц, чуть она задумается и загрустит. Но зато: как же силен ее порыв навстречу, когда она решит, что нашла родственную душу! Русская женщина что угодно примет за любовь – в больших пространствах, знаете, не до жиру – и станет мягка, податлива, щедра на ласку. Пусть и коротко, но и все же, все же…»

«Коротко?» – переспросил Фрэнк Уайт. Что-то в словах Жоры больно его кольнуло. Он даже заерзал и заморгал, стараясь себя не выдать, но сосед, по счастью, смотрел не на него.

«Ну да, все оно ненадолго, – махнул Самохвалов рукой. – Любовь уходит, и страсть уходит в пустоту. А без страсти волшебства не бывает; на просторах – одни болота и комары. И леса – не сказочные дебри, а все больше кустарник да бурелом. И кикиморы не щекочут, и нет ни русалок, ни прочих дев – пока не забредешь в деревню, да и там, быть может, одни старухи, остальные в райцентр подались, на блядки. Так-то оно, не угадаешь, но бывает миг – и вот тебе сказка!»

«И тогда за наших не стыдно, – почти прошептал он, понизив голос, – чуть ли не единственное здесь, за что не стыдно. Я вот был в Гамбурге, прожил там с полгода, так немецкие женщины – это вещь. Но наши-то лучше! Лучше и точка!»

Они выпили за женщин, и сосед сразу посерьезнел. «Я Вам больше скажу, – вздохнул он, глядя Фрэнку в глаза. – Я скажу Вам: тут есть жизнь. Гамбург – то, се, чистота, порядок, а приезжаешь сюда и видишь: есть жизнь. В русской женщине есть жизнь, если понимаете конечно – а Вы-то, я думаю, знаток».

Фрэнк Уайт несколько застеснялся и стал косноязычно возражать, но Жора слушал вполуха. Взгляд его затуманился; было видно, что и мысль унеслась куда-то – назад в Москву или в далекий Гамбург, или в иные пространства, неразличимые отсюда. «Лично я, – сказал он вдруг, перебив Фрэнка на полуслове, – я когда-то любил дородных. Таких, чтоб бедра, грудь, попа… – как вообще представляют славянок. Даже странно, что это в прошлом, но – ушло с молодостью и совсем не тянет. А теперь – теперь я без ума от маленьких. Знаете, есть такие маленькие девочки…»

«Нет, нет, нет, – заторопился он, заметив на лице Уайта мгновенную настороженность, – вовсе не подумайте дурного. Не такие уж малолетки, иным уже побольше, чем Вам, но они все равно – как кукольные собачки. Ах, как они меня влекут! Как с ними все по-другому, занятно и непривычно! И все же, это целая сердечная драма…»

Он запрокинул голову, выплеснул в себя последние капли водки и отвернулся к окну. Фрэнк, чуть помедлив, сделал то же самое. За окном тянулись бесконечные поля, солнце садилось в тучи, подсвечивая рыхлую кромку. Жора вздохнул, поскреб щеку ладонью, повертел в пальцах пустую рюмку и бережно поставил ее на стол.

«Маленькая девочка… – вновь заговорил он. – Девочка, пусть ей за тридцать и неважно, близко ли к сорока – это все равно подкрадется в один миг. Короток ее век, но пока еще не подкралось – маленькая девочка, она ощущает себя совсем юной. Юной и хрупкой – ощущает и играет в это. И не может тебе противостоять, ты чувствуешь ее слабость и готовность к слезам без повода. А она потакает – и отдает права, и становится воображаемой тенью… О, как быстро ты привыкаешь к мысли, что она принадлежит тебе – пусть даже она пока и не принадлежит. Как быстро убеждаешь ты себя, что она – твой верный паж, твоя раба, что она думает о тебе всегда, каждый день и час. А как иначе – она хрупка и порывиста, с лягушачьими ступнями и детским бюстом. Каждый ее жест на виду, да и вся она будто бы на виду – тебе кажется, что ей нечем сопротивляться. Но это опасная иллюзия, и у маленькой девочки есть оружие – пусть одно, но грознее многих. Потому что: она может сказать 'нет'!»

«О, это страшный выпад, страшный выстрел, оглушительный залп, – горько проговорил Самохвалов и вдруг стукнул по столу кулаком, так что тарелки жалобно зазвенели, и одна из вилок упала на пол. – Она это знает, крошечная стерва, знает, что больше нет зарядов, и бережет этот единственный, пока еще может терпеть – сдерживая любопытство, предвкушая миг торжества. Вынашивает в себе, не спит ночами, предчувствуя победу – месть городу мужчин, месть самцам с хриплым дыханием, с которыми больше никак не сладить, которые хотят откупиться малым за власть над ее тщедушным тельцем или и вовсе не дать ничего – вычерпав всю ее душонку без остатка. Оттого-то на ней сучья маска – по-другому тут и нельзя – но маской никого не удивишь и не обставишь, как в поддавки, притворным безразличием и безучастьем. Нет, она хитрей заносчивых и холодных, она строит из себя послушную тень, а потом вдруг – все, не может больше терпеть, очень уж ей хочется посмотреть, как выйдет. И является на свет кинжал из-под корсета – то самое слово 'нет', когда его никак не ждешь. И наступает торжество, ее торжество – на миг, на кратчайший миг. А потом, конечно, плохо обоим – и она рыдает в подушку, пьет в одиночестве дрянной виски или какую-нибудь мутную смесь. Тоже ведь привыкла и пригрелась к тебе, как собачка, трудно теперь отвыкать и вновь выбегать на холод. Но ничто уже не изменишь, и хоть глаза ее сверкают остатком решимости, в них растерянность и тоска. Хочет вернуть, но поздно, поздно – и выходит драма…»

Поезд гнал во весь ход, что-то поскрипывало в стенах, и весь вагон подрагивал, словно от избытка мощи. За окном темнело, и Фрэнк Уайт видел свое отражение в стекле. Он не был пьян, но чувствовал себя странно – как бы наблюдая со стороны и себя, и соседа Жору, и все купе, освещенное мертвенно-бледной лампой. Стук колес успокаивал, сообщая будто, что дурного не выйдет – ни с Фрэнком, ни с кем угодно другим. Сосед вдруг встал, подошел к зеркалу и поправил что-то у себя в прическе, потом с хрустом потянулся и лег на полку, закинув руки за голову.

«Но и нам есть, чем ответить, – сказал он твердо, глядя в потолок. – Мужчина – он, знаете ли, да. Он, знаете – ого-го, не жалкая тварь. И никак за ним не угнаться – ни маленькой девочке, ни любой жалкой твари. А? – спросил он Уайта, но тот молчал, и Жора удовлетворенно кивнул: – Вот, я и говорю».

«Что женщина, – продолжил он, зевнув, – ей только бы пригреться, а как она может мстить? Она спит с другими из протеста, но протест короток и конечен, а мужчина ищет свой идеал и может искать всю жизнь. Пусть его обидели отказом

– это значит лишь, что данная особь больше не стоит ни слова, ни взгляда, но идеал-то остается как идея, а идее можно многое посвятить. О, ей много можно отдать, больше, чем любой маленькой стерве, ибо сколько их еще – с похожими именами, с теми же волосами, разрезом глаз... Так и тянет представить, что все они – твоя послушная тень. Так и тянет купить всех, кто доступен, а таких – легион, армада. Купить и отдавать себя всего, зная, что отдаешь не им, а идее – а они-то не понимают, жалкие существа, не способные на фантазию и отвлеченную мысль. Они, верят, шлюхи, повидавшие мужчин, теряют голову и дрожат в экстазе, стонут по-настоящему и по-настоящему шепчут: ты мой единственный ангел... Э, да что говорить!»

Он снова зевнул, прикрыв глаза, и Фрэнк тут же воспользовался паузой – схватил полотенце, пробормотал что-то и отправился в туалет. Ему было неловко, он боялся, что еще чуть-чуть, и Жора Самохвалов в своих откровениях зайдет чересчур далеко. Вернувшись, он с облегчением обнаружил соседа спящим, выключил свет, разделся и, забравшись под тонкое одеяло, стал размышлять о Сиволдайске и пугачевском кладе. Очень скоро мысли его, как и в самолете, обратились к грядущим деньгам и способам их траты. «Стипендия имени Уайта Джуниора» – думал Фрэнк Уайт Джуниор и испытывал приятное волнение, и тут же одергивал себя, не желая важничать чересчур.

Это и было его тайной мечтой – причудой загадочной американской души. Несколько лет назад он дал себе слово учредить благотворительный фонд для математиков той страны, которая поможет ему разбогатеть. Теперь все шло к тому, что выбор судьбы падет на Россию, и это было как нельзя кстати. Множество нюансов увязывались в одно, в том числе и школа со специальным уклоном, пусть «уклон» не оставил следа и не привил Фрэнку любви к точным наукам. Гораздо больше можно было сказать о светлой романтике русских книг и всей атмосфере тогдашней московской жизни. Они-то и взрастили идею в закоулках сознания, связав с самой что ни на есть точнейшей из наук. Отчего-то Фрэнк уверился в мысли, что именно математика в академичной ее форме, напрочь лишенная прагматизма и полная строгой красоты, может стать последним оплотом непрактичности вообще. А непрактичность, он чувствовал всем сердцем, необходимо сохранить в какой бы то ни было ипостаси, пусть даже прочее человечество не беспокоится и не дует в ус.

Решение было смелым – так, по крайней мере, казалось ему самому. Принять его в окончательном виде помог эпизод с газетой, в интервью которой Аксел Тимуров, желая пустить пыль в глаза, заявил о намеренье их фирмы взять на работу множество математиков – никак не меньше сорока. Зная Аксела, Фрэнк понимал, что тот не имел в виду дурного, ляпнув по недомыслию первое, что пришло ему в голову. Однако ж, математики всей округи приняли известие за чистую монету и несколько недель осаждали их офис, демонстрируя изо всех сил профессиональную пригодность.

Они оказались голодны, неустроенны и обидчивы, неловки в общении и чудовищно невостребованны. Они слали письма и факсы, досаждали звонками и неурочными визитами. Аксел укрылся от них за спиной Уайта, ведавшего, помимо прочего, еще и наймом персонала, и тому пришлось несладко, но он выстоял, в некотором ошеломлении отбив все атаки и разъяснив неоднократно, что нужных вакансий у них, увы, нет. Поначалу ему не верили, требуя назвать имена счастливцев, успевших раньше. Иные пытались даже неумело интриговать, отчаянно краснея и пряча глаза. Но потом все смирились с неизбежным, как смирялись наверное уже не раз, и согласились с Фрэнком, что произошла ошибка, и они тут не нужны, как, собственно, почти везде. Самый активный из них, сорокалетний знаток тензорных полей, звонил еще не раз и даже поздравил Фрэнка, искренне и тепло, с Днем национальной независимости, но затем и он пропал, уверившись в тщетности усилий, а Уайт Джуниор, переведя дух, пообещал себе, что возьмется за учреждение стипендии, лишь только заимеет настоящий капитал.

Под стук колес о капитале думалось легко, а вскоре Фрэнк Уайт уснул, несмотря на похрапывание соседа. Жизнь в поезде шла своим чередом, как уже много лет из ночи в ночь. В тамбуре одиноко курил пьяный дембель, тут же неподалеку пожилой бухгалтер объяснялся в любви проводнице, давно уставшей от слов, а ее напарница с толстыми бедрами, обнеся пассажиров чаем и дежурно отулыбавшись всем подряд, потела и задыхалась от избытка чувств в объятиях рябого прапорщика, которого она подсадила в Михайлове в свое одинокое купе.

Фрэнку снились маленькие девочки со сморщенными лицами старух, а потом и вовсе всякая чушь, так что он вскрикивал и метался на узкой полке, лишь чудом не свалившись на пол. Порой он задевал рукой обеденный столик, и оставленная с вечера посуда звенела на манер морских склянок. Георгий Владимирович Самохвалов бормотал тогда хриплым голосом: – «Но-но, не балуй», – но храпеть не переставал и тем более не открывал глаз.

Еще хуже Фрэнка спал Николай Крамской – как и всегда в поездах. На этот раз он, к тому же, злоупотребил алкоголем, просидев до полуночи с директором фольклорного ансамбля, мучился теперь головной болью и пытался утихомирить бессвязные мысли. Стыдно было вспоминать, что еще на вокзале он дал себе зарок ничего не пить и не вести ни с кем длительных дорожных бесед.

Когда поезд тронулся, Николай был трезв и все еще тверд в своем благоразумии. Обменявшись с соседями парой вежливых фраз, он вышел из купе и простоял целый час у окна в коридоре, прижавшись лбом к холодному стеклу. Заоконные виды не радовали ничуть – окраины города являли собой жалкое зрелище. Вдоль полотна тянулись катакомбы заброшенных фабрик советской поры – будто подчеркивая бессмысленность усилий, растраченных здесь когда-то впустую. Они зияли провалами разбитых стен, развалинами построек, ржавчиной конвейерных линий – декорациями плохого фильма об ужасах технократической эры. Казалось, поезд ползет среди пейзажей иной планеты, но когда Москва осталась позади, стало ясно:

нет, планета та же, лишь страна наверное другая, ее почему-то не узнать. Город кончился, и цивилизация закончилась вместе с ним, остались лишь следы варваров и гуннов – их кострища и обломки хижин, странная утварь и полусгнившие шкуры. Вновь теперь ржавчина была повсюду: старая техника, брошенная каким-то врагом, сползшие с петель двери коробчатых гаражей, еще что-то железное во рвах и канавах. Земля была изранена на совесть – в жестокой войне человека и природы, в войне не на жизнь, а на смерть, в которой человеку, похоже, пришлось отступить.

Потом вдруг все изменилось в один миг – будто поезд пересек наконец линию фронта. Начались поля и перелески, краски поблекли, но зато очистилась перспектива. Горизонт отодвинулся в бесконечность, ориентиров не стало, и Николай Крамской, позабыв недавнее раздражение, задумался тут же о безбрежной расточительности пространства, как это делало до него великое множество соотечественников. Подобно каждому из них, он ощущал смутно, что видимое из окна превышает размерами пределы восприимчивости сознания, и потому, как бы он ни старался, сущность видимого ускользнет, как ускользала она от всех.

Потому у русских нет верных правил – одна недосказанность и печаль, – думал он, хмуро насупив брови. – Хоть, казалось бы, ясно: гармония, она в природе, ею и именуется деревенский Бог. Однако, тут ее слишком много – потому с ней воюют и пытаются мстить. Нужно уехать в другие страны, чтобы понять и затосковать по своей. Там-то всего отмерено по чуть-чуть – нечем подстроить внутренний камертон, а вернешься – вновь зазвучит без фальши. Быть может, это и называется «здесь раскрывается душа»?

Тьфу ты, – разозлился на себя Крамской, – вечно так и тянет на штампы. Чуть что – поспешность и бессилие формулировок, только и остается, что посмеиваться над собой. Любая держава могла бы гордиться – любая, но не эта, гордиться тут давно уже не умеют. Может, впрочем, и не умели вовсе – где много места, там воля и дальний взгляд, но там же и неприкаянность, проклятие духа, от которой всегда – вселенская тоска. Непомерность масштабов – испытание не из легких, особенно для незрелых умов. А ведь умы здесь так же незрелы, как и везде, с чего бы им быть другими?

Отчего-то ему сделалось неуютно. Он потер шрам на щеке, как тайный, чуть стыдный талисман, но и это не помогло ничуть. Город, алчный призрак, выпустил его из лабиринта, плутать в котором было так привычно. Тонкие нити рвались одна за другой, мироздание сбрасывало маску. Николай почувствовал вдруг, что мысли его истончаются, готовясь охватить сразу многое, и что делиться ими больше не с кем. Именно в этом, показалось ему на миг, и есть истинная суть свободы. Быть может, в этих просторах, как бы ни были они велики, ему и вовсе не уготовано места? Он вырвался из железного царства, где с трудом отвоевал себе келью, но может ли так случиться, что спасение в том, чтобы поскорее нырнуть обратно?

Да уж, – помотал Крамской головой, – и сам я горазд на всякую чушь. Дело вовсе и не в свободе, что я в нее вцепился, как в избитый фетиш? «И если кто познает сие милосердие, жалую тех свободами и вечно казаками…» Это все – приманка для глупых, не внимающих смыслу слов. Даже в Пугачеве, при всем вольнолюбивом пафосе, главным была не свобода, а дерзкая цель. Конечно, в этой расхристанности за окном не родится никакая дерзость – то-то ж он мыкался неприкаянным: бродягой-поденщиком, торговцем рыбой, раскольником из польских земель. Не доведись ему угодить в кутузку, а оттуда, чуть ли не по ошибке, в руки яицких бунтарей, так быть может и не было бы ничего – наказали бы его плетьми да сослали в Сибирь. Но ведь попал и почуял в себе беса, и понесся на черных крыльях, суля скорое освобождение, хоть сам был повязан своей же дерзостью по рукам и ногам…

Николай поморщился и вздохнул. «Дерзкая цель», – передразнил он сам себя. – Кто мне скажет, зачем я на самом деле еду в Сиволдайск?

За спиной послышался звук открываемой двери. Крамской, будто пойманный врасплох, дернул плечом и постарался принять утомленно-скучающий вид. Из купе вышел сосед в майке и тренировочных штанах, громко кашлянул и встал рядом.

«*Россия, средняя полоса*... – процитировал он, вглядываясь сквозь стекло. – Дурная доля и больная воля. Или, быть может, большие земли – малые жизни, бессмысленность, выставленная напоказ. Вообще, над этим грешно смеяться... Знаете, – обратился он к Николаю, – я никак не могу понять, что же свойственно провинции больше всего – лень, зависть или пренебрежение к деталям? Вот Вы, к примеру, что скажете на этот счет?»

«Я все больше в Москве, – ответил ему Крамской, не поворачивая головы, – мне довольно-таки трудно судить».

«Вот и мне трудно, – подхватил сосед, – хоть я – то в Москве, то везде. Вообще-то мы воронежские, но вот застряли в столице, а еду я в Балаково, за деньгами. Долгая история... – он махнул рукой. – Моя фамилия, кстати, Мурзин. Савелий Савельевич Мурзин. Вы как вообще-то насчет поужинать?»

Николай собирался категорически отказаться, но, подобно Фрэнку Уайту, почему-то не нашел в себе сил. Колеса мерно стучали, убаюкивая сознание, мир казался ненастоящим, а всякая решительность – неуместной. Он представился в ответ и вскоре обнаружил себя сидящим в вагоне-ресторане, напротив Савелия Савельевича, который, не мудрствуя, набросил пиджак прямо на майку, а между ними, вовсе уж вопреки намеренью, лукаво поблескивал аляповатый графинчик.

«В Вас видно интеллигентного человека, – сказал сосед, выпив первую стопку. – Вы поймете эту мысль: лень, зависть, пренебрежение к деталям. Я думаю, главенствует все же последнее, как бывает в почти любом списке. От пренебрежения все беды, душевный разброд и слепота. Но и в нем одно другому рознь – и его можно простить, если оно не само по себе. Если ему причиной внутренний зуд, сжирающий ресурс – так что на детали ресурса не остается. Внутренний жар и работа внутри. Работа разума или, скажем, души…»

Поезд замедлил ход, тормоза запели заунывную песню востока – словно башкиры на кривоногих конях или татары с саблями, острыми как бритвы. «Да, да, – перебил Савелия Николай, – именно не остается ресурса. Оттого и склонность к обобщениям без разбора. Торопливые мудрствования на пустом месте – выходит наивно, но что поделать. Когда давят масштабы, поневоле станешь выдумывать глупости – чтобы спастись или хоть забыться».

Он вдруг разгорячился и сам потянулся к графинчику с водкой. Савелий Савельевич поддержал, они быстро выпили по второй и стали спорить о работе души – так, словно именно это занимало их головы все последние годы. Сосед-воронежец обладал вертким умом, переубедить его было непросто, но и Крамской умел находить лазейки в доводах, казавшихся безупречными, так что разговор начался очень живо и даже на несколько беспокойных тонах. Потом, однако, собеседники притерлись друг к другу и стали приходить к согласию, пусть порой с оговорками, за которые не было смысла цепляться. К тому же и графинчик пустел понемногу, добавляя взаимной симпатии, так что они быстро выявили суть предмета и пришли к выводу, что вопрос сводится к «душевным томлениям», почитаемыми за глубину естества, но в действительности годными лишь на то, чтобы оправдать запойное пьянство.

«Вся беда в том, что объять пытаются необъятное», – доказывал Савелий Мурзин, и Крамскому нечего было возразить, тем более, что это совпадало по содержанию с безбрежностью пространств и безысходностью масштабов. Он все же утверждал в свой черед, что лучше пытаться хоть как-то, чем не думать ни о чем вовсе, соглашаясь с собеседником, что попытки, как правило, пропадают втуне, не меняя распорядка жизни.

«Только отвлекают от работы – потому кругом убожество и нужда», – посетовал фольклорист. Они пригорюнились было, но тут же взялись разъяснять друг другу, что за вольность духа не жаль заплатить убогим бытом. «И если этого не понимают кое-где, – Савелий кивнул в направлении заходящего солнца, – то потому лишь, что там-то дух давно уж повязан, и вольнодумство отмерло как явление…»

Словом, беседа протекала в привычном русле, почти не отступая от традиций. Вскоре разговор сам собой повернул в сторону национального сознания, чему способствовал и вид лесистых равнин за окном. Они вместе посетовали на то, что ругать его стало слишком расхожим делом, а ведь именно оно, как ничто другое, питает уже который век все тех, кто не ленив душой – даже и за счет внимания к деталям.

«О да», – подтвердил Крамской и высказал осторожно вдруг пришедшее ему в голову: здесь, быть может, не обошлось без рациональной причины? Почему бы в центре среднерусской равнины не оказаться геомагнитной аномалии, определяющей данное свойство местности. А если так, то Россия – заповедник для всего мира, и каждый, кто сюда приезжает, немедленно ощущает это на себе!

Мысль была встречена с большим энтузиазмом, тем более, что им принесли еще водки и горячее. Мурзин легко согласился с Николаем и даже развил идею в том смысле, что обнаружение и исследование аномалии должно вскоре стать всемирным проектом. Он упомянул ЮНЕСКО, которому хватит уже размениваться по мелочам, но на этом они оба слегка смутились и замолчали пристыженно, как-то сразу почувствовав, что зашли чересчур далеко.

«Слаб все же наш разум, – вздохнул Савелий Савельевич. – Удручающе мы беспомощны в толковании явлений. Так нас и тянет все непонятное сей же час свести либо к сказке, либо к вещам обыденного свойства. А ведь для непонятного, быть может, даже и слов еще нет!»

За окном вдруг быстро стемнело. Поезд несся сквозь ночь, влекомый неведомой силой, собеседники были слегка пьяны и исполнены друг к другу глубочайшего доверия. Патриотизм стал казаться обоим неинтересен и мелок – суть была не в нем, суть крылась гораздо глубже. Не сговариваясь и исполнившись единения, они стали сдержанно брюзжать на Отечество – а потом увлеклись и принялись ругать в открытую, стараясь лишь не опускаться до слишком пошлых клише.

«Вот говорят: скучные, скучные нации, немцы там или какие-нибудь шведы, которые – ни водки выпить, ни побуянить вне расписания, – сетовал фольклорист Савелий, жестикулируя рюмкой. – Ну, насчет водки, так те же шведы тоже жрут дай бог, а по мне – лучше уж расписание и скука, чем дебиловатый, смурной кураж. Я понимаю, у русских нет своей модели счастья, никто не удосужился придумать и вбить в башку. Как сравняли с землей Советы, так и счастья не стало. Каждый выдумывает в одиночку – а что способен выдумать средний человек? То-то и оно, что ничего путного, да еще к тому же и вразнобой. Даже и не сравнить с грамотным идеологом и вообще со спе-ци-а-листом! – он многозначительно покивал, и Николай покивал тоже. – Вот и получается, эти свиньи – что немцы, что шведы – они-то имеют программку под рукой: раз и сверился, и всегда знаешь, к чему стремиться. Им с малолетства промывают мозги, и среднему человечишке это только на пользу. А здесь… Каждый в свою дуду – и выходит какофония, и режет ухо!»

Они хмуро разлили и выпили, не чокаясь. На столе, в такт колесам, искусственные цветы покачивали белыми лепестками. Их наивные пластиковые пестики подрагивали на ходу в надежде оплодотворить хоть что-то, будучи при этом совершенно бессильны. Подошла официантка, собрала тарелки и поставила на стол еще одну корзинку с хлебом, покосившись на полупустой графинчик.

«Огурцов нам сообразите, – попросил ее сосед и продолжал, обращаясь к Николаю: – Я знаю, знаю, что не во всем прав. Есть плюс, и он все в том же: модели у русских разные, а разнообразие – это большое дело. Но как посмотришь на этот плюс, приглядишься внимательнее, так и хочется просто плюнуть: в этом разнообразии до обидного мало разниц. Почти их и не видно, тупость одна, тупость и серость. Никто не выпрыгивает из шкуры и планку не задирает выше носа. Чем их всколыхнуть, как расшевелить? Я Вам не скажу, и другие не скажут. Что сделать, как открыть шлюзы? Я знаю, наркота открывает шлюзы, но не обкуривать же всех наркотой. Водка открывает шлюзы, но от водки они дохнут, как мухи, и работать не могут, и запойные все как один… Любовь открывает шлюзы – да, она сильнейший галлюценоген, она просветляет мысли и из шкуры выталкивает прочь. Но любовь – это ж не каждому дано, не дано почти никому. Еще по капелюшечке?»

Крамской выпил «капелюшечку» и почувствовал себя пьяным. «У меня есть модель счастья, – признался он заплетающимся языком, – но счастьем там и не пахнет. Мне не дано любить – я знаю, что не способен, но и не нужно, я против галлюцинаций. Мне доводилось видеть тех, кому дано – у них, как правило, жалкая судьба».

«Да бросьте, – поморщился Савелий Савельевич, – какая уж там судьба. Любви, я Вам скажу, вообще почти не бывает – один обман и душевная лень. Скука жизни – вот наше кредо, а Запад бодрится и мчит себе вперед… Тут ведь и на фольклор не ходят, – пожаловался он, – но, впрочем, и на Западе не ходят, мне говорили. Есть лишь одна надежда – литература. И есть лишь одна большая проблема – жизнь проходит слишком быстро. А Вы как, не страдаете от скуки жизни?» – спросил вдруг он, и Николай стал горячо уверять, что нет, не страдает, будто в этом крылся какой-то стыдный смысл.

Они сжевали по соленому огурцу, и Савелий признался, что он не страдает тоже, хоть его и считают очень замкнутым человеком, а потом перегнулся через стол и сказал, понизив голос, что готов поделиться с Николаем одним секретным открытием. Крамской сообщил в ответ, что у него тоже есть открытие с секретом, но делиться им пора еще не пришла, что встретило у соседа полное понимание и даже энтузиазм. «И не надо, – проговорил он с нажимом, – не надо, пока не настало время, а что у Вас кое-что этакое есть, я и не сомневался. Потому что, – тут он перешел на шепот, – потому что Вы из *наших*…

Потом Савелий Савельевич сделал хитрое лицо, огляделся по сторонам и добавил: – Просто, мы – иной биологический вид!»

«Да, да, да, – стал уверять он с жаром, видя, что Николай смотрит недоверчиво и не спешит соглашаться. – Я-то знаю, мне объяснили. Один биолог, засекреченный спе-ци-а-лист, рассказал подробности – вот так же, в поезде, на пути из Барнаула. Все дело, оказывается, в генах: они одинаковы, но не до конца. Всегда есть маленькая разница – раньше-то на нее не хотели глядеть, но теперь присмотрелись и поди ж ты: чуть не в каждом гене есть непохожие точки. Называются 'снипсы' – я запомнил наизусть – и что занятно, у большинства различия в одних и тех же местах. Это о многом говорит, я сразу понял, чуть речь зашла о большинстве – а вот у некоторых отличия вовсе и не там. Неправильные у них 'снипсы', не такие, как у прочих – и человек мучается всю жизнь, страдает от несовершенства мира, а окружающим-то невдомек. Оно и неудивительно: у него ж не написано на лбу, те снипсы или не те. Нормальный он или, как вот мы с Вами, в некотором смысле, понимаете, урод».

«Гены... Снипсы...» – задумчиво повторил за ним Николай и вновь вдруг ощутил волнение, и стал тереть виски. Слова собеседника показались ему исполнены глубокого смысла, и даже смутная тень вселенского организма мелькнула будто бы за окном. Может вот сейчас что-то и разрешится – явится путь, намек, разгадка, – нервно подумал он, а вслух пробормотал, стараясь держать себя в руках: – «Интересно, это имеет отношение к метаболизму?»

«Все имеет отношение к метаболизму, – замахал на него Савелий Мурзин, – уж поверьте мне, я в курсе дела. Очень легко вообразить, как это произошло когда-то – даже не нужно специальных знаний. Был у питекантропов маленький мозг, увеличивался себе на миллиграммы в тысячелетие, только и позволяя, что орудовать дубиной – насмешка, а не эволюция. Сто тысяч лет – представьте – сто тысяч и абсолютно никакого толку, а потом вдруг кто-то нарисовал сажей картинку на стене пещеры, и хоп: черта подведена, явился новый вид – ибо старому-то с какой стати? Не путайте с Хомо Сапиенс, Хомо Сапиенс – эклектика, там намешано-перемешано. Новые со старыми, и старые тянут за собой. Спариваются-то, не глядя в гены, по одному лишь влечению – очень, конечно, невоздержанность нравов мешает генетической чистоте. Но и все равно, снипсы не дадут соврать: кажется, что смешались плевела и злаки – ан нет, в длинных молекулах закодирована вся правда. И все, кто понимают, думают себе – ах, как жаль! Жаль, сокрушаются они, что доступна эта правда лишь узкому кругу – у кого пробирки и электронный микроскоп. Но я-то знаю: так да не так. Есть отличие на виду… – сосед снова оглянулся, потер руки и прошептал торжествующе: – *Наши* – это те, кого мучит вопрос!»

Они допили водку и доедали теперь хлеб с солеными огурцами. У фольклориста Савелия возбужденно блестели глаза, и проступили красные пятна на лице. «Вопрос-то известен давно, – бормотал он, заглядывая Николаю в зрачки, – но для большинства он – пустой звук. Не то что не мучит, а даже как бы и не звучит, но эти, с другими снипсами, сразу делают стойку. В чем предназначение разума? – спрашивают они себя сами по нескольку раз на дню. – Где кроется суть самонадеяннейших потуг – попыток осмысления жизни, от которых всем только хуже, ибо конец не отменить? Смысл возможности поиска смысла… – вопрос замкнут в кольцо, и нам не вырваться из кольца – в том числе и тем, кто ищет ответы. А те, кто не ищет – протоплазма, строительный материал – как же их бывает жалко, убогих невежд!»

«*Наших* не так мало, – шептал он, наваливаясь на стол. – Особенно в младенчестве, когда – чистый лист и незамутненный взгляд. Потом-то их сбивают с толку – мамки, дедки, модели счастья. Тут-то разнообразие и играет на руку: разобщенность мнений, непрочный пергамент – это Вам не западный железобетон. Потому, в России *наших* должно быть больше – и искать их нужно не где-то, а сами понимаете… – он, усмехаясь, тыкал пальцем в окно. – Пока всякие умники издалека 'моделей' не навезли».

«Ага», – глубокомысленно кивал Крамской, а Савелий крошил пальцами хлеб и бормотал с обидой: – «Ну а вообще, мы еще посмотрим. В будущем все устаканится, помяните мое слово, уже и сейчас движется к тому. Сплошной зоопарк – в цивилизацию прет зверье, чуждые нам племена, жестокие и тупые. А где зоопарк, там будут и клетки – неизвестно только, кто в клетках, а кто снаружи, но это уж у каждого свой взгляд. Все равно, *наши* объединятся, не по ту сторону, так по эту. Мы-то с Вами увидим, а другие может и не поймут…»

Они расстались поздно – покачиваясь от вагонной тряски, добрели до купе, довольные проведенным вечером, но утром избегали глядеть друг другу в глаза. Ночь была душной, гроза полыхала вдали, но не проливалась дождем. Николай долго лежал без сна, размышляя о Мурзине и о снипсах. Было ясно: что бы ни представлял из себя сосед, сообщение от высшей силы с ним не пришло.

Проводница, пришедшая их будить за два часа до прибытия, отчего-то хмурилась и косилась в сторону. В туалеты собралась длинная очередь, и едва начавшийся день уже казался утомительным и нескладным. Запасливые монашки покормили Савелия крутыми яйцами с солью и дали ему к чаю кусок кулича. Николай же от завтрака отказался, вышел в коридор, а потом, подумав, перебрался даже в соседний вагон. Там он и простоял, не тревожимый никем, до самого Сиволдайска, чувствуя себя несколько постаревшим, как часто бывает после пьяной ночи.

Глава 13

В пыльном мареве и желтой дымке, бесшумный, как утренний призрак, московский поезд приближался к вокзалу. Тимофей Царьков вышагивал по перрону, заложив одну руку за спину и неловко сжимая в другой букет ярко-алых роз. Он был тщательно выбрит и хорошо одет, несколько взволнован и сердит на себя за это – ибо ему-то как раз следовало оставаться бесстрастным. Но взять себя в руки никак не удавалось, сердце гулко стучало в груди, и ладони казались подозрительно влажны.

«Как пацан, честное слово», – пробормотал Тимофей вслух, глянул на вокзальные часы, машинально отметив, что поезд почти не опоздал, и подумал вдруг, что именно так бродил он под разными часами, у памятников и скверов – закладывал за спину руки, волновался и бурчал что-то сам себе, поджидая ту же женщину в другом времени, беспечном и безвозвратно ушедшем. Юную Лизу Бестужеву он помнил хорошо и не сомневался, что узнать ее сейчас ему не составило бы труда даже и без фотографий, предоставленных московским филером. На них она казалась почти такой же, лишь прическа изменилась, да насмешливей стали глаза, а тогда, в двадцать один, она носила короткое каре, была улыбчивой, гибкой и стройной, а тело ее пахло чем-то цветочным – не то жасмином, не то розовым маслом.

Погрузнела теперь, не иначе, – вздохнув, подумал Царьков и с неудовольствием вспомнил, что и сам он с тех пор прибавил не меньше пяти килограммов. Потом мысли его спутались и опять приняли фривольно-романтический нрав. Он припомнил вдруг, как сказал ей однажды, в отместку за какое-то пустячное словцо, что всегда предпочитал блондинкам брюнеток, потому что те ярче и заметней в толпе. На следующий день она пришла на занятия, перекрашенная в черный цвет, и глянула на него внимательно и серьезно, предупреждая взглядом неуместные шутки, говоря как будто: «Ты видишь, на что я для тебя готова?» Темные волосы смотрелись на ней ужасно, они вдвоем прогуляли лекции, изъездив всю Москву в поисках специальной жидкости, нейтрализующей краску, а затем он помогал ей в ванной, и она, нервно посмеиваясь, все спрашивала: – Не в зеленый? Не в зеленый? – потому что краска была дешевой и могла дать неожиданный эффект. Потом они хохотали перед зеркалом и занимались любовью под душем – к великому смущению другого Царькова, его двоюродного брата, гостившего в то время в Москве, который закрылся на кухне и включил радио на полную громкость…

Двоюродный брат, сын уральского дяди, разбогатевшего на ювелирных ломбардах, оказался одним из виновников, пусть невольных, той самой истории с аварией и больницей, благодаря которой он топтался сейчас с цветами на перроне города Сиволдайска. В тот злополучный день Тимофей ехал с вокзала, посадив братца на екатеринбургский поезд и радуясь избавлению от докучливой обузы. Брат приезжал в Москву по нескольку раз в году, они ладили не слишком, но Царьков безропотно его терпел – не имея, кроме них с дядей, никакой другой родни. Родители погибли, как только он вернулся из армии – где-то под Красноярском, в таинственной железнодорожной катастрофе, о которой в прессу не просочилось ни слова. К нему тогда пришел угрюмый седой человек, показал мельком комитетскую ксиву, сказал какие-то слова, зорко поглядывая исподлобья, а на все вопросы только вздыхал и похлопывал по плечу. Потом, в течение трех недель, ему выплатили солидную компенсацию и еще заходили раз или два, заставив подписать множество бумаг о неразглашении чего-то, о чем он не имел никакого понятия.

По родителям Царьков горевал недолго – они никогда не были близки, а повзрослев, он и вовсе от них отдалился. Отец много пил и иногда дрался, будучи нетерпим к молодежной моде, а мать вела отдельную жизнь, изрядно погуливая на стороне, как он понимал теперь. Сплачивали семью лишь визиты «заволжских хазар», как отец называл мрачновато пожилых, но крепких бабку и деда, родителей матери, живших в Элисте, городе больших ветров, пропахшем кумысом и степной пылью. Бабка была наполовину калмычка, а дед происходил из донских казаков, изгнанных некогда со своих земель и осевших по ту сторону Волги. Он много странствовал, был по молодости неугомонный весельчак и драчун и до сих пор еще чернил усы фиброй, а в сапоги, чтобы скрипели, клал тонкую бересту. Ему приходилось бывать на Алтае и на берегах Каспия у астраханских плесов, в Малороссии и азиатской пустыне, в лесистом Приуралье и далеких северных землях, о которых он отзывался недобро и скупо. В Казани татары научили его бить волка с коня простой нагайкой с железной пулькой на конце; под Новгородом, в одном монастыре, он едва не был оскоплен за вольнодумство; а в засушливой Адыгее и вовсе чуть не погиб, заплутав, загнав лошадь и оставшись без глотка воды. Любимейшим его занятием была соколиная охота, и Тимофей помнил, как дед читал ему из Даля: «Сокол не берет добычи с земли, он бьет на лету, подлетая под птицу и загоняя ее вверх. Бьет всегда под левое крыло, всаживая коготь и распарывая как ножом...»

К тридцати пяти дед остепенился и стал подумывать о наследнике. Осмотревшись кругом, он положил глаз на красавицу Елену, дочь купца-мануфактурщика, считавшегося в округе основательным человеком. Вскружив невесте голову, он похитил ее у несогласного родителя и сыграл «краденую» свадьбу за сто верст от Элисты, где у красавицы отыскалась дальняя родня. Поставленный перед фактом, купец счел за лучшее простить молодых, и они вскоре вернулись в город, где и прожили потом всю жизнь. Елена любила деда тяжелой русской любовью, свободы не давала и следила строго, но предана была ему совершенно и не задумываясь пошла бы хоть на край света, проснись у того былая страсть к перемене мест.

С наследником у них долго не получалось, несмотря на знахарей и собственные мольбы, но потом Елена родила-таки дочь, в которой оба не чаяли души. С их приездами в семье Царьковых утверждались непрочный мир и несколько суматошный уют. Отец побаивался деда, не жаловавшего «горилку», а мать веселела, расцветала и закармливала семейство всевозможными вкусностями. После смерти родителей Тимофея бабка с дедом заезжали к нему один раз, но были уже не те, как-то очень быстро сдав, а потом вдруг умерли в один год незадолго до его знакомства с Лизой. По ним он искренне горевал, а еще – не раз думал, что хочет себе такую же жену, как дедова калмычка Елена, и в Елизавете, быть может, ценил больше всего преданность и цельность натуры. Ну а после аварии и побега из столицы задуматься о женитьбе ему было недосуг – пока на горизонте не замаячила угроза в лице влюбленной хищницы Майи…

Тимофей в последний раз промокнул платком лоб, поправил галстук и поудобнее перехватил букет, розы в котором были неотличимы от тех, с которых началась его «охота». Жених, ей богу, – подумал он с неприязнью. Ему все больше становилось не по себе, мелькнула даже мысль, что все затеянное – пустая трата сил и вообще глупость, а вовсе не серьезная идея. Но отступать было некуда – состав дернулся, лязгнул и встал, проводница восьмого вагона, не мешкая, распахнула дверь, и из тамбура потянулись пассажиры. Елизавета оказалась пятой – из какого-то внезапного суеверия он считал выходящих, загадав, правда, совсем другое число.

Она была свежа и пряма в осанке и выглядела моложе своих

лет. Царьков ругнулся про себя страшными словами, призывая сознание успокоиться наконец, шагнул к ней, чмокнул в щеку и отстранился, разглядывая с дерзкой улыбкой, а потом протянул цветы, одновременно пытаясь завладеть ее дорожной сумкой.

«Махнемся, как гангстеры – зелье на деньги, – пошутил он неловко, забрасывая сумку за плечо. – Ну, здравствуй!»

«Ну, здравствуй», – откликнулась Елизавета ему в тон, с удовольствием понюхала розы, в свою очередь поцеловала в щеку – «спасибо» – и посмотрела в глаза с улыбкой не менее дерзкой и даже вызывающей слегка.

В сравнении со вчерашним стрессом, ее состояние было близко к безмятежному. Дорога успокоила Елизавету – однообразием пейзажей, плавным течением времени, а также ощущением, что все решения приняты, и от нее больше ничего не зависит. Попутчик оказался стар и молчалив – не задавал вопросов, не лез с разговором, лишь только моргал подслеповато, а потом лег, укрыл лицо газетой и так, под газетой, уснул. Она все больше смотрела в окно и думала о своем – но не о грядущей встрече, а почему-то о детстве и летних поездках в Крым в шумно-говорливой плацкарте, где отец играл в шахматы с соседями и бегал за пивом в станционные буфеты, а она, боясь, что он задержится и отстанет, высматривала его через головы сидящих, сердито хмурясь. Потом был университет и спортивный лагерь на Азове – тоже плацкарта и легкое вино под стук колес, а потом – и это было уже смешнее – плюшевый берлинский поезд и вкрадчивый обожатель с грустным лицом…

Просторы за окном и символы отечества – стволы берез, бесконечные поля, ярко-алые грозди рябины – кровь ангела, обратившаяся в воду – не волновали ей душу и даже раздражали поначалу. Пейзаж был до обидного бесстрастен, блеклая пастораль будто щеголяла невинностью – как девственница, ждущая завоевателя. Но кто знает, что у девственницы на уме?.. Елизавета усмехалась невесело. Казалось, огромное небо и земля, уходящая в никуда, тянутся друг к другу, выдавливая воздух – так что, вглядевшись, ловишь себя на мысли, что здесь, наверное, бывает трудно дышать. Наваливаются с двух сторон и лишают сил, – думала она, подперев ладонями подбородок, – это месть пространства тем, кто его не любит – а кому-то награда, для кого-то и панацея. Жизнь не может оторваться от поверхности – уйдя в нее, погрузившись, почти распластавшись. Стихийные начала, они родились задолго до человека и остаются такими, как были всегда – бездушными, не знающими ни жалости, ни тепла. Панацея отчаявшимся, одиночкам без веры… Потому тут и бедность, что никому нет дела: не станешь же хлопотать и стараться, когда на тебе покрывало из свинца. Вон какие облака – пусть красиво, но жизнь под ними уютной не назовешь. Здесь вообще не до уюта – слишком много плоской земли и неба!

Внешний мир не замыкался в целое, расползаясь к горизонту и дальше, за пределы зрения, и это было странно ей, городской жительнице, привыкшей иметь перед глазами четкие границы и ориентиры на каждый случай. Столица, символ вертикали, отучила ее от пространства, раздавшегося вширь, где ничто не цепляет взгляд. Но потом она притерпелась и стала даже находить в безграничии очарование безысходности, столь близкое порой женскому сердцу как оправдание жалости к себе и набегающим слезам. Развлекали ее и провинциальные городки, которые фирменный скорый проскакивал, не замедляя хода. Станции назывались просто – Малиновка, Хохловка, Белоцерковец – Елизавета не знала этих мест, и сами слова казались ей незнакомы, она словно постигала какой-то новый язык. Это увлекло ее, она совсем не думала о Сиволдайске и возможной перемене в ее жизни, и лишь когда за окном мелькали церковные купола, вспоминала вдруг о Царькове и спрашивала себя чуть иронично, предложит ли он венчаться, и как она будет выглядеть в белоснежном платье перед алтарем.

Выйдя из поезда и увидев его с букетом, в стильной рубашке и галстуке под стать, Елизавета почувствовала вдруг, что они не успели до конца отвыкнуть друг от друга. Тимофей понравился ей – она нашла, что он стал солиднее и серьезней, не утеряв былой привлекательности. Она легко шла по грязному перрону и улыбалась, пряча лицо в розы, а Царьков балагурил, не умолкая, дабы не выдать остатков смущения, не желавших улетучиваться прочь.

«Поедем ко мне, бросим вещи?» – спросил он, глянув на нее. Елизавета кивнула в ответ, подумав мельком: – Интересно, приставать ко мне он сразу будет? Лучше бы погодить немного – как-то все же пока неловко… Они подошли к большому японскому джипу, и Царьков открыл для нее переднюю дверь.

«Что-то пыльная у тебя машина», – поддела она его.

«Ну да, – сказал Тимофей с притворным сожалением, – смотри, не запачкайся, столичная штучка. Так уж у нас тут – провинция». Потом уселся рядом, пробормотал вполголоса: – «Хороша деревня наша, только улица грязна, хороши ребята наши, только славушка худа…» – скорчил страшную рожу, Елизавета засмеялась, и они, не спеша, стали выруливать со стоянки на оживленную улицу.

Залитый солнцем, желтый и обветшалый, выщербленный и невероятно старомодный, Сиволдайск понравился Бестужевой. На первый взгляд он был ужасен, на взгляд второй в нем не было места ни для какой жизни, но вскоре глаза свыкались с бутафорскими декорациями, сквозь небрежно склеенный картон проступала вдруг каменная кладка, а потом нарисованные покровы и вовсе спадали, открывая город, застывший в своем собственном времени, будто в пику неумелым владельцам. Они промчались мимо царских конюшен, ставших прибежищем здешних скинхедов, мимо библиотеки и полусгнившей церкви, мимо университета имени императора Николая и Академии МВД напротив, вокруг которой накручивали круги потные, румяные курсанты. Тимофей вел джип уверенно и нагло, распугивая проржавевшие малолитражки, и вещал без умолку, как заправский гид.

«Посмотри на фасады, – говорил он Елизавете, – сохранились, не развалились, хоть никто не чинил сто лет. Представь себе

– девятнадцатый век! Не изменилось ничто – и дышится легко, хоть все вокруг и гадят, не размышляя».

Лиза послушно вертела головой и втягивала носом воздух, пахнущий бензином так же, как и в Москве, а Царьков, не глядя на дорогу, уже показывал ей: – «Смотри, смотри – трущобы в глубине. Тут только зайди в любую подворотню – такого насмотришься, прямо фильм ужасов. Кое-где совсем разрушено – все уже украли и никого не дозовешься. Вообще, каждая пядь сиволдайской земли стоит безумных денег, – добавил он со смешком и было не ясно, в шутку это или всерьез. – Я здесь уже восьмой год живу – и не жалею, представь!»

Он и сам не знал, кривит ли душой – с одной стороны, город прилично ему надоел, но с другой – дышалось тут действительно легче, хоть никто не взялся бы найти этому причину. «Вон глянь-ка, парк, – показывал он рукой, – там гуляния по субботам – просто блеск. И ряженые, и медведя водят…» – и Елизавета смеялась, откинув голову: – «Да ладно тебе, не верю!»

«Нет, ну правда, – не унимался Тимофей, – а еще Волга, скоро увидим, это вообще тут самый главный аттракцион. На нее-то мы вволю насмотримся – и на катере, и купаться будем».

«Как купаться-то будем – голыми?» – спросила она лукаво, вспомнив их ночные вылазки на чью-то дачу с искусственным прудом. Тимофей хохотнул, сворачивая во двор через арку с грудой щебня посередине: – «А чего, можно и голыми, нравы здесь простые. Чем стреляться, утопимся оба!»

Они подъехали к скоплению дорогих машин, приткнувшихся, кто как смог, с трудом пробрались к подъезду новой девятиэтажки, обходя строительный мусор, потом поднялись на верхний этаж, и он торжественно распахнул перед ней тяжелую стальную дверь: – «Прошу!»

Оказавшись внутри, оба стали вдруг очень скованны и сразу разбрелись по сторонам, избегая смотреть друг на друга. Елизавета бросила сумку в своей спальне с отдельной ванной, поправила волосы перед зеркалом, глубоко вздохнула и пошла по комнатам, все время ощущая его присутствие неподалеку. Квартира оказалась хорошей, и она подумала мельком, что таких в этом городе, наверное, не много. Мебели было недостаточно, и вся обстановка отдавала чем-то казенным, но это могло быть списано на отсутствие хозяйственной женской руки.

«Так-так, – резюмировала она, сойдясь с Тимофеем на кухне, – места много, что есть свидетельство потенциального жизнелюбия. Ты вообще тут без меня не умирал от тоски?»

«Всякое бывало, – откликнулся Царьков, разглядывая содержимое холодильника. – Но пока жив, как видишь. С печали не мрут – только сохнут».

«Ага! – сказала она, будто разрешив для себя какую-то загадку, а потом спросила требовательно: – Ну что, какова программа? Ты ведь, не сомневаюсь, все заранее продумал?»

«Продумать-то продумал, – вздохнул Тимофей вполне искренне, – да что-то у меня от тебя голова кругом. Как продумал, так и позабыл. Поехали, покатаемся – в офис заедем, где-нибудь поедим…»

«Поехали, – с некоторым облегчением согласилась она. – Дай мне полчаса, я быстро».

Царьков снова полез в холодильник, зазвенев там чем-то стеклянным, а Елизавета скрылась в ванной комнате. Встретившись вновь, они обрадовались друг другу, будто не виделись несколько дней, оба покраснели и в лифте молчали, как застенчивые подростки. Он повез ее к Волге, величественной и плавной, там они почувствовали себя молодыми, как прежде, и наконец перестали стесняться. Притягивая взгляды немногочисленных зевак, они бегали по набережной, смеялись на ветру и кричали, дурачась, речным судам; потом Елизавета проголодалась, да и ветер разгулялся не на шутку, и они укрылись от него на террасе азиатского ресторана, где почти не дуло, хоть река была тут же, в двух шагах. Тимофей рассказывал одну за одной смешные байки из местной жизни; сиволдайские официантки в кимоно, среди которых были казашки, выдававшие себя за японок, сновали вокруг, создавая несколько карнавальную атмосферу. Елизавете было хорошо, она совсем позабыла о Москве и недавних своих волнениях, виновник которых сидел тут же напротив. Обедали они долго, а потом, сытые и ленивые, пошли пешком через прибрежный сквер в офис Царькова, располагавшийся неподалеку, где он снова сделался вдруг церемонен и отстраненно-молчалив.

План его, пусть не совсем гладко, все же претворялся в жизнь. Отступать было некуда – в случае неудачи он рисковал слишком многим. Эмоции, нахлынувшие некстати, если уж нельзя было от себя скрыть, следовало по крайней мере отложить на потом – кто его знает, как в этом «потом» все может обернуться. Теперь же, во главе стояло дело, и приступать к нему Тимофей собирался немедля.

До самого приезда Бестужевой он прикидывал так и сяк, какая из возможных тактик быстрее приведет его к цели. Стоит ли напирать на чувства, спавшие так долго, на разъевшие душу одиночество и тоску, или же сразу рассказать все как есть, взывая к сочувствию и товарищеской поддержке. Вопрос был непрост, но в конце концов он решил-таки его в пользу тонких материй, уверовав в мощь воспоминаний, а также женской чувствительности вообще, которой Лиза когда-то обладала в избытке. К тому же, вариант голой прагматики всегда можно было использовать, как запасную площадку – решительно проделав пируэт в его сторону, если невеста не поверит в романтический порыв. С этой, последней стороной вопроса ему теперь и самому было не все ясно, но не следовало менять логику на ходу – равно как и заранее заготовленные слова. Естественнее выйдет, – решил Тимофей про себя, привлекая на помощь давно заматеревший цинизм, который, он знал, не оставит в трудную минуту.

Елизавета тоже притихла, чувствуя, что их ждет разговор. Кабинет Царькова был полон блестящих штучек, которые она разглядывала с чуть, быть может, преувеличенным вниманием пока Тимофей перебирал почту, сложенную секретаршей в углу стола. Он предусмотрительно дал сотрудникам выходной в этот понедельник и не хотел думать о делах служебных, но не мог не отметить с неудовольствием, что почта вновь не разобрана и свалена в кучу, что говорило о нерадивости секретарши, которую следовало уволить. Царьков невольно вздохнул – с секретаршами ему не везло, нынешняя была слишком молода и боялась его, как огня. Потом он заметил, что Елизавета смотрит с улыбкой то на него, то на горшок с геранью, примостившийся на этажерке у окна, встал из-за стола и подошел к ней, улыбаясь в ответ.

«Ты чего?» – спросил он грубовато, прикидывая про себя, не обнять ли ее за плечи. Она кивнула на горшок и прыснула, как девчонка – строгость обстановки, дорогая оргтехника и черный, плоский экран монитора показались ей вдруг не более, чем шуткой. «А, розанель, – он вдруг смутился, – это уборщица принесла, не выбрасывать же. Вот и стоит – руки не дойдут, хоть и нужно куда-то деть».

«Как ты сказал? – переспросила Елизавета лукаво. – Ну-ка, еще раз – розанель? Боже мой, как романтично, так, наверное, еще прабабушки называли… – Потом вдруг шагнула к нему, оказавшись совсем близко, и проговорила, глядя в глаза: – Давай, рассказывай, что произошло? Зачем ты мне снова голову морочишь?»

«Жениться на тебе хочу, – ответил Царьков спокойно, выдержав ее взгляд. – А что голову поморочил слегка, так это для настроя и пробуждения чувств – а то б ты, пожалуй, отказала мне сразу».

Елизавета задумчиво кивнула. Какая-то струна, слышная ей одной, натянулась в ней тонко и чутко. Тут же невидимые стражи, привыкшие разить по первому из знаков, встали в ряд с копьями наизготовку.

«Небось, отказала бы, – усмехнулась она, отвернулась и подошла к окну. – А так, думаешь, не откажу?»

«Думаю, не думаю… Я много всего думаю!» – воскликнул Тимофей патетически и заходил по кабинету, говоря быстро и взахлеб. С первых же фраз он понял, что его заносит не туда, и ситуация развивается не совсем по плану, но это перестало его беспокоить – он вдруг поверил, что все случится как нужно, и Лиза не подведет. Следовало лишь потянуть чуть-чуть время, не допустив при этом явных промахов – пусть упрочится неуловимое, вновь витающее в общей их окрестности, несмотря на годы, проведенные врозь. Все же, отметил он, сложная комбинация оправдала себя. Что-то пробудилось, возникло из воздуха и теперь почти уже искрит – и в Бестужевой, и даже в нем самом.

«Знаешь, каково прожить тут семь лет? – вопрошал Царьков с некоторым надрывом. – Семь лет, а поначалу – ни одной знакомой души. Я ведь был беден, как мышь – кто станет с таким знаться? Человек один привез и помог – это да, но не могу ж я быть у него в холуях. А за самодеятельность и платить нужно самому – как изворачиваться приходилось, тебе не передать».

Лиза все стояла у окна, а Тимофей ходил и ходил, жестикулируя и горячась. Хроника прошедших лет выходила драматичней, чем была на самом деле, но он сознательно налегал на эмоции, не жалея красок. Тут же, на ходу, он придумывал часть прошлого, полную неурядиц, фантазировал, смешивал факты, припоминая происходившее с ним самим, но также и с другими, ибо, по правде говоря, его дорога к преуспеванию была достаточно гладкой.

Первые сиволдайские годы он окрасил в серые цвета, намекнув на непонимание и нищету. Потом забрезжил свет – и тут Царьков, распустив перья, постарался внести интригу, не раскрываясь раньше времени, двигаясь от противного, отмежевываясь от большинства, от принятых здесь, в провинции, простых и быстрых способов добычи денег. Он торжественно поклялся, что не убивал и не грабил, не отбирал квартир и не присваивал бесхозных земель. Он даже не брал взяток – ибо брать их ему было не за что – и не выписывал фальшивых лицензий, будь то охота и ловля рыбы или, скажем, торговля табаком и водкой. Нет, его столичная поза не допускала простецких жестов, он сразу выбрал холеную чистоту абстракций, хоть никто его этому не учил.

«Геометрия! – внушал он Елизавете. – Эллиптические орбиты, трапеции и пирамиды. Никакого блатного окраса – лишь строгие линии и прямые углы!»

Он рассказал, как в его голове стали рождаться хитроумные схемы. Ценности материального мира переходили из одной формы в другую, меняли маски, имена и владельцев, пересекали границы, океаны, препоны косного сознания. Каждый получал свою выгоду – а кто не получал, был, очевидно, ее недостоин. Никто не отбирал у бедных, лишь богатые попадали в ракурс, да и тех не тянули насильно. Они сами просились, привлеченные музыкой иностранных слов и игрой оттенков, создающих картину, в которой столь многое можно додумать. Абстрактные сущности сильны глубиной, но глубиной же они и опасны – двинув один рычажок, можно снести сразу несколько зданий, выражаясь фигурально, а порой и напрямоту. Он быстро понял это и научился использовать себе во благо за счет тех прочих, у кого с пониманием оказалось не так хорошо. Словом, ничего грязного: лишь офшоры и банки, чистые руки и таинства инвестиций – но перспективы открылись невероятные, и до сих пор еще он успел освоить лишь самую верхушку айсберга…

«Так что, Сиволдайск – для кого-то дикая степь, для кого-то пыль, скрипящая на зубах, для меня же – прорыв мысли и упорядочение бедлама, – произнес Тимофей торжественно после небольшой паузы. – Пусть это нескромно, но я, да, сделал здесь то, о чем другие даже не умели задуматься. А у всех ведь рыльце в пушку – от трудов праведных не наживешь палат каменных – вот все они и ко мне, выводить нахапанное за пределы, где не найдут… Хоть и завистников хватает, конечно, – он помрачнел. – Нравы тут, я говорил, простые. Кто в Волге купается сам, для удовольствия, а кого туда – с грузом в ногах, поминай как звали. Всякого хватало, но сковырнуть меня не сковырнули, а если где-то и потрепали, то я тоже зубами клацнул будь здоров. Вот так-то, Лизка...» – он вздохнул и закурил английскую сигарету.

Елизавета давно уже отвернулась от окна и наблюдала за ним с чуть заметной улыбкой. Струна внутри ослабла, сделалась почти беззвучна. Царьков казался ей ребенком, которого ничего не стоило обидеть, но, в то же время, она чувствовала в нем новую силу, даже и следов которой не замечала когда-то в Москве. Сейчас будет про баб своих рассказывать, – подумала она мельком, – как ему с ними не везло. Кто знает, может и правда не везло... – а Тимофей, тем временем, уселся на край стола, пододвинул к себе массивную пепельницу и посмотрел на нее серьезно и даже чуть печально.

«Но это, понимаешь ли, одно, а есть ведь еще и другое», – сказал он с некоторой досадой, будто даже злился на себя, а заодно и на безвинную Лизу. Отчасти это так и было – следовало переходить к более личным темам, а слова никак не шли на ум. Литераторам – им проще, борзописцам позорным, подумал он сердито, вспомнив о блестяще написанном письме, и повторил опять – «совсем другое...» – мучительно подыскивая следующую фразу.

«Да, я заметила, неуютно у тебя, – пришла Елизавета ему на помощь лишь с легчайшим подобием насмешки. – Квартира хорошая, нечего сказать, но что-то очень уж там безлико – как в общежитии для холостых».

«Ну вот видишь, – расстроился вдруг Царьков, – и ты говоришь... Я столько сил угрохал, по магазинам изъездился вконец, а недавно дядя гостил, так тоже сказал – общага и общага. Сам-то он хорош гусь: когда я приехал без копейки денег, он то нос воротил, а то и вовсе хотел подставить...» – и Тимофей, неожиданно для себя, перескочил на историю про дядю, которая, конечно же, была совсем не к месту.

Тут, по счастью, зазвонил телефон. Царьков снял трубку, отдал несколько коротких распоряжений и взял новую сигарету из пачки. «Да, дядя... Но это все пустое, – сказал он, махнув рукой. – Вчера не догонишь, а от завтра не уйдешь. Я вообще-то на него не сержусь – какой-никакой, а родственник, у меня и так с родней напряг. Так вот работаешь, трудишься в поте лица, а мыслишка-то посещает: где мол близкий твой человек, для которого все это тут громоздишь, как египетскую пирамиду. И уют хочется, и наследника. Да и вообще, одному – оно, знаешь, не очень, что с деньгами, что без…»

Попав наконец в нужное русло, Тимофей успокоился и почувствовал даже что-то вроде вдохновения. Речь его вновь полилась свободно, а на лице отразились задумчивость и легкая грусть. Он не знал уже, кривит ли душой, и не желал об этом думать. Опять мелькали в его фразах наследник и пустая квартира, материальное благополучие и одинокий быт, а потом в центре всего утвердилось понятие «спутница», да так там и осталось до конца монолога. Сначала со спутницами был связан сплошной минор – тут Елизавета угадала верно – но потом зазвучала надежда, еще не подкрепленная содержательным фактом, а затем, в свое время, явился и факт. Состоял он в том, что к своим тридцати трем Тимофей Царьков осознал наконец, с какой именно из женщин он единственно может делить кров и остаток жизни – пусть шел он к этому осознанию трудно и наделал немало ошибок, из чистого упрямства пытаясь перечить судьбе.

Высказав все это и передернувшись внутри от несколько чрезмерной высокопарности слога, Тимофей подошел к Елизавете, но та вновь отвернулась к окну, пряча от него лицо, и он не решился ее обнять. После нескольких секунд молчания, она выдохнула наконец: – «Да…» – пристально глядя на улицу внизу.

«Нет, нет, не отходи, – сказала она тут же, услышав, что Тимофей сделал какое-то движение. – Дай-ка руку. Ничего себе, какая холодная… А скажи-ка, зачем ты меня тогда в Москве оттолкнул? И со шлюхой этой спутался, и уехал потом? Только не ври – пожалуйста».

Тимофей вздохнул и поморщился. Вся вдохновенная речь

как-то сразу показался ему невыносимо пошлой. «Да чего врать, – ответил он мрачно, – сама что ли не понимаешь? Стыдно мне было и обидно, и не мог я больше – как безответная тля. Здесь, конечно, почти одно быдло, но побаиваются издали – для них я кто-то».

«А меня-то зачем было гнать? – спросила она, не поворачивая головы. – И еще эта медсестра...»

«Ты видела меня прежним, – пожал он плечами, – что ж тут непонятного. Я-то себя прежним больше не видел. И видеть не хотел, а медсестра... Что-то я уж и не помню никакой медсестры. Ну может и было что-то, да – чтобы ты разозлилась и ушла без объяснений».

«Без объяснений... – повторила Елизавета. – Уж лучше с объяснениями».

Она снова помолчала, потом отпустила его руку и повернулась к нему с несколько искусственной улыбкой. Все еще обижается, подумал Тимофей и был прав. «Ну, в общем так, – сказала она бодро, – я подумаю. Очень все это неожиданно и как-то наспех. По-моему, нам снова нужно знакомиться – и привыкать, и притираться».

Царьков понял, что первая часть плана не удалась. Он прошелся по комнате, передвинул пепельницу на столе, потом снова подошел к Елизавете. Она спокойно смотрела на него, не улыбаясь больше и не отводя глаз. «Лиза, – сказал он твердо, – понимаешь, мне нужно сейчас».

Елизавета Андреевна чуть подняла брови, всматриваясь теперь внимательно и пытливо. Она ждала продолжения, но Тимофей молчал, неловко ухмыляясь. «От тебя что, кто-то залетел?» – спросила она наконец, явно обескураженная таким поворотом событий.

«Да нет, – отмахнулся он с досадой. – При чем тут это, все гораздо серьезней».

«Точно?» – не поверила Лиза.

«Да точно, точно, что ты в самом деле, глупости какие-то

– залетел...» – скривился Тимофей. Ему вдруг стало очень стыдно; он, уже по-настоящему, разозлился и на себя, и на Бестужеву, а больше всех – на кровожадную Майю, беспечно разгуливающую сейчас под американским небом. В жизни не выглядел таким дураком, подумал он угрюмо, опустив голову и сверля зрачками пол.

«А что ж тогда? – Елизавета сузила глаза. – Впрочем, это твое дело, не мое. Значит тут голый расчет, а я-то, дура, почти уже поверила в новую свежесть чувств».

«Тут, Лизка, все вместе, – сказал он глухо, по-прежнему не поднимая взгляда. – Сначала, да, был расчет, а потом и свежесть чувств образовалась – неожиданно, сама собой. Теперь я и сам не знаю – клянусь, как на духу».

«Врешь!» – безапелляционно заявила она.

«Не вру!» – заорал Царьков, несколько даже ее испугав, потом бросился к столу, схватил сигареты и заметался по кабинету, забыв уже про все свои планы, путаясь в словах и перескакивая с одного на другое.

Следующие полтора часа они выясняли отношения в лучших традициях средневековых романов. В воздухе сверкали молнии и рассыпались искры, проносились тени в плащах с капюшонами, звенели кинжалы и скрещивались шпаги. Тимофей бегал по комнате, как по гладиаторскому рингу, а Лиза превращалась порой в пантеру – впрочем лишь грозя когтистой лапой, и больше, наверное, для вида.

Царьков и его вдохновенная речь тронули что-то у нее внутри. Ей очень хотелось верить – сразу и по возможности всему. Она чувствовала, что любит это желание и не хочет с ним расстаться. Верить не получалось, но потом как-то вдруг получилось. Благоразумие отступило бесславно – впервые за много лет. Даже и стражи с копьями растворились, как призраки – они и были призраками, пусть полезными в быту.

Она больше не желала бояться – все равно пустота была страшнее обмана. Настоящей битвы не вышло, хоть что-то подсказывало обоим: главные сражения впереди. Пока же, все смешалось, будто в бурном потоке, мчавшем обломки кораблекрушений – своих и чужих, пережитых вместе и врозь, придуманных кем-то или вообще безвестных. Ракурсы сближались и вновь расходились к северу и югу. Лиза и Тимофей сердились и хохотали, подходили вплотную и забивались в разные углы. Не обошлось и без ее слез – когда дым почти уже рассеялся. Это позволило Тимофею обнять ее и шептать на ухо бессмысленные вещи – по праву сильного, каковым он почувствовал себя вновь.

Елизавета затихла на несколько минут, а потом он признался ей: – «Мир такое дерьмо», – и она согласно кивнула, и это сблизило их еще. Она почувствовала вдруг, что Тимофей Царьков уже утвердился в ее сознании – на месте многолетнего вакуума, заполнив немалый объем. Лиза подумала мельком, что обиды остались неотомщенными, и насчет ее чар тоже пока ничего не ясно, но прогнала прочь эту мысль. На мысль нельзя было опереться, а на то, что обосновалось внутри, опереться было можно – или хотя бы схватиться и попытаться удержать.

Тут он дотронулся до ее спины, провел пальцами по позвоночнику, и ее тело тоже вспомнило что-то. Елизавета порывисто вздохнула, потом вывернулась из его рук, отошла на метр, остановилась, блестя глазами, и потребовала громко: – «Самое главное скажи!»

«Я, Лизка...» – начал было Тимофей, глядя в сторону.

«В глаза смотри!» – топнула она ногой.

«Ну хорошо, считай, что я... – угрюмо сказал он, повернувшись к ней, – считай, что я...»

«Не трусь», – мягко подбодрила его Елизавета.

«...Считай, что я снова в тебя влюблен, – закончил Царьков сердито. – Это ты хотела услышать?»

Она склонила голову набок, помолчала и призналась, вздохнув: – «Как-то очень мешает это 'считай'».

«Ты ж понимаешь, что если без него, то я совру, – все так же мрачно проговорил он. – Столько не виделись, то да се… А тебе с вранья какой прок? Чуть времени пройдет – скажу тебе и без 'считай', но время, его не сдавишь, а дело не ждет. Что еще ты хочешь из меня выжать?»

Елизавета подумала немного, потом кивнула и сказала, усмехнувшись: – «Мог бы и соврать, ну да ладно. Много – сытно, а мало – честно, так у вас что ли говорится?»

«У кого – у нас?» – не понял Царьков.

«Неважно, – отмахнулась она, затем глянула на него в упор, добавила все с той же усмешкой: – Что ж, побуду дурой, очень уж хочется», – и вдруг улыбнулась ему, подошла и поцеловала в губы. Потом отстранилась, проговорила задумчиво: – «И влюблен, и замуж зовет, ну как тут устоишь…» – и опять поцеловала, сильно и страстно.

«Я согласна, – сообщила она ему, – нужно, значит нужно, если ты и вправду 'влюблен'. Как ты говорил – чем стреляться, утопимся оба?..» – и вдруг закружилась по комнате в шутливом танце.

Тимофей сначала глядел недоверчиво, ошеломленный стремительной развязкой, а потом спросил, кашлянув: – «А кольцо венчальное возьмешь?»

«Что ж не взять? – откликнулась она с едва уловимой иронией. – Давай, раз приготовил».

Царьков полез в ящик стола, достал золотое кольцо с сапфиром – очень старой работы – и бережно надел Лизе на безымянный палец. «Смотри, как раз, – ухмыльнулся он, – еще прабабка моя носила, нам от нее досталось».

«Какое чудо! – воскликнула та, рассматривая камень. – И тяжелое… – а потом добавила в шутку, вспомнив Число души и сердце, распавшееся на кусочки: – Только ведь мой-то камень – бриллиант!»

«Я знаю, – сказал Тимофей, вдруг смутившись. – Но сейчас этот, розовый, в самый раз тебе – пусть и будет. От сглаза помогает опять же, мне цыганки-влашки говорили, а бриллиантик – потом, потом...»

«Как та девочка на Кузнецком, слово в слово, – подумала Елизавета и улыбнулась невольно, затем еще посмотрела на кольцо и спросила: – Ну а жениться когда?»

«Сегодня, – вздохнул Царьков, – только вот сделаю один звонок», – и, подняв трубку, стал набирать короткий городской номер.

Глава 14

Лишь только двадцать девятый скорый прибыл на станцию Сиволдайск, Фрэнк Уайт Джуниор вновь сделался насторожен. Замкнутое пространство купе, безопасное и обжитое, больше не служило укрытием – он вышел в чужой город, где с укрытиями было плохо. Здесь могли таиться любые опасности, он еще раз напомнил себе о дикости этих мест. Не зря быть может и сосед, старший эксперт Самохвалов, казавшийся вчера столь жизнелюбивым, сегодня утром был неразговорчив и хмур – все поглядывал в окно на сады нищего пригорода, занесенного пылью, и лишь однажды обратился к Фрэнку с вопросом о гостинице, в которой тот собирается остановиться. Услышав название «Паллада», сосед одобрительно кивнул, а Фрэнк подумал было, не сболтнул ли он лишнего, но тут же успокоился и даже посмеялся над собой слегка – нельзя же, в самом деле, подозревать каждого и всех.

На вокзальной площади, у памятника Дзержинскому, обращенному к приезжим тощей задницей в бронзовых галифе, он проверил привычным жестом пояс с деньгами, потом взял такси и поехал по улице Московской, ухмыльнувшись немудреному напоминанию о только что оставленной им столице, обворожительной путане Ольге и нескольких счастливых, безмятежных днях. Город поразил его поначалу

– он не был похож на Москву, которую Фрэнк принимал за уменьшенную копию всей России, и вообще не походил ни на что, являя собой очень странную форму – по крайней мере, на его заокеанский взгляд. Он сразу вспомнил вдруг Гоголя и даже сказал себе: – «Ну да!» – почувствовав очень остро, что вот она перед ним, настоящая городская провинция, еще более карикатурная, чем та, из известной книги. Тут мясная лавка, за ней еще лавка, поплоше, потом почта, сапожная мастерская, трактир с подслеповатыми окнами. Вот в этом доме дают балы и закатывают пиры для всего уезда. А тут, где грязь у колонки, не иначе, стоят извозчики и ждут седоков, поплевывая и лузгая подсолнечное семя…

Он отметил замызганность зданий и ужасное состояние дорожного полотна и ощутил обиду за город, до которого ему не должно было быть дела. Тут еще и машина подпрыгнула, попав куда-то колесом, водитель витиевато выругался и, оглянувшись, пробормотал извинение.

«Плохой асфальт, – сказал ему Фрэнк, демонстрируя солидарность. – Власти, наверное, совсем не следят».

«Власти? – удивленно переспросил тот, чуть приглушив музыку – мутный, хриплый шансон. – Да что Вы, какие сейчас власти. Ну, Вы-то видно, что не здешний…»

Фрэнк лишь пожал плечами, засмотревшись на странный дом с дородной нимфой, вылепленной на фасаде. Вскоре улица привела к набережной, в которой уже не было ничего от Гоголя, а гостиница оказалась и вовсе современным зданием с яркой вывеской казино. У регистрационной стойки стоял мужчина и спорил с администратором по поводу номера и кондиционера в нем, как понял Фрэнк, слушавший краем уха. Уайтом тут же занялась молоденькая практикантка, а администратор увещевала мужчину, выражавшего уже сильное нетерпение и ни в какую не желавшего отступать. Это был Николай Крамской – раздраженный похмельем и тряской в душной машине. Они с Фрэнком мельком глянули друг на друга и равнодушно отвернулись.

«А Вы люкс возьмите, – говорила Николаю женщина-администратор с прической перманент. – Вон у товарища тоже люкс, очень даже хороший, и кондиционер там есть».

«Давайте, – вздохнул Крамской, – если уж у товарища. Товарища по партии… Извините, – сказал он Уайту, – я шучу».

«Зря Вы так, – обиделась администратор за Фрэнка. – У нас приличный отель, никто не жалуется, хоть и из Москвы. Товарищ, кстати, тоже из Москвы, – добавила она, заглянув практикантке через плечо. – И ничего, оформляется спокойно и не шутит!»

Николай и Фрэнк одновременно откашлялись, подавляя смешок и вновь посмотрели друг на друга, уже с некоторым взаимопониманием. Затем Крамскому вручили ключ, и он зашагал к лифту, а Уайт Джуниор прождал еще с четверть часа, пока зардевшаяся практикантка, очень худая, с длинным узким лицом, получала от начальницы нагоняй за ошибки, имевшие отношение вовсе и не к нему.

Наконец, с этим было покончено, Фрэнк поднялся в номер и с облегчением вздохнул. Вопрос ночлега был решен – причем, вполне эффективно. Он замурлыкал какую-то мелодию, бегло прошелся по двухкомнатному люксу, заглянул в микроскопическую ванную с мутным зеркалом, а потом, удовлетворенный осмотром, вышел на балкон, с которого, как и обещалось, открывался вид на великую русскую реку. Река действительно оказалась впечатляюще-широкой, но никакого душевного трепета Фрэнк Уайт не ощутил. Он, однако, постоял несколько минут, словно отдавая визит вежливости, а потом спохватился и сказал себе: к делу, к делу.

Действовать нужно было без суеты, но и не теряя времени понапрасну. Фрэнк распаковал вещи и аккуратно их разложил, после чего подчеркнуто-деловито проверил деньги, документы и ксерокопию плана. Все оказалось на месте, что, конечно же, было хорошим знаком. Он удовлетворенно кивнул, вновь надел пояс и джинсовку, тщательно запер дверь и спустился вниз.

Ему предстояло ознакомление с местностью, для чего следовало разжиться топографическими материалами. Неподалеку от гостиницы он обнаружил газетный киоск, небрежно осмотрел витрину и спросил, подлаживаясь под туриста, продается ли тут карта города – желательно с названиями всех улиц. Карта нашлась, но предлагалась она лишь в комплекте с путеводителем в глянце – за совершенно непомерные деньги. Уайт поохал для вида, вполне натурально изображая прижимистость, но миловидная продавщица не выразила сочувствия, и он счел за лучшее не перебарщивать с притворством, совершив сделку к внутреннему своему ликованию. Еще одно препятствие было преодолено. Фрэнк схватил пакет с покупкой, огляделся по сторонам и поспешил назад в отель, лишь мельком отметив мгновенный сладкий укол – молодая газетчица напомнила ему черноволосую Ольгу.

В целом, пока все складывалось как нельзя лучше. Несмотря на чужеродность обстановки, действия его были осмысленны и подчинены единому плану. Уайт Джуниор снова поднялся в номер, запер дверь двойным поворотом ключа, разложил карту на кровати и принялся искать Троицкий собор, который, как сказал ему Нильва, был давно заброшен и прихожанами, и властями, а располагался где-то на отшибе, у края оврага, служившего, скорее всего, местом городской свалки. Собор нашелся, не без помощи путеводителя, пришедшегося весьма кстати, но оказался, к удивлению Фрэнка, совсем даже не на отшибе, а в городской черте, прямо-таки рядом с гостиницей, где трудно было себе представить и свалку, и даже просто овраг.

Он перепроверил себя два раза, но ошибки быть не могло. В этом виделась какая-то нестыковка, но Фрэнк решил не спешить с сомнениями и даже, по мере сил, избегать их вовсе, дабы не спугнуть победительный настрой. К тому же, путеводитель черным по белому сообщал о примыкающей к собору часовне, выстроенной незадолго до пугачевского бунта, и это полностью совпадало с данными драгоценной ксерокопии, уже измятой немного и приобретшей от этого еще более правдоподобный вид. Именно от часовни следовало отмерять шаги до искомого места захоронения, так что Фрэнк взял специально припасенный фломастер и поставил на карте жирную точку. «Точка отсчета», – глубокомысленно пробормотал он, вспомнив уроки математики, чертежи на миллиметровке и координатные оси.

Оставалось разобраться с частями света. К этому он тоже отнесся серьезно и даже вышел на балкон, чтобы, сверившись по солнцу, убедиться, что карта не врет. Солнце стояло уже высоко, река рябила бесчисленными бликами. Фрэнк невольно залюбовался пейзажем, расправив плечи, выпрямив спину и зорко глядя вдаль, как полководец перед решительной битвой, а потом вернулся в номер, удовлетворенно вздохнув. Все прикидки указывали на одно и то же место – примерно в середину квадрата, обозначенного на карте зеленым. Нильва говорил о пустыре – наверное это и есть пустырь. Странно, конечно, быть ему в оживленной городской части, но здесь, в провинции, может случиться всякое… Френк достал из мини-бара бутылку минеральной воды и задумчиво сделал несколько глотков. Домашняя подготовка была завершена, начинался главный, «полевой» этап.

Это, понимал Уайт Джуниор, были уже не шутки. Непосредственный контакт с местом сокрытия сокровищ мог оказаться весьма опасен. Пространство гостиничного номера будто наполнилось электричеством, Фрэнк ощущал, как все его тело вибрирует в потоке частиц. Он обошел обе комнаты, с сожалением отметил, что в номере нет сейфа, потом прикинул возможные за и против и решил взять все ценности с собой. Застегнув инкассаторский пояс, он зашел в ванную и глянул в зеркало, смазывающее черты. Что-то все же оно отражало, и отражение удовлетворило Уайта: лицо его было бледным, чуть опухшим, но решительным и, хотелось думать, бесстрашным.

Вернувшись в спальню, Фрэнк еще раз проговорил про себя названия близлежащих улиц – для лучшей ориентировки, хоть собор и был совсем рядом. В последний раз сверившись с картой, он сложил ее и сунул в карман – на самый крайний случай, «работать» на местности предстояло по памяти, чтобы не привлекать внимания. Затем он проверил паспорт и ключи, постоял пару минут у окна, глядя вниз, на суету у пристани речного вокзала, и, твердо сжав губы, вышел из номера прочь.

Троицкий собор Фрэнк Уайт нашел легко – золотой купол был хорошо виден с набережной. Собор занимал немалую территорию, обнесенную железной оградой и, вопреки мнению Нильвы, отнюдь не выглядел заброшенно-бесхозным. Чувствуя себя лазутчиком враждебной страны и будто слыша, как под одеждой гулко колотится сердце, Фрэнк обошел его кругом, чтобы примериться к обстановке. Одна вещь не понравилась ему сразу: на территории велись земляные работы, причем, в дополнение к полудюжине людей с лопатами, в грунт вгрызался экскаватор, выпуская клубы дыма и утюжа гусеницами чахлый газон. Конкуренты, – кольнула тревожная мысль, и тут же в голове закрутились картины измены, предательства, двойной игры со стороны партнера, в честность которого почему-то верилось все меньше. Или, быть может, кто-то еще добрался до древних тайн заодно с ними? Удивительно, как они успели раньше него, но и он тоже хорош – потратил неделю совершенно зря…

Фрэнк Уайт решительно развернулся и пошел обратно, к воротам главного входа. «Ничего, мы еще посмотрим, – бормотал он сердито. – У них, наверное, нет точной схемы, то-то они роют так масштабно. Мы еще потягаемся, кто кого!»

Войдя в калитку, он кинул несколько монет инвалиду-попрошайке – чтобы задобрить удачу – и сразу увидел двери часовни, как и было обещано путеводителем. Полезная оказалась книжонка, не зря мне ее навязали, – мельком подумал Фрэнк. – Хоть и тоже странно: их будто делают специально для тех, кто ищет клады… Впрочем, сейчас было не до отвлеченных мыслей. У тяжелых дверей, обитых железом, он остановился и повернулся лицом к знакомой уже улице Московской.

План этой части города, который он старательно запоминал в гостиничном номере, послушно всплыл перед глазами. «Так, все понятно, – шептал он сам себе, – это юго-запад, а экскаватор где? А вон где, в точности за спиной, значит – на северо-востоке от часовни. Так-то все и разъяснилось: мне ведь нужен почти чистый запад, лишь несколько градусов к югу – а эти, с лопатами, никакие не конкуренты. Просто так здесь роют, без тайного смысла, а если со смыслом, то тогда они простофили, больше ничего!»

Ну вот – зря он их боялся. Фрэнк перевел дух и, приняв по возможности беспечный вид, еще раз покрутил головой. Ему нужен запад – почти запад, почти. В точности вон та выгнутая планка в ограде… Медлить не стоило – инвалид у главных ворот и так уже посматривал с неприятным интересом. Уайт Джуниор развернулся в нужную сторону и не спеша, будто прогуливаясь, пошел к ограждению, отсчитывая шаги, длина которых давно уже была им вычислена, усреднена и приведена в соответствие с метрикой пугачевской схемы.

Дойдя до ограды и выбрав для себя ориентир на тротуаре за ней, он все так же неторопливо вернулся к часовне, задрал голову, будто осматривая остроконечную верхушку, потом лениво зевнул напоказ и направился к выходу с территории. Инвалид глядел, не отрываясь, и это несколько смущало, а когда Фрэнк поравнялся с ним, сказал довольно-таки нагло: – «Уходите уже, господин геодезист? Подайте на здоровье за ради Христа».

Как бы милицию не позвал, – подумал Фрэнк Уайт. Руки его вспотели, он, лихорадочно порывшись в кармане, сунул в засаленный картуз сторублевую купюру, услышал хриплый смешок и, не поднимая глаз, поспешил прочь. «Ничего, ничего, – успокаивал он себя. – И этот не конкурент, все только чудится, чудится!»

На тротуаре у ограды, где продолжался невидимый пунктир, было все так же – грязно и пусто. Фрэнк повернулся к ограде спиной и побрел на запад, механически считая шаги. Сердце его упало и трепыхалось под диафрагмой, глаза заливал холодный пот, он видел уже, что приближается катастрофа, но пока еще не хотел в это верить. Пунктир вел не в укромный угол, не к пустырю с осколками стекла и обрывками старых газет. Прямо перед ним возвышалось пятиэтажное красно-белое здание, глядящее неприступно-официально. Как заведенный автомат, Фрэнк перешел улицу, поднялся по ступенькам пологой лестницы и уткнулся в парадные двери.

«Управление приволжской железной дороги» – красовалось над ними. До предполагаемой точки захоронения оставалось двенадцать шагов. Было ясно, что копать нужно внутри здания. Было также ясно, что это невыполнимо, и затея провалена бесповоротно и навсегда. У Фрэнка закружилась голова, он сел прямо на ступеньки и закрыл лицо руками.

Редкие прохожие посматривали на него в недоумении, но он не замечал никого вокруг. В голове его теснились дикие, несуразные мысли. Ему казалось, что он угодил в эпицентр интриги, чьего-то коварнейшего комплота. Что какие-то силы, чуждые рациональному духу, ополчились на него, Фрэнка Уайта, на его удачу и заодно – на удачу русских математиков, остающихся теперь ни с чем, хоть, признаться, о математиках он подумал в последнюю очередь. Потом идея интриги отпала, как параноидальная чересчур, и весь его гнев обрушился на администрацию Приволжской железной дороги, очевидно, нашедшую клад раньше него и, не иначе, отгрохавшую пять этажей на эти самые деньги. Он почти уже решил прорваться внутрь, найти директора или другое ответственное лицо и потребовать свою долю, предъявив ксерокопию как свидетельство, что и он имеет на сокровища ничуть не меньшие права. Но, по счастью, разумное начало быстро взяло свое в его здоровом американском сознании. Безумие пошло на убыль, и к Фрэнку Уайту вернулась способность соображать здраво – по крайней мере настолько, чтобы предположить, что никакого клада здесь не находили, а здание построено совсем на другие средства.

Он машинально проверил пояс с паспортом и деньгами. Все было на месте – по крайней мере, мир не перевернулся насовсем, а лишь допустил резкий крен в неудобную для него сторону. Фрэнк достал карту, разложил ее на коленях и еще раз проверил азимуты и ориентиры. Ошибиться он не мог, тем более, что со ступенек прекрасно были видны и часовня, и улица Московская, и даже набережная, хоть от набережной ему не было никакого прока. Он шевелил губами, водя по карте указательным пальцем: вот собор и «точка отсчета», вот юго-запад, запад, юг. Там дальше – Волга, которая тоже не даст соврать… Нет, никакой ошибки нет. Очевидно, ему, как и многим искателям сокровищ, просто чудовищно не повезло.

Сложив бесполезную теперь карту и посидев неподвижно минуту или две, Фрэнк Уайт решился-таки на последний контрольный шаг. Он поднялся со ступенек, добрел, шаркая ногами, до тяжелой двери, с усилием ее открыл и оказался в полумраке большого холла. Два охранника в форменных фуражках очевидно не относились к числу союзников, и Фрэнк, оглядевшись, подошел к окошку с надписью «Бюро пропусков», как к единственному месту, имеющему одушевленный вид.

«Прошу прощения…» – начал он, и голос его беспомощно дрогнул. Уайт откашлялся, два раза глубоко вздохнул и спросил пожилую служащую: – «Вы мне не подскажете, тут у вас под зданием не находили старинный клад?» – думая с тоской, что та, наверное, сочтет его сумасшедшим.

Служащая, действительно, поглядела встревожено, но что-то в облике Фрэнка Уайта уверило ее, что перед ней не тронувшийся рассудком, а просто человек не отсюда, далекий от понимания местной жизни. «Это Вам лучше обратиться в музей», – сказала она любезно, а на вопрос, где же находится здешний музей, с охотой разъяснила, что как раз напротив – все за тем же несчастливым собором. Фрэнк покорно поблагодарил и побрел к музею, застыв лицом и шагая осторожно, как по очень тонкому льду.

По его вискам стекали капли пота, грудь была стеснена, а кулаки судорожно сжаты. Из последних сил он пытался удержать себя от истерики, шепча непослушными губами: – «Ничего, ничего, еще есть шанс, посмотрим, посмотрим…» Огибая ограду собора, он поднял глаза и увидел все того же неугомонного инвалида, рядом с которым стоял, подбоченясь, молодой сержант милиции с дубинкой на поясе. Заметив взгляд Фрэнка, инвалид нехорошо усмехнулся, а затем совершенно недвусмысленно кивнул в его сторону, привлекая внимание собеседника в форме.

Ничего угрожающего не было в этом жесте, и Уайту, наверное, не хотели причинить вреда. К тому же и милиционер, отлучившись из отделения на обед, беседовал со стариком вовсе не на служебные темы, но Фрэнк этого не знал и предположил худшее. У него внутри будто лопнул какой-то нарыв. С глаз упала спасительная пелена, картина крушения всего и вся обрела полнейшую резкость. Он понял ясно, как никогда, что жизнь его зашла в тупик. Этот город, этот собор и ворота в железной ограде обратились ловушкой, в которую заманивал неведомый враг, принявший когда-то обличье Нильвы и еще имеющий много лиц. Вот и эти двое, что глядят на него с ухмылками – они не кто иные, как жандармы темных сил, озлобившихся на Фрэнка Уайта за неведомую провинность... Он судорожно глотнул воздух и шагнул им навстречу, не в силах больше терпеть вероломство фактов, окруживших со всех сторон.

«Нет-нет-нет, – закричал он, брызгая слюной, – вы не кивайте на меня вот так. Больше не проведете, я сразу заметил – и слежку, и знаки. Я американский подданный, сначала свяжитесь с консулом, а потом уже смотрите – с намеками тут. У вас нет доказательств, я знаю, я вообще не преступник и ничего не крал!»

Инвалид с сержантом застыли было в недоумении, глядя на Фрэнка, что надвигался на них, продолжая выкрикивать непонятное. Но потом, услышав знакомые слова, милиционер пришел в себя, приосанился и спросил весьма сурово: – «Не крал, а чего орешь? Порядок нарушаешь или что? Если напился, так мы живо тебя оприходуем».

«Может с головой у него не то? – лицемерно вздохнул инвалид, глядя цепко и остро из-под седых бровей. – Он давно тут бродит, вымеряет что-то. А может он вообще землемер?»

«Вы не обзывайтесь, – запальчиво крикнул на него Фрэнк. – Я

вас сразу заметил, каждому понятно – слежка! Но без консула я ничего не скажу, – обернулся он к представителю власти. – Ни одного слова – нет, нет и нет!»

Он поднял руку и выразительно помахал ладонью у милиционера перед носом. Тому это не понравилось. Он как-то вдруг изловчился и крепко ухватил Фрэнка за локоть, приговаривая уже с угрозой: – «Ну да, в вытрезвитель просится, на казенное койко-место. Сейчас определим, в лучшем виде».

Сержант был молод и кругл лицом, имел большие уши и широкие деревенские ладони. Фрэнк Уайт секунду или две смотрел ему в глаза, потом выругался по-английски, прошипел с ненавистью: – «Самого тебя в вытрезвитель…» – и стал ожесточенно вырываться, изготовясь при этом лягнуть милиционера в голень. Это было уже слишком и могло придать делу вовсе не комичный оборот, но тут, по счастью, раздался чей-то уверенный голос: – «Эй-эй-эй, что это у вас происходит?» – и ситуация разрядилась, сразу утеряв интригу.

Спасителем Фрэнка оказался не кто иной, как Николай Крамской, только что вышедший с довольным видом из того самого музея, куда Уайта направила железнодорожная служащая. Заметив возню у входа в собор, он хотел было перейти на другую сторону улицы, но вдруг узнал в одном из участников соседа по гостинице, а услышав недвусмысленно-американское ругательство, понял, что все еще сложнее, чем кажется. Подойдя и наскоро оценив диспозицию, он напустил на себя озабоченный вид и обратился к Фрэнку с традиционным «You're o'key?»

«Sure!» – запальчиво откликнулся тот. Милиционер сразу отпустил его локоть и сделал даже чуть заметный шаг в сторону, высвобождая подобие персонального пространства. Николай, не мешкая, добавил «экскьюз ми», отодвинул Уайта Джуниора подальше от греха и подмигнул сержанту, как своему, испустив шумный вздох.

«Все нормально, – сообщил он магический пароль российских улиц, – нашел его наконец. Ты бы с ним поосторожней, иностранец как никак». В руке у него при этом оказалась сотенная бумажка, сама по себе способная послужить паролем и отзывом заодно.

«Так он ваш, что ли? – пробурчал милиционер, коротко глянув на купюру и притворяясь, что все еще сердится. – Смотрите уж за ним, а то пугает тут людей…» Сторублевка в одно мгновение перекочевала ему в ладонь, после чего он отвернулся и стал смотреть в направлении Волги, не интересуясь больше ни Крамским, ни его подопечным.

«Нормально, – повторил Николай, – разминулись с ним просто. Ладно, пошли мы, бывайте…» – и не мешкая увлек Фрэнка в тень больших деревьев, подальше от инвалида, недоверчиво глядящего им вслед. Уайт не сопротивлялся, из него будто выпустили воздух. Миг катастрофы остался позади, к нему не было возврата. Рано или поздно, понимал Фрэнк, эмоции нахлынут вновь, но сейчас органы всех чувств онемели, как под действием анестезии. Он покорно шел рядом с Николаем, бормоча про себя странное слово – «вытрезвитель» – которого не слышал уже много лет.

Что же касается Крамского, тот пребывал в прекрасном расположении духа. Желаемое было почти достигнуто – в первый же день, пусть и не самым прямым путем. Все оставшееся время можно было беззаботно предаваться праздности – будто вырвавшись на свободу из под всех и всяких надзоров, изучая, как новый мир, совершенно незнакомый город, полный, наверное, своих заманчивых тайн.

Сам музей, главная цель приезда, счастливо расположенный в двух шагах от гостиницы, весьма его впечатлил – серьезностью подхода к делу, вызывающей уважение, пусть и не без снисходительной усмешки. Как и большинство здешних построек, он был пыльно-желтого цвета – в честь близкой степи и далекой пустыни. Когда-то в нем жил богатый купец, славящийся обжорством наряду с меценатством и знавший, судя по всему, толк также и в строительстве – приходилось лишь удивляться, что столь вызывающий объект остался не разрушен временем и большевиками, а после не был отобран предприимчивой властью. Николай даже обогнул здание кругом, разглядывая колонны и мощные стены, и лишь насмотревшись и заключив, что революционные настроения в этом городе были достаточно слабы, купил билет и вошел внутрь.

Внутри тоже оказалось неплохо. Музей содержался на широкую ногу – можно было предположить, что ему везло с желающими выкупить, не торгуясь, свидетельства своих туманных происхождений. Крамской улыбнулся: наследники Пугачева становились в его воображении похожими на детей лейтенанта Шмидта – история повторялась, и это не могло не забавлять. Прямых подтверждений этому он, впрочем, не имел и вскоре перестал об этом думать, занявшись наконец своим собственным делом.

Сначала он прогулялся по этажам, оставив на потом зал пугачевской эпохи, и многозначительно кивнул, заметив у лестницы дверь в директорский кабинет. Затем, попетляв, словно заметая следы, и сам посмеявшись своей комичной скрытности, он зашел в нужную комнату и медленно побрел вдоль стен. Искомый документ висел в самом углу, ничем не отличаясь от других писем и воззваний, удостоившихся места в основной экспозиции. Николай прошелся взад-вперед, заложив руки за спину и вглядываясь в пожелтевшие рукописи, а потом вдруг увлекся и стал читать их одну за одной, уделив особое внимание донесению генерала Семанжа, в котором тот сетовал на отсутствие энтузиазма в правительственных войсках.

Письмо старосты из деревни Чумово сохранилось неплохо и выглядело правдиво. «Комар носа не подточит», – насмешливо пробормотал Николай, изучив его от первого до последнего слова и прикинув однородность почерка и трудности будущего редактирования. Они показались невелики: писал староста с видимым усилием, строки прыгали, что было очень кстати, а некоторые слова даже и непросто было разобрать. Крамской покачал головой и снисходительно ухмыльнулся: добавить одну-две фразы представлялось парой пустяков.

Таким образом, ознакомительная часть операции завершилась вполне успешно. На очереди был кабинет директора, куда Николай и отправился уверенной походкой. Секретарша – лет тридцати пяти, с пышной грудью и лицом недовольной жизнью женщины – встретила его настороженно, но он, с нагловатым московским напором, быстро убедил ее оторвать директора от важных дел ввиду еще более важного дела, не терпящего отлагательств.

«Как Вас представить?» – манерно спросила она, хлопая наклеенными ресницами.

«Эксперт по генеалогии», – скромно отрекомендовался Николай. Секретарша пошевелила губами, словно повторяя услышанное про себя и скрылась за обитой кожей дверью, а через секунду распахнула ее и пропела: – «Михаил Михайлович Вас примет».

Крамской шагнул внутрь. Кабинет директора был светел и велик. Велик был и стол, вытянувшийся жирной буквой «Т». Сам директор восседал у буквы во главе подобно гротескному партийному князьку. За его спиной висел портрет президента и еще чье-то изображение помельче – Николай подумал было, что это сам директор и есть, но, приглядевшись, заключил все же, что сходство невелико. Какое-то время, пока дверь не захлопнулась, хозяин кабинета смотрел мимо него – провожая глазами бедра секретарши, как понял Крамской по направлению взгляда – а потом с сожалением сфокусировался на вошедшем и сказал бархатным голосом: – «Милов, Михаил Михайлович. Прошу садиться. Чем, как говорится, могу?»

Николай представился, сел и наскоро осмотрелся. Владения Милова, Михаила Михайловича, были обустроены вдумчиво и с любовью. На случай, если посетитель окажется глуховат, на столе стояла табличка с фамилией, именем и отчеством владельца, а по стенам тут и там были развешаны дипломы и грамоты, перечисляющие директорские регалии. Они перемежались фотографиями, на которых Милов был запечатлен в компании разных людей, а кое-где и в одиночку, на фоне зданий, каких-то рытвин и прочих деталей пейзажа, наверное значимых в краеведческом смысле. Ко всем фотографиям прилагались подписи, сделанные очень крупно – на случай, если тот же посетитель окажется еще и подслеповат.

Сам директор напоминал более всего хорошо откормленного кота. Крамской отметил тщательно подстриженные усы и холеную шевелюру провинциального сердцееда и решил, что действовать лучше напрямую. Он улыбнулся – приветливо, но не заискивающе – и сообщил, глядя Милову прямо в глаза: – «У меня есть клиент, он хотел бы выкупить документ ...», – назвав при этом совсем другое письмо, не имеющее отношения к Пугачеву, которое он высмотрел в соседнем зале. Потом сделал короткую паузу и добавил, чуть понизив тон: – «Конечно, очень конфиденциально, без всякой огласки – кроме нас с Вами никто не узнает. Как Вы смотрите на такой маленький бизнес?»

«Бизнес? – переспросил директор с наигранным удивлением. – Выкупить документ?.. – Он укоризненно покачал головой. – Ну что Вы, мы – муниципальное заведение с бюджетом, у нас тут нет никакого бизнеса».

«Я неудачно выразился, – вздохнул Николай, чувствуя уже некоторое раздражение, – но, впрочем, дело ведь не в словах. Называйте как хотите, и Вам, конечно, виднее. Для меня – и для клиента – куда важнее собственно суть вопроса».

Милов приосанился, откашлялся и заговорил, с удовольствием вслушиваясь в свой, действительно очень приятный голос. «Если иметь в виду суть вопроса, которая и для меня всегда – подчеркиваю – важнее всего, – вещал он подобно чтецу-декламатору, – то в ней, в сути, тоже нет, по-моему, никакой двусмысленности. Потому что, где-то бизнес, сделки, клиенты, а где-то, понимаете ли, научный процесс и даже, не побоюсь, достоинство ученого. Я вот, к примеру, доктор исторических наук – зачем мне какой-то бизнес? Вы приходите – и не за чем-то серьезным, за какой-то одной бумажкой – казалось бы, плевое дело, не разговор. Но разговор-то есть, и он сразу начинается не о том, даже если, – он сделал глубокомысленную паузу, – даже если дело и не в словах. Ведь я же не знаю Вашего клиента, и он тоже меня не знает, а вы являетесь – неожиданно, заметьте, без записи – и начинаете чуть ли не с оскорблений. Нет, нет, я Вас не корю, – поспешил он добавить, заметив, что Николай сделал протестующий жест, – но так ведь тоже нельзя, поймите. У нас тут пусть и не столица, это там сплошь академики да их дети, а здесь пока лишь доктора – пока… И все равно, знаете, не стоит, не стоит…»

Крамской понял, что первая попытка не удалась и простой, казалось бы, вопрос не будет решен с наскока. Стареющий сердцеед оказался еще и демагогом с амбициями, привыкшим к словоизлияниям и витиеватым околичностям. Он вздохнул про себя и принялся нудно разглагольствовать в ответ о досадном непонимании, возникшем исключительно по его, Николая, вине. Следовало, конечно, сразу начать с главного, ради чего он собственно и совершил утомительную поездку. Главным же являлось желание клиента оказать сиволдайскому музею и лично его директору, доктору исторических наук, посильную шефскую помощь в целях развития, улучшения и проч. А пресловутый документ – это же второстепенная вещь. Когда речь заходит о взаимной помощи, всегда всплывают второстепенные вещи – мелочи, которые совсем нетрудно разрешить.

Милов выслушал все это, не перебивая и даже кивая поощрительно в некоторых местах, потом встал, прошелся по кабинету, поглядывая на свое отражение в стеклянной дверце шкафа, и заметил в свою очередь, все так же пространно, что помощь помощью, но не всякая помощь своевременна, особенно когда не знаешь, от кого она идет. Он вот вообще не просил ни о какой помощи, и когда ее навязывают ни с того, ни с сего, сразу хочется поинтересоваться: а отчего вдруг возникло такое желание у безвестного московского бизнесмена? Что на самом деле привело его к Милову, Михаилу Михайловичу, доктору и т.п.? Потому что ведь у всего есть масштабы, а масштабы нужно соизмерить. Исторические науки… Достоинство ученого… Муниципальный бюджет…

Что-то для ученого вид у тебя больно сытый, – подумал Николай с усмешкой и почувствовал вдруг, что процесс ему надоел. «Ну так что, бабки не нужны? Не продаете бумажку?» – спросил он нарочито-грубо, вставая и глядя на директора сверху вниз.

На лице Милова отразилось недоумение, сначала невольное, а потом продуманно-сдержанное. «Я ж Вам объясняю, – заговорил он уже более сухо, – у нас тут историческими документами не торгуют. Здесь серьезное учреждение, архивы, научный процесс. Вы прямо-таки непонятно себя ведете, должен Вам заметить».

И чего он хочет? – рассеянно спросил себя Николай, пожимая плечами. – Очень какой-то несуразный тип. Ну да ладно, не вышло, так не вышло.

«Как знаете», – бросил он скучным голосом, перебив Милова на полуслове, и вышел, не прощаясь. Секретарша держала у уха телефонную трубку, оправдываясь перед кем-то жалобно и чуть визгливо. «Веселенькое у вас местечко», – на ходу сказал ей Крамской, но она не обратила на него внимания. «Ну что ж, – пробормотал он вполголоса, выходя на лестничную площадку, – будем искать другие варианты».

Вариант подвернулся под руку сам – буквально тут же, у лестницы – в лице невысокого старичка в огромных стоптанных башмаках и сером костюме с налокотниками. Ему пыталась втолковать что-то восковощекая девица в очках, повторяя на одной ноте: – «Но Михал Михалыч сказал…» – на что тот отвечал язвительно и желчно. Девица вздыхала и едва не закатывала глаза, но старичок к ее страданиям оставался совершенно глух.

«Не понимает ни черта ваш Михал Михалыч, так ему и передайте. Пусть вот он мне это скажет, а не вам», – в очередной раз отрезал он, задрав подбородок.

«Но он сказал, а что я ему скажу?..» – ныла девица.

«А вот так и скажите – вы, мол, Печорскому скажите, а мне, мол, не нужно говорить!» – «Ну я ж ему так не скажу…» – «А вы скажите, скажите…» – старичок оттеснял ее к ступенькам, явно выигрывая схватку.

«Ох, как с вами трудно, Марк Львович», – прохныкала девица и поскакала вниз, а старичок в башмаках победно оглянулся кругом, достал из кармана курительную трубку и с удовольствием понюхал.

«Простите, – обратился к нему Николай Крамской с таинственно-заговорщическим видом, – это вы – Марк Львович Печорский?»

«Да, я», – важно ответил тот и вновь покрутил головой, очевидно до сих пор еще находясь под впечатлением одержанной победы. Но на лестничной площадке больше не было ни души, и он поневоле остановился взглядом на Крамском, как на единственном свидетеле своего триумфа.

«Мне Вас рекомендовали, как самого знающего эксперта», – сообщил Николай, доверительно понизив голос.

«И кто же это меня рекомендовал?» – поинтересовался старичок задиристо и с некоторым даже подозрением, но было видно, что информация воспринята им благосклонно.

«Знаете, я забыл, – признался Крамской, демонстрируя открытое честное лицо. – Но ошибки, мне кажется, быть не могло. Вы ведь работаете в этом музее?»

«В этом музее, юноша, я работаю всю жизнь, – проворчал старичок, пряча трубку в оттопыренный карман пиджака. – И живу я в этом городе всю свою жизнь. А мои пра-пра-пра, чтоб вы знали, были выселены сюда еще Екатериной – слыхали небось об изгнании иудеев? Так какой, значит, у Вас ко мне вопрос?»

Николай помялся немного, будто в сомнении, потом сказал твердо: – «Пойдемте, это нужно показать», – и направился прямиком в пугачевский зал. Старичок семенил сбоку, громко скрипя своими ботинками. Подойдя к письму старосты, Крамской остановился, посмотрел на старичка лукаво и сказал: – «Вот».

«Ну посмотрим, посмотрим, – забормотал Печорский. – Ну

да, любопытный документ. Стилистика зрелая, хоть с точки зрения факта – ничего особого. И сохранность хорошая, да… Ну так и что ж?»

Николай, чуть помедлив для приличия, осторожно взял его под локоть, отвел в угол зала и разъяснил ситуацию. Он признался, что имеет клиента, очень уважаемого человека, переживающего, что письмо, относящееся непосредственно к нему, висит в общем зале и мозолит глаза, прямо-таки на виду у всех. Посему, клиент хочет предпринять шаги – к примеру, выкупить означенный документ без огласки и по сходной цене – а он, Николай, посредничая в этом деле, никак не решит, к кому обратиться. Понятно, что с Миловым, этим котом, разговаривать вообще бесполезно, а лучше всего, знает каждый, иметь дело напрямую со спе-ци-а-листом – он сделал скупой жест ладонью в сторону Печорского. Потому что вопрос подлинности тоже важен, да и ведь с умным человеком всегда легче договориться.

Они помолчали, потом Марк Львович вздохнул и проворчал сварливо: – «Да что тут подлинность – невооруженным, так сказать, глазом…» – но Крамской видел, что он польщен. «Вот насчет непосредственного отношения, так это клиенту самому решать сподручней… – неуверенно добавил старичок, а потом спросил с некоторым даже страхом: – Так Вы что же, хотите, чтобы я Вам этот экспонат продал?»

«Ну а чего ходить вокруг да около, – развел Николай руками, безмятежно глядя старичку в глаза. – Именно: продайте, да и дело с концом. Милов-то ведь небось и не заметит».

«Милов… – Марк Львович скорчил рожу. – Да что он вообще заметит. Но вы конечно хватили – музейный экспонат…»

«А с другой стороны – личная реликвия, – в тон ему возразил Николай. – Никто и не узнает, а человеку приятно. Человек, опять же, солидный, слов и обещаний на ветер не бросает».

Марк Львович Печорский помолчал, пожевал губами и сказал, деликатно кашлянув: – «Помочь-то я Вам, пожалуй, мог бы, но вопрос-то ведь в деталях».

«Если говорить о деталях, – негромко, но внятно произнес Николай, – то Вы просто назовите вашу цену».

«Вот как», – скривился Печорский, еще подумал и даже достал из кармана трубку, но потом решительно сунул ее обратно.

«Пятьсот долларов США! – выговорил он сердито и отвернулся в сторону. Потом глянул на Николая снизу-вверх, снова повторил: – Пятьсот! – и тут же забормотал, оправдываясь: – У дочери свадьба, а что я могу? Я понимаю, что много, но и Вы меня поймите. И клиент солидный, Вы говорите, а на свадьбу у меня и правда нет совсем».

«Да Вы не волнуйтесь, – успокоил его Николай. – Пятьсот, так пятьсот, и вовсе это даже не много».

«Для Вас не много, – вспылил вдруг старичок, – а для меня это трехмесячная зарплата! И не думайте, пожалуйста, что я рвач, просто – ну надо же иметь совесть…»

Потом он сразу вдруг успокоился и стал суетливо-деловит. «Завтра сделаем маленькую инвентаризацию, – бормотал он, провожая Крамского к лестнице. – Я другое вывешу, из запасника, никто и не разберет. Вечерком и встретимся, я Вам и передам. Это как, удобно?»

«Удобнее не бывает, – заверил его Николай, а потом спросил из какого-то озорства: – Ну а Милов ваш, он тоже не разберет?»

«Милов! – презрительно фыркнул Марк Львович: – Да у Милова одни усы, да секретарша с пятым бюстом, если Вы понимаете, о чем я. Разберет… Он знаете, что разберет? Да он тут ничего не разберет!»

Словом, все устроилось как нельзя лучше. Они тепло распрощались, уговорившись встретиться на набережной следующим вечером. Николай, чувствуя, что проголодался, и испытывая приятное довольство собой, вышел из музея и буквально через минуту столкнулся нос к носу с живописной группой, состоящей из инвалида, милицейского сержанта и американского подданного Уайта Джуниора, который, в отличие от него, только что потерпел полную неудачу. Вызволив

Фрэнка из цепких милицейских рук и отойдя вместе с ним в близлежащий сквер, Крамской вежливо осведомился о сути произошедшего, зная уже отчего-то, что случай не прост.

Фрэнк вначале отнекивался и лишь невнятно благодарил, но потом воспылал вдруг последней отчаянной надеждой, вцепился в Крамского, как утопающий в ивовую ветку, и сразу вывалил множество бессвязных фактов, сочиняя на ходу и путаясь в собственных словах. Николай, конечно же, ничего не понял, но заключил, что с Уайтом Джуниором стряслась какая-то беда. Убедившись, что вопрос запутан и не связан с немедленным выбором между жизнью и смертью, он предложил тому пойти пообедать, а заодно и вникнуть совместно в существо проблемы, которая, очевидно, требует вдумчивого рассмотрения. Несколько приободрившийся Фрэнк с радостью согласился, и уже через четверть часа они сидели в том самом азиатском ресторане, откуда совсем недавно вышли Елизавета с Тимофеем Царьковым, порадовавшим официанток щедрыми чаевыми.

Оба горячо заверили друг друга, что ни за что не будут пить алкоголь, но потом все же взяли по бутылке пива, а чуть позже и еще по одной. Фрэнк извинился за свою горячность, признавшись, что растерялся в незнакомом городе, а Николай убедил его, что это ерунда и случается со всяким. Они быстро нашли общий язык, после чего Уайт Джуниор достал из кармана заветный план, придумав тут же историю о поместье русского прадедушки, от которого осталась лишь вот эта карта, заведшая его в тупик. Крамской сразу определил фальшивку и прочитал Фрэнку короткую лекцию об особенностях древних рукописных документов, прибавив даже в шутку, что помятая ксерокопия смахивает на схему захоронения какого-то клада, чем привел собеседника в неописуемое смущение. В целом же, тот достойно принял вердикт, будучи внутренне к нему готов, и пообедал с завидным аппетитом, ничуть не уступив в этом смысле Николаю.

В ресторане они сидели долго, не имея причин куда-либо торопиться, а покончив с обедом, рассматривали гуляющих по набережной девиц, сойдясь во мнении, что Сиволдайск неплохой город и заслуживает даже того, чтобы приехать в него еще раз. Пройдясь вдоль реки, они еще более укрепились в этой мысли и для окончательной ее проверки решили дойти пешком до главного проспекта, где концентрация женской части населения должна быть наиболее высока. От набережной они поднялись чуть вверх, к улице Чернышевского, вздорного просветителя с больной печенью, и там, на перекрестке, их остановила Елизавета Бестужева, поджидавшая Тимофея. Тот задержался на минуту, выясняя что-то незначимое с сотрудницей, скучавшей в офисе, несмотря на выходной.

Глава 15

Заговорить с незнакомцами Елизавету заставила неожиданная проблема. Как бы ни был хорош план Царькова, все же и он оказался не идеален, как вообще не идеален мир. Именно на несовершенство мира в сердцах сетовал Тимофей, положив телефонную трубку, а еще на то, что ни в одном деле нельзя полагаться на других, если хочешь, чтобы оно было сделано правильно и в срок.

На этот раз слабым звеном оказалась пара свидетелей, найденная им с величайшими предосторожностями. Секретность бракосочетания предполагала, что в него не могут быть вовлечены люди, которые потом могут стать источником слухов и сплетен. Человечество вообще любопытно до крайности, это Царьков усвоил твердо, и город Сиволдайск не отличался в этом смысле от прочих мест. Свидетелей, что должны по закону скрепить своими подписями гражданский акт, нужно было искать на стороне. Именно это он и проделал заранее, проведя целую операцию, с треском провалившуюся в последний момент.

Те, на кого он рассчитывал, внезапно и безоговорочно подвели, заставив в спешке искать замену, а значит – полагаться на случай. Это было тем более обидно, что подготовленный вариант, казалось, подходил на все сто – Царьков не зря провел полдня под жарким солнцем, болтаясь на пристани, куда высаживают туристов с больших и малых волжских кораблей. Была суббота, речной вокзал работал с полной нагрузкой, толпа то прибывала, то сходила на нет, оставляя после себя мусор и запах дешевого пива. У Тимофея взмокла спина и даже разболелась голова с непривычки, но он был упорен, не желал сдаваться и, ближе к обеду, сделал свой выбор. На самом оживленном пятачке, между пневматическим тиром и ларьком караоке, Царьков познакомился с парой из Волгограда – Юрой и Шурой, которых он тут же окрестил про себя «Солдат и Дура», припомнив читанного в юности гениального поэта. Волгоградцы представляли из себя то, что он искал: иногородние, но жившие неподалеку, молодые и легкие на подъём, но уже не столь юные и беспечные, а к тому же – жадные, неумные и чувствительные к чужому мнению. Таких в общем-то попадалось немало, но почему-то именно эти сразу запали ему в душу – случайность, потом сыгравшая против, что, конечно же, никак нельзя было предусмотреть.

Вертлявая Шурочка так и стреляла зрачками по сторонам, ей был занятен каждый скользнувший по ней взгляд, хоть было видно, как цепко она держится за спутника, крупного мужчину в необъятных парусиновых штанах, который солидно отхлёбывал из пивной бутылки, демонстрируя презрение к окружающему не хуже какого-нибудь Чайлд-Гарольда. Тимофей рассудил, что оба должны быть падки на грубую лесть и сообщил им с простодушным видом, что они походят на людей «с понятием». От этого Шура зарделась, а Юра самодовольно кивнул, так что стало ясно, что контакт налажен, и дело сделано почти наполовину. Затем он пригласил их в кафе, предложил широким жестом не стесняться в выборе закусок и рассказал романтическую историю, подбирая слова попроще и выражая всем видом взволнованность и серьезность.

Волгоградцы слушали внимательно, а когда он намекнул, что история, при всей своей банальности, может принести кое-кому ощутимую пользу, переглянулись и навострили уши. Тимофей сделал паузу и поглядел задумчиво вдаль, а потом, будто решившись, поведал им о несогласном родителе, имеющем в Сиволдайске большое влияние, и о неприятностях, ждущих и его, и невесту, если тот прознает о намерении обоих связать-таки жизни узами брака, невзирая на отцовскую волю. При этом он вспомнил бабку с дедом и ухмыльнулся им про себя, а вслух добавил, что свадьба все равно будет, пусть в тайне и без всякого шума, ибо сердцу не прикажешь – особенно сразу двум горячим сердцам. Тут Шурочка понимающе вздохнула, и даже Юра выразил некоторое подобие сочувствия, а Царьков сообщил деловито, что дата регистрации назначена, и в ЗАГСе есть человек, который не подведет. Осталось лишь подобрать свидетелей, не примелькавшихся в городе, и вот, ему прямо-таки улыбнулась судьба – лучше Юры с Шурой просто нельзя найти. Он это понял с первого взгляда и теперь просит их – ну просто умоляет – согласиться, и готов, понятно, взять на себя расходы, оплатив билеты и гостиницу, а также предложить небольшую сумму в качестве компенсации усилий.

У Шурочки загорелись глаза, она пришла в восторг и стала теребить медлительного кавалера, который, повертев для вида головой, тоже выразился в смысле снисходительного согласия. Тимофей вздохнул с облегчением, посчитав закрытым еще один пункт своей сложной программы. Он сделал все, как обещал – и с билетами, и с гостиницей – и Юра с Шурой действительно приехали накануне, но вот как раз сегодня с ними вышел досадный промах. Позвонив им из кабинета сразу после разговора с Лизой, Царьков услышал в трубке рыдания и всхлипы, в паузах между которыми безутешная Шурочка промямлила, глотая слезы, что у них с возлюбленным произошла ссора, на почве которой тот крепко выпил, разбил подруге нос и растворился в сиволдайской ночи. Ночевать он так и не явился, и о том, где его сейчас носит, она не может даже гадать. На законное тимофеевское «как же так» она лишь снова принималась рыдать и взывать к состраданию. Волновал ее один лишь пропавший Юра, а не свадьба Царькова и даже не распухший нос. Делать было нечего, Тимофей, удержавшись от грубости, аккуратно положил трубку на рычаг и сказал Елизавете: – «Есть небольшая сложность».

Быстро и по-деловому обсудив ситуацию, они пришли к выводу, что переживать не стоит. Звену, выпавшему из цепочки, может и должна быть найдена замена – в конце концов, Сиволдайск не так уж мал и не обделен иногородними. Ну а искать нужно там, где таковые обретаются во множестве – например, у входа в главную городскую гостиницу, находящуюся кстати не так далеко.

Елизавета вышла первой, оставив Тимофея втолковывать что-то сотруднице с глазами испуганной мыши. Она сделала несколько шагов, пританцовывая, напевая и украдкой поглядывая на кольцо, и вдруг увидела перед собой двух мужчин, один из которых показался ей знакомым. Поезд, – подумала Лиза, – сегодня утром... Да, он стоял в коридоре ее вагона, мрачно глядя в окно, а она проходила мимо – раз и другой. Да и повадка не здешняя, московская скорей – что же, значит иногородний?

Мужчины поравнялись с ней, одновременно глянули с интересом и одновременно же отвели глаза.

«По-моему, – сказала она в их сторону, – мы сегодня вместе приехали».

«Что Вы говорите», – тут же среагировал Крамской, остановился и добавил еще что-то учтивое, а Фрэнк стоял рядом, покраснев отчего-то, и не знал, куда девать руки.

Интеллигентные, подходят, – решила Елизавета и улыбнулась Николаю: – «Да-да, теперь я точно Вас узнала. Вы у окна стояли, а Вы?..» – она вопросительно повернулась к Фрэнку.

«Я да, только в другом. Окно другое, у другого вагона...» – забормотал тот косноязычно, все еще пребывая в необъяснимом смущении, и Николай тут же пришел ему на помощь, сообщив, что Фрэнк Уайт вообще американец, и что они тоже столкнулись случайно, не далее как пару часов назад. Потом он, как бы между делом, отпустил изящный комплимент и спросил невинно: – «А Вы здесь с мужем?»

«С женихом, – рассмеялась Бестужева, кивая на подошедшего Тимофея и обнимая его за талию. – Это мои попутчики из поезда, – сказала она ему, – видишь, как встретились нежданно».

«Хороша невеста, – широко ухмыльнулся Царьков, – чуть тебя оставишь, а ты уже с гостями. Так ты, пожалуй, из-под венца сбежишь…»

Он сразу понял, в чем дело, и наскоро присматривался к «попутчикам». Они стояли спокойно, улыбались скромно, но с достоинством, один из них казался несколько странноват, но не так чтобы уж очень слишком. Годятся, – решил Тимофей и продолжил тоном затейника-балагура: – «Вот, кстати, о венце – вопрос хоть и нехитрый, но без препятствий никак. Мы помощников ищем, не хотите ли подсобить? А вечером все вместе и отметим».

Николай с Фрэнком переглянулись и пожали плечами, а Царьков, видя их нерешительность, продолжил с напором: – «Да дело плевое, всего-то на полдня. В район нужно отъехать – так у нас и машина есть. Мы жениться наметили, а свидетелей потеряли, унес их алкогольный змий, поди теперь разыщи. А машина, вот она, рядом. И в ЗАГСе поселковом договорено, и даже невеста имеется – вон как смирно стоит. Только со свидетелями у нас промашка».

«Ну что ж, – пожал плечами Николай и посмотрел на Фрэнка. – В принципе, я бы мог… Ты как, Фрэнк Уайт?»

«Я тоже мог бы в принципе, да, – энергично закивал тот, напуганный перспективой вновь вдруг остаться в одиночестве, наедине со своей бедой. – Свадьба – это вообще интересно, и я здесь не был никогда…»

«Ну вот и славно, – облегченно вздохнул Тимофей, глянув на Фрэнка с некоторым недоумением. – Вот и выручили, а то понадеешься на всяких, а они так подставить и норовят. Те тоже иногородние, вырвались на свободу, а свобода она не каждому по силам!» – Он сделал приглашающий жест, и вся компания направилась к джипу.

«Так бы все ничего, – приговаривал Царьков, обращаясь главным образом к Николаю, – но у нас, понимаете, тайна – уж больно родитель у Лизы строгий. Она у меня фифа московская, ей и прочат генерала или нефтяного князька. А тут я, простой сиволдайский труженик… Так и приходится – наспех да по секрету – а после скажу: кончено, отыграли, вот она, моя жена! Вечером в «Шамане» все вместе и погуляем. Вам, холостым, красавиц подыщем, чтобы не скучно – с этим у нас тут полный комплект. Были бы бумажки, будут, как говорится, и милашки – а я уж, как человек несвободный, со своей покуражусь зазнобой, раз выкрал да умыкнул. Лизка, покажи кольцо, пусть видят – у нас по-честному!»

Тимофей был доволен: все вновь шло как нужно. И в ресторане правильно будет появиться в компании москвичей – приехавших, будто, вместе с женой, как старые столичные друзья. Возвращение прошлого, так сказать. Прежние грехи выплывают наружу, давая повод ознакомить общественность с истинным положением дел. Вот она, мол, тайная супруга – теперь уже явная, а не тайная, нет больше возможности скрывать. «Покровителю» скоро донесут, и пусть – так оно все и решится. А Майя, стерва зубастая, позлится да перебесится – не убьет же она его в конце концов.

Оставался последний этап – пресловутый поселковый ЗАГС. За него Царьков был спокоен: у тамошнего директора имелись веские причины держать язык за зубами. Знакомством этим он разжился случайно, когда еще на горизонте личной жизни не сгущались никакие тучи. Конечно и тут не обошлось без жеста судьбы, гораздой на лукавства, и Царьков мог поставить себе в заслугу, что распознал его вовремя и поступил единственно верным образом.

Впрочем, «жест» был отчасти спровоцирован им самим: едва разбогатев, он возжелал купить себе джип «Тойота» – черный и громоздкий, в точности такой, как у московского обидчика, ставшего виновником перелома в жизни. Не то чтобы он видел в этом большой смысл, но хотел продемонстрировать самому себе вновь обретенную власть над символами, а отчасти – и способность насмеяться над ними, как доказательство своей силы. Через месяц или около того мироздание показало в ответ, что поняло и оценило шутку: новенький джип Тимофея ударила другая машина.

Дело было холодным дождливым вечером у ночного клуба в южной части города. Царьков припарковался вдоль тротуара в ряду автомобилей, владельцы которых уже наливались коньяком в прокуренном тепле. Он сидел, ожидая звонка, посматривал на часы и слушал мягкий джаз. Телефон все не звонил, косой дождь хлестал в окна, на улице не было ни машин, ни прохожих. Тимофей представлял себя в батискафе, спущенном на дно иного мира, жизнь в котором архаична и примитивна, по-первобытному жестока и безжалостна к белковым телам. Батискаф, впрочем, казался непотопляем и надежно защищал от всего. Царькова охватило чувство покоя, испытать которое удается не часто, но тут в заднем зеркале отразились чьи-то фары, раздался скрип тормозов и тут же за ним – удар.

Джип содрогнулся, что-то в нем жалобно хрустнуло, а у Тимофея сразу заболела шея. В зеркале он увидел, что автомобиль через один от него – приземистый старый «Опель» – сдает назад, выруливает на свободную полосу и уносится прочь, разбрызгивая лужи. Царьков успел разглядеть несколько цифр номерного знака, а потом вылез под дождь, чтобы оценить ущерб, который оказался невелик – поврежден был лишь мощный бампер. Куда хуже пришлось предыдущей машине – в ней он с некоторым злорадством опознал «БМВ» тренера местной футбольной команды, с которым был шапочно знаком и как-то раз повздорил из-за пустяка. Улица по-прежнему была пуста – скорее всего, кроме самого Тимофея, об инциденте не знала пока ни одна живая душа. Он вновь забрался в свой джип и, подумав, поехал домой. Веселиться в клубе ему почему-то расхотелось.

Разыскать виновника помог майор милиции, запросивший за услугу три бутылки скотча. Скотч, как знали все, включая майора, был произведен здесь же, в округе, и обладал странным вкусом, несмотря на шотландский лэйбл. Это, однако, не помешало Царькову получить через пару дней требуемые имя и адрес, после чего он отправился в поселок Рогожино на встречу с гражданином по фамилии Ботвинкин. В поселке он без труда разыскал трехэтажный дом, во дворе которого стоял тот самый «Опель», имевший, как выяснилось на свету, нежно-голубую окраску и явную примятость в передней части. Ну вот, – подумал Царьков и ощутил внезапный азарт, будто в преддверии приключения, которого ждал давно.

Сам Ботвинкин оказался лысеющим брюнетом лет сорока пяти. Тимофея и его черного джипа он испугался до полусмерти, стал бить себя в грудь, признаваться в малодушии и сулить немалые деньги. Деньги Тимофей взял – главным образом, чтобы не выходить из роли – но куда больше его интересовало другое. Он будто переживал давнюю московскую историю, но с обратной ее стороны. Ботвинкин суетился и дрожал, Тимофей знал, что может ударить его – раз и другой, безнаказанно и без последствий – и гордился тем, что не делает этого и даже совсем не хочет.

Прощаясь он заметил, будто мимоходом, что главное ждет Ботвинкина впереди. «Не я один тебя ищу, – веско сказал он. – Меня ты не сильно помял, ты того, кто был передо мной, помял изрядно. Не повезло тебе, он серьезный человек, с губернатором за руку здоровается. Тренер футбольный, Тувырин – слыхал быть может?»

Информация произвела сильное впечатление. Владелец «Опеля» вновь затрясся и чуть не пустил слезу.

«Странно, что он тебя не нашел, он вообще никому не спускает. Неужели и впрямь кроме меня никто ничего не видел? – задумчиво произнес Тимофей и потом еще пошутил снисходительно: – Если так, то ты везунчик все же, хоть фамилия у тебя приметная, что есть, то есть», – но Ботвинкину было не до смеха. Мысль о том, что опасность не миновала, и главные неприятности могут ждать впереди, очевидно была невыносима. Он как-то весь посерел, так что Царькову даже стало неловко. «Ладно, не дрейфь, не выдам, – хлопнул он брюнета по плечу. – Но и ты, быть может, поможешь при случае кое-чем».

Ботвинкин, директор рогожинского ЗАГСа, провожал его, прижав руку к сердцу и уверяя в вечной преданности. Теперь эта преданность пришлась кстати: Тимофей не сомневался, что он сделает все, как нужно – поставит требуемую дату и сунет «дело» в глубокий архив. А когда и последняя трудность, возникшая из-за легкомыслия Юры с Шурой, была наконец преодолена, он пришел в благодушнейшее из настроений – сложная операция приближалась к финалу.

«На резвом коне к венцу не ездят, ну да ладно – мы люди смелые. Садись, невеста, ты у нас принцесса», – приговаривал он, открывая дверь джипа.

«И вы забирайтесь, гости дорогие, – кивал он на заднее сиденье, – поехали жениться. Белое венчальное, черное печальное… Не смотрите, что машина у нас черная – у Лизки душа светлая!» – и они отъехали, смеясь, не заметив, что за ними, один за другим, пристроились еще два автомобиля.

В одном из них сидел Александр Фролов – все в той же бейсболке и темных очках. Вид он имел сосредоточенный и воинственный, покусывал губы, ерзая на сиденье, и являл собой образец нетерпения. Водитель машины был, напротив, олимпийски спокоен. Он насвистывал что-то, не музыкально, но и не громко, и держал во рту сигарету, не зажженную из сочувствия к некурящему пассажиру.

С водителем Александру повезло. Он выбрал его из толпы частников на вокзальной площади по какому-то необъяснимому наитию и угадал очень верно. На размышления, собственно, у него не было времени – Царьков с Елизаветой уже садились в свою «Тойоту», к которой Александр тут же воспылал жгучей ненавистью. Частника он попросил ехать за джипом вслед, ожидая с тоской недоумения и расспросов, но тот, не проявляя излишнего любопытства, ловко нырнул в поток машин, газанул довольно-таки лихо и пристроился за Тимофеем, держась чуть в стороне и поодаль, причем в лице у него отразилось что-то, принятое Фроловым за общность духа – жгучее, острое и злое. Он подумал, что они могут поладить, все еще не веря, что ему не пришлось тратить время на уговоры, а водитель, явно увлеченный игрой, преследовал азартно и умело, прячась за другими машинами, отпуская и вновь нагоняя черный джип и его беспечных седоков.

По пути частник, назвавшийся Толяном, сообщил Фролову о своем прошлом, в котором, помимо прочего, была служба в очень специальных войсках. Там его и обучили автомобильной слежке, а также много чему еще, из чего, к сожалению, он так до сих пор и не смог извлечь практической пользы. По поводу войск Толян, скорее всего, не врал – он был крепко сбит, но двигался по-кошачьи мягко, а на лице у него застыла чуть заметная страдальческая складка, столь не шедшая к русоволосому и голубоглазому обличью. Самым ценным в жизни, настоящей радостью и любовью, была для него машина – девятая модель «Жигулей», имевшая неопределенную окраску и какой-то блекло-потертый вид и будто даже сливавшаяся с асфальтом, что было, конечно, очень кстати.

«Ты не волнуйся, – приговаривал он, – от меня не уйдут. Нас учили, знаешь – ого-го. Всему нужному научили, жаль, что применить негде. Ты вот попался, повезло мне, а так – только если тюкнуть кого и кошелек забрать. Но это я не могу, у меня принципы...»

Александр поддакивал, косясь на могучую кисть с наколкой. Эта кисть, да еще большая черная машина впереди были единственными реалиями, за которые цеплялся его взгляд. Чужой город не представлял для него интереса – желтые здания и деревья с пыльной листвой, афиши на столбах, тусклые вывески и витрины проплывали мимо, но он не обращал на них внимания. Толян замолчал, притормозив на светофоре, а потом, как бы между делом, спросил, кивнув на «Тойоту»: – «Жена»?

«Ну да», – рассеянно ответил Фролов, ощутив вдруг в груди болезненный укол.

«Не переживай, – сказал водитель, – у меня вообще ушла. Из-за принципов. Где принципы, там деньги не водятся, это каждый знает. Бомблю вот и бомблю… А этот крутой, – пробормотал он сердито, вновь глянув на джип. – Хозяин жизни. Спустить бы на подвал, да погонять кулаками!»

Подъехав вслед за Тимофеем к новой девятиэтажке, Толян встал за детской площадкой, полускрытый качелями и колясками. «Тут значит подождем, – сказал он, отведя глаза в сторону. – Сам-то к нам надолго теперь?»

«Дня на два, – вздохнул Фролов. – Ты как, пару дней не хочешь потрудиться?»

Он боялся, что Толян откажется, но тот согласился легко, запросив совсем немного денег. «Две штуки в сутки, плюс бензин – и порядок, повожу тебя в лучшем виде, – тряхнул он головой и зачастил преувеличено бодро: – А будет время, то и на речку съездим, и на тот берег, и на Ястребиную гору. Там сейчас памятник построили, целый мемориал, но по ночам, говорят, до сих пор ведьмы гуляют, голые».

«Ну да?» – вновь буркнул Александр и поправил свою бейсболку.

Водитель глянул искоса и продолжил: – «К тому же, у нас тут город древний есть, татарский. Когда он процветал, Москвой вашей вовсю еще монголы правили… – Потом откашлялся и проворчал: – Ладно, не куксись. Мы и на этого, из джипа, глянем потом, что за фрукт – может отыграешься на нем. Если захочешь, конечно, – добавил он примирительно, заметив, что Фролов сморщился, как от зубной боли. – Смотри-ка, идут. Рановато что-то. Ну, по коням!»

Их совместная работа протекала гладко. Водитель Толян, несмотря на суровую жизнь, оказался незлобив и услужлив – ни спецвойска, ни меркантильная жена не смогли переиначить его покладистую натуру. На Фролова он действовал, как мягкий седатив, а серьезность, с которой он относился к делу, придавала этому делу осмысленность – с надеждой даже на позитивный результат.

Пока, впрочем, ситуация не предлагала ни намека на позитив. Бестужева с кавалером бродили по набережной, дурачась и смеясь, а Александр угрюмо наблюдал, заняв удобную позицию в прилегающем сквере, уходящем вверх по холму. Это место показал ему вездесущий водитель, вернувшийся к машине, чтобы не смущать московского «мужа». Набережная была невелика, все просматривалось, как на ладони. Елизавета вела себя естественно и свободно, очевидно не замечая «внимательного глаза» здесь, вдали от привычной среды обитания, да и взгляд Фролова, лишенный профессиональной сосредоточенности, был не так остр, как можно было бы ожидать. Его эмоции вконец иссякли, когда он увидел Тимофея с букетом роз и понял, что старой их истории больше нет, а есть другая, в которую бывшая любовница вовлечена давно и прочно. Для него в ее жизни не оставалось места – это стоило считать доказанным и расстаться раз и навсегда. Тем не менее, он хотел досмотреть кино – всего лишь как пристрастный зритель – не имея понятия, что делать с увиденным после, когда череда отдельных кадров приведет к какой-нибудь из развязок.

«Гуляют», – протянул над ухом неслышно подошедший Толян.

Фролов испуганно вздрогнул и глянул на напарника сердито, но тут же отвернулся и пожал плечами. «Все на одном и том же пятачке, – пробормотал он в ответ, – устал уже тут стоять. Сиволдайск, по-моему, вообще небольшой город».

«Это если бабки есть, то он небольшой, – категорически возразил водитель. – А если нет, то как ни тужься – не переплюнешь. И реку черта с два переплывешь – вон, прикинь-ка».

Фролов кивнул и, действительно, засмотрелся было на

разлившуюся Волгу, а потом очнулся и вновь уставился на Царькова с Елизаветой, стоявших у самого парапета к нему спиной.

«Ты себя не изводи, – посоветовал ему Толян. – Хочешь, иди посиди, я тут сам подежурю. А то, если все злиться, то и у самого будет плохая кровь».

«Да я уже почти и не злюсь», – вздохнул Александр, но водитель только покачал головой. Переубедить Толяна было непросто – женщины в его понимании относились к лагерю врагов, являясь носителями зла и черного глаза. Исключение составляли лишь некоторые из путан, отзывчивые и дружелюбные по-свойски, остальные же заслуживали презрения, а в идеале и наказания – от кого-то, у кого есть на это силы. Когда-то, он знал, должен явиться достойный мститель и поквитаться за всех, махнув волшебным мечом. Фролов, конечно, на мстителя не тянул, но их затея все равно должна была привести к сведению счетов. Иначе справедливость не торжествовала никак, а к справедливости водитель относился с почтением – несколько агрессивным и небезобидным для посторонних.

Александр, полагал он, тоже жаждет реванша, скрывая это лишь затем, чтобы не пугать напарника раньше времени. Толяна это слегка задевало, пару раз он пытался намекнуть Фролову, что разделяет его чувства и приветствует жесткость поступков, коль на то есть достойная причина.

«Ну, рога-то ты ей накрутишь, я думаю», – сказал он негромко, будто сам себе, но Александр лишь хмыкнул и невесело усмехнулся. «Что ж ты своей-то не накрутил?» – спросил он в ответ, не отрывая глаз от Елизаветы.

«Да жалко ее стало, – неожиданно признался Толян. – Вся она такая была тоненькая и хрупкая...»

«Ну да, ну да», – пробормотал Александр и подумал, что есть тут что-то, чего он не понимает. Хоть и глушь, но город все же непрост, – решил он про себя, и от этой мысли ему почему-то стало легче.

Пока Тимофей с Елизаветой обедали в ресторане у реки, водитель сбегал за беляшами и питьевой водой. Беляши оказались неожиданно вкусны. Фролов вгрызался в поджаренное тесто и слизывал с пальцев мясной сок, отмечая вновь, как и перед поездом, свой на удивление хороший аппетит. Закончилась интрига, – подумал он с какой-то даже иронией, – больше не давит. Напьюсь, пожалуй, вечером – с Толяном вон вместе. Может и прав он – жаль ее, да и что с нее взять.

Однако, когда счастливая пара направилась в офис Царькова, водитель покачал вдруг головой и протянул с сомнением: – «Не-ет, тут что-то не так. Не то выходит – и после поезда только и успели, что вещи в квартире бросить, и сейчас бы им, извини за откровенность, самое время трахаться поехать, а они, гляди, как пчелки – на работу. Да он, по-моему, и не поцеловал ее ни разу… Не срастается у меня в башке – может тут и не шуры-муры? Может все серьезней – к примеру, деньги у тебя воруют?»

«Да брось, чего там воровать», – отмахнулся Фролов, но сам напрягся и впился глазами в офисные двери. Слова Толяна снова вдруг встревожили его, и все вернулось – нервная дрожь, смятение, противоречивые мысли. Кто его знает, быть может он все представлял себе в неверном свете? Вбил, понимаешь, в голову – измена, измена – а может тот букет на станции ни о чем таком не говорит? Подумаешь, букет: бывает, что просто знак вежливости – или еще какой-нибудь знак, а то и прямой обман…

Что с того, что старый знакомый? – подумал он с какой-то отчаянной надеждой. – Знаем мы этих знакомых, и кто там разберет, что у него в мозгах. Тут и впрямь какая-то странность – как же он сам-то не заметил? Ведь и точно, не целовались они ни разу, вот же Толян, внимательный черт. А такие, которые на джипах, в постель должны тянуть быстро, без церемоний.

«Дай воды», – попросил он хрипло. Толян передал ему бутылку, не говоря больше ни слова, словно чувствуя, что Александру не до него. Тревога росла, что-то должно было произойти, а время тянулось медленно-медленно, выматывая душу.

Наверное, она просто не хотела втягивать его в проблемы – оберегая от опасности, не иначе, думал Фролов мрачно, сжимая кулаки. Потому и разорвала общение, и прекратила всякие контакты. А он-то хорош – настоящий мужлан, не мог озаботиться ничем, кроме своей гордыни. И Марго, стерва, мастерски сбила с толку!

Когда Елизавета вышла из офиса в одиночестве, у него екнуло сердце, а когда она обратилась к совершенно незнакомым людям, он подумал, что ей, быть может, нужна немедленная помощь, и чуть не выскочил из машины. Но тут показался Тимофей, все принялись беседовать и смеяться, и Лиза явно не выказывала беспокойства, так что помощь могла оказаться некстати. Когда же вся компания залезла в джип Царькова, Александр признался себе, что вообще уже ничего не понимает.

«Что-то чудит она у тебя», – покачал головой и Толян, заводя машину. Фролов лишь пожал плечами и ничего не ответил. «А это что еще за орлы?» – присвистнул напарник, заметив микроавтобус «Фольксваген», такой же потертый, как и его «девятка», который вырулил из подворотни и пристроился джипу в хвост. «Что, еще один ревнивец отыскался?» – попробовал он пошутить, но было видно, что ему не по себе. Предчувствие не обмануло Александра – дело принимало неожиданно серьезный оборот.

«Кажется мне… – повернулся к нему Толян и почесал затылок. – Кажется мне, что эти ребята будут покруче нас с тобой».

Глава 16

Трое мужчин в микроавтобусе и впрямь смотрелись куда серьезней, чем Александр Фролов и его водитель, больше всего напоминая гротескных гангстеров из комикса. Они заполняли, казалось, едва не половину вместительного автомобиля, хоть в нем оставалось еще пять свободных мест. За рулем сидел старший из них – черноволосый крепыш с челюстью ярмарочного борца – а его сосед, высокий и бритый наголо, торопливо тыкал в кнопки мобильного толстыми, непослушными пальцами.

«Это я, – закричал он вдруг в трубку, закрыв ладонью другое ухо. – Ну да, с трассы – я ж и говорю… Тут мы, тут, – продолжил он раздраженно, – едем за ним, пасем, но он опять не один, а с бабой. С той же, да, и еще с ними два кренделя, чайники на вид. Ну да, а я знаю?..» – Он молчал какое-то время, потом стал спорить с собеседником, изъясняясь в основном междометиями, а закончив разговор, сунул телефон в карман и длинно выругался.

«Чего там?» – спросил крепыш, не поворачивая головы.

«Бардак там, – неохотно ответил высокий. – Макара нет и главного нет, дела у них у обоих, а эти не знают ни шиша, быки».

Он снова ругнулся, уже не так злобно, и, отвернувшись, стал смотреть в боковое окно. Одно его ухо было изуродовано и завернуто внутрь, отчего все лицо казалось еще более свирепым.

«Дела, дела, не до нас ему, а мы тут отдувайся, – пробормотал он. – Уже два часа дозвониться не могут, а сказано было – сегодня…»

«Так чего там? Чего сказали-то?» – бесцеремонно оборвал его крепыш.

«Да, чэго сказали-то?» – как эхо повторил за ним третий бандит с крючковатым носом и очень волосатыми руками.

«Всех сказали брать, – усмехнулся высокий. – Потом, мол, разберутся, без нас. А куда их всех девать?»

«Не наше дело, – отрезал крепыш, поморщившись. – Всех так всех, там поместятся. Смотри, сами к нашей пристани едут, вот умора!»

Тимофей, тем временем, повернул к северному выезду из города. За ним, как привязанные, двигались «Фольксваген» и «девятка» – стараясь маскироваться в жидком транспортном потоке. Впрочем, ни один из преследуемых не обращал внимания на происходящее позади. Гангстеры в микроавтобусе привыкли нападать, а не защищаться, и сейчас к тому же имели дело с безобидной «мишенью», да еще и в городе, где их никто не знал. Царьков же и вовсе пребывал в расслабленности, полагая, что события подчиняются его воле, и трудности остались позади.

Между тем, по части событий он был не совсем прав. Микроавтобус, ползущий за ними следом, являл собою следствие обстоятельств, о которых Царьков не имел понятия. Он даже, наверное, посчитал бы их полным бредом, случись ему о них прослышать, что, однако, ничуть не меняло действительного положения дел. Положение же это было не слишком благоприятно, что подчеркивал зловещий вид преследователей в «Фольксвагене». Нанял их тот самый «покровитель», отец влюбленной Майи, дружба с которым казалась Тимофею столь прочной. Цель «покровителя» полностью совпадала с желанием самого Царькова. Он хотел избежать предстоящей свадьбы – любой более или менее разумной ценой.

Надо сказать, Тимофей Царьков давно уже вызывал у него сомнения. Со времени их знакомства слишком многое изменилось и повернулось новой стороной. У Царькова в глазах исчез собачий блеск – знак голода и тревоги. Он вырос над собой, окреп и обрел вальяжность в манерах. Иногда казалось даже, что он перестал бояться, а «покровитель» не любил людей, которые его не боялись. Конечно же, оба отдавали себе отчет, что при желании он может стереть Тимофея в порошок одним движением пальца, но готовность к унижению исчезла у того из голоса и лица. Царьков вообще стал себе на уме и изъяснялся порой чересчур туманно. «Покровитель» не раз подумывал, что нагулявшего жирок протеже следует проучить – не то чтобы он сделался опасен, но все же обязан был знать свое место. Да и вообще, любому не вредно время от времени спускаться с небес на землю – порой, для своей же собственной выгоды.

Ситуацию усугублял тот факт, что Тимофей был москвич. «Покровитель» не верил москвичам, подозревая в них неискренность и апломб, которые, сколь глубоко их ни прячь, все равно проявят себя. Скоро зазнается, – думал он о Царькове, – если уже не зазнался, – и эта мысль была ему неприятна. Она напоминала о хамоватой небрежности, с которой его самого принимали в столице аппаратные бонзы, после чего приходилось долго плеваться, скрежетать зубами и отпаиваться дорогим коньяком, а то и водочкой, в компании молоденьких девиц.

Внезапный каприз Майи лишь ускорил развязку – «покровителю» стало ясно, что медлить больше нельзя. Жениха для единственной дочки он видел совсем другим – человеком с именем и перспективой, вхожим в общество и живущим в самой Москве, а не в этом захолустном городе. У него была разработана программа действий, включающая устройство Майи в лучший столичный университет и организацию соответствующего досуга. Царьков же на место будущего зятя не годился никак, ибо был по большому счету никто – и именно никем, скорее всего, намеревался оставаться в дальнейшем. Что же касается денег, их у «покровителя» хватало и без Тимофея, тем более, что тот, при всех своих успехах, далеко еще не стал благополучен настолько, чтобы это, по нынешним временам, могло вызвать какой-то интерес.

Разговор с Царьковым о предстоящей помолвке, задуманный как поверка текущего статус-кво, оказался последней каплей, подточившей терпение. Стало ясно, что тот юлит, виляет и держит что-то неблаговидное за душой. Это никуда не годилось, и за это следовало наказать. Обдумав все как следует, «покровитель» принял решение – закрыть «вопрос» сразу и навсегда.

Будучи человеком старых правил, он не рассматривал крайних мер, гарантирующих «навсегда» на все сто процентов. Случай был не столь вопиющ – ему не нанесли обиды, за которую стоило бы мстить, не стесняясь в средствах. Тимофея следовало проучить и только, нагнать страху и заставить убраться из города, а заодно – прибрать к рукам наработанное им за эти годы. За фирмой Царькова он следил давно, дело казалось перспективным и подкупало новизной подхода. Завладеть им – через подставных конечно же лиц – было заманчиво само по себе, да и, к тому же, придавало затее требуемый размах, превращая ее в «бизнес» из унылой житейской склоки.

В общем, все складывалось одно к одному. Припугнуть жениха нужно было как следует – чтобы он исчез в мгновение ока, а в дальнейшем воздерживался от ненужных фокусов – как в самом Сиволдайске, так и в его окрестностях. Мало ли, что придет ему на ум, когда он останется гол как сокол – вдруг начнет болтать лишнее или, того хуже, решит разыскать Майю и воспользоваться ее чувством. Всякое тогда может произойти: контакты за спиной родителя, нежелательные последствия, тайный брак – она ведь совсем еще девчонка и вполне способна потерять голову!

Нет, от Поволжья Царькова следовало отогнать подальше, наобещав каких-нибудь ужасов и страшных кар. У него есть родня на Урале, хмуро рассуждал «покровитель», вот пусть туда и едет, там ему место. Или домой пусть возвращается, в Москву, много в ней таких, неприкаянно-шустрых. С Майечкой ему в столице не пересечься – к ее кругам его и близко не подпустят, да и едва ли он ей там приглянется, как здесь. Она конечно побесится слегка, – и заботливый папаша невольно морщился и скреб щеку, хорошо зная, как умеет беситься неугомонная «кровиночка», – но потом образумится, дело молодое. С глаз долой – из сердца вон, эта формула никогда не подводит. Так что, пусть убирается и будет счастлив, что живым унес ноги. И квартиру пусть отпишет – нечего ему иметь тут жилье…

Исполнителей «акции» он нашел в Тольятти – через давних знакомых из приблатненной «полутени» – и тщательно проинструктировал самого опытного из них, назначив его главным и наделив широкими полномочиями. Действовать предстояло убедительно-жестко, но до крайностей дело не доводить, а завершить все поскорее – на случай непредвиденных фортелей Тимофея, который потом, от отчаяния, может повести себя глупо, что потребует еще одного, возможно последнего разъяснения. «Покровитель» намеревался разобраться со всеми сложностями до приезда Майи и потому наказал тольяттинцам не мешкать и «решать вопрос» при первом удобном случае. В результате, те назначили операцию на понедельник, что, по ряду причин, представлялось наиболее разумным. «Покровитель» не возражал и был вполне доволен планом действий, что и подтвердил в телефонном разговоре накануне. Конечно, узнай он о посторонних, ненароком оказавшихся в неправильном месте, «акция» была бы приостановлена и отложена до лучших времен, но вмешаться в ход событий ему было не суждено, а главный из бандитов, при всем своем опыте, все же не отважился менять оговоренную дату.

Тем временем, Тимофей и его спутники даже не предполагали, что им грозят неприятности. В черном джипе полным ходом шло знакомство. Все были разговорчивы и оживлены, в том числе и Елизавета Бестужева. Ее сомнения исчезли без следа – по крайней мере, на настоящий момент. Миры внутри гомонили во весь голос, даже и в некоторой экзальтации, но это казалось естественным вполне.

Секретность грядущего события сразу сблизила компаньонов, превратив их в соучастников, связанных общей тайной. Тот факт, что свидетели и невеста приехали одним поездом, тоже добавил взаимной симпатии. Все посетовали на несовпавшие номера вагонов, что не позволило им познакомиться еще в пути, и порадовались капризу судьбы, сведшему их все же в самом городе, что казалось куда менее вероятным.

«Числа нельзя понять, им приходится верить», – невнятно высказался Николай, и на него посмотрели с уважением, особенно Фрэнк, вспомнивший вдруг о математиках, которым теперь трудно было рассчитывать на финансовую помощь.

«Сиволдайск, наверное, небольшой городок», – добавил Крамской неизвестно к чему. В этом слышался отголосок снисхождения, и Тимофей, до того молчавший и лишь посматривавший на Елизавету, оживился, сказал веско: – «Ну, это как знать», – и пояснил совсем уж загадочно: – «Душа в темнице, а дух на воле», – так что Лиза округлила глаза.

«Ты ж москвич, – сказала она ему, – тебе что ж тут, не тесно?»

«Люблю девку за издевку», – засмеялся Царьков и еще грубовато пошутил, явно уходя от ответа, а разговор сам собой перекинулся на столицу. Тут же выяснилось, что все они прожили там немалую часть жизни – причем, в одно время и не так уж далеко друг от друга. Сличив названия улиц и номера школ, все вновь удивились тому, что не знали друг друга раньше – и высказывание Николая о числах предстало в еще более убедительном свете – а потом вдруг обратили внимание на иностранность Фрэнка и насели на того с расспросами, причем особенно усердствовал Тимофей, почему-то поглядывавший на Уайта Джуниора хитрее, чем на остальных.

Оказавшись в центре внимания, Фрэнк не спасовал, а, напротив, приободрился, как подобает американцу, и довольно-таки забавно поведал о своих московских приключениях, сосредоточившись главным образом на алкогольной их стороне и опустив детали более личного толка. Все посмеялись, а потом Царьков спросил бесцеремонно: – «Ну а к нам-то пожаловал за каким интересом?» – и тут возникла небольшая заминка. Фрэнк Уайт вдруг утратил живость речи и даже свободу владения языком и забормотал весьма невнятно о русском прадедушке и его поместье, да и еще не к месту упомянул о какой-то карте, будто бы настоящей, но может быть и не совсем. При этом он поминутно оглядывался на Николая, словно ища поддержки, и Царьков, наблюдавший всю мизансцену в зеркале заднего вида, наконец буркнул со смешком: – «Сложная у тебя родня, может и не отыщешь, – а потом еще прибавил негромко: – Князь да князь, а не князь – так головой в грязь...» – после чего Фрэнк сконфуженно замолчал.

Тогда Крамской пришел-таки ему на помощь, чувствуя почему-то свою за него ответственность, и с чуть показной живостью стал расспрашивать молодоженов об истории их знакомства. Тимофей на это лишь ухмыльнулся и еще раз пристально глянул на Уайта Джуниора, а Лиза, обернувшись назад, с готовностью принялась вспоминать их роман, происходивший в лучших традициях романтической юности. Потом, впрочем, настала ее очередь смешаться и даже несколько сфальшивить, разом перескочив через семь последних лет, а Царьков, пытавшийся ей подыграть, не сразу нашелся, что ответить на вполне естественный вопрос, почему они с невестой работают в разных городах. Касательно же предстоящей свадьбы и некоторой ее поспешности, он и вовсе не стал ничего говорить, отделываясь прибаутками и подтрунивая над Елизаветой, которая с преувеличенным вниманием любовалась своим новым кольцом.

«Сапфир благородный камень. Его надень – и венчайся хоть с Сатаной, – приговаривал он, растягивая слова. – Ты, Лизка, красавица – и как он тебя до сих пор не умыкнул?»

«Ты б ждал подольше – глядишь и умыкнул бы», – усмехнулась она в ответ.

«Ждали и подолгу, да все без толку, – вздохнул Царьков. – Потом венчали вкруг ели, а черти пели... Жизнь такая – все не быстро, да ты меня и не торопила».

«Это от скромности, – притворно потупилась Елизавета и, вновь обернувшись к сидящим позади, спросила Николая Крамского: – Ну а Вы-то здесь по делу или просто так?»

«Можно считать, что просто так, – ответил тот уклончиво. – Хоть и есть конечно кое-какие дела».

«Сердечные небось, – хохотнул Тимофей, – за нашими красотками многие ездят».

«Да нет, в краеведческом музее», – рассеянно сказал Николай, и джип содрогнулся от всеобщего смеха. Особенно смешно было почему-то Фрэнку Уайту, который вытирал выступившие слезы, да и Елизавета, вся раскрасневшись, прятала лицо в ладонях. Даже и сам Николай посмеялся немного, чтобы не отставать от других, а Царьков подытожил веско: – «Да, неплохая подобралась компания», – и они переглянулись со значительным видом, будто обнаружив еще одну общую тайну, хоть тайны у всех были совершенно разные.

«Простите, – обратился вдруг к нему Фрэнк. – Тимофей – это полное Ваше имя, Вас именно так лучше называть?»

«Ну да, – ответил тот, – Тимоти, если по-вашему. А вообще многие здесь зовут меня просто Царь…»

Они уже выехали из города и катили по шоссе, вплотную к которому подступал густой лес. Дорога была пуста, лишь метрах в ста за джипом полз микроавтобус, а за ним, на таком же примерно удалении, «девятка» Толяна. Александр Фролов сидел молча, крепко вцепившись в подлокотник, а его угрюмый напарник повторял то и дело, что ничего не понимает в происходящем.

«У нас тут все на ладони, – бурчал он раздраженно. – Не бывает у нас странных вещей. Ну а если уж случится странная вещь, то держись! А эти – черт его знает, что здесь за штука».

«Это, вообще, может быть опасно?» – спросил Фролов сдавленным голосом, не отрывая глаз от «Фольксвагена».

«Ха, опасно, – хмыкнул Толян. – Тут везде может стать опасно. На рожон лезть не нужно, тогда и не будет опасно!

– Он поморщился и добавил: – Вообще, народ спокойный, но как разойдутся, как попадет кому под хвост вожжа... Беспредельщики, теперь это в моде. Мозгов-то нет, как мой взводный говорил, а значит и тормозов нет тоже. Как оно, без тормозов – опасно? Ну вот то-то. Отечество...»

Они помолчали. «Погода хорошая, – вздохнул Александр, – как раз для пикника».

«Это да, – согласился напарник. – Пикник-то они точно затеяли – и те, и другие. Только кажется мне, что веселье у каждого свое – и выпивка своя, и компания. А девок нет, сразу видно, не за тем собрались. Ух ты, смотри...»

Микроавтобус вдруг набрал ход и стал нагонять джип Царькова, потом, еще ускорившись, обогнул его и ловко подрезал, заставив остановиться. Толян выругался и тоже притормозил у обочины, Фролов порывисто вздохнул, а из «Фольксвагена» выскочили трое и кинулись к джипу, потрясая чем-то, похожим на пистолеты. Двигались они сноровисто и быстро, один распахнул водительскую дверь и одним махом выдернул наружу Тимофея, а двое других тем временем занялись пассажирами. Вскоре все четверо под конвоем нападавших переместились в микроавтобус, который резко рванул с места. Толян снова процедил грубое ругательство, стукнул кулаком по рулю и газанул следом.

«Вот вам и кино, – бормотал он сквозь зубы. – Детектив и комедия, в одном флаконе. А мы в нем – за клоунов. Ты хоть номер-то их запомнил?» – обернулся он к Фролову, бледному, как полотно.

«Нет, – ответил тот виновато и потер ладонью лицо, – не успел. А ты?»

«Так что ж ты тогда тут сидишь, сыщик хренов? – взорвался Толян. Он сразу вдруг изменился, стал недобр и ершист. – Не успел... Записывай, я заметил вместо тебя. Номера-то у них не здешние!»

Вскоре вдали показался автомобиль похитителей. Толян

сразу сбросил скорость, держась на приличном расстоянии и не подъезжая близко.

«Не уйдут?» – тревожно спросил его Александр.

«Лучше пусть уйдут, чем нам башку отстрелят, – огрызнулся тот, дернув плечом. – И так уже попали, куда не просились».

Фролов промолчал, хоть все кипело у него внутри. Он чувствовал, что развязка близка, и скоро его терзаниям придет конец. Боялся он лишь одного – что все произойдет без его присутствия. Опасность, столь остро ощущаемая Толяном, была в его понимании вовсе невелика. Он не верил, что Елизавете собираются причинить зло, да и полагал к тому же, что если дело дойдет до худшего, он обязательно сумеет ее спасти. Судьба же всех прочих – и в каком-то смысле своя собственная – нисколько его не волновала.

«Скоро пост, перед ним они наверняка свернут», – сказал Толян уже спокойнее и даже ободряюще кивнул. Действительно, метров через восемьсот «Фольксваген» повернул направо и пропал из вида. «К Волге поехали, – Толян вздохнул и почесал затылок. – Не иначе, у них там катер. Здешние, не здешние, а места знают».

Подъехав туда, где исчез микроавтобус, они увидели едва различимую колею с примятой травой. Она изгибалась дугой, уходила чуть в сторону и скрывалась в зарослях малинника и крапивы. «Ну что, рискнем что ли? – недовольно спросил водитель. – Вот ведь влипли по самые уши. Если на них наткнемся, то кранты».

Фролов, подумав вдруг, что тот и впрямь может отказаться ехать дальше, глянул умоляюще и хрипло сказал: – «Рискнем, а?»

«А, а... Болт на!» – проворчал Толян, снова вздохнул, насупился, но свернул с шоссе, и «девятка» медленно поползла вглубь леса.

Они протащились с километр, старательно объезжая глубокие ямы и трясясь на рытвинах и корнях, причем водитель все время ругался сквозь зубы, жалея машину и кляня свою собственную глупость. Потом он притормозил и вгляделся вперед, хоть за деревьями ничего нельзя было разобрать, а проехав еще чуть-чуть, решительно вывернул руль, попетлял меж сосен и остановился прямо посреди леса, метрах в пятидесяти от колеи, которую язык не поворачивался назвать дорогой.

«Зачем?» – спросил Фролов.

«Там берег скоро, – пробурчал Толян. – Ты что, прямо в зад им хочешь въехать?» Он заглушил мотор и приказал свистящим шепотом: – «Давай пешком в темпе вон на ту горку!»

Они рысцой добежали до пригорка – как раз вовремя, чтобы увидеть с него большой катер с людьми на палубе, отплывающий вверх по течению. «Вон твоя, – уверенно показал Толян, – на остров их повезли. Даже номер видно, запоминай: а, вэ, четыре, три, три, пять…»

«На какой остров?» – повернулся к нему Александр, тяжело дышавший после подъема.

«Откуда мне знать, на какой, их здесь сотни, – Толян сплюнул и отвел глаза. – Плохо дело, побежали назад».

«Ну а как же мы теперь за ними? – спросил Фролов срывающимся голосом. – Нам же за ними надо… У тебя лодка есть?»

«Ага, в багажнике вожу, – устало огрызнулся напарник. – Головой-то думай. Какая тебе лодка, зачем она нам? Чтобы притопили тебя с лодкой вместе? Нет уж, совсем назад поедем. Теперь нам путь один – к ментам».

Глава 17

Андрей Федорович Астахов, сиволдайский приятель Крамского, проснулся в понедельник в дурном расположении духа. Ночью от ветра скрипели ставни и хлопала форточка на кухне, а когда он встал, чтобы запереть задвижку, весь сон пропал, так что Андрей ворочался на измятой простыне до рассвета. Будильник прозвенел, как всегда, в девять; он злобно стукнул по нему ладонью и сразу уснул, и проспал до полудня, растратив впустую лучшие утренние часы.

Теперь его терзали головная боль и общее недовольство происходящим. Он хмурился и, морщась, почесывал перед зеркалом небритую щеку. В зеркале отражались скуластое лицо, глубокие залысины надо лбом, нос с горбинкой, в котором проглядывало что-то римское, и большие глаза, серо-зеленые в свете матовой лампы, с явственно различимым желтым волчьим ободком.

В отличие от Крамского, Андрей Федорович не списывал перепады настроений на происки неведомых внешних сил. Утренний сплин в его понимании имел вполне рациональную природу, объясняясь, помимо беспокойной ночи, досадой на собственную лень и чередой неудач, преследовавших его уже несколько дней. Последней каплей стала авария в районном узле связи, оставившая Астахова без домашнего телефона, а с ним и без доступа в Сеть, что доставляло массу неудобств. Именно поэтому он и не ответил на письмо Николая – и вообще не имел понятия, что тот находится с ним в одном городе, прибыв московским поездом этим же самым утром.

Выйдя из ванной, Андрей Федорович бросил взгляд на часы, висящие у входа, раздраженно фыркнул и зашагал по комнатам, обдумывая распорядок дня, уже безнадежно смазанный поздним пробуждением. Комнат было всего две, к ним прилагались кухня и просторная прихожая с гипсовой лепкой под потолком. К своей здешней квартире он успел привязаться и даже полюбить ее чуть стыдливой любовью, несмотря на розовые обои и наивный ампир. Он снял ее у молодящейся особы пятидесяти с лишним лет, но запомнилась ему не хозяйка, а вполне еще юная дочка, возбудившая его босыми ступнями, которыми она вышагивала по половикам, как по паркету бальной залы. Во многом из-за ее ног он вскоре приехал вновь, будто бы для повторного осмотра, и потом как-то незаметно согласился на трехлетнюю аренду, хоть добиться хозяйской дочки так и не удалось.

На кухне пахло вчерашней едой. Андрей чертыхнулся и распахнул настежь злополучную форточку. Оттуда вместо свежести и прохлады противно потянуло горелым – где-то неподалеку жгли битум или кусок резины. «Проклятый город», – вздохнул Астахов и покачал головой. Что-то тревожило его: все происходило не так. Даже в ушах звенело беспокойно – или это организм реагировал на многие дни духоты, ожидая перемену погоды?

«Ну-ну!» – прикрикнул он на себя и преувеличенно бодро направился в кабинет. Там он расстелил на полу тонкий жесткий коврик и приступил к зарядке, от которой сегодня были все основания отказаться. Но Андрей Федорович решил не давать себе спуску – он начал с упражнений Пранайамы, потом выполнил несколько простых асан, сразу после которых застыл в главной позе Йога-Мудры, которая, как известно, способствует гармонии духа. Выйдя из нее, он иронически хмыкнул, скатал коврик и бросил его в угол, после чего, раздевшись догола, выполнил даосский танец яичек – первый шаг на пути к тайнам алхимического секса – завершив его пятиминутной работой с мышцей Ци, устремляя энергию мироздания вверх по позвоночнику. Все это прибавило бодрости, но когда он, пританцовывая, как Шива, направлялся в ванную, чтобы принять контрастный душ, взгляд его упал на местную газету, сотрудница которой заезжала на днях, и настроение тут же испортилось вновь.

Она, заметим, не сделала ему ничего плохого, что и сам Астахов понимал прекрасно, еще больше от этого на себя злясь. Девушка была улыбчива и любезна, демонстрируя даже некоторый пиетет – не так давно Андрей Федорович попал в списки «настоящих» писателей, каковых в Сиволдайске можно было сосчитать по пальцам. Самый большой его роман, после мучительных откладываний и задержек, был наконец опубликован весьма солидным издательством. На него даже вышла рецензия, автор которой в одном месте слегка переврал заглавие. С точки зрения провинции это был успех, зорко отслеженный местным еженедельником, который и представляла гостья, притащившая с собой ореховый торт и поначалу растрогавшая Астахова своей манерой дуть в чашку с горячим чаем, сложив губы трубочкой совсем по-детски. Потом, однако, беседа не задалась. Она, распахнув ресницы, сразу спросила, о чем же таком пишется в его книгах, а особенно – в том самом романе, что послужил причиной ее визита, и Астахов разнервничался, заершился и взял совершенно ненужный тон.

Он вообще не любил говорить о таких вещах, а журналистка, к тому же, настроила его воинственно, употребив несколько штампов – без всякой задней мысли. Андрею, тем не менее, почудилась насмешка, он вскинулся и из радушного хозяина превратился вдруг в неприятно-заносчивого типа, наговорив всякого в том смысле, что подобный вопрос мало того, что обиден, так еще и весьма нелеп. Он, мол, работал над романом не один год и не может теперь рассказать все за минуту или две. Тем же, кто интересуется, неплохо бы набраться решимости и в свою очередь потратить пусть не годы, но хотя бы месяц, чтобы пропустить написанное через себя, прочувствовать его вдумчиво и без спешки и уж потом говорить с автором на равных. «А иначе не стоит и пытаться», – отрезал он хмуро, глядя в пол, на что журналистка, явно сбитая с толку, резонно возразила, что месяц, быть может, потратить и не жаль, если только знать наверняка, что в злополучном романе действительно в достатке содержания, а автор – не самозванец и не графоман.

«Вот видите, – сказал он ей печально. – Вы не хотите дать книге шанс, полагая заранее, что она плоха. Почему же я должен надеяться на лучшее, допуская, что Вы не безнадежно глупы?»

У девушки повлажнели глаза, и лишь тогда он понял, что перегибает палку, нападая на собеседницу без всякого повода. Они помирились и много смеялись, и она даже стреляла глазками вполне призывно, но Астахову все еще было не по себе, и призыв остался без ответа. Даже и теперь, по прошествии недели, этот эпизод сидел в памяти, как заноза, заставляя недовольно вздыхать.

К своему писательству он вообще относился болезненно, не умея объяснить его смысла даже себе самому. Всякая попытка до этого смысла докопаться приводила к напыщенным формулировкам, которых он боялся, видя в них симптом скудоумия, как бы ни был возвышен повод. Потому, всякий раз, когда в голову лезли непрошенные мысли о красоте и гармонии или достижимости совершенства, он страшно сердился и насмехался над собой, тут же перескакивая на спасительную прагматику, будто бы определяющую базис его потуг. Базис, понимал Андрей Федорович, был весьма шаток – ни денег, ни славы ждать ему не приходилось – но больше опереться было не на что, и он, скрепя сердце, убеждал-таки себя, что стремится именно к признанию – хотя бы для того, чтобы дать своим книгам хорошую судьбу. Размышлять же о более тонких мотивациях конечно же не стоило вовсе, ибо размышления эти с самого начала отдавали явным мистицизмом. Мистицизма Астахов не любил, чурался его и всячески избегал, подменяя хоть чем-то, если не рациональным, то, по крайней мере, знакомым и приземленным. Например, сожалением о напрасности усилий и еще о том, что время бежит слишком быстро: когда его книги будут по достоинству оценены, он уже постареет, растеряет остатки привлекательности и не сможет в должной мере воспользоваться плодами успеха.

Вопрос времени, при всей своей зыбкой сути, давал еще один интересный ракурс. Написание книг, как ничто другое, отвлекало от мыслей о неминуемой смерти. Замыслов было хоть отбавляй, и их завершение представлялось нескорым делом. Потому казалось, что и жизнь будет долгой – те, что вложили в него порыв созидания, наверное знали, что делали, и должны теперь проследить, чтобы он не улизнул в никуда, пока не напишет все свои книжки. Дело в напряжении – как только оно отпустит, кончатся все гарантии, полагал Андрей Федорович и заботился о поддержании «творческого нерва» в постоянном тонусе. Делать это было несложно, «нерв» и сам вибрировал весьма чувствительно, не давая о себе забывать. Астахов даже осмеливался порой думать о времени с ощущением превосходства. Вот, мол, как он находит в себе силы делать что-то и не опускать рук – не сдаваясь ужасу и отчаянию, когда одолевают раздумья о конечности всего, всего…

Самым трудным было объяснить другим, чем он занимается и для чего это нужно. Та самая прагматика, которой он, казалось, мог вполне успешно обмануть себя, не выдерживала критики, будучи высказанной вслух – в ответ на чей-нибудь невинный вопрос. Каждый чувствовал в ней отсутствие сердцевины – даже если сам получал гроши и едва сводил концы с концами. Те же, кто преуспевали хоть в чем-то, с трудом скрывали усмешку, а порой еще и не отставали так сразу, принимаясь выспрашивать, почему бы ему, если уж есть такая блажь, не подойти к вопросу серьезно и не подстроить норовистую музу под реалии спроса и законы рынка. В таких случаях Астахов терял терпение и мог повести себя очень грубо. В конце концов, он вовсе перестал упоминать о своем литераторстве, отрекомендовываясь то трэйдером, то биржевым аналитиком, а то и психологом интимных сфер, если ему хотелось немного пошалить. Это сразу снимало вопросы, на него навешивали ярлык и теряли к нему интерес, чем он был вполне доволен, беззлобно посмеиваясь внутри.

С литературным официозом тоже складывалось не очень – особенно с издательствами, не жалующими авторскую строптивость. Лишь по случайности его роман попался на глаза функционеру большого издательского дома в Петербурге, название которого напоминало Андрею то ли о морской раковине, то ли о ночной вазе. Функционер снизошел до личной встречи, был высокомерен и велеречив, и Астахов, специально приехавший в Питер, чуть сам же и не испортил все дело, обидевшись на что-то и тоже став в позу, но потом расслабился, поглощенный мыслями вовсе о другом. Типаж собеседника поразительно подходил к концепции его новой книги, к которой он вот-вот намеревался приступить. Тут же ему вспомнилось слышанное недавно: будто бы в этом городе, малосильном и призрачно-сером, каждый, так или иначе связанный с литературой, строго печется о чистоте рядов – подразумевая под этим ориентацию сексуального толка. Почему литераторы, взращенные в колыбели революции, были так нетерпимы к геям, никто объяснить Астахову не мог, но сама идея показалась ему забавной. Он решил использовать ее в одном из сюжетных ходов и теперь с интересом наблюдал за хозяином кабинета, который, при всей начальственной спеси, явно отличался подозрительными странностями.

Издатель был довольно молод, кряжист и бритоголов. Просторная рубашка навыпуск казалась ему длинновата, но зато прикрывала слишком полные бедра, при этом смешно топорщась сзади. В его повадке сквозила нарочитая суровость, весь он будто хотел соответствовать своему имени – знаку неуступчивой, непримиримой смуты – но взгляд его выдавал нечто другое, и наклон головы был чуть кокетлив, а пальцы жили своей нервной жизнью, словно теребя платочек из батиста. Андрей Федорович тут же придумал историю под стать о пугливом подростке, стеснявшемся больших ладоней, с детства чувствовавшем свой порок и скрывавшем его от всей крестьянской семьи – от деда, сына кузнеца Назара, от отца, сына мельника Федота, а пуще всего от экзальтированной мамаши, взятой из пригорода, из обрусевших немцев. Потом он вырос и выбился в люди, вовсе порвав с деревенскими корнями, но и тут ему не было покоя – на смену патриархальной косности пришла недоверчивость коллег-писателей. Скрываться от них было еще труднее, и глубоко в душе уже рождалось отчаяние: казалось, весь мир следит за каждым его шагом – зорко, зорко… Все это выходило занятно – и будущий персонаж вставал перед глазами, как живой. Разговор же тем временем протекал своим чередом и завершился вполне мирно – хоть издательство и тянуло потом с выпуском романа почти год.

Один лишь Крамской относился к его занятиям с подобающей серьезностью, но и то скорей потому, что и сам был во власти странноватой метафизики, о которой Андрей никогда не выспрашивал подробно. Однако же, именно Николаю он порой адресовал длинные письма, в которых, не жалея красок, описывал суть игры в слова. Он приводил доводы и примеры, восхищался мощью языковых форм, и даже разъяснял несколько нудновато, отчего иные из книг обращаются в иконы, пусть сюжет их избит, а суть весьма примитивна. Письма эти он неизменно рвал, но они, тем не менее, помогали ему хранить твердость духа, напоминая, с напыщенностью или без, что на самом деле прагматика – пустое. Истинный же смысл порыва – вот он, на месте, и его от себя не скрыть.

Постояв около злополучной газеты минуту или две, Андрей Федорович аккуратно ее сложил, примял ею содержимое мусорного ведра и проследовал в ванную вполне довольный собой. Контрастного душа, впрочем, не получилось – кран горячей воды отзывался гулкой пустотой. Астахов разозлился было, но потом приказал себе считать, что это повод для проверки собственной выдержки, и вымылся под холодными струями, что потребовало полного напряжения сил. Под душем, окончательно забыв о журналистке, он бормотал самодельные мантры, призванные облегчить испытание, но никакого облегчения не почувствовал и перевел дух, только выскочив вон и завернувшись в полотенце. Растираясь и радуясь долгожданному теплу, Андрей подумал мельком, что на этой неделе нужно попробовать три новых позы, особенно Вирасану, закаляющую нервную систему, а потом ощутил, что зверски голоден, и через минуту уже орудовал на кухне, подогревая чайник и роясь в холодильнике, двустворчатом, как платяной шкаф.

Сегодняшний его завтрак был весьма обилен и включал в себя тосты с красной икрой, несколько ломтиков дорогой осетрины и большую чашку китайского чая, сорт которого был выбран наугад из пяти-шести, всегда хранившихся в специальных банках. К чаю прилагались орехи – смесь фундука и миндаля – весьма способствующие, как известно, укреплению и самой мышцы Ци, и связанных с нею систем организма. На еде Андрей Федорович не экономил – даже если его финансовые дела оставляли желать лучшего. Нынешнее время нельзя было назвать проблемным, но и терять голову тоже не стоило, так что расходы тщательно контролировались и сверялись с установленной нормой. На деликатесы, впрочем, ему хватало, так же как и на другие удовольствия, особенно в провинции, жизнь в которой все еще оставалась недорогой в сравнении со столичным ценовым безумием.

Когда-то Астахов и Николай Крамской учились вместе в одном университете и считались приятелями, которых многое связывало. Потом их пути ненадолго разошлись, чтобы вновь пересечься в той самой истории с «Технологией Т», проданной доверчивым голландцам. В отличие от Крамского, Андрей Федорович решил поиграть с судьбой и приумножить легко пришедшие деньги, за что и был быстро наказан. По счастью, потерял он не все – после разборок с кредиторами у него осталось около трети капитала и двухкомнатная московская квартира. Андрей расценил это как последнее предупреждение и дал себе слово сосредоточиться на написании книг, не отвлекаясь на побочные занятия и соблазны.

Он знал, что в побочном очень легко заблудиться. Окружающий мир воспринимался им, как причудливое смешение сущностей – большой котел, где перемешаны понятия, правила и смыслы. Их природа – движение и изменчивость. Их суть – стремительность, которая и есть жизнь. В молодости Астахов пытался успеть за жизнью, научиться бежать с ней вровень, подлаживаясь под остальных. Научившись, он, казалось, влился в ряды прочих и бежал с ними голова к голове, но потом, по инерции, опередил почти всех и вдруг остался в одиночестве – уже навсегда.

Зато он понял при этом, что лишь литература захватывает его по-настоящему и целиком. Писать приходилось урывками, но, тем не менее, он скоро почувствовал в себе нешуточный потенциал и стал с нетерпением ждать момента, когда сможет отдаться писательству целиком. Это было весьма наивно – по всем канонам он не мог заработать серьезных денег – но, как бывает порой, наивность взяла приз, обскакав многих в гонке буйных статистик. Правила подтвердили себя редчайшим из противоречий – Астахов получил «голландский» куш, а потеряв большую его часть, окончательно убедился, что финансовая удача дана ему исключительно для реализации таланта.

Он аккуратно пересчитал остаток и взялся планировать будущее, подойдя к этому с канцелярской серьезностью и не полагаясь более на интуицию и «авось». Прикинув, сколько он будет тратить в неделю, месяц и год с поправками на форс-мажоры, такие как женитьба или болезнь, Андрей Федорович отобразил результат графически в виде оптимистической и пессимистической кривых. Область между ними он закрасил синим – она была достаточно велика и являла собой странную фигуру, стягиваясь в туманной дали в длинный хвост. Это было там, где ни оптимизму, ни пессимизму уже не оставалось места, но думать о грустном пока не стоило. Жизненное пространство ярко-синего цвета выглядело внушительно, а отсчет времени даже еще не был начат.

Из этого следовало, что расходовать средства придется без всякого шика – верхняя из вычерченных кривых скоро пересекала жирный красный пунктир, за которым ждало безденежье. Взвесив очевидные за и против, Андрей Федорович пожал плечами и без всякого сожаления оставил на время безудержно дорожающую Москву. Перебрался он в волжский город Сиволдайск, где когда-то родился и который совсем не помнил.

Этому способствовал и недавний развод со второй женой Юлией. Она не хотела денег – ибо ушла к куда более состоятельному человеку – но их расставание происходило нервно и вытянуло из Астахова все жилы. Юлия терзалась чувством вины, ей казалось, что с ее уходом жизнь Андрея должна превратиться в одно сплошное страдание. Она хотела, чтобы и он признал это тоже, но Андрей упрямился, и потому она изводила его звонками и внезапными визитами, ревнуя и устраивая сцены, будто до сих пор имела на него права.

Астахов сделался с нею груб, но это лишь добавило ей куража. Она даже стала намекать, что видит в нем теперь иного мужчину, к которому у нее может возникнуть новый сексуальный интерес. Это было уже слишком, и Андрей, помолодевший после развода на десять лет, позорно бежал из столицы за месяц до намеченного срока, передергиваясь от одной лишь мысли о жеманных пароксизмах давно опостылевшей ему Юлиной страсти.

С женщинами ему вообще везло не очень, и он воспринимал это спокойно, считая, вполне справедливо, что им с ним приходится еще хуже. Астахов давно уже понял, что никто не способен разделить в полной мере его страсть к гармонии слов и смыслов и уж тем более не готов пестовать механизм ее воссоздания – его самого. Он знал, что на него обращают внимание, но скоро всем становится ясно, что его отклик немногого стоит: он слишком занят собой и не готов жертвовать ничем. В этом смысле Андрей Федорович являл собою крайность, до которой было далеко даже его приятелю Крамскому, но, по счастью, его интерес к слабому полу был куда менее силен, отличаясь даже некоторой отстраненностью, которую женщины не склонны прощать.

Тем не менее, он никогда не оставался вне притязаний какой-нибудь недальновидной собственницы. Первый брак случился в ранней молодости и кое-чему его научил – главным образом, тому, что при выборе невесты нужна изрядная осмотрительность в вопросе социальных ниш. Это же быстро поняла и супруга – крепко сбитая русоволосая Елена – и не раз поминала в сердцах хороший бабушкин совет: никогда не выходить замуж за человека не своего круга. Ее отличало незыблемое упорство в достижении целей. Главной ее тактикой в любом сражении было постоянство напора: она била в одну точку и не позволяла себе ни одной лишней мысли. Все должно было служить делу – укреплению семейного достатка и ее собственного небольшого бизнеса. Сначала это привлекло Астахова, он увидел в ней надежность, источник постоянного заземления, который так хочется иметь рядом, если сам склонен витать в облаках. Нравилась ему и ее грубоватая чувственность, которой она отдавалась с беспримерной основательностью. Но скоро между ними пролегла трещина: Елена, увидев, что новоявленный муж чересчур расточителен в желаниях и планах, как-то сразу к нему охладела и стала замыкаться в себе. К тому же, она быстро менялась внешне – у нее утолщались руки и ноги, а волосы, напротив, становились тоньше, обесцвечиваясь и теряя блеск. Астахов с некоторой тревогой гадал, во что она превратится еще через десяток лет, и когда Елена поставила вопрос ребром, требуя его участия в одном из своих проектов, он пошел на открытый конфликт, который и привел к разрыву – без лишних разговоров и слез.

Вскоре после этого ему встретилась Юлия, с которой они имели долгий вялый роман, завершившийся внезапным походом в ЗАГС, причем Андрей так и не понял, каким образом его к этому склонили. Впрочем, поначалу он ни о чем не жалел – вторая жена казалась ему чуть ли не идеалом. Они читали одни и те же книги и имели общих друзей. Ей нравился его мрачноватый юмор и, особенно, свобода в выборе слов – от чего бывает не так далеко до истинного или мнимого родства душ. Юлия и хотела слов – истинных или мнимых. Она работала корректором и очень гордилась знанием правил письменной речи, нередко придавая своей грамотности статус абсолютной. Чем дальше, тем больше это укоренялось в ее сознании как главная личностная сущность – поскольку прочие сущности отмирали одна за другой. Вскоре она стала нетерпима к сомнениям в собственной правоте, если дело касалось правописания и иже, и тогда Андрей Федорович впервые отметил в ней зачатки истеричности, вскоре расцветшей пышным цветом.

Когда-то у нее была привычка улыбаться с сарказмом всепрощения, так что один уголок губ полз по лицу, взбираясь вверх – и он испытывал к ней внезапную нежность. Но потом, все чаще, вместо саркастической улыбки ее губы морщились в капризную гузку, как у девочки, что хочет расплакаться, и Астахов почувствовал, что стремительно теряет интерес. Как-то раз он указал на неточность в ее корректорской правке, и Юлия обиделась неожиданно сильно, так что они не разговаривали несколько дней. Потом, месяца через два, они поспорили по поводу другого слова. Он открыл словарь, подтверждающий, что она неправа, а разъяренная Юлия запустила в него сковородкой и долго рыдала, запершись в ванной. Стало ясно, что и этот брак – не жилец. У Астахова завелись одна за другой несколько мелких интрижек на стороне, а потом в один прекрасный день Юлия пришла домой взвинченная и бледная, с красными пятнами на щеках, и, покружив бесцельно по комнатам, сообщила ему высоким голосом, что случайно встретила человека, который понимает ее как никто. Андрей только пожал плечами, чем несказанно ее взбесил. Она буйствовала, словно фурия, уличая его в равнодушии и эгоизме, и собрала вещи в тот же вечер, несколько ошеломив тем самым и Астахова, и нового своего кавалера, не ожидавшего, что события будут развиваться столь стремительно.

После этого Андрей Федорович, опять же подобно Крамскому, оберегал со всей решимостью беспечность своей холостой жизни. Романтические истории случались время от времени, но были весьма унылы – потому наверное, что он сам не верил в их успех. Он принял с некоторым сожалением, что чужие души – скверный энергоноситель: они плохо горят, все больше норовят тлеть и дают много дыма – не говоря уже о том, что некоторые из них довольно дорого стоят. При этом, в нем жила все же подсознательная тоска по «музе» – он выплескивал ее в бессвязных литературных опытах, не позволяя пробираться в свои книги, где его отношение к женщинам было скорее пренебрежительно-циничным. Наедине с собой, однако, он фантазировал довольно-таки часто, напридумывав немало теорий счастливого устройства личной жизни.

В какой-то момент, увлекшись НЛП, он подумывал даже, не насытить ли свой следующий текст краткими законспирированными инструкциями – и потом спокойно ждать результата. Идея показалась ему продуктивной: в конце концов, как еще извлечь собственную выгоду, властвуя над многозначным, владея недосказанным, обладая редчайшим из умений, столь пренебрежительно отвергаемым человечеством? Поневоле приходится лукавить – и приказ, скрытый коварно в каком-нибудь безобидном описании пейзажа, может оказаться очень полезной хитростью, думал Андрей Федорович и даже провел несколько экспериментов. Но на них все и закончилось: инструкции, пусть краткие, неуловимо портили текст, нарушая гармонию тех самых многозначностей, а само изложение отдавало дешевым популистским душком – не иначе, из безотчетного стремления расширить целевую аудиторию. Результат так его удручил, что он сразу же отказался от дальнейших попыток, сказав себе с усмешкой, что именно так и жертвуют личным ради вечного, пусть принадлежащего не тебе и лишь дразнящего своей тенью.

Покидая Москву, Астахов лелеял еще одну иллюзию – о неиспорченных провинциальных барышнях, простоте их желаний и открытости душ. Так оно в общем и оказалось, но далеко не в той мере, в какой он ожидал. Иллюзия вскоре развеялась почти бесследно, хоть сразу по приезде в Сиволдайск у него случился пылкий роман с аспиранткой местного университета. Тогда по всей Волге начиналась мода на брюнеток – Астахова поразили в самое сердце волосы, черные, как смоль, и медовый обрис зрачка. Он вдруг почувствовал себя совсем юным, только лишь начинающим настоящую жизнь, и легко закружил аспирантке голову столичным стилем и изяществом рассуждений. Потом их связало и общее дело, он использовал ее как провинциальную модель – заставлял ходить по улицам, делать покупки, торговаться и скандалить, наблюдал за ней с жадностью вуйариста, пытаясь взглянуть на мир ее глазами, изобретая все новые хитрости и приемы. Это чрезвычайно ее возбуждало неделю или полторы. Она не жалела сил и горела будущим романом будто бы наравне с ним, но потом как-то сразу остыла, и между ними не осталось ничего, кроме секса, который, надо признать, очень нравился обоим. Но этого казалось мало, Андрей был подавлен и удручен. Он даже забросил едва начатый опус и никогда больше к нему не возвращался.

«В наивной искренности провинции есть огромный потенциал, – писал он Николаю Крамскому, – но его трудно вызволить на поверхность». И добавлял тут же: «Короток, короток интерес провинциалки...» – будто стараясь свести все к шутке и не показать, что и в самом деле уязвлен. Вскоре, впрочем, время и речной воздух излечили его от хандры. Он научился не требовать многого от сиволдайских подруг и признал, что в целом они все же отзывчивее высокомерных москвичек. Он быстро вычислил сущность странного обаяния местных женщин – гибрид жизнелюбия и провинциальной расслабленности. Они будто черпали энергию у большой реки, которая всегда рядом и всегда готова утешить. Склонностью к утешению тут отличались все, что бывало назойливо и бывало смешно, но куда чаще оказывалось приятно. Вместе с тем, именно тут, без аляповатого столичного грима, была ясно виден безнадежнейший дуализм, от которого не уйти даже в самой возвышенной из историй. Астахов чувствовал это особенно остро, прогуливаясь по набережной теплым днем, наблюдая вереницы молодых мамаш – с безупречными лицами мадонн, прекрасных и недоступных, озабоченных лишь своими детьми и отвергающих с полслова все прочие смыслы.

Это они, думал Андрей, есть главный оплот косности и реакции. В них – отрицание неординарного; в них – трясина, животный инстинкт. И в то же время, именно они – носительницы любви, ее причина и ее источник. В этом главная ловушка мироздания, и она же – главная его насмешка. Остальное вторично, ибо ничто не вдохновляет на созидание так, как любовь.

Может и мне не хватает вдохновения? – подшучивал он над собой с невеселой усмешкой. – Может, его и вовсе нет, а есть лишь тяга к черканию строк? Ее создает какой-то внутренний mobile непонятного свойства, и это тревожно, ибо он не вечен. Или это я не вечен, а ему все нипочем? В любом случае, тут никто не подскажет. А ведь это – большой, большой вопрос!

Глава 18

Покончив с завтраком, Андрей Федорович вновь прошелся по всей квартире, с неудовольствием поглядывая на часы. До встречи, от которой он не ждал ничего хорошего, оставалось не так уж много времени. Ему предстоял решительный разговор с любовницей, врачом-педиатром Анной – он собирался расстаться с ней и как раз сегодня хотел ей об этом сообщить. Как и все мужчины, Астахов не выносил объяснений и сцен, а при мысли о возможных реакциях – слезах, жалобах и упреках – у него заранее сводило мышцы лица.

Делать, однако, было нечего. Он быстро оделся, хлопнул себя по карману, проверяя, на месте ли ключи и бумажник, и вышел из квартиры, легко тронув пальцами индейский амулет – деревянные стрелы на кожаном ремешке. Когда-то он привез его из Мексики и с тех пор с ним не расставался. Прикосновение к темному дереву будто устанавливало контакт с духами и тенями древнего мира, но сегодня даже и это едва ли могло сулить удачу. Андрей Федорович криво усмехнулся и поспешил вниз, стараясь не споткнуться на выщербленных ступеньках.

В подъезде стоял запах подземелья – где-то там внизу, быть может, до сих пор еще поскрипывала большая дыба и хранились орудия для вытягивания жил. На эти мысли наводила и проволочная сетка тюремной территории, что начиналась прямо во дворе, в пятнадцати шагах от задней стены, примыкая к зданию бывшего КГБ. Андрей не раз представлял себе, как сталинские следователи, получавшие здесь жилье, глядели на прогулки арестантов из окон своих просторных квартир – связь между жертвой и палачом не должна была прерываться ни на миг... При этом, собственные его окна выходили на другую сторону, и, как выглядит тюрьма на самом деле, он не имел ни малейшего понятия.

Попетляв меж гаражей-ракушек, Андрей Федорович вышел на Московскую и огляделся. Его дом грубой каменной кладки, мрачный, семиэтажный, с трехметровыми потолками, уверенно доминировал в пространстве, врезаясь в череду купеческих зданий над оживленным перекрестком. Он был похож на крепость и тем нравился Астахову – потому, наверное, что и весь город воспринимался им как дальняя точка побега или ссылки, последний редут, бастион на границе с басурманской степью, чем тот собственно и был во времена предприимчивой Екатерины. Лишь прожив тут несколько месяцев, он стал наделять Сиволдайск более развитыми свойствами и чертами, насмотревшись на причудливое смешение рас и ощутив в какой-то мере наивную цельность восприятия мира, присущую жителям удаленных мест.

Купив сигарет в палатке, торгующей всем, от хлеба до поддельного арманьяка, Андрей Федорович повернул к центру и зашагал по бугристому тротуару, разделенному на части вереницей деревьев. Асфальт был нечист, и воздух казался чересчур тонок, а уличные звуки будто пробивались сквозь мутноватую слюду. Ощущение тревоги, мучавшее с утра, вернулось вдруг без видимых причин – у Андрея перехватило дыхание, и даже сердце забилось чаще. Замедлив шаг, он без любопытства скосил глаза на одинокого постового, маячившего у входа в здание районной милиции, отобранное когда-то у «кровавого ГБ». Оно было старой постройки и имело цвет малинового мусса. Из центральной его стены торчал одинокий балкон, как трибуна для обращений к народу, но, подойдя, каждый мог видеть, что это обман, и у балкона нет пола. Постовой, узнав Астахова, вяло кивнул и со вздохом поправил фуражку; ему было жарко, скучно и хотелось пива. Вдруг дунул ветер, и в воздухе сразу запахло пылью. Ужасный город, – подумал Андрей Федорович в сердцах, – и как меня сюда занесло?

Он побрел дальше, посматривая по сторонам в поиске знаков, сулящих позитив. Как и любая провинция, Сиволдайск на знаки был щедр, но сегодня, увы, ничто не радовало глаз. Медленно ползли автомобили, пофыркивая и сигналя, солнце жгло уже вовсю, и на лбу у Андрея выступили капли пота, а потом ему встретилась котлярская цыганка с косынкой, завязанной под подбородком – это была дурная примета, она сулила неприятности и печали. Астахов выругался вполголоса и решил даже перейти на другую сторону улицы, в тень серого здания с поликлиникой на первом этаже. Оно было длинное, как дебаркадер, и хмурое, как заброшенный каземат, у его угла всегда стоял фургон неотложки с побитым ржавым кузовом и валялись груды раскисшего картона, из-под которого выползало что-то, напоминающее использованные бинты. У фургона он увидел группу санитаров, вышедших покурить. Один из них, похожий на пожилого прозектора с довольным лицом, глянул вдруг в упор, потом отвернулся и, продолжая прерванный рассказ, произнес с угрозой: «Так вот, а я ему говорю – ну ты зайдешь ко мне в процедурку...» Это вызывало неприятные картины – Андрей Федорович зашагал дальше, стараясь не выдавать беспокойства, но в голове у него зашевелились мысли о бренном, и по спине пополз противный холодок.

Что-то было не так, пространству не хватало устойчивости. Чтобы отвлечься, Астахов напомнил себе о разговоре, что ждет его совсем скоро, и стал думать об Анне, тем более, что и она имела отношение к медицине, проработав лет семь в лучшей здешней больнице. Там они и познакомились, когда он зашел в приемную за каким-то пустяком. Анна встретилась ему случайно и подсказала, куда идти, блеснув серыми глазами. Она казалась сказочно-неприступной в белом халате и со стетоскопом на шее, как снежная королева или красавица, закованная в лед. Это раззадорило его не на шутку, так что он сразу сделался чересчур пылок и сказал лишние слова, и потом, без всякой нужды, слишком многое обещал…

В целом, Астахов не нравился себе в этой истории. Все начиналось красиво и ярко – их мимолетная встреча буквально через сутки переросла во взаимную страсть. Он разыскал Анну в конце рабочего дня, надеясь лишь условиться о совместном ужине, но она соблазнила его сама – вела за руку по больничному коридору, высокая, статная, с напряженным взглядом, втолкнула в полутемную каморку и повернула ключ, торопливо разделась, прижалась мягкой грудью… В каморке с метлами они провели долгий час, потом поехали к нему, и там он наконец рассмотрел ее как следует, отметив безупречность форм, а заодно и довольно-таки быстрый ум. Их роман оставался беспечно-легким еще дней пять или шесть, а потом в него вмешались сложности жизни и стали отвоевывать территорию пядь за пядью, постепенно выступая на первый план.

Астахов не скрывал от себя, что Анна и теперь значила для него немало, а его к ней интерес нисколько не угас. Она продолжала удивлять его порой; на ее примере он сделал несколько открытий, которые ждали своей очереди, чтобы обрести жизнь в какой-то из будущих книг. Главным из них он считал сдвиг восприятия, присущий провинциальным барышням, большинство из которых, даже и повзрослев, так и не выросли из отроческих грез. Их мир был странен и многолик, пусть и втиснут в узкие рамки. В нем встречались забавные смешения форм, способные поставить в тупик кого угодно. Анна считалась образованной женщиной, читала Кафку, Борхеса и Джойса, но, при том, была отчаянно суеверна и всерьез утверждала, что порой спрашивает совета у бесплотного духа своей бабушки. Ее фантазии отличались изощренностью и упорством, пусть и ограничиваясь бытовой мистикой. В них фигурировали пришельцы из прошлого – привидения и ожившие мертвецы, а еще – домовые и лешие, без которых в России не обходится ни одна сказка. Были и другие причуды – так Анна не имела адреса электронной почты, считая его признаком безнравственности, ибо всемирная Сеть, как ненасытный молох, затягивает души в лапы лживых развратников. В любви она была раскована и бесстыдна, но наотрез отказывалась от средств механической контрацепции, утверждая с жаром, что их используют только шлюхи. Словом, все доказывало, говорил себе Андрей Федорович, что русская женщина – это чрезвычайно дикая вещь. По крайней мере, скучать с ней не приходилось – и он это ценил.

Однако, помимо безобидных странностей, у нее был еще вполне реальный муж, создававший множество проблем. Их бездетный брак давно опостылел обоим; около года назад Анна решилась наконец на развод; но тут, в результате пьяной драки, надоевший супруг сделался инвалидом, и она теперь не могла уйти от него без толчка извне. Изменять ему, впрочем, ей казалось вполне естественным, она делала это с удовольствием, выдумывая несуществующие дежурства. Он чем-то догадывался, устраивал скандалы, пытался унижать ее и даже поколачивал порой, как нормальный русский мужчина, жизнь которого не удалась. Анна не скрывала от Астахова, что все это становится невыносимым – новое усугубляет прежнее, стягивая ситуацию в тугой узел. Тут же она намекала, все более и более прозрачно, что пора уже принять мужское решение и разрубить узел одним ударом, имея в виду их совместную жизнь. Уйти от мужа и жить одной она больше не считала возможным. Это, в ее понимании, было трусливым бегством – в отличие от перемены статуса по причине большой любви. Конечно, безутешный супруг придет в ярость и в покое их не оставит, но на то ведь Андрей и мужчина, чтобы справляться с такими сложностями.

«Нужно будет дать ему денег, пригрозить, напугать, – говорила она певуче. И потом продолжала: – Ведь у нас с тобой все будет по-другому, правда?» Потягивалась, выгибалась, как кошка, закидывала руки за голову, открывая подмышки. Затем, ласкаясь, признавалась с показным смущением: – «Я так давно мечтала о настоящей семье, о детях…»

Словом, ситуация ухудшалась на глазах и, по мнению Астахова, достигла уже той точки, когда «мужское решение» придется-таки принять. Оно будет не тем, какого хочется Анне, но тут уж ничего не сделать: среды их обитания несовместимы, как суша и море. Это, конечно, был бы чистейший случай, – отмечал Андрей Федорович, невесело усмехаясь. – Похоронить себя в провинции, в семейных дрязгах, соплях, пеленках. Забросить литературу, спиться и сдаться, много жаловаться на судьбу… Реализация национальной идеи, квасной нигилизм «а натурель». Вот уж нет, не дождетесь, да и внутренний mobile не позволит.

Он с трудом разминулся с одиноким пьяницей, которого шатало по всему тротуару, потом остановился и посмотрел назад, в направлении давешних санитаров, но те уже втягивались обратно в двери, очевидно спеша в свои «процедурки» к клизмам, зондам и сирингам. «Муж объелся груш», – пробормотал он глупую поговорку, столь любимую Анной, как и любой замужней женщиной. Вся история необычайно его раздражала – он понимал, что забыть любовницу будет непросто. Мысль о ней и сейчас волновала его. Он не был уверен даже, что в последний момент не передумает и, вместо решительного объяснения, не поведет ее к себе домой – хоть она и не выспалась после ночной смены.

К незадачливому супругу Андрей Федорович относился с брезгливой неприязнью. Тот являл собой типичный случай представителя местного мужского племени – был ни на что не годен, но горазд на уловки и уверен почему-то, что его следует принимать всерьез. Таких хватало кругом – полупьяных, косноязычных, не сведущих ни в чем и ничего не умеющих толком.

«Меня не проведешь, я тебя выведу на чистую воду», – грозил он, наверное, своей неверной жене. Что с того ей, привыкшей к его бессилию? – хмуро думал Астахов, щурясь на солнце, и потом в тысячный раз задавался вопросом: – Отчего каждый здесь считает себя хитрецом? Все они себе на уме: кукиш за пазухой и лукавство мизераблей, национальное достоинство специального свойства – не иначе, природа проводит эксперимент. И территория подходит – шестая часть как никак. Каждый асоциален, хоть и любят сбиваться в стадо – потому в других странах нас и считают дикарями. А ведь за этим могла б стоять огромная сила духа – как вызов мировой энтропии. Но сил здесь нет – все немощны как один. Природу можно понять, ей тоже нельзя расщедриваться чересчур.

Андрей прикинул в уме логический ряд, на котором можно построить конфликт. Надо бы потом записать, – поморщился он, – эксперимент, полигон, особая роль. Противопоставить: хитрость – исполинский вызов; немощь души – равнодушие звезд. И добавить женского начала: бессердечие – и тут же нежность; обман – и жертвенность, готовность все отдать…

Он чуть прибавил шагу и ухмыльнулся, вспомнив, как убеждал подругу-аспирантку во врожденном благородстве российских дев. Она не верила и была права: именно здесь, в глубинке, Астахов разочаровался в своих теориях, признав, что благородные гены давно улетучились из хромосом Отечества. Его особенно удручили толстые щиколотки и большие ладони – наследие приволжских крестьянок, ничего аристократического в них не было и в помине. У аспирантки кстати запястья были очень даже неплохи, – тут же отметил Андрей Федорович и глубокомысленно хмыкнул. – Но вообще она сформулировала верно: здешняя особенность – в мимикрии, в приспосабливании и более ни в чем. Социальная пертурбация, перемена строя, резкий изгиб рельса… Мужчины, склонные к созерцанию, отстали от поезда на крутом повороте, ну а дамы – они живучее, стараются цепляться за поручни. И цепляются, честь им и хвала.

Он поравнялся с памятником Кирову, подумав мельком – вот, мол, еще один повод для иронии. Со здешней натуры должны писаться смешные вещи, а у меня все как-то серьезно чересчур. Вот, пожалуйста: на улице одного героя стоит другой, запоздавший во времени, да и еще походящий всем обликом на типичного сиволдайского «братка». Соединение старого, нового и новейшего… Но почему как-то все же пакостно на душе?

Ему навстречу попались две старухи, закутанные в шали, несмотря на жару. Они брели, держась друг за дружку, как крючконосые ведьмы, и Андрей Федорович отвернулся поспешно – и тут же споткнулся и чуть не упал. Покачав головой, он поспешил дальше, внимательнее глядя под ноги – в этом городе нельзя терять бдительность ни на миг. Его провинциальная тишь обманчива, как поверхность омута – даже здесь, в самом центре, где никакой мистике не осталось места.

Астахов представил себе Анну, что идет к месту их встречи, тоже, наверное, беспричинно волнуясь. Ей, конечно же, трудней, чем ему, он ей до сих пор непонятен – заезжий принц, живущий странной жизнью. Но у нее есть средство – она с рождения привыкла к большой реке. Она может выйти на набережную, постоять час-другой, убедиться, что терзания напрасны, и время течет так же, как и всегда. Свидетельство вечности, которое под рукой… А он чужак, Волга не сумеет научить его безразличию, которое в крови у выросших на здешних берегах. Хоть, конечно, в ее власти изменить любого – вот и писать он здесь стал по-другому, не так вязко и плотно, как раньше. Когда-то его фразы выходили сгустками, неподатливыми на ощупь, он старался втиснуть побольше смысла даже в самый короткий абзац. Река открыла ему глаза на тщетность стремления уместить огромное в малом. Большому содержанию нужны крупные формы, его не закодируешь, не сожмешь хитрым алгоритмом. Изложению подобает плавность – и не стоит переживать, если кому-то кажется, что страниц слишком много. Ну а фразы, они могут быть коротки или длинны, это в общем ничего не меняет.

Андрей Федорович стал думать о своей нынешней книге и нахмурился – там тоже был тупик. Клубок стягивался туже и туже – интересно, Анна чувствует это, находясь от него в четверти часа ходьбы? Мироздание пульсирует, играет, как кошка с мышью – то сожмет, то ослабит хватку. Сейчас его мускулы явно напряжены – и это неспроста. Не иначе, оно указывает на что-то, хочет привлечь внимание, дать сигнал. С каждым кварталом дышать все труднее. Что-то должно произойти – неужели с ним? Пусть бы только не с Анной, она-то вовсе не заслужила плохого!

Он ступил на брусчатку у входа в модное кафе и вдруг замер на месте, оцепенев, как и все, оказавшиеся поблизости. Вопль клаксона и отчаянный визг тормозов взрезали воздух аккордом, жалящим нервы, сразу вслед за которым раздался глухой удар – и крики, и звон стекла. Астахов понял мгновенно – вот оно, случилось. Потом обрадовался – случилось не с ним. И лишь затем, с миллисекундным опозданием, осознал картинку, отпечатавшуюся в сетчатке: грузовой фургон, мчащийся по улице комдива Чапаева; другой автомобиль, Мерседес с темными непрозрачными стеклами, рванувший фургону наперерез; и через мгновение – груда железа, в которую превратились они оба, дым, какие-то брызги, стеклянный дождь… Наверное, грузовик проскакивал на желтый, – машинально отметил Андрей. – Мчался на угнетателя пролетариев в подлинных традициях Красной армии. Хоть и не в тачанке, но с запасом классовой ненависти… Потом опомнился, порывисто вздохнул, пробормотал вслух: – «Скорую, скорую!» – и стал оглядываться в поисках телефона-автомата, забыв даже о сотовом, лежащем в кармане брюк.

«Скорая» действительно была нужна – шоферу Мерседеса, оставшемуся в живых. Удар грузового фургона пришелся в заднюю дверь, за которой сидел единственный пассажир, умерший мгновенно – равно как и водитель грузовика, действительно пытавшийся проскочить на желтый свет, уже сменившийся красным. Но если смерть водителя никак не повлияла на наших героев, то кончина важного пассажира имела к ним самое прямое отношение: на заднем сиденье седана класса S ехал не кто иной, как «покровитель» Тимофея Царькова.

Ему, как и Астахову, тоже не нравилось сегодняшнее утро, однако, будучи человеком практическим, он не искал к тому слишком сложных причин. Проснулся он с тяжестью в голове, которая вновь стала мучить его последние недели, и долго лежал в кровати, гадая, есть ли это следствие надвигающегося циклона или же сигнал более серьезного свойства, о котором стоит рассказать врачу. Затем ему позвонила любовница, хозяйка салона красоты, и полчаса донимала проблемами, не стоящими выеденного яйца, но главное – именно на сегодня была намечена «акция» с Царьковым, и «покровителя», как всегда перед щекотливым делом, терзали сомнения, все ли спланированно как должно, и не помешает ли задуманному какой-нибудь подводный камень. Потому, в машину он сел мрачным и хмурым, недовольно потер затылок и выругал шофера за какую-то мелочь, нагнав на того порядочного страху. Первое, что он хотел сделать у себя в кабинете – это запереться от всех на ключ и еще раз проговорить детали с главным из тольяттинских гангстеров, но дожить до этого у него не вышло. Безвестный посланец судьбы, успевший уже с утра «поправить здоровье» водочкой с пивком, смешал все планы и «покровителя», и многих других, врезавшись на полном ходу в бок новенького «Мерса» и задав работы спасателям, потратившим два часа на извлечение тел из покореженных автомобилей.

Этого Андрей Федорович уже не видел. Он брел навстречу сигналящей пробке, взволнованный и бледный, ничего не замечая кругом. Смотреть больше было не на что – главное уже случилось. Напряжение в воздухе спало, будто лопнула тугая струна. Запущенный снаряд мироздания попал не в него, но просвистел довольно-таки близко. Смысл этого ему еще предстояло обдумать.

В двух кварталах от злополучного перекрестка жизнь уже шла своим чередом. Было людно, молодухи-татарки, рассевшиеся вдоль тротуара, бойко торговали, чем придется. Разбитная девчонка из магазина галантереи попыталась было поймать Астахова за рукав. «Пойдемте к нам за джинсиками, есть и рубашечки новые турецкие...» – зачастила она фальцетом, но смолкла и отшатнулась, увидев его лицо.

Лишь когда показалась площадь со зданием рынка, похожим на стилизованный вокзал, и цирк братьев Сермяжных с фасадом-зеркалом, за которым будто готовился фокус с исчезновениями, Андрей немного пришел в себя. Руки больше не тряслись, и во рту исчез металлический привкус, а мысли вновь обрели какую-никакую стройность. «Дежа вю, – пробормотал он, – то есть нет, что это я болтаю? Никакое не дежа вю, а предвиденье непонятной природы. Впрочем, избыток необъяснимого всегда несет в себе креативный импульс».

Ему подумалось тут же, что сложность пространства-времени, к пониманию которой человечество пока не приблизилось, ценна хотя бы тем, что не дает никому права сводить явления к примитиву – несмотря на то, что кругом, куда ни глянь, именно примитив цветет пышным цветом. «Размножайтесь, плодитесь, – усмехнулся Астахов, обращаясь неизвестно к кому. – Что с вас взять еще, вы ведь больше ни на что не способны. Я на вас не сержусь, все мы одинаково наивны. В этом есть надежда – может все устроено хитрее, и жизнь духа не кончается со смертью?»

Вскоре он увидел Анну – она сидела на скамеечке у фонтана, передвинувшись почему-то с обычного своего места к статуе морского котика с мячом на носу. Когда он подошел, их разделил поезд, катающий детей, и с полминуты они глядели друг на друга сквозь ажурные окна вагонов, раскрашенных в веселые цвета. Что-то в ее взгляде показалось Астахову странным, какая-то отрешенность или тень смирения – он подумал даже, нет ли тут почвы для новых предчувствий и устало вздохнул.

«Извини, я опоздал, – сказал он ей, целуя в щеку. – Там страшная авария на перекрестке с Московской. Боюсь, что есть пострадавшие – если не сказать мрачнее».

«Да, ужасно, – откликнулась Анна, пристально глядя ему в глаза. – Им, конечно же, хуже, чем мне, но и мне так плохо, что я даже не могу их пожалеть».

«Что случилось? – удивился Андрей Федорович. – Что-то с мужем? Пойдем в кафе, я накормлю тебя обедом».

«Знаешь, – медленно выговорила Анна, – мне кажется, ты решил меня бросить. Ведь так?»

Между ними сразу выросла стеклянная стена. Астахов помолчал, потом поднял руку, потер висок и сказал, не отводя взгляда: – «Да, так».

«Ну, бросай, – пожала плечами Анна, – зачем при этом еще и есть?» – и вдруг повернулась и побежала прочь, так что он не успел добавить ни слова.

Глава 19

Между тем, об утренней аварии, после которой «покровитель» Царькова внезапно отбыл в иной мир, к вечеру того же понедельника все еще не знали ни похитители, ни их пленники. Запущенный механизм «акции» продолжал движение, пусть и потерявшее всякий смысл. План, разработанный бандитами, и утвержденный «покровителем», вовсе не собиравшемся умирать так скоро, выполнялся пункт за пунктом – несмотря на неувязку с составом действующих лиц.

Видавший виды катер, отчалив от заброшенной пристани, укрытой кустарником, резво пересек Волгу. Здесь она разлилась широко и свободно, противоположный берег терялся в зыбкой дымке. Мелкая волна рябила на солнце, река текла медленно и плавно, безмятежная, как спящий зверь. Все вокруг дышало покоем, простор завораживал до умиления, но пленникам было не до красот природы. Они сгрудились посреди палубы под надзором двух бандитов, развалившихся на боковых сиденьях. У штурвала стоял хозяин судна – невзрачный мужичонка, то и дело сплевывавший за борт. Тимофей прижимал к щеке носовой платок, остальные были невредимы и лишь переглядывались, не произнося ни слова.

Ситуация до сих пор не укладывалась у них в голове. С одной стороны, происходящее казалось нелепым – слишком уж резким был переход от привычной жизни к сюжету дурного боевика, в который их бесцеремонно вовлекли. С другой же, не приходилось сомневаться в удручающей реальности событий: черные пистолеты отнюдь не выглядели игрушками, да и весь облик похитителей говорил о том, что шутки с ними плохи. Захваченных тщательно обыскали, отобрав мобильные телефоны – в том числе и Елизавету, невзирая на ее возмущение. Царьков сунулся было протестовать, но сразу получил рукояткой по скуле, а перед посадкой в катер бритоголовый бандит внимательно оглядел всю компанию, и от этого взгляда неприятно засосало под ложечкой. «Сейчас у нас будет речная прогулка, – произнес он негромко. – Так вот, чтоб вели себя как на прогулке – чинно и тихо. Если кто вздумает шалить – купаться полезет или голос подаст – тому сразу пулю, усекли?»

Каждый понял: так оно и будет. На катере стояла тишина, нарушаемая лишь ровным тарахтением мотора. Через двадцать минут они переплыли реку и стали петлять по протокам среди бесчисленных островков. У одного из них катер вдруг нырнул в камыши, спугнув большую цаплю, и вскоре причалил к шатким деревянным сходням. Тут, очевидно, когда-то была турбаза или дом отдыха одной из окрестных фабрик, разорившейся и брошенной после распада Союза. Сквозь сосны виднелись останки коттеджей – карточные домики из дырявой фанеры. Среди них бродили две собаки, а у самой воды стояла будка сторожа – строительный вагончик допотопных времен, вкопанный в землю и просевший на один бок. Рядом с ним можно было представить дряхлого пропойцу с берданкой, но там стоял высокий, широкоплечий тип с оттопырившейся полой рубахи и, ухмыляясь, смотрел на приехавших. «Прибыли, – констатировал он. – Что-то вас много».

«Много не мало, – угрюмо откликнулся бритоголовый, – в хозяйстве пригодится. Поосторожней с ними – тот, в галстуке, чудит немного. – И потом прикрикнул на пленников: – Не зевать, не на курорте. Выгружаемся – поплавали и будет».

Все сошли на берег, с трудом балансируя на прогнивших

досках. Вид у захваченных был несколько оторопелый, но, в целом, они уже начали приходить в себя. Тимофей смотрел себе под ноги и о чем-то напряженно думал; Николай с Елизаветой, казалось, так и не смогли пока поверить, что все происходит на самом деле; и лишь Фрэнк держался с таким видом, будто случившееся полностью соответствовало его ожиданиям. «Послушайте!..» – начала было Елизавета, но на нее даже не оглянулись. Лишь Царьков поднял наконец глаза и сказал тихо: – «Подожди, Лизка, эти, думаю, не при делах», – на что старший из бандитов, до того молчавший, саркастически хмыкнул и покачал головой.

«Ну, двинули», – скомандовал кто-то, и вся группа зашагала вглубь острова, петляя по узкой тропе меж высоких сосен и зарослей ежевичника, над которыми жужжали пчелы. Сосновые иглы скрипели под ногами, пахло хвоей и речной водой, потом кроны сомкнулись над головой, и на тропе потемнело, как в сказочном лесу. «Не отставай, красотка», – обернулся к Елизавете широкоплечий с оттопыренной рубахой и глянул на нее с интересом, только что не цокнув языком. «Столичная, сразу видно», – прибавил он, но Бестужева, не удостоив его взглядом, поравнялась с Тимофеем и пошла рядом с ним. Тропа вскоре вывела их на большую поляну, где стоял новый добротный сруб. На нем красовалась надпись «Администрация», вокруг бегала еще одна собака, которая, завидев людей, поджала хвост и юркнула прочь. «Вэлкам хоум, – широкоплечий продолжал дурачиться. – Сейчас отопру и загрузим, как селедок».

«Не болтай, Юрец, действуй давай», – недовольно одернул его бандит с бритой головой. Тот пожал плечами, распахнул дверь, лишь чуть-чуть повозившись с замком, и сделал широкий шутовской жест рукой: – «Прошу!»

По лестнице, начинавшейся прямо у входной двери, захваченных отвели вниз, в большую полуподвальную комнату, очевидно служившую бильярдной. Узкие окна под потолком были забраны решетками, в центре громоздился бильярдный стол, окруженный диванами, тянувшимися вдоль стен. В одном из углов, у барной стойки, была еще одна дверь, распахнутая настежь, за которой виднелся новенький рукомойник.

Один из конвоиров втащил в комнату большую упаковку питьевой воды. «Попейте водички, успокойтесь, – бритоголовый криво усмехнулся. – Сортир вон, у бара. Жратвы нет, ну да ничего, потерпите. Сидеть тихо, не дергаться – дверь крепкая, а снаружи никого, кроме нас. Если кто бузить начнет, успокоим без церемоний!»

Бандит замолчал, обвел пленников глазами, словно ожидая возражений, и вдруг подмигнул Елизавете, усмехаясь все той же кривой ухмылкой. «Не трусьте, вам плохого не сделают, все из-за этого, делового», – кивнул он на Тимофея и повернулся, чтобы выйти.

«Эй, орлы, а где ваш главный? – спросил Царьков ему в спину довольно-таки твердым голосом. – С кем тут можно потолковать, вообще?»

Бритоголовый вновь обернулся и смерил его взглядом. «Главный придет, – процедил он негромко. – Натолкуешься с ним еще, мало не покажется. Сиди пока, не рыпайся», – и вышел прочь, захлопнув за собой дверь, лязгнувшую замком.

Долгое время все молчали. Тимофей был замкнут и погружен в себя, остальные же, посматривая в его сторону, просто не знали, что сказать. Елизавета Бестужева отошла к стене с окнами наверху и внимательно рассматривала стекла, Николай ковырял кожаную обивку дивана, а Фрэнк, открыв бутылку с водой, сидел, уставившись в одну точку и делая время от времени короткий глоток.

«Невзначай – как палец в патоку, – произнес наконец Царьков. – Ничего не скажешь, влипли по полной. Вот она, мышеловка, и дверца захлопнулась, но я не понял – а где приманка? Что-то я не помню никакого сыра – я ведь вообще не разевал рот на чужие куски».

«Да, даешь ты, – Николай глянул на него исподлобья. – Ты

нас специально с собой потащил? Как прикрытие или что-то вроде? Так не делают – если уж знал, что за тобой охота».

Елизавета вздрогнула и обернулась, а Тимофей отчаянно замотал головой. «Ни сном, ни духом! – сказал он с жаром и повторил вновь: – Ни духом. Нет на меня охоты, все у меня тут схвачено в лучшем виде. Я даже денег никому не должен, да и мне тоже, если подумать».

«Да ладно, – махнул рукой Крамской, – чего теперь-то считаться. Они ж тебя знают, видно сразу, а мы им – до одного места».

Он вскочил с дивана и стал ходить туда-сюда, заложив руки за спину. Прямо, как птица-секретарь, – подумала Елизавета, обернувшись, и рассмеялась коротким нервным смешком. Царьков посмотрел на нее с удивлением и сокрушенно вздохнул.

«Они-то знают, да я их не знаю, вот в чем беда, – сказал он глухо: – Жив останусь – разберусь конечно. И медведя, как говорится, бьют да учат… Зря ты наезжаешь, – добавил он, обращаясь к Николаю. – Я так не подставляю, привычка не моя. Вы мне, ладно, чужие, но Лизка-то своя – и она тут же, наравне… Или и ты думаешь, что я тобой прикрылся?» – спросил он вдруг Елизавету.

«Что ты болтаешь, – негромко сказала та и подошла к нему. – Не глупи, я за тебя. Вместе пришли – вместе и уйдем, как в кино».

«Мне-то поверите, что мы не догадывались ни о чем? – повернулась она к Николаю с Фрэнком. – Просто ехали жениться, а эти – как гром с ясного неба».

«Гром не из тучи, а из навозной кучи, – проворчал Николай. – И откуда тут у вас в провинции такие страсти? Что, Фрэнк, похоже на Голливуд?»

«А я и ему верю, не только невесте, – сказал вдруг Фрэнк Уайт. – Хоть еще сегодня я вообще зарекался верить русским. Ты, Лиза, права, вместе уйдем, и Тимоти, по-моему, не врет».

«Ну не врет, так не врет, – Николай пожал плечами. – Раз не знал, так и запишем. Жаль только, что свадьба откладывается».

Он снова сел на диван, заложил ладони за голову и потянулся с нарочито равнодушным видом. «Свадьба от нас не убежит, – усмехнулась Елизавета. – И вообще, хватит вам пререкаться. Вон, посмотрите лучше – стекло разбито».

Действительно, у одного из оконных стекол был отбит край, и через отверстие проникали внешние звуки. Все подошли поближе и уставились на окно, хоть было понятно, что к освобождению это не приближает ни на шаг.

«Говорить нужно потише, – буркнул Николай, – а то еще, глядишь, подслушивать будут».

«Нужны мы им, – Царьков угрюмо махнул рукой. – Сидим тут, беспомощные, как кролики. Чего нас слушать – особенно этим шестеркам?»

Он отошел и опять уставился в пол, напряженно о чем-то размышляя, а Николай вдруг глянул на него и ухмыльнулся. «Вот видишь, – сказал он веско, – хоть тебя тут и называют Царь, но ты все же не бог. Не обижайся, это каламбур. Знаешь, как про капитана Кука».

«Ну и чего про Кука?» – мрачно поинтересовался Тимофей.

«Поучительно вышло, – Крамской вновь усмехнулся. – Когда аборигены увидели Кука, они приняли его за бога – поэтому сначала им не пришло в голову его сожрать. Но он допустил ошибку – выучил туземные слова или был слишком ласков с какой-то из дикарок. Тогда они поняли: он не бог – и тут же его съели. Очевидно, плавать по морям было не для него».

Елизавета окинула Николая долгим взглядом. «Кто же Вы на самом деле, Николай Крамской?» – спросила она серьезно.

«Лунатик он, – пробурчал Тимофей, – но я, ладно уж, не обижаюсь. Надеюсь, и он на меня тоже – все и так из-за меня в дерьме по самые уши».

«Тихо!» – прошипел вдруг Фрэнк Уайт Джуниор и показал пальцем на разбитое стекло. С улицы доносились голоса

– очевидно, бандиты вышли из дома. Вскоре стало ясно, что двое из Фольксвагена прощаются с широкоплечим по имени Юрец – не иначе, собираясь покинуть остров. Прощание затягивалось, один из них вспомнил сальный анекдот, и вся троица от души хохотала несколько минут. Наконец кто-то, наверное бритоголовый, сказал хрипло: – «Ну, давай, ты тут за старшего», – и голоса смолкли, а еще через четверть часа вдали послышалось знакомое стрекотание мотора. Пленники многозначительно переглянулись: стало ясно, что охранять их оставили лишь одного человека.

«Ну что, – прошептал Царьков, – это шанс? Давайте сюда, побеседуем».

Они сгрудились в углу комнаты, подальше и от входа, и от разбитого стекла. Николай, подумав, распахнул дверь туалета и пустил воду в рукомойнике.

«Белый шум, – пояснил он, – никто нас теперь не подслушает».

«Лунатик, одно слово, – заметил на это Царьков, – ну, зато конспирация у нас на уровне. Значит, так...» – и они стали обсуждать отчаянный план, без которого, увы, рассчитывать на благоприятный исход было сложно.

Тимофей так и сказал без обиняков, и никто ему не возразил. Сама собой напрашивалась мысль, что ничего хорошего их не ждет, раз уж похитители не прятали свои лица. Чем они помешали таинственному «главному», в чем их вина, и не есть ли все это трагическая ошибка, понять было нельзя, и они решили оставить теории на потом. Лишь Крамской порой задумчиво посматривал на Тимофея, но и он вынужден был признать, что не имеет причин подозревать того в двуличии. Сосредоточиться следовало на вопросах сугубой практики и особенно на главном из них – «Что делать?» – не тратя времени и сил на любимое русское «Кто виноват?»

Они шептались долго, хоть вариантов было не так уж много. На насилие следовало ответить насилием, выбрав верный момент и уязвимое место. Схема вырисовывалась лишь одна:

напасть на охранника, пока он сторожит их в одиночестве, разжиться его оружием и выбраться из бильярдной, а потом уж выискивать дальнейшие пути к свободе. «По крайней мере, в воздух стрельнем и поорем», – подытожил Тимофей, и все с ним согласились.

Гораздо больше споров вызвала центральная часть плана – физический контакт с широкоплечим бандитом, который, хоть и казался добродушнее остальных, был, конечно же, очень опасен. «Никто из вас в спецназе не служил? – поинтересовался Царьков у Николая с Фрэнком и констатировал со вздохом: – Ну, тогда шансы малы», – после того, как те помотали головами.

«Главное – заставить его открыть дверь, – пробормотал Николай, нервно потирая ладони. – Нас все же много, за всеми не углядит».

«Ну да, где дверь, там и пуля. Много, не много, а жить каждый хочет», – ворчливо ответил ему Тимофей, но тут же признал, что другого выхода нет, и они стали прикидывать последовательность действий, сводящую к минимуму фатальный риск.

В конце концов, операция была разработана и получилась вовсе немудреной. С кем-то должен был случиться приступ – нервного удушья или астмы; на это мог «клюнуть» их сторож – преждевременная гибель одного из заложников едва ли входила в планы «главного». Кандидатура «заболевшего» обсуждалась весьма горячо – именно ему выпадала задача первым вступить с охранником в борьбу, чтобы лишить того подвижности хоть на короткий миг, пока ему на спину не бросятся остальные. Каждый рвался в герои, в том числе и Елизавета, утверждавшая не без оснований, что от нее, как от женщины, меньше всего ожидают каверз, а вцепиться во врага всеми конечностями она может не хуже, чем любой из них. Трое мужчин, однако, сказали ей непреклонное «нет», а следом отмели и кандидатуру Тимофея, очевидно представлявшего для бандитов самую «серьезную» фигуру. Вообще, недомогание, как любая случайность, должно было произойти с тем, кто и попал сюда случайно. Из таковых оставались Николай и Фрэнк, и выбор, вполне логично, пал на последнего – как на иноземца, организм которого может выкинуть фортель, столкнувшись с суровостью русских реалий.

Царьков бесцеремонно поинтересовался у Уайта Джуниора, не спасует ли тот в последний момент, на что Фрэнк отреагировал весьма страстно, обидевшись на такое недоверие. Но Елизавета тут же погладила его по плечу, и Николай с Тимофеем сделали вид, что верят в него, как в себя, так что он успокоился и даже несколько побледнел от гордости. Роли остальных распределили быстро, и на этом обсуждение завершилось – на деловой, пусть и тревожной ноте. «Чья возьмет, та и домой пойдет, – хмуро сказал Царьков. – Будем стараться, а то ведь и убить могут», – и все промолчали, окончательно осознав, что угроза реальна и близка.

Осуществлять задуманное решили через час – приступ «болезни» вряд ли мог произойти так сразу. «Эй, охрана!» – крикнул Тимофей и потом, когда никто не отозвался, заорал совсем уже во весь голос: – «Юрец!» – и заколотил кулаками в дверь. «Проверка связи», – шепнул он остальным, подмигнув, когда за дверью раздались шаги и недовольный голос: – «Чего шумишь?»

«Когда с главным говорить будем, Юрец? – спросил Царьков развязно. – Сколько можно людей держать, они вообще ни при чем».

«Для кого Юрец, а для кого Юрий Сергеич, – прогудел охранник из-за двери. – Ты не хами, а то станешь у меня смирным – в момент. С главным будешь говорить, когда тот захочет. Сиди пока, береги здоровье...» – и шаги стали удаляться вверх по лестнице.

«Есть контакт», – удовлетворенно сказал Тимофей и сел рядом с Елизаветой на диван.

«Болит?» – спросила она участливо, показывая на рассеченную щеку.

«Да ну, ерунда, царапина, – отмахнулся он. – Ясности никакой, вот в чем беда. Чтоб людей красть – тут и понятий таких нет, но башку-то ведь все равно отстрелят взаправду!»

«Знаешь, – сказал ему Крамской с соседнего дивана, – я конечно лунатик по-твоему, но признаюсь: мне все это не странно. Чего-то я подобного ждал – хоть конечно и не в такой форме. Твоей жизни я не знаю, а в моей теперешней как-то все вдруг перекосилось и напряглось – и несет меня неизвестно куда, и толкает, и тянет…»

«Нет-нет, ты не думай, – добавил он спокойно, заметив, что Тимофей ухмыляется с неприкрытым сарказмом. – Я вполне адекватен, я быть может нормальней тебя. Но что-то высшее давно от меня чего-то хочет – и никакой неадекватности в этом нет. Я знал: в этой поездке произойдет нечто, и может завеса приоткроется наконец – так вот оно, наверное, и происходит, несуразное, со своим смыслом. Или, может, это с тобой шутит сила, а ты гадаешь по своим слабым меркам?»

«Да уж, сила, гиперборейский петух, – пробормотал Царьков, обнимая Лизу за плечи. – Ты мне мистику не гони, ты ж не поп. Если выберемся, я все свои каналы подключу – пусть ищут. Не люблю, когда меня железкой бьют по скуле. Небось, конкуренты скрытые, о которых я не слышал… – Он покачал головой, словно в раздумье, и прибавил: – А в твои материи верится с трудом. Сдается мне, высшим силам не до нас, а в такое играть и вовсе не по чину. Лев, знаешь ли, мышей не давит».

«Так что, Николай, может это мы из-за Вас тут страдаем? – спросила вдруг Елизавета с вызовом. – Зря Вы, значит, на нас наговаривали».

«Не стоит путать следствие и причину, – ответил Крамской холодно. – А также случай, сопутствующий месту – если логически замкнуть. Если бы не вы и не ваша свадьба, я б, быть может, имел приключение куда менее опасного свойства. А уж наш американский друг и подавно».

«Случай, говоришь, – протянул Царьков насмешливо, – ну да, ну да. В этой стране по случаю очень даже можно схлопотать, да и без случая тоже. В любом, как говорится, месте. Я вот для Лизки причина, и она для меня причина – а где следствие, мы пока не разобрались. Распишемся вот – будет нам и следствие. А как заказчика найду, который нас сюда определил, я ему такое следствие устрою…»

«А я, – встрял вдруг Фрэнк Уайт, – я считаю, что Николай прав – по поводу сил. У меня явный пример, я сразу не видел, а он мне открыл сейчас!»

«Как интересно – ну и что же случилось?» – подбодрила его Елизавета. Она прижалась к Царькову и казалась теперь умиротворенно-спокойной, как на загородной прогулке. Слова Крамского помогли и ей – она поняла будто, что тоже ничуть не удивлена. Все перевернулось с ног на голову – ну так что ж? За последние дни это уже не в первый раз. Она становится другой, с ней должны происходить необычные вещи. Прежняя, она вряд ли очутилась бы здесь с Тимофеем, но теперь у нее старинное кольцо и совершенно непонятное будущее. А себя прежней – нет, не жаль.

«Я…» – начал Фрэнк и затряс рукой, мучительно подбирая слова. Подобно прочим, он осознал в одну секунду, что происходящее с ним – начиная со знакомства с Нильвой – есть одна неразрывная цепь событий, ведущая к предопределенному финалу. Здесь, на острове все и решится – это последнее испытание, решающая встряска мозгов… Он стал судорожно перебирать факты, имена, лица, и его озарило: Ольга! Это было не зря – и она, и ее наручники. Уайт Джуниор почувствовал, что ничего не боится, что готов бороться с охранником в одиночку, и выпалил вдруг, неожиданно для себя самого: – «У меня так, что я хочу жениться на русской женщине!»

«Неплохо», – оценил Тимофей и совсем уже изготовился сострить, но Елизавета ущипнула его за руку. «На русской женщине… – повторила она, внимательно глядя Фрэнку в глаза. – На любой или на уже знакомой? Они ведь бывают разные; жениться на русской – это может выйти очень опрометчивый поступок».

«Нет-нет, – заторопился Фрэнк Уайт, – на знакомой уже совсем, я хорошо ее знаю. Неделю», – добавил он, отчего-то почувствовав себя неловко.

«И кто же она? – продолжала допрашивать его Бестужева. – Как ее зовут, где работает, сколько лет?»

Фрэнк глянул на нее беспомощно и страдальчески поднял брови. Он был так комичен, что все вдруг развеселились. Даже опасность подзабылась будто – вопрос о невесте Уайта Джуниора оттеснил ее на задний план.

«Ее, э-э, зовут Ольга, – с трудом выговорил тот. – Она еще учится, совсем молода. Будущий архитектор», – уточнил он с некоторым сомнением, но смотрел теперь на Елизавету куда смелее, словно принимая вызов и готовясь стоять на своем до конца.

«Архитектор? – переспросила Бестужева. – Это конечно же очень ценно. Но скажи, у тебя здесь было с кем-то еще? Так не годится – только встретил и сразу свадьба».

Она говорила с лукавой улыбкой, за которой, впрочем, скрывалось что-то пытливое. «Хоть, конечно, бывает такая любовь… – добавила она негромко. – Жизнь вообще такая штука!»

«Когда-то, – признался Фрэнк Уайт, – у меня уже была русская девушка. Когда я учился в школе – очень давно».

«Готов спорить, ее звали Таня. Или Наташа», – вмешался бесцеремонный Царьков.

«Да, – согласился Фрэнк и покраснел. – Наташа, но она была другая. И теперь вот Ольга другая. Мы познакомились в самолете», – сказал он зачем-то и прикусил губу.

«О, расскажи, расскажи, – потребовала Лиза. – Сейчас самое время для романтической истории». Фрэнк Уайт стал отнекиваться, но она была непреклонна. «Нет, ты должен, должен», – уверяла она, будто в шутку, зная, что ему не по силам с ней спорить, и Фрэнк конечно же сдался.

«Мы сидели вместе – там, где аварийный выход… – начал он,

тут же запнулся, помолчал немного и сказал: – Нет, лучше не так. Сначала нужно о высших силах. Дело в том, что я приехал в Россию искать клад».

Все вытаращили на него глаза, а потом Николай хлопнул себя по колену и вскричал: – «Ну да, я же должен был догадаться. Конечно, какое уж там поместье…»

«И что ж, неужто нашел?» – с интересом спросил Царьков.

«Нет, – честно признался Фрэнк. – И, наверное, найти не мог. Но лучше обо всем по порядку».

Он стал вдруг говорить уверенно и быстро, почти не путая русские слова, начав издалека, еще со школьных времен. О последующих разочарованиях он поведал скупо, поспешив перейти к насущным вещам – Акселу Тимурову и программистам из России, а потом и к питерскому еврею Нильве, которого судьба, как видно, избрала в коварные посланцы. Услышав о рукописях пугачевской поры, Николай не смог сдержать удивленного восклицания, а когда Фрэнк дошел до схемы захоронения сокровищ, схватился за голову и захохотал.

«Нет, нет, я не над тобой, не думай, – бормотал он сквозь смех. – Просто это так совпало – и Пугачев, и полнейший абсурд. И надо ж было нам столкнуться, а я и не понял…» Тем временем, Уайт Джуниор с несколько смущенным видом описывал свое утреннее фиаско, не забыв упомянуть и инвалида с милиционером, от которых его спас Крамской, счастливо оказавшийся поблизости. Закончив, он склонил голову набок и неуверенно сказал: – «Ну, вот так».

История произвела сильное впечатление – особенно на Царькова, который долго вертел в воздухе рукой, пытаясь выразить какую-то эмоцию, а потом протянул насмешливо: – «Ну ты, Фрэнки, и это… Как бы помягче сказать… Легковерен, да».

Уайт кисло усмехнулся и согласился в том смысле, что да, наверное чересчур, явно ожидая дальнейших издевок, но тут ему на помощь пришла Елизавета, слушавшая, как и все, с большим вниманием.

«Это очень интересно, – сказала она, – и все так стройно… Я бы даже не стала лезть с упреками, будь я твоей женой или подругой. Но ты упустил главное – невесту-архитектора и самолет, самолет!»

«И еще – Пугачев, – вмешался Николай. – Объясни, что ты про него знаешь? Это вообще потрясающее совпадение».

«Нет, Фрэнки, ты извини, но у нас тут сказали бы, что ты 'лох'», – гнул свое Царьков, ухмыляясь во весь рот.

«Эй-эй-эй, – Лиза подняла вверх ладонь. – По-моему, мы отвлеклись. – Она оглядела присутствующих, задержала взгляд на Фрэнке и строго, раздельно произнесла: – Я. Хочу знать. Что произошло в самолете».

«Ну… – сказал Фрэнк и моргнул. – Ну ладно. Мы сидели вместе – там, где аварийный выход. Сначала я стеснялся и совсем не мог говорить…»

Мысли его выстроились в очень связную картину. Ночи, проведенные с черноволосой путаной, неловкие обещания и ласковые слова – все это сомкнулось воедино с фантазией, рождавшейся в голове. Самолет хитрым образом расставлял все по местам – и Фрэнк, не умея лгать, теперь с легкостью придумывал на ходу, проживая, будто взаправду то, что и должно было с ними произойти, будь этот мир устроен хоть немного лучше.

История и впрямь случилась с ним когда-то, хоть конечно фигурировала в ней не Ольга, а совсем другая девушка – высокая итальянка, с которой они летели из Вашингтона в Сиэтл. Фрэнк заметил ее еще при входе в салон, а очутившись рядом, действительно вдруг потерял дар речи – и даже не мог произнести «хай». Ей, впрочем, было не до него, она сидела, отвернувшись и опустив глаза, потом засуетилась, стала рыться в сумочке, осматриваясь напряженно, будто потеряла что-то, а после вновь затихла и уставилась вдаль невидящим взглядом.

Тогда он решил, что она больна рассудком, но это было не так – она просто боялась лететь.

Когда они оторвались от земли, у нее вдруг задрожали губы. Фрэнк Уайт заметил это, потому что все время косился в ее сторону. Она была красива – черноволосая, с тонкими чертами – и от нее очень приятно пахло, но все ее странности несколько его встревожили. А по-настоящему она его испугала, когда они уже набрали высоту.

Итальянка сидела у окна, но боялась туда смотреть. А потом вдруг развернулась, но не к окну, а к аварийной двери, и стала водить руками, как это делают слепые – по всей поверхности и около рукоятки. Ему, конечно, стало не по себе. Он не знал, как там устроена защита, и хоть догадывался, что дверь открыть не просто, проверять это ему не хотелось. И тогда он с ней заговорил.

Лед между ними растаял сразу. Девушка, отпрянув было, тут же призналась, что боится и хочет выйти, а когда он мягко, но настойчиво объяснил ей, что это невозможно, спросила побелевшими губами, можно ли ей отсесть от окна к нему поближе. Так они и просидели до конца полета – сначала просто беседуя о всяких вещах, а потом еще и держась за руки, как влюбленная пара. Он рассказал ей всю свою жизнь – и она слушала, не перебивая, ловя каждое слово и не отрывая взгляда от его лица. Фрэнк понимал: это лишь оттого, что она напугана сверх меры, но ему все равно было лестно, а когда страх побеждал на время, и соседка вновь начинала коситься на злополучную дверь, он без стеснения гладил ее по колену и шептал нежности, пока она не затихала и не откидывалась на спинку кресла.

Моментами ее испуг будто отступал вовсе. Она переставала дрожать и даже пыталась заботиться о нем – подкладывала подушку под голову и уговаривала закрыть глаза. Это тоже было в новинку, его никогда не опекали женщины. Он отдавался странному ощущению, но через минуту вновь слышал: «Почему ты молчишь? Мы уже падаем, да? Может, мне лучше выйти?»

Конечно, можно было пойти к стюардам и объяснить

им, что у них в салоне, у рукоятки аварийного выхода сидит пассажирка, не владеющая собой. Наверняка, существовали правила, предписывающие именно это, но Фрэнк не мог и подумать, что можно выдать перепуганную соседку жестокому миру, поджидающему снаружи – с внешней стороны их хрупкого кокона. Это было бы страшное предательство – где-то там уже мерещились визгливые голоса, множество крепких рук, смирительная рубашка… Близость с незнакомкой казалась ему абсолютной – как будто они попали в смертельную ловушку, и только чудо могло им помочь. За пять часов полета он покинул свое место лишь однажды – посетив туалет в лихорадочной спешке и потратив перед тем добрую четверть часа, чтобы убедить спутницу, что дверь не нужно трогать руками, пока она будет одна. Вернувшись, он увидел, что она сидит, не двигаясь, с прямой спиной, вся – сплошной комок нервов, и у него дрогнуло сердце от своей нужности кому-то. Потом, при посадке, ей стало еще страшнее, и он баюкал ее, как ребенка, а когда самолет зашуршал шинами по полосе, она быстро, коротко разрыдалась, прислонившись к его плечу.

Слезы, впрочем, скоро просохли: уже через несколько минут она красила губы, глядя в маленькое зеркальце – сразу вдруг сделавшись посторонней, случайной соседкой-иностранкой, имеющей собственную жизнь. Тогда он подумал с горечью, что магия их близости исчезла навсегда – и не удивился, ибо был к этому готов – но теперь, представляя себя и Ольгу в самолетных креслах по соседству, видел со всей ясностью, что с ней все было бы не так. Все бы только началось, чтобы долго длиться – и она повернулась бы к нему с улыбкой, показывая, что ничего не забыла. В новой реальности теперь не было сомнений – он будто помнил картинку за картинкой: они вместе получили багаж, вместе вышли в жаркое московское утро, в город алчных, грубых, уверенных в своей правоте. «Позвонишь?» – спросила Ольга, и он кивнул, и магия была тут как тут, утвердившись необъяснимо-прочно. И он позвонил ей – в тот же вечер, не в силах ждать дольше. И они встретились и почти сразу поехали к нему в отель. А на следующее свидание она пришла с бирюзовой лентой в волосах…

«Вот, – закончил Фрэнк Уайт чуть смущенно. – Так познакомились, и потом в Москве неделю. Я понял – меня сюда, как проверка, – пробормотал он, снова становясь косноязычен. – То есть, были и другие дела, но я теперь знаю –для отвода глаз».

«О, Фрэнк, да ты оказывается рома-антик, – лукаво протянула Елизавета. – Я просто заслушалась, честное слово. А она-то, она уже знает?»

«Нет, – признался Фрэнк. – Но я ей скоро скажу. Если все закончится хорошо».

Напоминание прозвучало кстати – все, включая Бестужеву, сразу подобрались и посерьезнели. Антураж импровизированной темницы – решетки на окнах, упаковка питьевой воды – вновь вдруг резанул глаз. Опасность была тут как тут, и по спинам пополз холодок, а невеста Уайта и пугачевский клад позабылись в один миг.

«Ну что, – чуть слышно прошептал Тимофей, – пора начинать комедию? Ты готов, Фрэнки?»

«Yes, – ответил тот по-английски и показал большой палец. – Но мне нужно в уборную».

После, стоя у рукомойника, Фрэнк поглядел на себя в мутное зеркало и вновь, как в гостиничном номере этим утром, удовлетворенно кивнул. Он был собран и ничего не боялся – чувствуя себя рыцарем, отстоявшим честь дамы сердца. Путь к дальнейшим подвигам был открыт. Фрэнк Уайт Джуниор вышел из туалета, потоптался у входной двери и лег на спину – прямо на пыльный, растрескавшийся пол.

Глава 20

Старая «девятка» Толяна, трясясь и подпрыгивая на выбоинах, резво домчалась до городского центра. Александр Фролов молчал всю дорогу, привалившись к боковому стеклу и закрыв глаза. Лицо его обмякло, и сил в нем не осталось ни капли – недавнее напряжение уступило место безразличию и апатии. Он вдруг осознал, что больше от него ничего не зависит – Елизавета в чужих руках, и он ничем не может ей помочь. Что бы с ней ни произошло, это случится без его участия – несправедливость такого поворота событий угнетала его сильнее, чем сам факт похищения. Он чувствовал, что над ним жестоко подшутили, и сам казался себе смешон, а весь сиволдайский вояж предстал совершенно безысходной затеей.

Его водитель, напротив, был энергичен и собран. Ситуация будто пробудила в нем инстинкты, скрытые от посторонних глаз. «Два дурака дерутся, а третий смотрит, – бормотал он сквозь зубы. – Это точь-в-точь про нас. Интересное кино, триллер как есть – кто-то там непрост в этой компашке. Сейчас мы им еще подгоним – режиссеров…» – и швырял машину вправо-влево, как на трассе захолустного ралли.

«Стволами трясли – видал? – обращался он к Фролову, не смущаясь его молчанием. – Это тебе не шутки; из ствола шмальнуть – раз плюнуть. Вроде рожи-то наши, на черных не похожи, хоть, конечно, издалека не разглядишь…»

«Ты в милиции-то знаешь хоть кого? – очнулся вдруг Александр, когда они парковались у здания РУВД. – А то нас и слушать небось не будут».

Толян вдруг замолчал, потом ругнулся и сказал неохотно: – «Знаю, не дрейфь. И ты теперь узнаешь – все мои тайны. Выслушают нас, да и пустят без очереди, как настоящих випов», – и зачем-то с силой хлопнул дверью.

Перед ними был тот самый особняк цвета спелой малины, мимо которого этим утром шагал угрюмый Андрей Астахов. Ряды одинаковых узких окон придавали ему негоциантскую строгость – это мог бы быть доходный дом или дом свиданий средней руки, где умеют считать деньги и ничего не предлагают даром. Для милиции он казался чересчур игрив, было в нем что-то ягодное, вовсе не городское, но стражам порядка, очевидно, были чужды условности стиля, и малиновое здание тут не считали чем-то, выходящим за рамки.

Все это никак не тронуло Фролова, послушно шагавшего вслед за Толяном. Он отметил лишь внешнюю потертость и балкон без днища, ожидая и внутри увидеть что-то вроде рассохшегося дерева или пыльного сукна, и даже вздрогнул от неожиданности, попав в прихожую, сплошь отделанную стеклом и настоящим мрамором. «Евроремонт, – кивнул на стены его провожатый. – Гордость города, постарались менты. На второй этаж, правда, не хватило…» – Он уверенно протиснулся сквозь группу кавказцев, отчаянно споривших с потным лейтенантом, и подвел Фролова к окошку дежурного, что-то перекладывавшего в ящиках стола.

«Нам бы это… Следователя позвать, – сказал Толян чуть смущенно, явно стушевавшись по привычке перед одушевленным символом власти. – Дело у нас есть – не терпящее отлагательств».

Дежурный, сержант с тонкими усиками, похожий на артиста, играющего бабников и гуляк, оглядел его с невыразимым презрением. Было ясно, что посетитель не представляет интереса ни для него лично, ни для Кировского УВД в целом. «Ну, какое у тебя дело? – спросил он лениво с видом человека, познавшего в жизни все. – Может тебе не к следователю, а вон, с прочими гражданами, в очередь?»

«Ты мне Никитину позови, Валентину Павловну, – сердито сказал Толян. – А не позовешь, пеняй на себя, тебе потом такую халатность вдуют…»

Дежурный вновь глянул насмешливо-высокомерно, но потянулся-таки к селектору, ткнул какую-то кнопку и протянул с ленцой: – «Валентин Паллна? Тут к тебе кавалер».

«Русаков, – громко добавил Толян – так, чтобы было слышно в микрофон селектора, – по срочному происшествию», – и, взяв Александра за локоть, отвел того в сторону. «Сейчас спустится, – шепнул он, – ты ее не бойся. Она ничего, нормальная такая баба».

«Мне-то чего бояться, – пожал плечами Фролов. – А она что, и вправду следователь? Никогда не видел…» – он хотел еще сказать что-то и осекся: от служебной лестницы к ним быстро шла очень красивая женщина с усталым лицом.

Следователь угрозыска Валентина Павловна Никитина училась с Толяном в одном классе средней школы. Она, к тому же, была его первой любовью – несчастной, как и положено в юности – и она же оставалась важнейшей из причин, по которой он еще не разочаровался в женщинах до конца. В глубине души Толян до сих пор верил, что где-то есть такие же, как его Валентина, и надеялся встретить хоть одну из них в своем будущем – пусть сколь угодно дальнем. Надежда была слабой – он отдавал себе отчет, как редки подобные удачи. Тем не менее, школьная подруга являла собой идеал, примирявший его с человечеством, что он, конечно же, тщательнейшим образом скрывал.

В свои тридцать Валентина все еще была хороша: высокая, светловолосая, с полной грудью и огромными глазами, в которых мужчины тонули, как в космосе, блаженно отдаваясь невесомости. В юности она была тонкой и гибкой, от нее пахло фиалкой, как от лесной феи, и Толян был влюблен со всем пылом неполных семнадцати лет. Он не раз дрался из-за нее с парнями постарше и пытался неловко ухаживать, отваживаясь на письма и сбивчивые слова. К концу последнего класса она отметила его постоянство и выделила из остальных, а перед самым выпускным даже уступила его страсти – улыбаясь непонятной, чуть порочной улыбкой. Он, однако же, слишком робел и стеснялся своих сильных рук, а она была совершенно неопытна, несмотря на напускную порочность. У них ничего не вышло, и после, расстроенный донельзя, он больше не решался к ней подойти. Его вздохи в отдалении быстро ей надоели, у нее появились другие поклонники, но она, тем не менее, сохраняла в отношениях с Толяном некоторую теплоту, очень рано научившись ценить бескорыстную терпеливую преданность.

В милицию она попала случайно, за компанию с бывшей подругой, но там, неожиданно для всех, в ней проявились недюжинный характер и упорство. Валентина сделала быструю карьеру, которой завидовали многие мужчины, пробившись в следственную группу по особо важным делам. Теперь уже никого не вводили в заблуждение бездонность синих глаз и мягкий голос, в котором очень скоро слышалось урчание хищницы.

Она оказалась сильной женщиной, но и вся ее сила не могла противостоять потоку служебного негатива, который скоро изменил ее, сделав нервной и жесткой. Она научилась никому не спускать обид, толкаться локтями и отгрызать положенное, а также – не жалеть себя и не откровенничать никогда и ни с кем. На работе ей приходилось проводить слишком много часов. Валентина испортила желудок плохой едой, а ее личная жизнь свелась к убогим эпизодам, происходившим там же, на рабочем месте. В какой-то момент она поняла, что сыта таким бытом по горло, и, скорей всего из протеста, решилась выйти замуж за человека куда слабее себя. Супруг был мелочен и обидчив, он чувствовал, что проигрывает ей по всем статьям, и оттого безудержно ревновал – не только к другим мужчинам, но и к любым эмоциям, которые она испытывала в его отсутствие. Порой это казалось невыносимым, но она однако же проявляла терпение, усматривая в замужестве пусть шаткую, но опору – назло штормам и бурям, бушующим на службе.

Увидев Толяна в компании незнакомого человека, Никитина решила, что ее приятель вляпался в какую-то мелкую гадость и пришел просить о подмоге. Она подошла к ним вплотную, поздоровалась деловито, чтобы дать понять, что у нее на счету каждая минута, и окинула Александра профессиональным взглядом, отметив, что тот не из «крутых» и не представляет никакой опасности. «Ну что, Толик, стряслось? – спросила она со вздохом. – Машину разбил или подрался? Давай только быстрей, я вся в запарке».

«Валентина, Валентина, – покачал головой Толян. – Сразу видно, не веришь ты в меня. А тут такое дело – на звездочку погонную потянет. Киднеппинг – слыхала или, может, в кино смотрела? Веди нас наверх, сейчас изложим тебе весь сюжет».

«Прям сюжет? – хмыкнула Никитина недоверчиво, но что-то подсказало ей, что он не шутит. Она еще раз оглядела Фролова, на этот раз внимательно и очень цепко, кивнула в сторону лестницы: – Ну что ж, раз так, то пошли, – и крикнула дежурному: – Панкратов, оформишь потом пропуска этим двум, – даже не удостоив того мимолетным взглядом».

«Пропуска, – проворчал дежурный, – пропуска без документов нельзя», – но спорить не стал, только сделал недовольное лицо. Валентина Павловна раздражала его ужасно, но была ему не по зубам и хорошо это знала. «Шалава», – пробормотал он сквозь зубы, вспомнив, как несколько лет назад она бесцеремонно отвергла его грубоватые домогательства, и злобно рявкнул: – «Слушаю!» – ни в чем не повинной старухе, смиренно дожидавшейся у окошка.

Тем временем, события на заброшенной турбазе принимали решительный оборот. Пленники, не надеясь на помощь со стороны, приступили к осуществлению своего плана. Все невольно переглянулись – с серьезным и чуть заполошным видом – потом посмотрели на Фрэнка Уайта, лежащего у двери на спине. Тот подал знак – о'кэй – и вдохнул пару раз надрывно и с хрипом. «Нормально, – шепнул Тимофей, – так и действуй. Ты, – повернулся он к Николаю, – помни: руку ему, руку. Я ноги, ну а ты, Лизка, пистолет, если мы сами не схватим».

Елизавета молча кивнула, глаза ее пылали огнем. Царьков подумал мельком, что никогда не видел ее такой красивой, и махнул рукой: – «Давай!»

«Воздуха нет, о-ох, – застонал Фрэнк и захрипел, как настоящий астматик. – Задыхаюсь… болезнь… мне нельзя… – Потом повернулся лицом к дверному проему и выговорил натужно: – Help! Воздух дайте!»

«Смотри, не дышит почти, – крикнул Тимофей чуть громче, чем нужно. – Эй, охрана, тут человеку плохо», – и заколотил кулаками в дверь. Николай тем временем стучал по оконной решетке пустой бутылкой из-под воды, а Бестужева, как опытная медсестра, хлопотала над Фрэнком, оттягивая ему ворот футболки.

«Help, – изредка покрикивал Фрэнк, – I need some air! Дайте дышать, у меня болезнь!»

«Эй, Юрец, ты что, оглох? – неистовствовал Царьков. – Сейчас американец коньки отбросит, будет вам тогда, олухам деревенским. Как понаедет сюда ЦРУ, так вы перед ними волынами-то потрясете… Открывай давай, пусти его на воздух!»

Спектакль получился очень звучным. Охранник, сидевший на крыльце, сразу услышал шум и с минуту пытался оценить ситуацию, явно принявшую характер внештатной. Он и без того был несколько встревожен – его мобильный не ловил сигнала, и на остров никто не ехал, хоть по плану что-то должно было произойти уже к вечеру того же дня. Чутье подсказывало ему, что операция проходит не гладко, и главные трудности еще впереди. Теперь с одной из них ему предстояло справляться в одиночку.

Вздохнув и злобно выругавшись, он обошел дом по периметру и, встав на колени, заглянул в темные окна бильярдной. «Эй вы, что там у вас? – крикнул он хрипло и постучал в стекло. – Свет зажгите, чтоб я вас видел».

«А нет света, – откликнулся Николай, – не работает ни черта. У нас человек задыхается, иностранец. Соединенные Штаты Америки – знаешь такую страну?»

«Help, – стонал Фрэнк. – Give me some fucking air! Дышать нет воздух, совсем здесь нет…»

У него появился отчетливый акцент, его иностранная принадлежность не вызывала сомнений. «Вот козлы!» – сказал бандит с чувством, имея в виду то ли пленников, то ли своих запаздывающих коллег, потом одним движением вскочил на ноги и вразвалочку зашагал к парадному входу, что-то недовольно бормоча. «Эй вы, – заорал он, спускаясь по лестнице, – всем отойти к окнам и замолчать, а то стрельну!»

В замочную скважину ему тоже удалось разглядеть немногое. Три силуэта маячили у противоположной стены, кто-то невидимый хрипел у самой двери, с трудом выдавливая из себя нерусские слова. Охранник потоптался еще, стараясь извернуться, чтобы заболевший попал в его поле зрения, но так ничего и не увидел.

«Чего ждешь, Юрец? – крикнул Тимофей нетерпеливо. – Давай, открывай, тащи его наружу. Помрет – тебе отвечать, не кому-то».

«Небось не сдохнет, – грубо сказал бандит. – Молодой еще подыхать. Наружу не пущу – нельзя».

«Ну как же нельзя? – вступила в разговор Елизавета. – Ты что, не понимаешь, он же задохнется. Вон, смотри, уже не дышит совсем!»

Фрэнк, словно в подтверждение, застонал совсем уж жалобно и издал что-то похожее на детский всхлип.

«Ты зато, симпотная, понимаешь много, – огрызнулся охранник. – Ты что, доктор-айболит? Не ды-ышит… Если до сих пор живет, то наверное дышит! – Он помолчал и заявил категорично, явно приняв решение: – Ну все! Жить захочет, продышится мал помалу – давайте, сидите тихо. Чтоб без баловства у меня».

«Погоди, погоди, – Тимофей, поняв, что тот сейчас уйдет, шагнул от стены к двери, пристально глядя на отверстие в замке. – Ты чего такой зверь, ты человеком-то будь».

Бандит переступил с ноги на ногу, быстро прикинул что-то и осклабился. «А чем я помогу – я ж тем более не врач, – сказал он спокойно. – Я знаешь какой доктор – костолом. Руку если надо сломать или ногу… Я вообще крови боюсь», – добавил он и захохотал.

«Что ж, – пробурчал Крамской, – это свидетельство тонкой душевной организации. – Он сделал два шага к двери вслед за Тимофеем и спросил громко: – Слышь, Юрец, ты вообще в бога-то веришь?»

«А тебе что? – вдруг обозлился тот. – Ты меня богом не пытай. Во что я верю, тебе не забота, ты о себе подумай – самое время», – и стал подниматься по лестнице, насвистывая что-то. Фрэнк дышал все так же трудно, но было уже ясно, что сторож не купился на трюк с болезнью. «Эй, эй, слушай, – заторопился Царьков, – когда, наконец, придет кто-то для разговора?»

«Когда надо, тогда и придет, – сказал бандит недовольно, обернувшись на полпути. И добавил в сердцах: – Кто их разберет, когда кто придет. Придет, когда черт помрет, а он еще и не хворал».

«А-а, – протянул Николай, – так ты и сам боишься. Бросили тебя тут с нами и сгинули все? То-то я вижу: что-то не так».

«Кого мне бояться – тебя что ли, сморчка? – злобно спросил охранник. – Сиди уж, а то договоришься!» – Потом стукнул два раза ладонью по перилам и пошел дальше, сплюнув на ступеньки.

«Юрец! – заорал Крамской, сделав знак остальным. – Ты сам сморчок, Рембо недоделанный. Испугался – так и скажи… Если войдет, ты ему – подножку», – шепнул он Тимофею чуть слышно, и тот, согласно кивнув, скользнул к дверному косяку.

Бандит остановился. Пленники замерли, ловя каждый звук,

но все оказалось напрасно. «Молокососы, – сказал он почти добродушно, – вы кого на дурака хотите развести? Если меня, то меня не разведешь, а с тобой, дядя, я после побеседую, отдельно».

«Побеседуем, побеседуем, – пообещал ему Николай. – Мы с тобой уже почти как родственники».

«Родственничек фигов», – коротко хохотнул охранник и, больше не мешкая, зашагал наверх.

В бильярдной повисло тягостное молчание. Фрэнк Уайт поднялся с пола, виновато развел руками и уселся на диван. Расселись и остальные, избегая смотреть друг на друга. Лишь Лиза потянулась к Царькову и прижалась к нему, вновь взяв его за руку.

«Да, Лизка, зайца на барабан не выманишь, – попытался тот пошутить. – Не удалась хитрость обезьянья. Ничего, у них вон тоже не склеивается – вкось пошло, судя по всему. А ты, Фрэнки, прямо артист», – кивнул он Уайту Джуниору, ухмыльнувшись через силу.

«Артист погорелого цирка, – проворчал Николай Крамской. – Жаль, что цирк работает забесплатно. Где-нибудь в Аргентине мы б набрали на улице медяков…»

«А почему в Аргентине?» – спросила Елизавета без особого интереса. Николай не ответил, лишь пожал плечами. Настроение у всех испортилось – перспективы рисовались самые мрачные. Их план, сколь бы наивен он ни был, давал надежду на счастливый исход, теперь же повод для оптимизма изыскать было трудно.

«А Фрэнк неплохо выучил туземные слова, – сказала вдруг Бестужева. – Как капитан Кук, а то и лучше. И с дикарками он, наверное, ласков. Как вы думаете, Николай Крамской?»

Ей захотелось его расшевелить, но Николай по-прежнему молчал, у него было муторно на душе. По привычке, он прикидывал в голове, что все это могло бы значить с точки зрения высших сил, и не находил в событиях никаких смыслов. Организм-хозяин явно замыслил пакость или просто забыл про него, отвергнув, как ненужную деталь.

Проверяют меня? – подумал он вяло. – Интересно, на прочность или на гибкость? Хоть бы сигнал какой подали, шутники.

«С дикарками и я был бы хорош, – пробормотал он наконец. – Жаль, что сейчас не до дикарок. Что скажешь, господин Уайт, как тебе новейшая русская действительность?»

«Нормально, – откликнулся Фрэнк после небольшой паузы. – Я даже думаю, что нас не убьют».

Все поневоле расхохотались. «Провидец, – вздохнул Крамской. – Уважаю американский юмор».

«К тому же, – добавил Фрэнк нерешительно, – мы ведь еще можем попробовать, когда они придут за Тимоти. Им же придется открыть дверь…»

«Забудь, – перебил его Царьков. – Их будет не один, а много. Много больших, плохих парней. Сразу покалечат или постреляют, – сказал он жестко, дернув щекой. – Давайте-ка вот что, не унывать. Сидим и сидим себе, ждем событий. Анекдоты рассказываем, истории всякие – нечего кукситься, как на погосте».

«И на погосте бывают гости, – пробурчал Николай. – Хорошо, что это пока не мы. Давайте, правда, историю – кто расскажет? А то у нас Фрэнк отдувается за всех».

«Крамской, – громко сказала Елизавета, – расскажите Вы. Вы тут, я чувствую, с самой непонятной загадкой. И шрам у Вас на щеке какой-то странный».

«Шрам как шрам, – ответил Николай угрюмо, – а насчет загадок, мне кое с кем не тягаться. За мои загадки, знаете ли, в подвал не тащат. Хотя… Есть необычная вещь – посмотрите, как занятно мы оказались связаны с Фрэнком Уайтом».

«Мы ведь не были знакомы, – пояснил он, помедлив. – Встретились случайно, не зная друг о друге. Конечно, Сиволдайск – очень маленький город, но и все равно… Его привел сюда мифический клад, а меня документ, которого тоже не существует в природе, но основа для обоих одинакова и реальна – Пугачев. Стоит теперь додумать дальше – мы встретились, чтобы нас захватили в плен, или плен – это само по себе, а от нас ждут чего-то другого?» – он замолчал и покачал головой.

«Нет, ну ты лунатик все же, – вздохнул Царьков. – Не беспокойся, плен – вещь отдельная, это я какой-то сволочи дорогу перешел. А американца нашего просто кинули на штуку баксов, и не высшая сила, а простой лохотронщик – как там его, Сильва? И, если бы не ты, так еще в ментовке почки бы отбили».

«Подожди, подожди, – Елизавета потрепала его по руке, потом повернулась к Николаю и спросила лукаво: – А документ, он секретный?»

«Да нет, – вяло откликнулся Крамской, – что в нем секретного, если его и на свете-то нет. Романтически-бытовой, если уж вдаваться в детали».

«Вот и расскажите нам, – не отставала Лиза. – Нет ничего интереснее романтических деталей. И уж особенно бытовых».

«Чего там рассказывать, да и рассказчик из меня...» – Николай встал, чтобы размять ноги, и подошел к окну, сделав вид, что хочет что-то там рассмотреть. На полпути, однако, он не выдержал и обернулся на Елизавету. Та не отрывала от него глаз, чуть прищурив веки и закусив губу. Колдует что ли? – подумал он вдруг и удивился сам себе: – Вот же чушь! Хотя, тут у кого угодно сдадут нервы.

Он ухмыльнулся натянутой ухмылкой и сказал сухо: – «Лучше уж кто-нибудь другой. Или, может, вообще жребий кинем?»

Елизавета улыбнулась ему в ответ и склонила голову набок, по-прежнему не отводя взгляда. Как кошка, – мелькнуло у Крамского в голове. – Лесная кошка или русалка – и глаза зеленые... Забавно с ней, наверное – повезло жениху. Может и вправду рассказать – про Пугачева, да про документ?

«Дама просит, – поддержал и Тимофей. – Зачем нам жребий, если есть свобода воли?» – Он вальяжно развалился на диване, но ладони его были неспокойны, потирая одна другую.

Вот этого-то мне и недостает, – отметил про себя Николай и махнул рукой, отвернувшись от Лизы, и от остальных. «Ладно, уговорили, – буркнул он мрачно. – Расскажу, пожалуй – хотя бы ради свободы. Жил-был, значит, разбойник по имени Емельян…»

В бильярдной темнело, наступал вечер. В углах за диванами сгущались тени. «Он вообще-то был не разбойник, а простой казак, – говорил Крамской, косясь на зарешеченные окна. – Но это поначалу, а потом – потом судьба сыграла очень странную штуку. Его ввели подставной фигурой в уездную заварушку – всего-то, чтобы отстоять пасеки и рыбную ловлю – а он заделался самозваным царем и нагнал ужаса на половину империи. Сколько б ни было самозванцев на Руси, но по-настоящему лишь в него, в императора Пугача, верили безоглядно – все, кто встречал его на пути, кто бежал к нему со степных земель сквозь смрад и дым, в снежных метелях и непролазной грязи. Не учась военному делу, он обладал чутьем и отвагой – и брал крепости одну за другой, переманивая к себе целые гарнизоны. Он был тот еще тип, настоящий предводитель черни, не чурался ни вероломства, ни зверств. И при этом не знал сомнений – будто чувствовал, что чья-то воля ведет его к недостижимой цели. Это знание передавалось прочим – всем, кто заглядывал в его зрачки, целовал ему руку, принимая присягу, или просто даже слышал о нем от других, обращенных в новую веру, готовых грызть глотки всем несогласным, проворонившим пришествие мессии. Он и был для них мессией – справедливый царь и грознейший дьявол, полубог и защитник угнетенных. Его кампанья была полна триумфов, он казался всесилен и непобедим. Само бессмертие будто коснулось его ненароком – не оттого ли не страшился он ни ядер, ни пуль? И ведь не брали его ни пули, ни ядра, и был он свиреп – свиреп и безжалостен, и двигался без устали вверх по Волге, лишь порой позволяя себе передышки – чтобы дать отдых телу и душе».

«Так-то вот, – Николай вдруг вздохнул и сделал странный жест. – Он был матерый зверь и не нуждался в теплых норах. Но занесло его в деревню Чумово – в здешние места, недалеко отсюда – а там налетел буран, засыпав все вокруг, и Емельян приказал обустраивать штаб, топить баню и досыта кормить лошадей, чтобы переждать непогоду и дать себе видимость покоя на недолгие день или два. Вечером, как водится, был у них пир. Пугачев с приближенными опивался вином и объедался жареным мясом, а прислуживала им хозяйская дочь, русоволосая и сероглазая, чуть скуластая от примеси татарской крови, высокая и статная от крови казачьей, и коса ее была уложена в шлем, а щеки раскраснелись – от печного жара и от мужского громкого говора вокруг…»

«Да, хозяйская дочь – история не сохранила ее имени, – продолжал Николай, мельком глянув на Елизавету. – Быть может, ее звали Евдокия или Марья, и была она простодушна – в мать, не в отца. А может, носила она имя построже – Дарья, Наталия или Катерина – жила себе на уме, любила смотреть в печные угли или бродить по лесу в поисках приворотной травы. Верила в сказания и приметы, боялась лешего, которого звала, как все, лесным дядей, но и сама, ему вторя, любила петь голосом без слов, словно приманивая сказочного духа, который обращается филином или волком, а то и мужиком с котомкой, а потом аукает и свистит, заманивая в самую глушь. В лесной глуши, впрочем, ей было все нипочем, лучше, чем в деревне, где на нее заглядывались парни – а ей не нравился никто, и к шумным хороводам тоже не лежала душа. Так она жила в ожидании чего-то – или кого-то, что куда яснее – а последние месяцы ее донимали грешные мысли, еще с лета, с душных ночей, когда цвела рябина, и небо полыхало зарницами. Они мучили ее всю осень, и во сне ей не было покоя – казалось, кто-то скребется в окно, стучит и возится на чердаке под крышей, а то и гладит ее спящую мохнатой рукой – к добру, к девичьему счастью. А за несколько дней до появления Пугачева со свитой у них в очаге вдруг погас огонь. ‘К нечаянному гостю’, – сказала мать и покачала головой, и у нее сразу забилось сердце. А увидев страшного человека с густой черной бородой, она тут же поняла: вот он, гость, и пришел за ней».

Николай вновь коротко глянул на Бестужеву и усмехнулся чуть заметно, но в комнате уже стемнело, и лиц было не разобрать. «Хозяйская дочь, – проговорил он, – сколько их случалось у атамана на пути. Иные были и улыбчивей и бойчее, но на эту он весь вечер посматривал особо – задумчиво, чуть ли не с грустью – да и в застолье стал вдруг молчалив, не отвечая на подначки соратников. Потом, в сенях, поймал ее за локоть, заглянул своими глазищами в самую глубь и сказал коротко: – 'Ночью приходи. Обижать не буду, буду любить'.

Она смотрела на него, вся обмерев от страха, но когда ночь настала, страх делся куда-то. И она пришла к нему в белой холщовой рубахе, статная, крупная, молчаливая. И не уходила чуть не трое суток, к ужасу обоих родителей, не смевших тревожить грозного гостя. А после, засвербело вновь у Емельяна внутри, и дочка хозяйская вмиг стала обузой. Вышел он на крыльцо и сказал своим, чтобы готовили лошадей – буран прошел, пора ехать дальше. Но свою Евдокию-Катерину-Дарью он так просто не оставил и не выкинул из сердца в тот же день. Думал взять с собой – и она просила, чуть не на коленях умоляла: возьми мол, рабой буду – но не взял, лишь посмотрел в лицо сумрачно и страшно, весь вдруг насупившись, как мрачный демон, да сказал – не глупи, девка, со мной тебе гибель, ты на свете поживи. Оставил денег, шубу беличью, носимую не так давно какой-нибудь помещицей-барыней, по щеке потрепал – и укатил, даже не пообещал вернуться. А она в свой срок родила двойню – чернявых большеголовых близнецов. И хоть один из них помер, остался второй – и выжил, и вырос, только вот фамилию ему дали другую, из суеверия да из житейской робости. Вот и вся история, а документ… Документ – фикция, фантазия мастера. Мастер – это я, – он раскланялся дурашливо, – а заказчик у меня крут – далекий пугачевский потомок».

«Как же жаль, что они расстались, – жалобно вздохнула Елизавета. – А Вы, Крамской, Вы прямо-таки сказочник!»

«Чего ж им было не расстаться, – усмехнулся Тимофей Царьков. – Ясно же – атаман Пугач и простая девка. Погуляли – и пишите письма. Связывает-то что – либо нищета, либо общая цель. А у них – какая там цель, одно шаманство».

«Общая цель… – повторила Лиза негромко. – А как же просто любовь?»

Она ощутила какое-то новое беспокойство. Ей стало ясно, что семь лет не прошли даром, и Тимофей, какой он есть сейчас, может вовсе не походить на того, которого она знала.

Общая цель… – вновь произнесла она про себя. – Я ведь никогда не думала об этом. И еще об очень многих вещах – как бы ни оказалось, что он все передумал за нас обоих.

«Что загрустила, Лизка? – спросил Царьков, почувствовав ее отчужденность. – Завидуешь Евдокии, хозяйской дочке? Она тоже сероглазая и с косой – сказочник-то у нас наблюдателен, я гляжу».

«Для меня она не Евдокия, а Маша, – сказала Елизавета, стараясь звучать беззаботно, – а история и вправду хороша. Кто же Вы такой, Николай Крамской?» – вдруг спросила она вновь, как несколько часов назад.

Николай прошелся взад-вперед и звучно, коротко хмыкнул. «Кто ты, кто ты, – промычал он невнятно. – Кто б ты ни был, имя тебе – 'никто'. Так вот: хочешь шутить, а получается не смешно… Я, наверное, хотел бы стать художником», – признался он вдруг и, сконфузившись, замолчал

«Художник Крамской был уже лет сто назад, – бесцеремонно заметил Тимофей. – Их, художников, вообще легион, на всех денег не хватит. Хоть, конечно, мы все тут готовы поаплодировать благородной амбиции. У тебя ж, наверное, амбиция не из слабых – и масштабный замысел на века?»

«На века, не на века, но замысел есть, – сказал Николай серьезно. – То есть, был когда-то, потом я его забросил. Сам виноват – потому и на тебя не обижаюсь, хоть ты и насмехаешься невпопад».

«Да ладно, – махнул Царьков рукой. – Какие уж там насмешки. Волк, он тоже – зубы скалит да не смеется. И я бы стал художником с тобой на пару – Лизкин бы вон нарисовал портрет».

«Зубы скалить ты мастак, хоть и не волк, а с портретом, как

ни странно, в точку, – усмехнулся Крамской и вновь зашагал по комнате. – Портрет – это лучшее, что можно сделать – и сделать совершенно по-разному. Я вот придумал – можно составить из мельчайших букв. Из букв будут слова, а из слов – история прототипа: содержание увеличится в разы! Только не знаю, будет ли кто-нибудь разбираться – в этом проблема чрезмерности содержания. Даже книг теперь не читают, если написано слишком много».

«Книги скоро все сожгут», – встрял Тимофей с остротой, но никто не засмеялся.

«Портрет буквами – это хорошо, – пробурчал Фрэнк. – Где-то я про это уже слышал».

«Ну да, – воскликнул Николай с досадой, – конечно, тут я не первый. Все идеи уже повторены по многу раз. И мысли, и цитаты – все предлагается в сотнях копий, так что почти и не отличишь. Мироздание заботится, чтобы важное не пропало – дублирует, страхуется, но не в этом же суть. Главное – в воплощении, лишь в нем глубина – иногда забираешься в такие дебри… Это я лишь предполагаю, я ведь, признаться, никогда не пробовал рисовать. И зря, нужно было решиться – но я все ждал чего-то, искал подсказок. А вдруг их не будет вообще?»

У него вспотели ладони, и голос предательски дрогнул. Он замолчал, не договорив, чтобы не выдать себя.

«Вообще, про содержание – это я с тобой соглашусь, – сказал из темноты Царьков, больше не балагуря. – Напряженно с ним нынче, глянешь вокруг – урод на уроде. Назад, к макакам, эволюция вспять – и сам ты среди них, и никуда не деться. Такая берет тоска… – он нервно зевнул. – Прямо-таки смертельная, как в могиле».

Слова повисли в воздухе и не хотели падать. Все зашевелились, задвигались, кто-то судорожно вздохнул. «Зря вы о смерти», – сказала Елизавета, забралась на диван с ногами и обхватила колени. Было понятно, что ей страшно, и она не хочет этого скрывать.

«Эй, Юрец!» – заорал Царьков, вскочил, подбежал к двери и стукнул в нее каблуком. Потом, подождав немного, крикнул еще раз, но охранник не отозвался.

«Черт их знает, где они и что, – сказал он в сердцах. – Это вот штука куда страннее, а вы – Пугачев, народный царь... Что ему хозяйская дочка, он править хотел – на троне. А попал не на трон, а в железную клеть – и мы теперь в клетке, вместо кабака с салфетками. – Он деланно рассмеялся, потом откашлялся и вдруг спросил Уайта Джуниора: – А ты как думаешь, Фрэнки, откуда на Пугача свалился царский жребий?»

«Мне трудно судить, – пожал тот плечами. – Наверное, так бывает, когда родишься под особой звездой».

«Хо-хо, – хмыкнул Тимофей, – что-то чересчур мутно. Я такое и про себя скажу, а жребия настоящего нет как нет. Ты ж, наверное, признайся, тоже под особой родился и ждешь своего случая тайком?»

Фрэнк вспомнил о ненайденном кладе и почувствовал, как сожаление кольнуло иглой, но тут же отступило в дальний угол – к обрывкам несущественного или случившегося не с ним. «Мне объясняли, – сказал он серьезно, – что моя звезда очень обычна. Одна китаянка – она хорошо понимала в этом. Она рисовала такие схемы – как называется, я забыл».

«Что ж, – заметил Тимофей рассеянно, – будем считать, что ей видней. – Он шумно глотнул из бутылки с водой, поставил ее на бильярдный стол и вновь крикнул во все горло: – Юрец!»

«Не отзывается, сволочь, – пожаловался он непонятно кому. – Может вообще уплыл, черт его знает. Хуже нет, когда не понимаешь смысла».

«Вот летит орел, а во рту огонь, по конец хвоста – человечья смерть... – Елизавета напевала негромко, забившись в угол дивана. – Летит птица тонка, перья красны да желты, а по конец ее – человечья смерть... Вот вам загадки, кто отгадает? Это мне бабушка пела, которая по отцу». – Голос ее задрожал, было ясно, что она сейчас заплачет.

«Ладно, ладно, Лизка, – Тимофей подошел к ней и сел рядом, – выкрутимся, не трусь. Явится кто-нибудь, назовется, предъявит… Небось бабки хотят – я отдам, откуплюсь. Вы-то здесь вообще ни при чем, сердцем чую. Эй, приятели, – обратился он к Николаю с Фрэнком, – давайте еще что-нибудь расскажите, отвлеките даму от мыслей».

«Ты и расскажи, – мрачно откликнулся Крамской. – Твоя очередь, не наша. Да и дама тоже твоя».

Его терзали плохие предчувствия и раздражение на все и вся. Выговорившись, он стыдился своей откровенности – того, что разболтал потаенные мысли едва знакомым людям.

Как же все глупо, – думал он в бессильной злобе. – Высшая сила, предназначение, знаки… А на деле – пустое. Пугачева тоже вели знаки – только чтоб погубить поизощренней. Может, то же самое и со мной? Может, в этом наша астральная связь? Шутки, шутки… – он невесело усмехнулся и покачал головой.

«Ну а что я, – пробурчал Царьков, – я-то не лунатик, я историй таких не знаю. Ну вот, например… – он помолчал. – Например, Сиволдайск стоит на воздушном пузыре. Его когда-нибудь проткнут – и все, городу кирдык. И будет у нас море… А еще, когда-то давно остался тут на зимовку персидский хан со свитой. Так ведь целый город голодал всю зиму, чтобы его прокормить».

Никто не выразил интереса, лишь Фрэнк слабо шевельнулся в темноте. «Н-да, – Тимофей почесал в затылке. – Ну, пожар у нас случился в оперном театре, так это с театрами везде бывает. Или вот, как-то раз тут исчез целый пруд. Большой такой пруд, чуть не озеро, прямо посреди рабочих бараков. Так работяги, на что уж привычные ко всему, не смогли там больше ни дышать, ни жить. Жилье побросали и расползлись по родственникам – столько всякой дряни обнаружилось на дне. Химия страшная, даже мухи сдохли – теперь там одни вороны, им все нипочем».

«Внезапно открытые тайны всегда бывают некстати, – пробормотал Крамской. – Даже у работяг».

За окном громко крикнула какая-то птица, и тут же завыла собака – с отчаянием и тоской.

«Ворон каркает на церкви – быть покойнику в селе, – промурлыкала Лиза. – Ворон вьется по-над крышей – быть покойнику в избе… Хороши вы все болтать, – сказала она вдруг, – а поймали вас, вы и не пикнули. Их было трое и вас – трое мужчин. Ладно я, слабая женщина».

«У них же оружие», – виновато ответил Фрэнк, а Николай лишь фыркнул и ничего не сказал. «Да чего ты, Лизка, – пробормотал Царьков с досадой, – ты ж видела, какой расклад».

«Закружил меня здешний леший, прямо как хозяйскую дочь. – Елизавета порывисто вздохнула. – Всех он нас закружил в каком-то смысле. А потом и в чащу завлек. Как его зовут, лесной дядя? – А на что я ему? Ни ягод с меня, ни грибов… И никто не гладит рукой мохнатой – а это, говорят, к богатству. И суженого я не высмотрела в снежной воде – сам явился и голову заморочил».

Она повозилась в темноте, устраиваясь поудобнее, потом усмехнулась: – «А вот я еще знаю…» – и стала говорить с выражением, будто читая книгу вслух:

«Солому, на которой лежит покойник, сжигают за воротами».

«Если гроб не в меру велик – жди еще покойника в доме».

«Стружку от гроба не жгут, а пускают на воду».

«А если покойный глядит одним глазом, значит… – она всхлипнула, – значит высматривает следующего!» – и вдруг разрыдалась горько, по-детски, уткнувшись Тимофею в грудь.

Глава 21

Два самозваных сыщика, Толян и Александр Фролов, брели за следователем Валентиной по коридору районного УВД. Здесь, на втором этаже, не было ни мрамора, ни евроремонта, стены отсвечивали салатово-грязно-серым, а расшатанный паркет невыносимо скрипел. Валентина Никитина шла легко и быстро, вовсе не замечая окружающего убожества. В коридоре пахло карболкой и застоявшимся табачным дымом, но за ней, как путеводная нить, тянулся едва уловимый шлейф французского парфюма, к которому Александр принюхивался непроизвольно, едва ли не поводя ноздрями.

Кабинет следовательского отдела оказался тесен и прокурен. Было душно, несмотря на открытые окна, забранные сеткой. Сетка, хлипкая и дырявая, защищала от насекомых, но справлялась не очень: в окна бились несколько сизых мух. Кроме Валентины, в кабинете еще сидел щуплый мужчина с кривой спиной, которому Толян небрежно бросил – «Здорово, Лаврентий», – а из проема, ведущего в смежную комнату, навстречу вошедшим выплыла дородная начальница с погонами майора, не обратившая на них внимания. Ее целью был молоденький опер, примостившийся в углу на стуле, она возвысилась над ним подобно скале, а когда он торопливо вскочил, потрепала по плечу и сказала мрачно: – «Иди, Игорек. Доложи там, что я тебя обратно командирую».

Опер протянул было: – «Ну что вы, Марь Ивановна...» – но она бросила на него еще более мрачный взгляд, и он выскочил из комнаты, слегка задев Фролова плечом.

Эпизод вдруг развеселил Александра, он подумал даже, что преступления в Сиволдайске расследуют лишь женщины, что было, конечно, слишком смелым обобщением. «То, что называют женской интуицией, раньше звалось подозрительностью», – вспомнил он из своего гроссбуха и ощутил мгновенную тоску по московской квартире и тысячам страниц, исписанных его мелким почерком. Тем временем, Никитина, предложив им неудобные стулья, села за стол напротив, оперлась на руку и приготовилась слушать – с чем-то материнским во взгляде, обращенном на Толяна.

По мере его рассказа, однако, в глазах ее разгорался хищный интерес. Она и вся преобразилась – стало ясно, что у нее крепкая хватка и отточенные когти, пусть и изящные с виду. Не прерывая рассказчика, она порылась в ящике, вытащила пустую папку и обронила буднично: – «Ну что ж, давайте заводить дело». – Потом закурила, щурясь от дыма, и стала быстро заполнять какой-то бланк. Тот, кого Толян называл Лаврентием, действительно похожий на гэбэшного монстра своей лысиной и круглыми очками, подошел было, поинтересовавшись безразличным тоном: – «Случилось что, Валек?» Но Никитина глянула так, будто охраняла завоеванную территорию, и он тут же ретировался назад к своему столу.

Вскоре в дверях смежной комнаты вновь показалась дородная майорша, бросила «Лаврентию» на стол несколько бумажек и спросила мимоходом: – «Что у тебя, Валентина?»

«Похищение людей, – подчеркнуто спокойно ответила та. – Сегодня днем, у Притона. Только начала дело – как раз к вам собиралась».

Майорша остановилась, недоуменно оглядела Фролова с водителем и кивнула Никитиной: – «Ну давай, зайди-ка».

Валентина отсутствовала с четверть часа, в течение которых

Александр нервничал и ерзал на стуле, опасаясь, что им не поверили и сейчас выставят прочь. Толян молчал и хмуро грыз ногти, а «Лаврентий» кричал кому-то в телефонную трубку: – «Это я, Виталик, вы что там, вообще того?..» – и ругался грязными словами. Потом Никитина вышла, очень довольная на вид, обратилась было к Фролову с каким-то вопросом, но тут у нее зазвонил мобильный, и еще минут десять она успокаивала своего мужа, что-то раздраженно ей выговаривавшего.

«Нет, ну я звонил час назад… А где?.. Ты вчера уже была на Заводской – опять у вас шарашка эта на Заводской?..» – было слышно в комнате. Толян еще больше помрачнел и что-то ковырял у себя на ладони, а следователь Валентина мурчала в трубку бархатно и ровно, так что муж через некоторое время стих, что-то коротко рявкнув напоследок. «Ну вот, – вздохнула она, отключившись, – что там у нас? Ну-ка давайте мне быстренько номера…»

Толян вытащил смятую бумажку и продиктовал ей номера микроавтобуса и катера, после чего милицейский механизм завертелся наконец в полную мощь. Виталик-Лаврентий снова орал на кого-то в телефон, а Никитина, разрумянившись и еще похорошев, распоряжалась по селекторной связи и поминутно бегала в кабинет начальницы с жестко-целеустремленным видом. В ее отсутствие селектор вдруг оживал, принимаясь говорить хриплым голосом, и Фролов, волнуясь, бросал на дверь умоляющие взгляды, но никого больше это, по-видимому, не беспокоило.

В какой-то момент вспомнили и о них. Валентина, пробегая мимо, бросила на приятелей быстрый взгляд и заявила бесцеремонно: – «Так, а вы ступайте, вам тут больше делать нечего!»

Толян стал было подниматься, но Александр глянул на него так жалобно, что тот откашлялся и спросил неловко: – «Мы, может, это, посидим тут еще тихонько? Очень уж, видишь, человек волнуется. Вдруг еще показания понадобятся, опять же».

Фролов тоже кашлянул, будто собираясь что-то добавить, но смешался и лишь кивнул. Валентина поджала губы, но потом вздохнула, махнула рукой: – «Ладно, сидите», – и тут же куда-то умчалась, оставив после себя все тот же едва уловимый французский запах.

Владельца Фольксвагена вычислили быстро, но микроавтобус, как и следовало ожидать, оказался в угоне. С катером же выявились неувязки в картотеке, и Виталик, уже без крика, ласково и вкрадчиво, как инквизитор, обещал абоненту крупные неприятности, если тот не разберется с их делом в эту самую секунду.

«Тебя знаешь за что подвесят? Нет, ты подумай, за что тебя подвесят?» – вопрошал он елейным тоном, после звонил куда-то еще, ныл, умолял, настаивал, и на лысине у него блестели крупные капли пота. К делу подключилась и майор «Марь Ивановна», из ее полуоткрытой двери донеслись пару раз рулады залихватского мата, так что Толян даже встрепенулся и посмотрел в ту сторону с уважением. Потом все как-то сразу успокоились, и Валентина с Виталиком стали собираться.

«Нашли хозяина, – победно подмигнул ухмыляющийся Виталик. – Старший механик с аккумуляторного, судимость на нем висит, еще по малолетке. Ща поедем поговорим».

«Он-то нам и нужен, – шепнул Толян Фролову и, осмелев, спросил Валентину: – Слушай, Валь, а можно мы с вами?»

«Обалдели? – удивилась та. – Тоже мне, группа захвата. Нельзя, и чтоб ноги вашей не было там, у дома. – Потом посмотрела на несчастного Александра и вздохнула: – Ладно, Толик, запиши мой новый мобильный. Так уж и быть, позвоните мне через час».

Дежурный Панкратов глядел на них недобро, но разговаривал на удивление сдержанно. «Вот тут впишите – точно как в паспорте, и подпись разборчиво, во всю клетку», – пробормотал он с некоторой даже услужливостью, премного удивившей Толяна.

«Смотри-ка, мы почти уже герои, – тихо сказал он Фролову, отойдя от окошка. – Не держится у них секрет: менты, а болтают, как бабы».

«Ага», – вяло согласился тот уже на улице, зябко потирая плечи. Несмотря на теплую погоду, его вдруг затрясло лихорадочной дрожью.

«Да, перенервничал ты, – критически оглядел его Толян. – Пивка бы теперь – в самый раз. Сейчас, быстро сообразим».

Он огляделся по сторонам и ткнул куда-то пальцем: – «А вот и магазин!» Действительно, на другой стороне улицы, посреди сквера с тощими липами, стоял домик, почти сплошь из стекла, украшенный витиеватой вывеской «Вкус Снов». Под нею был намалеван устрашающего вида торт, но это не остановило Толяна, чуть не за руку потащившего напарника прямо через дорогу, меж сигналящих машин.

«Нам, пивка, мамаша, – выпалил он с порога, бодрым шагом направляясь к прилавку. – В наших снах сегодня вкус холодного пива».

Продавщица, рыхлая пожилая женщина, посмотрела на него в недоумении. «У нас только пирожные, – сказала она виновато. – Пиво – это вам в кафе, вон туда, направо. Там и терраса летняя есть…» – Она выговаривала «тэррасса», на несколько восточный манер, несмотря на круглое русское лицо и светлые волосы, стянутые в пучок.

«Каффэ с тэррассой, – передразнил ее водитель, отчего-то обидевшись, – ну поня-атно. Там же, наверное, с наценкой, а? Так вот и дурят – а мы ж не приезжие. Вы нам продали бы как своим».

«Да нет у меня пива, – рассердилась продавщица и с подозрением глянула на молчащего Фролова. – А вас я знать не знаю – идите в кафе и пейте».

Она взяла тряпку, не очень чистую на вид, и стала

демонстративно протирать прилавок. Оттуда сразу потянуло хлоркой, Александр поморщился и повернулся к двери. «Недобро вы смотрите, мамаша, а еще тортами торгуете», – сказал продавщице Толян и поспешил вслед за ним, бормоча на ходу: – «Таких покупателей упустила, дура…»

В кафе, находившемся тут же за углом, было пусто, а пиво оказалось на удивление неплохим. «Точно, с наценкой», – продолжал ворчать водитель, оглядывая пустые столы, но Александр, не обращая на него внимания, в несколько глотков опустошил полулитровую бутылку и потянулся за следующей. «Даешь ты, – Толян покачал головой, – ну ничего, теперь все под контролем. Никуда не денутся, Валентина их прижмет к ногтю!» – он закурил сигарету и развалился на стуле с видом человека, только что докончившего трудное дело.

«Многие начинают мстить раньше, чем их успели обидеть», – пробормотал Фролов, помолчав. – «Но это явно не наш случай».

«Неплохо, – похвалил напарник. – Это ты сам придумал?»

«Да нет, – рассеянно ответил Александр, – так, читал, записывал».

«Эх, – вздохнул Толян, – сразу видно, столица. Идеи там у вас, книжки небось читаете каждый день».

«Ну, это кто как, – откликнулся Фролов все так же рассеянно. – Что там, звонить не пора?»

«Не гони, – строго сказал водитель. – Условились через час – через час и звякнем. А то нас, прикинь-ка, пошлют с перебором…» – он встал, подошел к стойке и вернулся еще с двумя бутылками, присвистнув мимоходом вслед стайке девиц с длинными голыми ногами. «Скажи еще что-нибудь этакое, – попросил он вдруг Александра. – Такое вот, с хитрованским смыслом. А то у нас тут с умным человеком не так часто и поговоришь».

Тот стал отнекиваться, но напарник не отставал. «Ну ладно, – сдался Фролов. – Знаешь, говорится: ‘Ни один военный план не переживает встречи с противником’. Интересно отметить,

– добавил он усмехнувшись, – что у меня не было никакого плана. Или вот еще: ‘Война – это каталог грубых ошибок’».

«Ну, это уж ты точно сам, – уверенно заявил Толян. – Так серьезный человек не скажет – я, между прочим, тоже на вояк насмотрелся».

«Да нет, – Александр покачал головой, – это не я, это Уинстон Черчилль. Куда уж, как говорится, серьезней».

«Ладно, Черчилль так Черчилль, – согласился водитель, но было видно, что он ему не поверил. – У каждого бывает плохой момент, чего не сболтнешь с расстройства. А иностранцы – они странные, как ни крути».

«Вообще, я тебе скажу... – он закурил новую сигарету и помахал рукой, отгоняя дым. – Вообще, от заграницы у нас многовато ждут. Это все Москва ваша – не обижайся – она на Америку так и пялится в оба глаза. А у нас тут, как всегда, слышал звон да не знаешь откуда. Только девки, дуры, замуж хотят – за иностранца, за иностранца... А я так думаю, там мороки больше, чем удовольствий».

Фролов неопределенно хмыкнул и украдкой посмотрел на часы. «Не бойся, я слежу, – проворчал Толян обиженно. – Думаешь, с двух бутылок я уже и о деле забыл? Рано еще, не суетись – жаль, конечно, что ты не куришь».

«Это да, – неожиданно согласился Александр. – Но не могу, у меня от этого кашель».

«Все вы там хлюпики, – кивнул Толян. – Это потому, что у вас там центр мира. Отрава – она всегда в центре, а что до заграницы, у нас тут тоже всякое есть, не хуже Америк. Вон говорят – Бермуды, Бермуды, а под Сиволдайском Верблюжье ущелье их Бермудам еще фору даст. И люди пропадают, и целые экспедиции – с концами, хоть кино снимай».

«Да?» – переспросил Фролов без особого интереса. Он вертел в пальцах бутылочную пробку, не отрывая от нее взгляда.

«Абсолютно! Я тебе говорю, – заявил Толян с нажимом на ‘я’. – Мне свояк рассказывал – еще когда я жил со своей бывшей.

Об этом просто в газетах не пишут, запрещено. Раньше – чтоб паники не было, а теперь так, по привычке».

От стойки кафе к ним прошлепала рябая буфетчица, бойко собрала в охапку пустые бутылки и стрельнула в сторону Александра шалым зеленым глазом. «Пиво еще будете брать, мужчины?» – поинтересовалась она игриво.

«Попозже, – солидно отозвался Толян. – Иди пока, не прессингуй».

«Ха», – хмыкнула та и побрела назад. Фролов отметил машинально, что от нее тоже пахнет французскими духами.

«По привычке, – повторил напарник, снова обращаясь к нему. – Вот и свояк говорил: у них в институте пропала группа – ни слуху от нее, ни духу. За ней поисковики отправились, так один тоже сгинул с концами. А другого змея укусила», – добавил он и вздохнул.

Фролов задумчиво покивал, продолжая возиться с пробкой. Водитель наклонился к нему поближе и сказал проникновенно: – «Ты вообще-то зря не веришь. Вы там все неверующие Фомы, но у нас тут дела настоящие, не туфта!»

«Помнишь, я тебе говорил – здесь в древности большой город стоял, – оживился он снова. – Побогаче Москвы, весь в татарском золоте. Стоял, стоял, а потом раз – и нет его, ушел под землю весь в один день. Теперь там развалины, но к ним тоже не ездят, чего зря поминать. Тут и так одни овраги, сползаем мы в Волгу, медленно, но верно».

«Давай, звони уже, – взмолился Александр. – Сил больше нет ждать».

Толян нахмурился, пробурчал недовольно: – «Развлекаю тебя, развлекаю…» – но послушно достал телефон и стал набирать номер. «Пошлет она нас сейчас, – прошептал он с отчаянной тоской в голосе и тут же зачастил в трубку: – Валь, Валь, привет, это мы…»

Вопреки его ожиданиям, следователь Никитина была настроена благодушно. Этому способствовал успешный ход расследования, имевшего все шансы обратиться сенсацией. Хозяин катера оказался дома, равно как и вся его семья, состоящая из сожительницы средних лет и полудюжины разномастных кошек, которыми пахло уже на улице. Ситуацию слегка омрачал тот факт, что механик не годился для допроса, валяясь на кровати в глубоком наркотическом сне, но, судя по косвенным признакам, должен был очнуться часов через семь-восемь – и тогда уж рассказать все без утайки. Зато его подруга, женщина добрая, хоть и напуганная жизнью, оказалась словоохотлива, очевидно обрадовавшись случаю побеседовать с кем-нибудь, кроме кошек. Она-то и поведала Валентине с Виталиком, что ее «мужик» возился с катером почти весь день, плавал куда-то и прогулял работу, а на резонные, хоть и настойчивые вопросы отвечать отказался и даже несколько вспылил, свидетельством чему является свежая ссадина у нее на лице. Однако, она на него не в претензии: изначальная ее версия, по которой механик развлекался с девками, по некотором размышлении отпала сама собой – ибо домой он пришел трезвый, в веселом расположении духа и с деньгами. Денег, он заявил, теперь будет навалом, грозился купить мотоцикл и импортный костюм, а потом на радостях обнюхался дурью сверх меры, мешая ее с самодельной водкой, что с ним случается нередко, хоть и не каждый день. Она даже думала сначала, что он помрет, но теперь видит – нет, не помрет. Ночью очнется, хоть и не слишком свежим – это уж точно, ну да ей не привыкать.

В общем, картина вырисовывалась ясная, как нельзя лучше подходящая к случаю. С механиком оставили двух милиционеров, чтобы не пропустить его возвращение в мир реалий, а следователи отправились назад в Управление, разбираться с ежедневной текучкой. Валентина попрощалась с Толяном тепло и велела звонить завтра, пообещав держать его в курсе.

«Ну вот, – резюмировал тот, пересказав напарнику услышанное. – Сделали мы таки с тобой, что могли. Ждем теперь до утра и надеемся на лучшее – больше от нас ничего не зависит».

По всему было видно, что он доволен собой и своим вкладом в милицейскую акцию, но Фролов успокаиваться на достигнутом не желал. «Как до утра? – вскинулся он. – Этот гад ведь ночью все расскажет».

«Ты что, – Толян снисходительно усмехнулся. – Ночью… По ночам милиция спит. Да и вправду ведь, темно – куда там плыть?»

Александр так и замер, глядя на него с открытым ртом, но Толяна было не пронять. «Тут даже если труп находят, – пояснил он, неторопливо закуривая, – так, бывает, не едут сразу, ждут пару часов. Вечер, мол, наступит и все. День закончен, работа только утром. А у нас ведь и трупа-то нет».

Фролов только выдохнул сквозь зубы и потер лицо рукой. Все его напряжение как-то сразу исчезло, на смену вновь пришли безразличие и апатия. «Да ты не парься, – сочувствовал ему водитель. – Видишь, все на мази. И мы до утра отдохнем – дело сделано, сам бог велел. Предлагаю ко мне, ты как смотришь? Пожрать купим, водочки, потом девчонок закажем…»

«Нет, это уволь, – Александр замотал головой. – Я женщин за деньги не покупаю. Предубеждение у меня, уж извини».

«Предубеждение? – переспросил водитель с искренним изумлением. – В первый раз такое вижу. Понятно, ты из столицы и вообще человек сложный… У нас-то каждый знает: вся Россия – это пьянство и блядство. И то – а чем тут еще заняться: вон, в километре Волга, а за ней одна степь. И так на тысячи верст – иной раз задумаешься, и становится не по себе. Лучше уж, знаешь, отвлечься и не думать, вот и остается – водка, бабы… Ну что, может еще по пиву?»

Он сделал знак буфетчице и показал ей два пальца. Та шустро выбралась из-за стойки и поставила перед ними две откупоренные бутылки. «Покушать не желаете?» – спросила она томно, вновь поглядывая на Фролова.

«Иди, иди, Маня, – отмахнулся Толян. – Кушать мы в другом месте желаем, почище».

«Я не Маня, я Верони-ика», – обиженно протянула девушка и пошла обратно, шаркая подошвами.

«Ишь, Вероника, – буркнул водитель, глядя ей вслед. – С характером тоже. Как она на тебя-то глядела – заинтересовал ты ее, московский гость. Ну, она-то нам не подходит, нет».

Он отхлебнул из своей бутылки и задумчиво обвел взглядом окрестности. Потом почесал в затылке, поморщился и сказал: – «Вообще-то, покупают не женщину, покупают любовь. А любовь, она всякая бывает; повезет, не повезет, заранее не скажешь. Это у вас там просто – заплатил, купил… Тут-то все выходит посложней».

«Да-да, – добавил он с напором в ответ на недоуменный взгляд Фролова. – Тут, бывает, заплатишь, а тебе в комплекте – все ее заморочки. Ну и любовь понятно, если ты ей конечно по нраву, потому что: а куда еще здешним бабам все это девать? Мужики у нас – так себе, дрянь, а с другими и познакомиться-то негде, кроме как в гостинице под видом шлюх. Так вот бывает и прикупишь весь комплект – и не знаешь потом, что это было и куда бежать. И чего еще желать, тоже порой не знаешь, да и к тому же, если не за деньги, то как от них все это получить? Они ж глупые все, у них в голове – то, что им мамки с бабками наплели. Замуж, семья, дети, а главное в себе не ценят».

«Занятно», – пробормотал Александр и одним глотком допил свое пиво.

«Не убедил, нет? – спросил его Толян и кивнул понимающе: – Сам вижу, что нет. По бабам ты не философ, ты все больше про войну. А следили-то мы за бабой, не за танком… Ладно, не обижайся, не хочешь – значит, не хочешь. С приличными познакомимся по такому случаю. Если ты, как говорится, чувствуешь разницу».

«А может вообще без этого? – лениво спросил Фролов, бросая

на стол несколько купюр. – Я и в поезде не спал почти, и день вон какой получился…»

«Ты это брось, – строго оборвал его Толян. – Это у нас выйдет непорядок. Поработали – нужно отдохнуть, каждый тебе скажет!» Он допил пиво и предложил: – «Давай-ка, ты днем командовал, теперь отдавай инициативу. Я тебе буду 'принимающая сторона' – с выпивкой и культурной программой».

Они сели в безотказную «девятку» и медленно поехали по Московской. «Ну, как знаешь, – нарушил молчание Александр. – Только, если в клуб, то мне и надеть-то нечего».

«Зачем в клуб? – удивился Толян. – В клубе-то как раз контингент сомнительный, 'спонсоров' ищут, если по-вашему. На Проспект пойдем, там всяких хватает – подцепим каких-нибудь студенток. Проспект у нас не длинный, но многолюдный…» – он свернул направо, на улицу Чапаева, где уже убрали следы утренней катастрофы, посигналил зазевавшемуся велосипедисту и сказал бодро, притормозив у бордюра: – «Вот и приехали, вылезай».

На Проспекте, превращенном в пешеходную зону, вечерняя жизнь била ключом. Разодетые толпы фланировали из конца в конец, перемешиваясь, растекаясь по переулкам и вновь вливаясь в основной поток. Большую часть гуляющих составляли женщины – всех возрастов и на любой вкус. Фролов вдруг оживился и стал поглядывать по сторонам – с неожиданным для себя интересом.

Апатия почти прошла, ему вспомнилось, как в юности они с приятелем выходили на романтическую охоту, имея в руках авоську с муляжом рыбы-трески. Это называлось у них «ловля на рыбий хвост» и было чрезвычайно увлекательным делом. «Привет, мы из созвездия Рыб, нам срочно нужны еще две звезды», – обычно говорил разбитной приятель. Фраза действовала отменно, да и к тому же слова были не так важны – молодость и беспечный вид значили куда больше. «Рыбий хвост…» – пробормотал Александр с усмешкой, оглянулся вокруг и расправил плечи.

«Ты чего?» – спросил его Толян.

«Да вспомнил тут одну вещь, – Фролов вновь издал короткий смешок. – Мы, знаешь, весело развлекались в молодости», – и он изложил вкратце идею с муляжом, не вызвавшую у водителя воодушевления.

«Ну нет, здесь это не пойдет, – сказал тот с сомнением. – Очумеют, подумают – обкуренные или что. Уж лучше без рыбы, тем более, что и нет у нас рыбы, где ее тут взять?»

«Да я так, пошутил, – попытался оправдаться Александр. – Просто вспомнилось кстати».

«Ну да, – кивнул Толян, – вспомнилось, так вспомнилось. Только ты, знаешь, давай лучше молчком, для нас все же главное – результат. Или вот, еще лучше, на скамеечке посиди – я сам сговорюсь, а то до ночи бродить будем».

Фролов пожал плечами и сел на пустующую скамью, а его напарник растворился в толпе. Ждать «результата» пришлось недолго – через четверть часа Толян вернулся с двумя девицами. Они были молоды, держались скромно, но разглядывали Александра с откровенным любопытством. Одна из них, высокая и плотная, с коровьим телом и грустной полуулыбкой на губах, представилась Светой, а вторая, полная ей противоположность, маленькая, хрупкая и озорная, пропищала: – «Лик-ка», – будто споткнувшись на среднем «к». Фролов подумал, что Лика похожа на обезьянку из русских джунглей, где вместо бананов – кедровые шишки, а еще – что обе они, наверное, невыносимо глупы, но вскоре выяснилось, что это вовсе не так.

Девицы и впрямь оказались студентками – очень даже бойкими на язык. Они щебетали о ерунде, пока вся компания брела к началу проспекта, где ждали верные толяновские «Жигули». Фролов продолжал ловить на себе их взгляды, недоумевая, чем он обязан такому интересу, пока водитель, улучив момент, не шепнул ему на ухо: – «Ты не удивляйся. Я им наплел, что ты киношник из Москвы, вот они и зыркают».

Александр только хмыкнул, ему было все равно. Москва

казалась далекой, как другая планета. Там, в той жизни, он мог быть кем угодно, сейчас это не имело значения. Он чувствовал, что этим вечером будет легко забыться и о многом забыть, что только и требовалось ему теперь, а всем прочим он был сыт по горло.

Дойдя до машины, девушки разом смолкли и потребовали уточнить план вечера. «Ну, какой план… – протянул Толян, хитро поглядывая на Свету. – У приятеля вот московского день рождения сегодня – отметить хотим, а вдвоем скучно. В этом и план, другого нет».

«День рождения!? – Лика повернулась к Фролову и сделала большие глаза. – Ой, ну мы тебя поздравляем от всего сердца. Только вот подарка не припасли…» – она переглянулась с подругой, и обе они захихикали.

«Зачем подарок? Вы сами лучший подарок!» – напыщенно произнес Толян.

Какая пошлость, – подумал Александр, передернувшись внутри, – просто-напросто мыльная опера, – но девицы восприняли заявление вполне благосклонно. По-видимому, знакомство развивалось успешно, и светский ритуал выдерживался по всем правилам. «Вы как вообще собирались, – деловито поинтересовалась Лика, – в кабак или на дому?»

«Да что кабак – там курят, выражаются, – осклабился Толян во весь рот. – Мы уж лучше по-домашнему: заедем, водочки возьмем, ну и шашлыка, помидоров…»

«Я водку не пью, – вдруг перебила его Света. – Мне белого вина!»

«А я шашлыка не ем, – поддержала ее подруга. – Мне птичьего молока! – И расхохоталась, увидев вытянувшееся лицо Толяна: – Да шутим мы, шутим – она еще и вас перепьет обоих».

На этом переговоры были закончены. Компания уселась в тесную «девятку» и понеслась задорно и лихо по разбитому асфальту сиволдайских улиц, взяв курс на восток, к спальному району-муравейнику, где водитель Толян проживал в однокомнатной квартире, доставшейся ему от бабки. По пути они заехали в только что отстроенный супермаркет, где разжились всем необходимым. Девушки отнеслись к покупкам вдумчиво и серьезно. Водки, по настоянию повеселевшей Светы, закупили побольше, добавив к ней еще и игристого вина, а вот шашлыка у надменных армян в палатке, приютившейся по соседству, решили много не брать. «Чтобы не обожраться, как свиньи», – строго произнесла Лика голосом школьной учительницы, и Фролов неожиданно расхохотался до слез, вызвав всеобщее удивление. Потом наступила очередь сладостей, а в самом конце – овощей и фруктов, причем Лика сразу схватила банан и стала его чистить ловкими движениями. Ну точно, мартышка, – подумал Александр с некоторым даже умилением, потом вспомнил о Елизавете, похищении и своем недавнем отчаянии, устыдился на миг, но тут же обо всем этом позабыл.

В подъезде блочной пятиэтажки ему очень хотелось зажать пальцами нос, чему мешали сумки с продуктами в обеих руках, но, к счастью, до третьего этажа они добрались быстро. Квартира, несмотря на странную планировку, оказалась вполне уютной, а совместный процесс приготовления пищи превратил всех четверых в закадычных друзей. Фролов отметил, что его водитель весьма обходителен со случайными подругами и отнюдь не выглядит женоненавистником, как показалось ему днем. Однако, раздумывать над этим фактом он не стал, посчитав его еще одним свидетельством своеобразия провинциальной жизни.

Потом, до поздней ночи, они ели, пьянствовали и пели песни. По случайности, Света с Ликой оказались солистками университетского хора, о чем и заявили с чуть наивной гордостью после нескольких первых рюмок. Фролов предложил им спеть – будучи уверен, что они откажутся, но девицы восприняли просьбу с энтузиазмом, и уговаривать их не пришлось.

«Тут у нас все поют, – махнул рукой Толян, уже несколько захмелевший. – Весь женский пол – чем ему еще себя проявить?»

«Так уж и нечем?» – вульгарно хохотнула Света, потом

посмотрела на хрупкую подругу, та вздохнула, чуть склонила голову и начала негромко:

Степь да степь кругом,
путь далек лежит…

Голоса у них и впрямь были на удивление хороши. Александр быстро размяк – и от водки, и от печальных песен – а Толян хорохорился поначалу, строя из себя сурового типа, и поглядывал на певиц снисходительно и насмешливо. Вскоре впрочем и он расчувствовался – едва ли не вытирал глаза и даже пытался дирижировать вилкой, а когда подруги вышли покурить на балкон, придвинулся к Фролову и зашептал с чувством: – «Вот же поют девчонки, а нам-то все – лишь бы их трахнуть. А они красавицы, и греха в них нет…»

Потом они опять ели, еще больше пили и пели снова и снова – уже вчетвером. Ни Александр, ни Толян не могли удержаться, хоть их пьяный вокал оставлял желать лучшего. Девушки, впрочем, не возражали; они сидели с распущенными волосами, как вакханки в языческом лесу. Глаза их пылали, словно угли, а лица, казалось, сделались старше и строже, будто часть жизни ушла в песню или в пространство за тысячи миль отсюда.

Извела меня кручина
подколодная змея… –

выводили они, глядя в темное окно, и Толян подхватывал, чуть не всхлипывая от наплыва чувств: –

догорай, моя лучина… –

и даже Фролов вспоминал вдруг давно забытые слова и вступал хриплым фальцетом, хоть до того не пел никогда и нигде.

Жрицы-вакханки двоились у него в зрачках, расплывались, делались многолики. Он видел в них молодое, девичье, и будущее, бабье, и даже старушечье – с чистой строгостью выстраданной печали. Они были не здесь – далеко отсюда; они были не вместе – их разлучали расстояния, привычные для этих мест. Но песня связывала воедино: казалось, что теперь никто не может остаться непричастным – и при том каждый был непричастен, сам по себе, одинок. Даже умереть было не страшно – все равно, что отойти в сторону, с глаз долой. Отойти, опустить веки и вспомнить все то же: даль, бесконечность…

В голове у Александра спуталось и смешалось, он забыл, где он и зачем. Он даже не заметил, как на столе вместо водочных бутылок появился большой чайник, и исчезли тарелки с остатками мяса. Все были пьяны и преисполнены любви друг к другу. Толян сидел, подперев рукой щеку, девушки прижались одна к другой, полуобнявшись и сблизившись головами.

А про ямщика знаете? – спросил у них Александр заплетающимся языком, и водитель, будто очнувшись, поддержал его: – «Да, эту-то знаешь, Светка?» Та лишь степенно кивнула, потрепала подругу по спине и начала низким сильным голосом:

Как грустно, туманно кругом…

Лика обернулась к ней и поддержала с надрывом:

тосклив, безотраден мой путь… –

а потом и Толян с Фроловым, насупившись и посуровев, стали подтягивать немного не в такт. Так, все вместе, они допели до конца главную песню российских дорожных хлябей – и замолчали, и стало ясно, что вечер сам собой подошел к концу.

«Ну чего, – Толян тяжело поднялся и поглядел на Александра, – простыни вон, в шкафу. Тебе, как гостю, хозяйская кровать, а мы со Светланой, светом моих очей, уж как-нибудь в кухне, на диване. Пошли, королева», – сказал он Свете, и та, не споря, поплыла вперед, гордая, как пава.

Миниатюрная Лика посмотрела на Фролова откровенно и с вызовом. «Это не обязательно, – сказал он быстро, смутившись чего-то, несмотря на водку. – Если хочешь, можем вообще в одежде лечь».

«Я тебе нравлюсь?» – спросила она чуть напряженным голосом.

«Конечно», – ответил он совершенно искренне.

«Тогда выключи свет, – Лика встала из-за стола, подошла к окну и раздвинула шторы. – Там, смотри, на горе какие-то огни – так красиво… А в одежде я не сплю, она от этого мнется».

Потом они сидели в полумраке, и он гладил ее по голове, впервые за последнюю неделю чувствуя, что ему хорошо. Свет фонарей с улицы позволял видеть немногое, лишь контуры предметов и странную улыбку у нее на лице – словно срисованную со старинной картины. Потом она сама затащила его в постель – заявив, что пора уже и расслабиться. Фролов был сильно пьян и помнил немногое: только ту же ее улыбку в зыбких уличных бликах и повадку резвого зверька, ищущего ласки. А еще, в какой-то момент, она уперлась ему в грудь маленькими ступнями, вся исказилась лицом и стала вдруг похожа на японскую обезьянку Нихон-дзару, непонятно как очутившуюся в пыльных российских степях.

Глава 22

Александра разбудил солнечный луч, как бывает в безмятежном детстве. Какое-то время он морщился и чмокал губами, потом смирился и открыл глаза. Подушка с ним рядом пустовала, пусто было и в комнате, и будто во всем мире. Исчезли и Лика, и все остальные; в воздухе витал дух операционной или, быть может, стерильной палаты – стеклянного шкафа с инструментами пыток, казенной кровати, к которой он был пристегнут широкими брезентовыми ремнями…

Фролов глубоко вздохнул, собрался с силами и сел. Вчерашнее тут же дало о себе знать: в ушах зазвенело, а в голове набухла ватная тяжесть. Он терпеливо переждал первые, самые неприятные минуты, потом осторожно потянулся и обвел глазами комнату. Его и впрямь оставили одного, но обстановка кругом была обыденной и мирной. От пиршества не осталось и следа – очевидно, об этом позаботились какие-то гномы или феи. Александр еще покрутил носом, принюхиваясь к запахам, в которых вновь, как и вчера, ему почудилось что-то французское, потом откашлялся и произнес вслух: – «Да, неплохо…» Взгляд его упал на собственную одежду, в беспорядке разбросанную у кровати. Он вспомнил маленькую любовницу, похожую на мартышку, подумал с некоторой грустью, что едва ли они встретятся еще когда-то, и тут же застонал, пронзенный мыслью о Елизавете, находящейся в руках бандитов, своем бездействии и пьяном свинстве.

«Скотина!» – выругал он себя и принялся поспешно одеваться, больше не обращая внимания на звон в ушах и головную боль. Натянув джинсы и рубашку, он прикрыл одеялом затейливо измятую постель, еще раз сокрушенно вздохнул и поспешил на кухню.

Компаньон лежал на боку, подложив ладонь под щеку, и заливисто, самозабвенно храпел. Фролов мельком глянул на его мощное плечо, украшенное татуировкой «КИСА», и сказал хрипло: – «Слышь, Толян, давай просыпайся». К словам тот оказался безнадежно глух, пришлось тряхнуть его раз и другой, прежде чем храп сменился недовольным брюзжанием, а потом и вялым, но осмысленным вопросом: – «Времени сколько, земляк?»

«Полдевятого уже, – сказал Александр нервно. – Давай, вставай, звонить пора».

Толян перевернулся на спину, потер кулаками глаза и сообщил в пространство: – «Башка болит – очуметь. Ну, мы вчера дали…»

Фролов беспокойно зашагал по кухне, потом схватил чайник и стал наполнять его водой из-под крана. «Рано ты меня поднял, – пожаловался Толян ему в спину. – Ни черта еще не случилось, помяни мое слово. Сначала девки разбудили – практика у них ни свет, ни заря – потом ты… Я им, кстати, дал по пятьсот, на такси и на кофе».

Александр молча порылся в кармане, потом сходил в комнату, разыскал свою сумку и протянул водителю деньги. «На вот, тут за девчонок и тебе за вчерашний день, а теперь – давай, звони милиционерше», – сказал он сухо и стал разжигать непослушную конфорку. Толян поворчал еще немного, затем прошлепал босыми ногами в ванную и только после этого взялся наконец за телефон.

Разговор получился трудным. К мобильному следователя

Никитиной неожиданно подошел ее муж, был невежлив и дерзок, выспросил язвительно, кто, от кого и по какому вопросу, и лишь после этого дал трубку Валентине, которая первым делом отругала Толяна за слишком ранний звонок. Потом она сменила-таки гнев на милость и сообщила, что хозяин катера пришел в себя, во всем сознался и готов сотрудничать в полной мере. Так что, все идет как нужно, скоро прибудет подкрепление из ОМОНа, и ее саму вот-вот заберет машина, хоть руководить всем делом возможно достанется и не ей – тут у Никитиной в голосе прозвучала явная обида.

«Может и мы подскочим? – осторожно поинтересовался Толян. – Все равно, мы уже в курсе».

Валентина лишь хмыкнула в ответ свое привычное: – «Обалдел?» – потом вздохнула и добавила: – «Ладно, передай своему московскому, что заложников, если живы до сих пор, сразу к Волжскому отделению повезем, что на главной пристани, у Речного. Туда и подтягивайтесь…» – и оборвала разговор, даже как следует не попрощавшись.

«Ну и достался ей фрукт, Отелло хренов», – пробурчал Толян, в сердцах швырнув телефонную трубку на стол.

«Что там?» – спросил Александр нетерпеливо, переминаясь с ноги на ногу.

«Кино и немцы, – вздохнул водитель. – ОМОН и начальство всякое. У Вальки, похоже, отберут лакомый кусочек. В общем, слушай, скоро поплывут за твоей ненаглядной…»

Он быстро и толково пересказал Фролову всю беседу и категорически помотал головой на его поспешное «Едем!». «Некуда нам ехать, рано еще, – заявил он непреклонно. – Начальница наша, и та еще, видишь, с хахалем своим. А вон и дождь – что мы, дураки, на пристани мокнуть?»

Действительно, утреннее солнце скрылось за тучами, небо сделалось серым и низким, и по оконному карнизу застучали частые капли. На кухне потемнело, и на душе у Александра стало муторно и тоскливо. Вчерашняя слежка и бандиты с пистолетами, пьяная ночь и песни, Лика, которую он теперь помнил плохо, и ее жадные ласки – все смешалось в фантасмагорический спектакль, придуманный будто им самим в том же пьяном угаре. К Елизавете он испытывал жалость, смешанную с обидой, а к себе – презрение и злобу, как к бездарному режиссеру, взявшемуся не за свое дело. Скорее бы все кончилось, – подумал он раздраженно и стал разливать по чашкам остатки чая.

Они позавтракали без всякого аппетита, и через час уже садились в многострадальную «девятку», причем Фролов держал в руках мощный полевой бинокль, который Толян, покряхтев, отыскал в недрах платяного шкафа. Дождь к тому времени разошелся вовсю, на асфальте появились лужи, а лобовое стекло тут же запотело.

«Оно и видно, – пробурчал водитель, – дурной день. Ночь и та была лучше, ты как считаешь?»

Александр глянул на него удрученно и ничего не ответил.

Прошедшая ночь показалась хорошей далеко не всем. Для пленников, заточенных на острове в волжских плавнях, она выдалась тревожной и очень долгой.

После слез Елизаветы говорить никому не хотелось. Каждый прилег в своем углу, и наступила тишина, нарушаемая лишь звуками ночного леса и вечно бодрствующей реки. Сны заложников были беспокойны, но никто не ворочался и не стонал, словно не желая выдавать свое присутствие в спасительной тьме.

Фрэнк Уайт Джуниор видел во сне китайскую девушку Ли Чунь – ту самую, что сказала ему когда-то о тривиальности его звезды. Они познакомились в классе по астрономии, потом пошли вместе на студенческое *парти*, и вскоре она стала его подругой, проявив благосклонность в отличие от белых американок. Их сблизила тяга к звездному небу; именно об этом они и говорили, оставаясь наедине. Под влиянием Ли он заинтересовался трудами древних китайцев, не знавших телескопов, но создавших тем не менее стройные схемы мироустройства – особенно в учении И

Цзин и классической Книге Перемен. Фрэнк даже запомнил, как звучат по-китайски двенадцать гексограмм солнечного цикла, восхитившие его своими названиями, в которых, впрочем, крылись загадки. Он вполне понял гексограмму Трудное Начало, но имел проблемы с отличием финальных Цзи-цзи и Вэй-цзи, которые переводились в книжках как Уже Конец и Еще Не Конец, причем вторая следовала за первой. Именно на этом месте его занятия оборвались, и интерес к китайской астрологии угас – вместе с интересом к лунноликой Ли Чунь, в общении с которой он ощущал все же некоторый избыток духовного начала.

Во сне она командовала им властно и строго, заставляя делать нелепые вещи, а он не мог противиться, ибо у нее за поясом красовался огромный кривой кинжал. Он резко контрастировал с одеянием траура – белоснежного цвета, как принято в Китае – это было красиво и он, зачарованный, не мог отвести от девушки глаз. Сон был многолюден, где-то на заднем плане мелькали и Нильва, и злобный инвалид у церковных ворот, и даже Аксел Тимуров, поседевший и обрюзгший, почему-то с рогатым шлемом на голове. Но все они мало значили и были, в общем, бесплотны – главными оставались Ли Чунь и ее клинок.

«Смерть – это хорошо, – говорила она, наступив ему на грудь изящной ножкой в белом сапоге. – Если вас убьют, ты замолвишь за меня слово перед Юйхуаном, Властителем неба!» Спорить с ней у Уайта не поворачивался язык, хоть ум его работал ясно, и он помнил все, случившееся наяву: неудачу с кладом, внезапное похищение, а самое главное – что в Москве его ждет черноволосая Ольга.

Фрэнк чувствовал себя виноватым – и перед Ольгой, и перед кровожадной китаянкой, но более всего перед армией нищих русских математиков, хоть их и не было в его сне. Много раз ему хотелось проснуться, но вязкое сновидение не отпускало. Порой он пробовал заплакать, но под веками не было слез. А мучительница с кинжалом улыбалась коварной улыбкой, словно говоря ему: – «Вэй-цзи, Еще не конец», – но конечно же лукавя при этом, как и все женщины, которых он знал.

В отличие от Фрэнка, Николай Крамской провел большую часть ночи с открытыми глазами. Он глядел в потолок и думал попеременно о странностях совпадений, капризной удаче и безмерном равнодушии высших сил. При этом, его мысли, отвлекаясь от абстракций, обращались то и дело к вещам конкретным, практически бытовым. Он с тоской вспоминал московскую квартиру, парочку любимых ресторанов и их лучших блюд – например, филе корейки или запеченную утку. Опасность обострила все его чувства и особенно – желание жизни и тот вкус к ней, который он успел в себе развить за последние годы. Столица была желанна и безмерно далека, но, думая о ней, Николай тут же укорял себя за то, что обленился и давно не выбирался в другие страны, погрязнув в заботах мелкого бизнесмена.

Как было бы хорошо улететь подальше, бросив все – в Патагонию или на Фиджи, или, допустим, в чилийские Кордильеры. Что держит его в родном городе, кроме свиной корейки и пары-тройки привычек? Мир гораздо больше, чем несколько загазованных улиц – ему ли об этом не знать? От бизнеса, признаться, не так уж много прока, он едва ли хоть чем-то питает душу, а тут – новые впечатления, желания, женщины… Или еще вариант – почему бы не взять с собой Жанну, никогда не бывавшую даже в Европе? Сколько будет восторгов и новых эмоций – у нее, но заодно и у него. Сколько можно ей рассказать и показать, как выигрышно будет он смотреться и как вырастет в ее глазах… Тут определенно что-то есть, как ему раньше не приходило это в голову? – И Крамской стал увлеченно прикидывать выгоды совместного путешествия, даже позабыв на время об опасности и страхах.

Потом ему вспомнился самоуверенный Пугин, наверняка считающий свой заказ средоточием его, Николая, чаяний и дум. Сейчас это показалось столь нелепым, что Крамской чуть не фыркнул в голос – и наверняка бы фыркнул, да еще б и выругался покрепче, если бы был один. Ему стало еще очевидней, что он давно уже перегибает палку, стараясь доказать себе и другим что-то, вовсе недоказуемое, да еще и не значащее многого – в первую очередь для него самого. К тому же, и мироздание могло наконец обидеться: ему дали деньги, а вместе с ними независимость и свободу, и он не должен делать вид, что не замечает этого порой. Вставать в угодливую позу имеют право лишь те, у кого нет выбора, а у него, Крамского, выбор есть – так нужно выбрать наконец и следовать выбранному всегда. А то ведь деньги могут и отобрать – страшнее кары, право, нельзя придумать. Его провинность пока еще невелика, но высшая сила горазда лупить из пушек – лишь только заметит шевеление в кустах…

Николай неслышно вздыхал и считал до ста, чтобы отвлечься. Порой он проваливался в дремоту – сновидений не было, его лишь окутывал вязкий дурман, как туман на болоте, стелющийся над мхом. Небо, которого не было видно, давило ему на грудь. Причины и следствия, рожденные в слепых вихрях, вовлекали в водоворот, как в центр воронки, путь из которой – в бездну. Леса и степи, река и бескрайние земли кругом – все они таили энергию равнодушия, познать которую значило сделать очень опасный шаг. Крамской просыпался в испарине, сердце его стучало и отдавало в виски, и сразу накатывала тревога, а за ней – липкий страх за свою участь. Он лежал, не шевелясь, прислушиваясь к заоконным шорохам, а потом вновь заставлял себя размышлять – о чем угодно, лишь бы убить время: о Пугачеве, о Жанне Чижик или о странной паре, Елизавете с Тимофеем, так не похожих на жениха и невесту.

Странная пара, тем временем, являла собой образец гармонии, расположившись на самом большом из диванов. Елизавета, поплакав вдоволь, крепко спала, устроившись головой на коленях у Царькова. Хорошего ей не снилось – в воображении рождались лишь злодейства и погони. Местность, правда, была нездешней, и ни один из бандитов, захвативших их в плен, не попал в бурные сновидения. Однако и Тимофея в них не было тоже, что служило главной причиной ее ночной тревоги. Не в силах проснуться, она шевелилась беспокойно и цеплялась за его одежду, словно пытаясь убедиться в его безусловном присутствии. Он тогда обнимал ее крепче, и Елизавета затихала, но и в новых грезах ему не находилось места, она была одна и спасалась от напастей в одиночку, порой вздрагивая всем телом.

Страх, впрочем, не мучал ее больше – он исчез вместе со слезами. Она помнила недавнюю слабость, не стыдясь, понимая будто, что теперь она стала сильней и уже не будет прежней. Тимофея не было в ее снах, но она знала, во сне и наяву, что они с ним близки и сражаются бок о бок. Просто он, наверное, отлучился на время – может он ищет ее в других краях, может ему мешают и держат взаперти?

Ей хотелось рваться куда-то с ним вместе, преодолевать, жертвовать, побеждать. В этом был смысл – обретенный недавно – и за этот смысл она тоже цеплялась, как за одежду Царькова. Нет, он не оставит ее, не бросит, как Пугачев Евдокию-Машу. Да и вообще, он не черный демон, и она не хозяйская дочь. Зачем вообще этот Крамской со шрамом рассказывал свои сказки? Ей нет дела ни до Пугачева, ни до самого Крамского – неважно, художника или непонятно кого. Она здесь потому, что они неразлучны – она и Тимофей. Это вполне оправдывает происходящее; даже опасность, хоть и реальна, но все же эфемерна до поры, а он – вот он, рядом, ни в какой эфемерности его не заподозришь.

Что же касается Царькова, он, как и Николай, почти не сомкнул глаз. Мозг его работал лихорадочно и без пауз, как большая вычислительная машина. В отличие от Лизы, он понимал прекрасно всю серьезность нависшей над ними угрозы. Собственная участь занимала его больше всего, но и судьбы прочих, втянутых в историю по его вине, тоже были ему не безразличны. Порой он скашивал зрачки на Елизавету и тихо, сокрушенно вздыхал. Все же остальное время его одолевал лишь один вопрос: «Кто?»

Вновь и вновь он прокручивал в голове свои комбинации и схемы, вспоминал заказчиков и разговоры с ними – до мельчайших деталей, оборотов речи. Прикрывая веки, он видел, будто воочию, всю свою взыскательную клиентуру – череду самодовольных лиц, походящих, как правило, на свиные рыла или вытянутые хорьковые морды. Когда-то, помнится, он удивлялся, что такие люди значатся теперь в авангарде, превратившись в новых хозяев жизни. Во времена его московской юности их трудно было представить ходящими по улицам открыто. Потом улицы стали ими полны, а после они вновь исчезли с тротуаров, переместившись в просторные офисы и шикарные авто. Царьков научился вести с ними дела, но всегда был настороже, чувствуя свою чужеродность, и теперь вспоминал подробности каждой из операций в тщетном поиске намека на сегодняшний, ни на что не похожий инцидент.

Помимо клиентов, он перебирал в памяти и почти случайных людей, чьи интересы могли быть ущемлены или не приняты в расчет. Звено за звеном, он прослеживал цепочки исполнителей, пытаясь угадать, кто из них мог бы решиться на внезапную наглость и потянуть одеяло на себя. Это был утомительный процесс; к тому же, мысли его сбивались с одного на другое: с местных латифундистов на пивоваров из Самары, с наглых чиновников, очумевших от вседозволенности, на украинские фирмы-однодневки или прибалтийские банки, не чуравшиеся беспредела, несмотря на европейские паспорта. Порой он думал даже о своих сотрудниках, подобранных тщательно и с умом, выдернутых из трясины полунищей жизни, отчищенных, накормленных, обогретых. Каждый из них являл собой незначимую мелочь, но Тимофей знал, сколько неожиданностей кроется порой в мелочах. Их тоже стоило опасаться – кое-кто, проверенный и надежный, мог сойтись с опасными людьми и раскрыться совсем по-другому.

Словом, подумать было о чем. Личные дела – поспешная свадьба, да и весь эпизод с влюбленной Майей, что занимал его целиком последние недели – вовсе вылетели из головы. Новая опасность была непосредственней и реальней, в первую очередь следовало озаботиться ею. Однако, мучительные раздумья ни к чему не приводили: Царьков чувствовал, что движется по кругу.

Исходных данных было слишком мало – и никакая дедукция не могла помочь. Ясно было только одно: что-то важнейшее вышло из-под контроля. Поэтому, в сотый раз повторял себе Тимофей, если только удастся вырваться отсюда живым, первым же делом он отправится к «покровителю» и будет иметь с ним обстоятельный разговор.

«Покровитель», при этом, лежал в тесном морге, пристроенном к медицинскому корпусу Николаевского университета, но Царьков об этом конечно же не знал. Вообще, это событие сразу обрело стратегический характер: информацией о нем располагали лишь избранные люди, изо всех сил старавшиеся не выпускать ее наружу. Одним из таковых был полковник Нестеров, начальник Кировского РУВД, напряженно размышлявший, вместе со всеми посвященными, что значит эта неприятность в смысле расстановки сил, кто выиграет от передела территории, и вообще, как теперь быть, с кем работать и на кого ставить.

Ближайшее будущее представлялось ему невеселым. Связям, налаженным за многие годы, угрожала серьезная девальвация, иные из мелких грешков вполне могли выплыть наружу, и потому глава районной милиции пребывал в состоянии нервозном и желчном. Даже эпизод с похищением, отдававший несколько фантастическим душком, не казался на этом фоне таким уж важным. Вечером в понедельник он выслушал Валентину и ее начальницу-майоршу с непроницаемым выражением лица, тут же договорился об усилении их группы шестью бойцами местного ОМОНа и на этом посчитал задачу выполненной – пока события не прояснятся и не вмешается пресса. Однако, утром дождливого вторника ему доложили, что джип заложников, обнаруженный на загородном шоссе, принадлежит Тимофею Царькову. Нестеров знал о нем достаточно, чтобы связать его с «покровителем», внезапно отправившемся на тот свет. Ситуация заиграла новыми гранями – два громких дела произошли в одно и то же время, что конечно же не могло не насторожить.

Чутье подсказывало полковнику, что автомобильная авария – не более, чем случайность, но он тем не менее распорядился выставить охрану в больничной палате, где приходил в себя шофер покореженного Мерседеса, строго-настрого запретив доступ к нему как посторонним, так и ближайшим родственникам. Потом, подумав с минуту, он вызвал своего заместителя, румяного здоровяка Аленичкина, и спросил угрюмо: – «Слышь, Михаил, ты вроде в друганах с этим, Царьковым, который у нас бабки чистит? У него же, кажется, Петрович, в которого вчера грузовик въехал, кем-то навроде кума?»

«В друганах, не в друганах, но общаться приходилось, – осторожно ответил зам, знавший уже и об аварии, и о похищении, и успевший, конечно, связать одно с другим. – А у тебя что, на него зуб?»

«Да нет, – поморщился полковник, – повязали его, похоже – неустановленные личности трудной судьбы. Вчера как раз, когда Петровича в морге ковыряли. Ты ведь, наверное, в курсе, так?»

«Ну да, – пробурчал Аленичкин, глядя на начальника исподлобья, потом потер переносицу и добавил: – Но я никому – ни-ни».

«Да, да – манда! – вдруг разозлился тот. – Если в курсе, то думай давай башкой. Ты мне не дакай, а версию дай – понял? Есть тут что, или так, пустышка. Вникни повнимательней – тебе отдаю под контроль. И джип обыщи – на предмет субстанций, не мне тебя учить…» – и полковник, махнув рукой, отпустил подчиненного, чтобы вновь, оставшись в одиночестве, предаться трудным раздумьям об изменении мастей и раскладов.

Несмотря на опасения Толяна, руководить операцией по освобождению пленников дородная майорша назначила следователя Никитину, которая чуть робела, но не подавала вида. Кроме омоновцев, сидевших в неприметном фургоне, в ее отряде были Виталик-Лаврентий и те же два сержанта, что бодрствовали, как сиделки, у кровати хозяина катера, пока тот не пришел в себя.

Понятно, что ночь, проведенная в неудобных креслах в душной комнате, где воняло кошками, не прибавила операм настроения, поэтому очнувшийся механик тут же прочувствовал на себе бескомпромиссность их настроя. Это дало результат – он рассказал все и сразу, признавшись, что сначала его попутал бес, а потом уже вооруженные гангстеры запугали настолько, что он не смог отказаться от соучастия в преступном действе. Бандиты, по его словам, весь день пытались с кем-то связаться, а потом сказали, что заедут рано утром, чтобы вновь отправиться к заброшенной турбазе, но отчего-то пока не появились. Это несколько напрягло сержантов, проведших до прибытия основной группы тревожные полтора часа. Валентина приехала почти одновременно с ОМОНом и сразу увидела у дома милицейский «Газик», который ее подчиненные даже и не подумали отогнать прочь. Небрежность ли это или трусливый умысел, гадать было недосуг. Она ворвалась в дом, как фурия, так что хозяин с разбитым лицом при виде ее посерел и сжался, и устроила операм страшный разнос за отсутствие маскировки. Это разозлило их еще больше, и по взглядам, которые они бросали на механика, было ясно, что тому придется несладко, если им выдастся шанс вновь до него добраться. Но шанса не представилось, их с двумя омоновцами оставили в засаде поджидать запаздывающих бандитов, а остальные, во главе с Никитиной, оправились на остров – спасать потерпевших.

От засады было немного прока – как и предполагала Валентина, гангстеров спугнула милицейская машина. Еще ночью они узнали, что заказчик мертв, и решили немедленно исчезнуть, захватив с острова оставшегося там сообщника. Подъехав к дому механика перед самым рассветом и обнаружив, что туда уже добралась милиция, они понаблюдали за ситуацией с полчаса, а после, так ничего и не поняв, отправились на Северную пристань, чтобы нанять там какою-нибудь лодку.

Сделать это удалось уже когда стало совсем светло. На

скрипучей и ржавой, но быстроходной посудине бандиты долго рыскали по протокам и вопили на всю округу: – «Юрец! Качок!» – пока их приятель не отозвался наконец и не выбежал на берег, махая руками. Громкие крики всполошили только речных чаек, да нескольких рыбаков, выехавших с раннего утра на мелководье, но ни чайки, ни рыбаки не придали им значения, как и всему сиюминутному, что происходит на большой реке. Лишь пленники, уже не спавшие к этому часу, сразу насторожились, услышав шум, а убедившись, что едут именно к ним, засуетились, подавая друг другу бессмысленные знаки.

«Орут чего-то, – прошептал Тимофей. – Заблудились что ли, уроды?» Его никто не поддержал, лишь Фрэнк негромко хмыкнул и на цыпочках подкрался к отбитому стеклу.

«Здесь я!» – услышали они крик их сторожа, затем – стрекот лодочного мотора и несколько непонятных команд. Мотор стих, бандиты о чем-то переговаривались возбужденно, но слов было не разобрать.

«Прибыли, – констатировал Царьков. – С утра пораньше – может оно и лучше. – Он нервно прошелся взад-вперед и сказал, понизив голос: – Как зайдут, не дергайтесь – они церемониться не будут. И в разговор не лезьте, я сам договорюсь».

Однако, разговора не случилось. Через несколько минут трое бандитов подбежали к дому и стали возиться наверху. «Это здесь оставь, – хрипло командовал кто-то. – Куртки берем – и на катер. Юрец, не стой столбом, возьми тряпку, ручки протри».

«Ручки, ручки, – донеслось недовольное бормотание. – Я и внутри может что трогал, и на бутылках опять же пальцы».

«Трогал – и дурак! – безапелляционно завил хриплый голос. – Ничего, авось не разыщут. Поздно уже внутрь, возись потом с фраерами этими... Давай, заканчивай – в темпе».

«Эй! – завопил вдруг Царьков. – А мы? Нас-то откройте, черти!»

«Молчи, козел, – злобно откликнулся хриплый. – Ты меня еще чертом назовешь... Юрец, двигаем – живо!»

Что-то загрохотало, потом скрипнула дверь, и торопливые шаги стали удаляться от дома. Вновь застучал мотор катера – и вскоре стих вдали. Группа следователя Никитиной еще только стягивалась к дому механика, а бандиты уже неслись прочь – от острова, от заложников и от всей затеи, явно не задавшейся с самого начала.

«Уехали, – растерянно произнес Царьков. – Все уехали, будто нас и нет. Вы такое видели вообще – в кино или где?»

Николай расхохотался, подошел к умывальнику и стал плескать водой в лицо. Фрэнк Уайт смотрел недоуменно, будто все еще ничего не понял. Лишь Елизавета была серьезна, свежа и полна энергии.

«Ускользнули! – вертелось у нее в голове. – Неужели все? Но ведь я так и знала!»

Она улыбнулась своим мыслям и с нежностью посмотрела на Царькова. «Ты мой герой!» – хотелось ей воскликнуть, но она сдержала себя и лишь сказала деловито: – «Дверь нужно открывать. Что мы время теряем – вдруг они вернутся».

«Не вернутся, – махнул рукой Тимофей. – Спугнул их кто-то, разве непонятно? Вот же дурная страна – ничего не умеют сделать как следует. Всегда все через жопу – одни косяки!»

Следующий час пленники пытались сломать дверь или отогнуть оконную решетку. Добиться удалось немногого – ввиду полного отсутствия подручных средств. «Ну что, с голоду тут подыхать, что ли? – взорвался наконец Царьков, швырнув на пол бесполезную рукоятку крана, с таким трудом отвинченную в ванной. – Сначала скрутили, засадили в подвал, а потом вообще бросили, как щенков!»

«Не шуми, – хмуро сказал ему Николай. – Из-за тебя сидим, небось, ты здесь не звезда. Пойдем, может трубу отломаем?»

«Чтоб затопило все, умник?» – огрызнулся было Тимофей, но тут Уайт Джуниор кинулся к окну, замер и поднял вверх палец. «Энджин, – прошептал он, когда все замолчали, глядя в его сторону. – Лодка с мотором. Едет кто-то опять, к нам или рядом».

«Ну у тебя и слух, Фрэнки, – удивилась Елизавета. – Что-то я ничего не…»

«Точно! – оборвал ее Царьков. – Катер. По-моему, тот, который в первый раз. И впрямь возвращаются что ли? Ну, сейчас все решится».

Все и впрямь решилось довольно быстро. Подплыв к острову, группа Валентины разделилась на две части. Четверо омоновцев бросились рыскать по территории, а следователи, достав оружие, пошли по лесной тропе, которую им показал механик, старавшийся быть услужливым до приторности. Вскоре и ОМОН, и Валентина с Виталиком, уже не осторожничая, собрались у дома, из которого доносились возбужденные крики.

Особенно усердствовал Тимофей Царьков. «Ну милиция, ну вы даете, – тянул он издевательски-едко, подойдя вплотную к зарешеченному окну. – Бандюганы уже с час как свалили – кто-то им стукнул, не иначе – а вы что, в носу ковырялись? Где вы их теперь ловить-то будете, расторопные?»

«Тихо ты, – дергала его за руку Елизавета. – Хватит уже, пусть откроют», – но он не унимался, то отбегал вглубь комнаты, то вновь оказывался у окна и ругался сквозь зубы.

«Меня ж опустили, не понимаешь? – бросил он ей довольно резко, когда она вновь попыталась к нему подойти. – Где я теперь их главного искать буду?»

Лиза понимала лишь, что почти ничего не понимает. Тимофей перестал походить на героя, хоть она и допускала, что герои бывают разные. Он стал совсем другим, непохожим ни на прежнего, ни даже на вчерашнего, к которому она уже начала привыкать. Ей сделалось неуютно с ним рядом, но она, превозмогая себя, улыбнулась и сказала, как могла легко: – «Брось ты, дался тебе этот главный. Давай вообще отсюда уедем. Хоть завтра – уедем и все».

«Не болтай, – отмахнулся Тимофей. – Куда мне ехать, у меня

здесь бизнес!» – Потом покосился на Николая, внимательно глядящего на них обоих, подошел к ней, неловко погладил по плечу и добавил со вздохом: – «Погоди, давай выберемся – после, дома поговорим».

С дверью возились долго – под насмешливые комментарии все того же Царькова, который, устав ходить взад-вперед, сел прямо на пол и привалился к дверному косяку. Его больше не одергивали – никому не хотелось связываться, в том числе и Лизе, о чем-то тихо беседовавшей с Фрэнком Уайтом. Наконец, замок поддался, и пленники оказались на свободе, озираясь чуть затравленно и ежась под моросящим дождем.

«Следователь Никитина, – официально представилась Валентина, стоящая у крыльца с угрюмым видом. – Все целы? Помощь никому не нужна?»

«А где тут у вас начальник, следователь Никитина? – развязно спросил Тимофей. – Я Царьков, Тимофей Тимофеевич. Вы вообще из какого района?»

«Начальник я, а вопросы зададите потом, – отрезала Валентина, бросив на него пристальный, хмурый взгляд. – Все целы, я спрашиваю? Тогда пошли».

Где-то невдалеке завизжала и зашлась лаем собака, и тут же раздался матерный крик – старший омоновец распекал кого-то из бойцов. Вся компания выстроилась цепочкой и потянулась по знакомой уже тропе назад, к причалу. Елизавета тут же промочила ноги, ступив в траву, влажную от дождя, и зябко обхватила руками плечи.

Уже на катере, пока суетливый хозяин натягивал тент от непогоды, Виталик-Лаврентий раздал недавним заложникам их мобильные телефоны. «Отпечатков на них нет, я проверил, – сказал он Валентине в ответ на ее вопросительный взгляд. – Пусть родственникам звонят, те ж волнуются...» Никто из четверки, однако, звонить никуда не спешил. Лишь Царьков бегло просмотрел пропущенные звонки и озабоченно сдвинул брови.

«Слушай, следователь, – обратился он к Никитиной, – мы сейчас куда? А то меня из джипа вытряхнули – хорошо бы за ним сгонять. Может, отправишь меня с кем-нибудь из оперов, глянем с ним – вдруг еще стоит? И невесту мою нужно бы домой забросить – нам почти, можно сказать, по пути».

«Я ж сказала, вопросы потом, – равнодушно откликнулась Валентина. – Сейчас приедем в управление, поработаем с вами, потом решим – кто за джипом, кто с невестой».

«Ты что ли будешь решать? – обиделся Тимофей. – Я тебя вообще впервые вижу. – И зло добавил, отвернувшись: – Коз-за…»

Командир ОМОНа, невысокий крепкий татарин с кривыми ногами, посмотрел на Тимофея в упор и вдруг спросил: – «Ты чего это из себя строишь, женишок? Тебя что, манерам поучить, как салаг в казарме учат?»

«Ого, – обернулся к нему Царьков. – А это еще что за фигура? Ты чего глаза сузил – от удивления?»

«Ну, придется поучить», – пробормотал татарин, делая шаг в направлении Тимофея.

«Не трогай его! – закричала вдруг Елизавета, схватив Царькова за локоть и став с ним рядом. – Или, хочешь, нас обоих бей».

«Семенов, – сказала Валентина усталым, недовольным голосом, – успокойся хоть ты – тоже мне, вояки…» Тимофей дернул рукой, пытаясь освободиться, омоновец глянул на него насмешливо, потом отошел в сторону и сплюнул за борт.

«Я ж говорил, – шепнул Крамской Фрэнку, – тут все уходит в пустоту. – Потом помолчал и добавил: – А может говорил не тебе – или и вообще не вслух».

Больше никто не произнес ни слова – до самой пристани у Речного вокзала. Пленники и их освободители не хотели даже смотреть друг на друга, особенно Царьков, нахмурившийся и замкнувшийся в себе.

Глава 23

Объяснение с Анной и страшная авария на перекрестке произвели на Астахова гнетущее впечатление. Весь день он промаялся у себя в квартире, совершая краткие набеги к письменному столу, но поработать по-настоящему так и не смог. Вечер тоже не принес облегчения – в результате, послонявшись час-другой по центральным улицам, Андрей Федорович убедил себя, что сегодня ему требуется как следует напиться. Именно это он и проделал в открытом кафе на Самарской, в гордом, но тягостном одиночестве, вполголоса беседуя сам с собой.

Во вторник, как всегда после питейных излишеств, он проснулся рано и больше не смог заснуть. Мысли его метались бессвязно, во рту было сухо, и веки саднили, будто присыпанные песком. Ворочаясь и вздыхая, Андрей Федорович провалялся в постели все утро, пока солнце не скрылось за тучами, и в стекло не забарабанил дождь. «Вот еще, не хватало», – недовольно пробормотал он, потом вдруг затих и, полежав еще чуть-чуть, вскочил и схватил первую попавшуюся авторучку. Однако, порыв оказался недолог. Уже через четверть часа Андрей, отложив в сторону перо и бумагу, встал, пнул ни в чем не повинный стул и отправился в ванную комнату.

Ни на йоговские асаны, ни на даже простую дыхательную гимнастику у него сегодня не было сил. После душа, посвежев и чуть приободрившись, он вновь уселся за стол и медленно перечел написанное. Как обычно, ему показалось, что писал это совершенно чужой человек.

Метаморфоза дождя – долгий утренний секс. Влажный, неотличимый от сна. В пору антициклона вообще не хочется просыпаться, – читал он, подперев голову рукой.

Стук каблуков по брусчатке – шаги женщин, которых никто не любит. Здесь это не новость. Но от этого нет лекарства…

Астахов хмыкнул и перевел взгляд на окно. Было ясно, что в новой книге использовать это едва ли удастся. А про женщин – это не случайно, нет.

«Вот дура!» – выругался он, имея в виду Анну, чувствуя, что желает ее остро и грубо, и вновь уткнулся в торопливые строки.

Я – гениальный лекарь, знающий, что молчать сподручней. Серая пелена воды все одно извратит фразы. Я проходил это сотни раз – и выныривал, хватая ртом воздух. Встречая зрачком все то же – нудный утренний дождь.

От меня бегут прочь на стоптанных каблуках – те, что слишком трусливы. Мне смешно смеяться, и я засыпаю вновь – в надежде на поллюцию сновидения. Как же скучна действительность в мутно-сером свете! Как же глупы порывы – и слова, слова!

На этом текст обрывался. Не густо, – заметил вслух Андрей Федорович, потом потер висок, взял наполовину исписанный лист и сунул его в толстую папку, на которой красовалось: «Другое». Вот именно, что «другое», – пробормотал он недовольно и скомандовал сам себе: – «Завтракать, завтракать», – словно насильно меняя ритм плохо начавшегося дня.

После завтрака, который был непривычно скуден, Астахов, несмотря на дождь, решил немного пройтись. Что-то гнало его из дома, а на письменный стол не хотелось даже смотреть. Он побрел вниз по Московской улице, обычным своим маршрутом, раскрыв зонт с костяной рукояткой, оставшийся еще от деда.

Улица была мокрой, скользкой и неопрятной. Ничто не радовало глаз – казалось, отовсюду сквозит унынием, заброшенностью города, который никому не нужен. Дождь моросил, не усиливаясь, но и не стихая, под ногами хлюпало, от машин летели мутные брызги.

Как только погода становится дождливой, сразу видишь, что грязь здесь копилась веками, – подумал Андрей Федорович, уворачиваясь от велосипедиста в мокрой черной накидке, похожего на ангела смерти, спланировавшего с небес. – Равно как и привычка не перечить судьбе – про нее вспоминают тут же, лишь только выдастся тоскливый повод…

В тоскливых поводах у города не было недостатка, но он еще стоял, не желая умирать – хоть новостройки тут и там сползали в овраги, будто земля не принимала новых зданий. Старые жилища, которым было больше века, разрушались от ветхости и уходили в почву, но их участь давно уже никого не волновала. В ней было все то же: пьяная бедность, детство в грязных углах, вонь помоек под открытым небом и бездомные псы. И везде – маски вместо лиц, если как следует присмотреться. Что и неудивительно: в их буднях – лишь борьба с унижением, стригущим под одну гребенку. И нет иллюзий, чтобы отбиться от подозрения, что смерть – это скоро и навсегда.

В нижней части улицы Астахов замедлил шаг – это место он любил больше всего. Желтые купеческие дома выстроились тут в тесный ряд, машин было мало, движение и суета остались в безликом центре. Оглядываясь по сторонам, он ждал, что в душе откликнется что-то, но, быть может из-за дождя, внутри копились лишь раздражение и досада. Андрей вновь ощутил, на удивление остро, что провинция способна осточертеть за несколько недель, не говоря уже о годах, которые он намеревался здесь провести.

В этом городе нет места большим страстям, – думал он с горечью, вновь припоминая разлуку с Анной. – Амплитуда эмоций невелика, они рябят мелкой волной – и то лишь когда сверкают на солнце. В них тянет засмотреться, как в начищенную медь, но там лишь твое собственное отражение, и тускнеет оно быстрее, чем можешь себе представить. А кругом все происходит по-прежнему – твои усилия уходят в песок. Твои стремления, твои таланты – их вовсе некому оценить…

«Нужно признать, – пробормотал он хмуро, – то, что я принимал за погрешность эксперимента, есть, быть может, истинная суть явления. Из чего следует, что явления, собственно, нет – так, безделица, не стоящая взгляда. Во всем виновата теория: она слепа. Теоретикам вообще легче, и женщины их любят больше. У них чистые руки и вдохновенное лицо. Пора переквалифицироваться – хорошо бы, навсегда».

Он понял вдруг, как бывало с ним не раз, когда накатывала безысходность, что нужно немедленно уезжать отсюда – бежать назад в столицу, прозябать, страдать, «крутиться», как все. Здесь – болотная топь, пусть и в сухих степях, серый мглистый простор, в котором слова растворятся бесследно, конец всех надежд, кладбище смелых планов… Андрей подумал с ужасом, что никогда ничего здесь не напишет – придавленный тяжелым небом, хватающий воздух ртом – но тут же приструнил себя. Он знал, что приступы паники не бывают долгими, и этот тоже пройдет, почти без следа. Что же до решимости, она мимолетна. Не так-то просто вырваться из этой трясины, из душного провинциального быта, уничижительно-простецкого, предсказуемого и уютного, похоронившего в себе многих до него. Ну и потом, приходится помнить: деньги, деньги!

Астахов дошел до Речного и постоял немного у главной городской пристани, говоря себе привычно – вот он простор, любуйся, ты ехал сюда за этим. Взгляд размазывается, и душа разлетается вширь, истончаясь при этом до бессилия. Что поделать: запас души конечен почти у всех, да и потом – так ли востребована глубина? Большинство живущих тут будто вообще бездушны – лишь в некоторых вскипает водоворот или чернеет омут…

Волга текла ровно и мощно. Облака, отражаясь, окрасили ее тусклым свинцом, но ей нипочем была любая тяжесть – и нависшие тучи, и баржи, груженные углем и лесом, и небольшие прыткие моторки. Утром буднего дня пассажирских судов было немного, лишь один корабль готовился отчалить и взять курс на север – к Нижнему, к Казани, а то и к Москве. Он гулко прогудел и пыхнул паром – и тут же духовой оркестр на берегу грянул марш «Прощание славянки», по старой традиции, не нарушаемой никогда.

«Похмельный пароход под похмельные трубы отплывает вверх по пьяной реке, – усмехнулся Андрей. – Как бы это запомнить? Жаль, не на чем записать. Гирлянда разноцветных флажков на нем – наивнейшая из фальшивок. Обещание праздника, который, знают все, не случится. Но как же хочется в него верить и, вместе с ним – как же хочется обмануться чьей-то наивностью!»

Андрей Федорович спустился на набережную и прошелся туда-сюда вдоль самой воды. Оказавшись в дальнем конце причала, он засмотрелся на рыбаков, следящих за поплавками, едва различимыми среди мелкого сора, потом увидел двух мужчин с большим биноклем и подивился про себя неуместности их напряженной позы. В тот же миг один из них воскликнул взволнованно: – «Вон они, едут! – потом обернулся через плечо и добавил: – А тут, гляди, и начальство пожаловало», – так что Астахов, заинтригованный, замер на месте, решив немного понаблюдать.

Неподалеку, у здания местной милиции, которое делили сухопутные милиционеры и «речники», действительно стояла небольшая группа людей в форме. Один из них, с погонами майора, как раз и представлял собой начальство, на которое ссылался глазастый Толян. Это был Аленичкин, заместитель начальника Кировского РУВД, прибывший собственной персоной для осуществления «контроля», на котором настаивал шеф. С ним рядом стояли еще два чина поменьше, равнодушно поглядывая то на реку, то на хмурое небо, все так же сыпавшее дождем.

Вскоре подплыл и катер – с Валентиной, ОМОНом и недавними пленниками. Оркестранты, провожавшие речной корабль, уже разбрелись по своим делам, и спасенных, помимо милиции, встречали лишь несколько случайных зевак. Среди них оказался и Андрей Федорович, с удивлением отметивший, что двое с биноклем, явно интересовавшиеся событием больше, чем он, отошли подальше и даже спрятались за мусорным баком – не иначе, желая остаться незамеченными. Он задумался было о причинах такой странности, но тут же о ней позабыл: катер причалил к берегу, и, среди прочих, по шатким сходням спускался не кто иной, как его приятель Николай.

«Эй!» – закричал Астахов и бросился к приехавшим, вызвав маленький переполох в рядах как участников, так и зрителей. Все, впрочем, успокоились быстро, убедившись, что нежданный знакомец не таит в себе угрозы. Друзьям дали похлопать друг друга по спине и обменяться эмоциональным: «Что ж ты не звонил… – Так я ж звонил… – А у меня телефон… – А я не знал…», – после чего Андрея решительно оттерли прочь, объяснив, что он тут некоторым образом некстати.

«Я же говорил, Сиволдайск – очень маленький город», – пробормотал Николай напоследок, успев-таки пообещать, что нынче же днем обязательно даст о себе знать, после чего вся группа скрылась в милицейском здании, а Астахов медленно побрел восвояси – сбитый с толку, но отчего-то воспрявший духом. К тому же и дождь перестал, хоть под ногами было все еще мокро и грязно. Проходя мимо контейнеров для мусора, он покрутил головой, но те двое исчезли, будто провалились сквозь землю.

Черт с ними, – решил Андрей Федорович, – домой бы надо, может что напишу, – и решительно повернул к гостинице «Паллада», где всегда ждали свободные такси. На ходу он бормотал вполголоса: – «Похмельный пароход вверх по пьяной реке…»

Тем временем, в конторе Волжской милиции разворачивались свои маленькие драмы. Майор Михаил Аленичкин сразу принялся расставлять точки над ‘i’. Прежде всего он отвел в сторону следователя Никитину и сказал ей строго: – «Так,

Валентина, дело я беру себе. Ты езжай в контору и отчетец мне составь, а с ними я сам поработаю, без тебя». Та глянула исподлобья и стала было возражать, но майор крякнул, рыкнул, и она сразу сникла, а потом он еще и спросил ядовито: – «А вообще с подозреваемыми у тебя как?»

«Вот один», – кивнула Никитина на механика, стоявшего в окружении рослых омоновцев, который, заметив это, заискивающе скривился в ответ. «Остальные в розыске», – добавила она преувеличенно бодро, но майор уловил неуверенность опытным ухом, нахмурился и покачал головой.

«Ты там дров не наломала случаем? – осведомился он недобро. – Тебе доверили, а ты вообще как?»

В этот момент у Валентины зазвонил телефон, она скосила глаз на определившийся номер, отменила вызов и стала было говорить что-то, жестикулируя свободной рукой, но майор уже потерял к ней интерес и смотрел куда-то в сторону, за ее плечо. Тут телефон зазвонил снова, он досадливо дернул головой, бросил ей: – «Давай, Никитина, езжай», – и развернулся, чтобы уйти.

«Михаил Иванович...» – протянула она умоляюще ему в спину, но Аленичкин даже не обернулся, а телефон все звонил и звонил. Валентина послала майору вслед испепеляющий взгляд и побрела к выходу, визгливо выговаривая в трубку: – «Занята я! Да, занята! Где, где, на работе, где ж мне еще быть?..»

Утвердив свою руководящую роль и отдав несколько коротких распоряжений, майор зашел в комнату, отведенную потерпевшим, окинул всех острым взглядом, потом подошел к Царькову, вскочившему ему навстречу, и поздоровался с ним за руку. «Слушай, – возбужденно заговорил Тимофей, – очень удачно, что ты здесь. У меня джип остался прямо на шоссе. Там в нем и ключи, и вещи!»

«Знаю, знаю, – перебил Аленичкин с широкой улыбкой. – Милиция, она не дремлет. Там уже наши работают с твоим джипом – и мы с тобой скоро туда. Показания сейчас у вас снимем – у тебя я сам, а с коллегами твоими мой парень займется, я распоряжусь. Или это друзья, а не коллеги?» – он еще раз испытующе обвел глазами комнату и задержался взглядом на Бестужевой, отчего та вспыхнула и уставилась в пол.

«Да, друзья, да, подожди-ка… – зачастил Царьков. – Мне только один звонок нужно, быстро очень. Почему-то Петрович трубку не берет», – пожаловался он Аленичкину, который тут же старательно округлил глаза.

Какой Петрович, уж не «Дед» ли? – спросил майор с деланым удивлением и, в ответ на кивок Тимофея, протянул важно: – «Ну ты даешь! Отстал ты брат от жизни, у нас тут только об этом и говорят. Разбился Дед на крутом своем Мерсе – еще вчера днем. Машина в лепешку, Петрович на небеса – сразу, с концами. Таскал, как говорится, волк – потащили и волка».

В комнате повисла тишина, все застыли, как в немой сцене. «Шу-шутишь?» – чуть заикаясь, спросил наконец Царьков.

«Не-а, – довольно откликнулся майор, наслаждаясь эффектом. – Кто ж такими вещами шутит, я же все-таки власть! Погоди-ка, я гляну – как там, кабинет не освободился?» – и вышел в коридор, плотно притворив за собой дверь.

Все молчали, стараясь не глядеть на Тимофея, который сидел в неудобной позе, сверля взглядом стену. Потом Фрэнк Уайт кашлянул и тихо спросил: – «Что, Тимоти, родственник?»

«Да нет, – ответил тот неохотно. – Хуже, чем родственник, гораздо хуже. Полная неожиданность, это да…» – и не стал продолжать, только еще больше сгорбился и сморщил лицо.

Елизавета подошла к нему и легко погладила по волосам. «Да, Лизка, – криво улыбнулся Царьков, – странные дела. Теперь разруливать будем, только не знаю, как».

Он уклонился от ее руки, встал со стула и стал ходить взад-вперед, нервно потирая пальцы. Бестужева вздохнула беспомощно и села на его место – было ясно, что все изменилось вдруг и сразу, причем не в хорошую сторону. «За машиной вместе поедем?» – спросила она в пространство, стараясь, чтобы голос звучал, как обычно.

«За машиной? – Тимофей встал на месте, будто очнулся. – Да чего тебе там делать – езжай домой. Я с майором перекинусь тет-а-тет, может подскажет дельное что. Тут такие дела…» – он страдальчески скривился и отвел глаза.

«А ты езжай, отдохни – поспи опять же, – продолжал он суетливо. – Поспи, поспи, а я потом, вечером, приеду. Сейчас я тебе ключи – хорошо, для тебя второй комплект сделал, – он стал рыться в карманах, приговаривая вполголоса: – Не пойму, выронил что ли?..»

«Вот они», – вздохнул он с облегчением, и этот вздох тоже не понравился Елизавете. «Что, жених, сбежать хочешь? – спросила она будто в шутку. – Нет у нас теперь с тобой общей цели?»

Тимофей воззрился на нее в растерянности, она улыбнулась ему ласково, как могла, но шутки все равно не получилось – напряжение в воздухе еще возросло. Пустота между ними, казалось, стала непроницаема для сигналов, она поняла, что не чувствует его больше, он сделался непонятен и чужд. Улыбка сползла с ее лица, она прикусила губу и опустила глаза, но тут очень кстати в комнату вбежал румяный Аленичкин и хлопнул Царькова по плечу: – «Пойдем!»

«Пока, Лизка», – сказал тот преувеличенно-беззаботно, потом кивнул Николаю с Фрэнком – «бывайте, еще увидимся» – и вышел вслед за майором.

«Сватался, сватался, да и спрятался, – проговорил Крамской негромко и поднял руки, словно защищаясь от жесткого прищура Лизы: – Шучу, шучу. Это ж, Лизавета, пословица есть такая».

Та лишь кивнула и подошла к окну, забранному железными прутьями. «Опять решетка, – сказала она грустно. – Когда ж это наконец кончится?»

Ждать им, впрочем, пришлось недолго. Молодой, смышленый капитан споро записал показания каждого, задал по нескольку вопросов и сказал, блеснув золотым зубом: – «Ну вот, свободны, граждане. Если что, вызовем вас – по месту здешнего пребывания или же по прописке… Веселей гляди, красавица», – подмигнул он Лизе, распахивая перед ними входную дверь. Та хмыкнула и сделала было надменное лицо, но тут же вновь задумалась о чем-то, явно не связанном с Волжской районной милицией.

На улице опять моросил дождь. Недавние узники, обретшие наконец свободу, неловко потоптались и стали прощаться. «Нет, стойте, – воскликнул вдруг Николай. – Так не годится – что мы, как чужие?»

Глаза его лихорадочно блестели, он был взволнован и возбужден. Что-то ликовало у него внутри, ему хотелось громко говорить, делиться радостью, смеяться. Проверка… – вертелось в голове. – Кончено, я прошел проверку!

Он оглядел компаньонов, которые, очевидно, не могли разделить его чувств в полной мере, и пояснил в ответ на удивленный взгляд Елизаветы: – «Нет, ну так же нельзя! Такое вместе пережили – и разбежимся, как ни в чем ни бывало? Предлагаю вечером в ресторан – нужно отметить, выпить за удачу».

Фрэнк поддержал идею, и Лиза, поколебавшись, тоже пообещала быть, если не случится ничего непредвиденного. На этом они и расстались, обменявшись телефонами, и отправились каждый своей дорогой. Мужчины пошли в гостиницу, высившуюся неподалеку, а Елизавета – к стоянке такси, где скучали без дела несколько ветхих машин.

Все это время Фролов с Толяном сидели в своей «девятке», не сводя глаз с милицейского здания. Бинокль оказался не нужен – происходящее было видно и так. Когда Тимофей вышел вместе с майором, водитель завел было мотор, но остался на месте с молчаливого одобрения Александра. «Смотри-ка, разделились, – сказал он задумчиво. – У него дела, и у нее свои делишки. Эти небось за 'Тойотой' погнали, а твоя не с ними – значит есть причина».

«Есть, есть, – пробормотал Фролов. – Когда она что-то хочет, все по ней бывает, так или иначе. Значит не хочет – то есть, неспроста».

Его мучили раскаяние и зудящее нетерпение. Елизавета была тут, рядом, он любил ее сильнее, чем прежде, но все, связанное с ней, оставалось совершенно необъяснимым. Хозяин черного джипа перестал его заботить, дело было сложнее и тоньше. Он перебирал в голове версии, одна причудливее другой, представляя Бестужеву то авантюристкой, то несчастной жертвой, но понимал, что все это пустое, а разгадка по-прежнему далека. Напарник молчал и не лез с разговором, дождь постукивал по крыше в такт беспокойным мыслям, и, казалось, ожидание не закончится никогда, как и непогода, сделавшая мир безрадостно-серым.

«Вот они!» – воскликнул вдруг Толян, и Фролов очнулся, разом позабыв, о чем размышлял. Наступало время решающих действий – он чувствовал это всей кожей. «Так, машины у них нет, – приговаривал водитель. – Ловить будут тачку или в гостиницу вместе пойдут. Да я не в том смысле, – успокоил он вздрогнувшего Александра, – так, посидеть, горячего съесть. Нет, смотри, одна пошла, к таксерам. Сейчас мы ей аккуратненько на хвост…»

Они без всяких приключений «довели» медлительное такси до въезда во двор знакомой уже многоэтажки, где Елизавета вышла и направилась к дому. «Смотри, опять к нему приехала, – сказал Толян со значением. – Это получается что? Это получается… Эй, ты куда?» – но Фролов уже его не слышал. Что-то сдвинулось в нем, какой-то предохранитель ярко полыхнул короткой вспышкой, и он, неожиданно для себя самого, понял вдруг, что не может больше терпеть. Распахнув дверь, он выскочил из машины и побежал за своей любовницей, крича отчаянно: – «Лиза, Лиза!» – не представляя еще, что он ей скажет и как объяснит свое внезапное появление.

Елизавета не сразу поняла, что кричат именно ей. Фролов успел подбежать почти вплотную, когда она вдруг обернулась и уставилась на него широко раскрытыми глазами. «Привет, – выдохнул запыхавшийся Александр, глядя снизу-вверх, как покорный пес. – Послушай, Лиза…»

«Ты!? – перебила она, и он тут же сконфуженно стих. – А ты откуда здесь взялся? Погоди, погоди, – она строго погрозила пальцем, видя, что Фролов намеревается что-то сказать. – Таких случайностей быть не может. Я, конечно, чувствую себя дурой все последние дни, но ведь не до такой же степени. Значит, ты все время за мной следил?»

«Но я же – чтобы понять, – пробормотал Александр, отчего-то ощущая безмерную вину. – Я ж не знал, что происходит: ни звонка, ни привета. Ты исчезла – и все, конец».

«Так-так-так, – Елизавета, не слушая его, быстро прикидывала что-то в голове. – Значит и в Москве – тоже твоих рук дело? А как же этот, жених? Вы что с ним, заодно? Отвечай!»

«С кем заодно? – перепугался Фролов. – У тебя что, жених? Этот, что ли, на джипе?»

«Ну да, на джипе, а может уже и без джипа, – вздохнула она, отведя глаза в сторону. – Может уже и не жених… Да нет, куда вам спеться, вы ж разные совсем. Тоже мне, следопыты. За кем-то вон следят высшие силы, а за мной – только такие, как ты».

На нее, наверное из-за усталости, навалились вдруг тоска и жалость к себе. Елизавета почувствовала, как сильно надоели ей чужие желания и настойчивые попытки влезть в ее жизнь. «Ну и что тебе нужно?» – спросила она Александра холодно и сухо.

«Я ведь помочь хотел, – заторопился тот. – Думал, ты в опасности – мало ли что. У меня тут приятель, мы с ним видели все – как на вас напали эти трое. Это мы милицию позвали, между прочим».

Он замолчал, но и она молчала и лишь смотрела на него ничего не выражающим взглядом. Потом прищурила веки и спросила недобро: – «Ты что, из самой Москвы за мной ехал? Специально, чтобы милицию вызвать?»

«Да нет, все это случайно – и, конечно, смешно, – Александр скривился и попробовал усмехнуться. – Из Москвы, в плацкарте, чтоб уж все понять – я и сам вижу, что мелодрама, но… – он замялся было, потом махнул рукой: – А-а, знаешь…» – и глянул на нее в упор. У него не осталось сил осторожничать и юлить. Лучше уж полоснуть скальпелем, чтобы избавиться от лишних частей, отбросить их как балласт и… – что? Уменьшиться, истончиться, взлететь без балласта?

«Понять я, конечно, ничего не понял, – сказал он с некоторым даже вызовом, – но вот что знаю точно: хочу с тобой жить – всегда. Решай сейчас, я больше ждать не могу. Издергался весь, сюда вот за тобой увязался – просто уже абсурд, а не пьеса».

Елизавета тут же вспомнила о Царькове и разозлилась еще сильней. «Ну вот, опять, – сказала она задумчиво. – Я становлюсь популярной. И всем смешно – почему же мне совсем не смешно? – Потом помолчала и спросила холодно: – И что ты будешь со мной делать, если я соглашусь? Тебе ж меня не приручить, я куда сильнее».

«Приспособлюсь, – Фролов вновь ухмыльнулся. – Без тебя все равно хуже, чем с тобой». – Он успокоился и даже расслабился немного – и имел теперь куда более уверенный вид.

Романтика, – подумала Елизавета. – Все зовут не в постель, а замуж, и не где-нибудь, а в этом захолустье. Не зря мне казалось, что тут – другая планета. Патриархальная глубинка, прямо-таки строгость нравов.

«А мне без тебя не хуже, – пожала она плечами. – Мне никак». – Потом обхватила себя руками и с тревогой огляделась по сторонам. Действительность предлагала слишком много ирреального – столько, что ее разум, привыкший раскладывать все по полочкам, почти отказывался контролировать процесс. Она с трудом заставляла себя сосредоточиться на разговоре и воспринимать услышанное всерьез. Фролову не находилось места среди событий, случившихся за последние сутки – ей все еще было нелегко поверить, что он вмешался в них на самом деле.

«Слушай, а ты мне не снишься? – спросила вдруг она. – А то я уже несколько дней как во сне».

«Спящая красавица, – пробормотал Александр. – Хочешь, поцелую, и ты проснешься?»

Он потянулся было к ней, но она отпрянула, словно в испуге. На ее лице отразилось такое неприятие, что у него сразу похолодело внутри. Они замерли друг напротив друга, глядя зрачки в зрачки. Никаких объяснений больше не было нужно.

«Самый быстрый способ закончить битву – проиграть ее, – попытался пошутить Александр. – Или вот еще: когда-нибудь объявят войну, и никто не придет».

«Что-что? – спросила Лиза с неожиданной тревогой. – Не понимаю, что ты бормочешь?»

«Это цитаты, – вздохнул Фролов, мучительно соображая, есть ли у него еще ходы в запасе. – Чужие мысли, тебе неинтересно».

«У тебя что, своих слов нет? – снова рассердилась Елизавета. – Война, битва – тоже, придумал».

«Какая разница, – рассеянно откликнулся он, – так просто интересней. Свои или чужие – ты же все равно меня не слышишь».

Они постояли молча несколько секунд, явно не зная, что делать дальше. «Ну, – спросил наконец Александр, – это все? Уже навсегда?»

«Ну да, – ответила Лиза, как само собой разумеющееся. – А ты что, сам не видишь? Слушай, иди, я так устала… И мне вообще – понимаешь, ВООБЩЕ нечего тебе сказать».

Фролов повернулся и побрел к машине, а она, поднимаясь в лифте, почувствовала, что у нее и впрямь не осталось сил. Ну вот, меня любил хоть кто-то, а теперь и он начинает не любить, – мелькнуло в голове. – Не любить, насколько может – а скоро сможет, дело нехитрое.

Все ее миры сделались холодны, как космос. Это было редкое

чувство – будто само мироздание дотянулось до нее рукой. Малая вселенная внутри не могла тягаться с ним, могучим и безмерным, находящимся вне, но пьющим, когда захочет, всю ее энергию и жизнь. Ей вдруг стало жалко до слез своей свободы, которой было в достатке еще недавно, своих желаний, планов и таких наивных мыслей.

«Лучше я буду лишь мечтать о принце, и пусть он не приходит, этот принц. Я не хочу подстраиваться под все кругом, – думала Елизавета, привалившись к стенке лифта. – Мне не нужно этого – загадок, высших сил. Мне ведь и голову-то потерять не из-за кого – быть может, дело во мне? Может, у меня слишком простая душа?»

«И зачем я все время чего-то жду? – бормотала она в сердцах уже на лестничной площадке. – Даже у Фролова есть подмога – чужие мысли, записанные в тетрадки. А мне – мне никто ничего не подскажет!»

Она долго возилась с тремя замками, потом наконец захлопнула за собой дверь и пошла бродить по комнатам – так же, как делала это вчерашним утром, когда рядом был Тимофей, и сердце предвкушало сюрпризы. Ей вдруг захотелось увидеть его прямо сейчас. Поколебавшись, она взяла мобильный и решительно набрала номер, но абонент молчал, откликаясь лишь длинными гудками. «Где же, где же ты, жених?..» – пропела она грустно, зашла в гостиную и забралась с ногами в большое мягкое кресло.

«Ничего, – шепнула она себе, – у нас еще все получится. Я – Венера, мой камень – бриллиант».

Глаза ее повлажнели, она поморгала осторожно и со вздохом прикрыла веки. «Тимофей, Тимофей – а смысла-то больше ни в чем и нет, – проговорила она печально. – Хоть за этот бы схватиться, что ли. Увлекусь им снова – не так уж он и плох…» – Ей хотелось дремать, но дремать не получалось, голова болела, и перед глазами плавали цветные пятна.

«Тимофей, Тимофей», – твердила Лиза вновь, но мысли ее

витали сразу везде, перескакивая с одного на другое и ни в чем не находя зацепки. Слова слетали с губ, но шли не изнутри; там, внутри, кто-то упрямый будто шептал: – «Ничего не будет. Ты бросаешь других без жалости – так же поступят и с тобой. Око за око, жестокость за жестокость…» – и она вздрагивала и открывала глаза. «Тимофей!» – произносила она громко, и тот же голос шептал в ответ: – «Каждый сам по себе».

И она знала, что это правда, и умолкала, словно устав бороться. Только скользила взглядом по комнате, не задерживаясь ни на чем, кроме мобильного телефона, который лежал тут же на журнальном столе.

Глава 24

Ровно в шесть часов вечера, успев плотно поесть и привести себя в надлежащий вид, Николай Крамской вышел на набережную, к памятнику космонавту Гагарину, где его должен был ждать Марк Львович Печорский. После пережитого за последние сутки все вокруг казалось ему ненастоящим, но и в то же время – родным и близким. Выщербленный асфальт тротуара, рослые липы в прилегающем сквере, незатейливые клумбы и пыльная трава – все приветствовало его, как вернувшегося после разлуки. Лишь сама Волга, безучастная и к нему, и ко всем, текла мимо, не замечая, вовсе не признавая ни разлук, ни встреч.

Печорский подошел к памятнику почти одновременно с Николаем. На нем был все тот же пиджак мышиного цвета с налокотниками, как у бухгалтера или старомодного клерка. Под мышкой он держал потертый портфель и имел чрезвычайно сосредоточенный вид.

Уже близился вечер, из открытых кафе доносилась музыка, на набережной прибавилось гуляющих. Все было обыденно и дышало покоем, лишь Марк Львович озирался по сторонам, резко контрастируя с прочей публикой. Подойдя к Николаю, он еще раз крутнул головой, сунул для рукопожатия маленькую сухую ладонь и прошептал со значением: – «Давайте отойдем. Вон, у свалки, по-моему, никого нет».

«От нее же пахнет», – удивился Крамской, но, видя, что старик нервничает, лишь пожал плечами, и они зашагали к груде мусора неподалеку, полускрытой разлапистыми кустами. Там Печорский шумно выдохнул воздух, буркнул под нос: – «Ну что, приступим?» – и очень ловким движением отомкнул свой древний портфель. «Вот, смотрите, – зачастил он, доставая прозрачную папку из пластика, – вот он, сверху, оригинал, а еще я несколько копий сделал на всякий случай. А тут газета – это вам, спрятать: положите в газету и возьмите вот так, чтобы не выпал».

«Хорошо, хорошо, – рассеянно проговорил Николай, бегло просмотрел содержимое, кивнул и протянул Печорскому пять стодолларовых купюр: – Вот, держите, как договаривались». Тот быстрым движением сунул их в карман брюк, потом подумал, достал одну и стал рассматривать с обеих сторон.

«А скажите, вы уверены, они не фальшивые? – спросил он с подозрением, глядя исподлобья. – Я, признаться, не разбираюсь, я их видел-то всего раза два или три, но мне говорили, что бывает всякое».

Николаю стало смешно, он с трудом прятал улыбку. «Неужели, – спросил он с любопытством, – я похож на человека, который обманывает в таких мелочах?» Марк Львович мучительно покраснел и стал бормотать извинения, но Крамской лишь весело махнул рукой и убрал папку в газету. «Бросьте, – сказал он, – не извиняйтесь. Тем более, что, действительно, бывает всякое. Давайте, может, уйдем уже от помойки?»

Печорский, почувствовав, что с чуждым ему бизнесом покончено, как-то сразу приосанился и приободрился. «Конечно, конечно, – проговорил он чуть суетливо, – пойдемте вон туда, к реке. Вообще, если вы не против, может прогуляемся немного? Вы ведь впервые в Сиволдайске – а сейчас такая погода…»

Николай согласился – на берегу становилось все многолюднее, а до встречи с Астаховым, о которой они условились по телефону, оставалось еще не меньше часа. Они вернулись к памятнику с ракетой и задумчивым Гагариным в летном шлеме и, не спеша, побрели дальше. Марк Львович стал вдруг оживлен – было видно, что напряжение покинуло его, и наступило что-то вроде разрядки. Он говорил без умолку, размахивая руками, и сам будто удивлялся своей разговорчивости.

«Вы простите, – обернулся он к Николаю, – что я так болтлив, просто Вы меня растравили своими долларами. Нет-нет, я Вас не виню, но и Вы меня поймите: я ведь впервые в жизни совершаю такой поступок. Все-таки кража, и мне нет прощения. Но отчего-то мне не стыдно – только очень хочется трепать языком».

Крамской лишь промычал что-то в ответ – почему-то, сегодня его ничто не раздражало. «Да, да, – кивнул старик, – но хватит обо мне. Куда интереснее – о городе и об этих людях кругом. Я много думаю обо всем здешнем, хоть, знаете, кому это расскажешь? Однако, город живет – живет, хоть и преждевременно стар…»

«Да, он тонет в грязи, – продолжал Печорский с жаром, – он проваливается под землю, и Волга подмывает его берега, но вот, смотрите, садится солнце, и тут звучит музыка, словно каждый вечер исполняется пьеса. И корабли плывут, расцвеченные, как рождественские елки. А женщины надевают яркие одежды и идут украшать собой улицы – с гордо поднятой головой, словно служа какому-то культу. Всякий праздник – это ведь их заслуга, и, смотрите, они не устают!»

Уступая дорогу шумной компании подростков, они спустились по ступенькам к самой воде и постояли немного, вглядываясь вдаль. Река здесь была нечиста, мелкая волна сгоняла к парапету мусор и радужные пятна, но Николай все равно вдыхал полной грудью вечернюю речную свежесть. На той стороне горели редкие костры, он подумал, что где-то там, в камышах и плавнях, затерялся остров, где они провели долгие часы заточения, но ничто не дрогнуло внутри, на душе было легко и мирно.

Они пошли дальше и вскоре добрели до Ротонды – круглой греческой беседки с колоннами, возле которой была организована стихийная купальня. Купавшихся, в основном пожилого возраста, было немало, несмотря на грязноватую воду. Набережная тут изгибалась, образуя полукруг, а дальше все было дико – останки причала и ржавые прутья, на которых сидели чайки.

«Порою, когда стемнеет, здесь творятся удивительные вещи, – вновь оживился Печорский, оборачиваясь к Николаю и сверкая глазами. – Дело все в освещении – но может и не только в нем. Проходит пароход, там музыка и танцы, все преображается: огни, другая жизнь. И смотришь сюда, в купальню – будто плывет русалка с большим бюстом и чешуей на попе, хоть и понимаешь после, что это просто крупная женщина в электрической воде. Ну, в такой, как здесь, с радугой от пролитого бензина. И тогда, пусть на пароходе шум, пусть там жизнь и веселье, но думаешь при этом не о шумном, а о камерном и тихом. И русалка – это не просто тоска по другой жизни, это – не что иное, как тоска по любви!»

Николай лишь поддакивал и вставлял отдельные слова, а Марк Львович все говорил и говорил. Было видно, что он соскучился по слушателю и пользовался моментом, который, он знал, был краток. «Раньше спорили, – горячился он, – богоизбранность, особый путь… Это все чушь, дело лишь в расстояниях и размерах. От них все выходит в своем особенном роде – косая сажень, рослые девки, сильные голоса. И страсти тоже нешуточные – ведь здесь, к тому же, почти в каждой красотке есть капля южной крови. Теперь, правда, со страстями хуже – все стоящее перебирается к вам, в центр. Столица тянет в себя, как в воронку, замыкает пространство в порочный круг, но сама-то знает: дальних земель не удержать, нужно награбить, пока еще есть возможность. А потом – отгородиться от всего высокой стеной. Не хотел бы я оказаться там, за стеной…»

Печорский вдруг остановился и повернулся кругом, словно обводя руками горизонт. Глаза его горели, он смешно задирал подбородок, прижимая к груди свой старый портфель. Налокотники и стоптанные ботинки, и весь его гротескно-канцелярский облик никак не вязались со страстной речью, достойной самого пылкого из мечтателей.

«Вы посмотрите, – сказал он с жаром, – сколько здесь неба, оно везде. Здесь каждая женщина подключена к великому ресурсу. А что у вас? – У вас она сразу осиротеет. Окажется за стеной – ее робкую душу перемешают с асфальтовой крошкой, отравят выхлопным газом. И скажут: вот он, город, люби его до смерти – и она будет искать человеческое в символах с собачьими головами, но, конечно же, многого не отыщет, куда ей, с порывами и ресницами нараспашку. Правда, песьих голов научится не замечать, вызубрит потихоньку чужой устав, сделается как все и перестанет быть обузой своим мужчинам, которые когда-то ждали от нее совсем другого. Им хотелось тепла и простых вещей – у нее это было, но не досталось никому, и они скоро поймут, что ничего не получат. Там такой закон: никому не отдавать задаром. А лучше и вообще не отдавать, если можешь – потому у вас и мрут, не доживая до полста. Здесь тоже мрут конечно, но в основном от водки».

«Ну, это уж Вы как-то…» – Крамской покрутил в воздухе ладонью. За Москву ему стало обидно, тем более, что старик явно сгущал краски. Все было сложнее и далеко не так мрачно – а если и так, то не судить же об этом со стороны. Почему-то, живущие там вовсе не рвутся назад, в пенаты. Вспомнить хоть Жанну Чижик… – Николай тут же вспомнил ее и поморщился от неспокойного чувства.

«Нет, это Вы уж слишком, – пробурчал он, поглядывая искоса на Печорского, который немедленно замолчал и изготовился слушать. – Это, простите, типично провинциальный взгляд. У вас тут много неба, но нужен и противовес – не было бы Москвы, пришлось бы ее придумать. И выдумали б, как милые, приклеив ярлык на карте, и все неравнодушные потянулись бы туда. И там бы закипело, давая вам надежду, что жизнь есть хоть где-то, раз уж ее нет здесь!»

Собеседник молчал, глядел смиренно и даже не пытался возражать. Завелся я, – подумал Крамской с досадой, ему вдруг стало стыдно. «Ну ладно, не обижайтесь, – улыбнулся он как можно более открыто. – Это ж извечный спор – метрополия, провинция… Взять хотя бы Рим, или теперь – Нью-Йорк».

Но Марк Львович отнюдь не был обижен. «Что Вы, что Вы, – откликнулся он все с такой же живостью, – я молчу потому лишь, что пытаюсь сформулировать, не сказав Вам неприятных вещей. Ведь Вы, конечно, совершенно правы, но в то же время и неправы вовсе. И дело тут не в столицах, дело лишь в наступивших временах – тех, в которых главенствует дурной вкус. С большим городом можно спорить, но с дурным вкусом – нет, никак. Он ведь всесилен – раздавит, сомнет. И там, у вас, дурной вкус нынче – норма. Он превращает все настоящее в кусок, извините, дерьма. Впрочем, Вам, быть может, не видно изнутри?»

На это Николаю нечего было ответить, а Печорский тяжело вздохнул и всплеснул руками, чуть не выронив при этом свой портфель. «Никто, – возопил он, – никто не бросит вызов серости средней массы, ибо из нее состоит весь мир. Лишь большие столицы на особом счету – в этом их сущность, если сущность в них есть. Они отбирают себе лучших из лучших и дают им главное – шанс. Как когда-то Москва – и не так уж давно, я помню; я жил там аспирантом и потом много ездил. И шанс мне был предложен, но я не взял – исключительно по своей вине. Сейчас-то уж не езжу, мне там не нравится. Сейчас, посмотрите, что отбирает себе ваш город? И кого он отбирает, кого? Таких же, как те, которые там правят».

«Но не все же…» – начал было Николай, но Марк Львович тут же его перебил. «Да-да-да, – заторопился он. – Я знаю, знаю. Не подумайте, что я на кого-то зол. Просто я не люблю, когда грабят безвинных, и потому мне не стыдно за сегодняшние доллары – ну ни чуть! Пусть это будет мой поступок, хоть он почти никому не виден, а говоря о робких душах – ведь ваш город их грабит тоже. Но куда он умудряется все это деть? Где прячет – так, что никому не видно? Я не знаю, ибо я там не живу, но я чувствую, ведь чувствовать не запретишь. Он мог бы многое отдавать в ответ, но в этой стране никогда не было таких правил. Потому ее раз за разом накрывает тьма… Ох, как пахнет, – сказал он вдруг мечтательно, глядя на жаровню у шашлычной, от которой несло горелым жиром. – Жаль, что мне нельзя. Вы как, не хотите пива? Я, пожалуй, сегодня позволю себе бутылочку. Или, пожалуй, нет… Нет-нет, не буду».

Печорский сделал отрицающий жест и вопросительно глянул на Николая, но тому было не до пива, он вдруг разволновался и наморщил лоб. Что-то вновь всколыхнуло мутные образы подсознания – чужие слова нашли там отклик. «Тьма, – повторил он задумчиво. – Это, знаете, очень верно. Я, конечно, чужд таких символов, они примитивны и затасканы до тошноты. Добро и зло – это для недоумков, но тьма… Она ведь запросто накроет, вы правы. И все очень даже встает на свои места».

«Не понимаю, о чем Вы, – вздохнул Печорский, – но Вам видней. Я вообще-то никак не гожусь в пророки».

«Я тоже, – пробормотал Николай, все еще напряженно размышляя о чем-то. – К тому же, долго объяснять, тут целая философия: высшие силы, метаболизм Вселенной… Но, кажется, у меня появилась версия. И Пугачев совершенно к месту – это предупреждение, я должен его увидеть. Пугачев и тьма – трудно не разглядеть общую цепь. Конечно, Сиволдайск – не самое вопиющее место, но нужно же с чего-то начинать».

«Бросьте, – махнул рукой Печорский. – Если вы о восстании, то Пугачева теперь не сыщется – ведь сейчас нет царей, даже и самозваных. Есть денежные тузы, но они не ведут за собой дикие орды. Да и орд почти не осталось – в этих нищих, выхолощенных степях. В других есть, да. И на эти пространства желающие найдутся. По мне, уж лучше б наш какой-нибудь Пугачев – потому что обидно, знаете ли. Но я быть может не доживу».

Они уже дошли до Речного вокзала, где швартовался большой пароход. «Князь Долгорукий» – было выведено на борту, Марк Львович глянул на него и одобрительно кивнул. «Князь, – сказал он с чувством, – вот это приятно. А то, бывает, назовут абы как… Ну ладно, мне пора. Счастливого вам возвращения и не обессудьте». Он снова стал несколько суетлив, ему было не по себе. Николай вежливо попрощался, и Печорский засеменил к остановке автобуса, смешно шаркая на ходу своими огромными башмаками.

Занятнейший персонаж, – подумал Крамской, глядя ему вслед, потом посмотрел на часы и, не спеша, побрел к гостинице. Народу на улицах все прибавлялось. И впрямь, будто праздник, – отметил он с усмешкой, – прав был старичок. А ведь сегодня только вторник…

Разговор с Печорским, призрак бунтовщика Пугачева и грядущая тьма как-то сразу вылетели из головы. Николай шел, с удовольствием вдыхая речной воздух и выхватывая взглядом симпатичные лица. На душе у него стало весело, он даже засвистел, как школьник, пружинисто взбегая по ступенькам к парадной двери отеля, из которой с шумом вывалила компания местных дельцов в дорогих костюмах, сидящих косо и криво на их могучих плечах.

В это же самое время, вдали от набережной и беззаботной толпы, Елизавета Бестужева стояла перед зеркалом и сосредоточенно разглядывала свое лицо. Она собиралась туда же, куда и Крамской, пребывая при этом далеко не в таком хорошем состоянии духа. Виной тому был разговор с Тимофеем, который позвонил-таки пару часов назад – для того лишь, чтобы подтвердить худшие ее опасения.

Звонок застал Елизавету на кухне, где она, атакованная приступом голода, с жадностью поедала бутерброды – с ветчиной, сыром и клубничным вареньем – запивая их кофе с молоком. Телефон зазвонил, когда она намазывала маслом очередной кусок французского багета. Елизавета вздрогнула, выронила из рук нож и занервничала, совершенно вдруг потеряв аппетит.

«Знаешь, Лизка, все не здорово, – начал Тимофей замогильным голосом, и ей тут же стало ясно, что свадьбы у них не будет. – Мне исчезнуть придется, ты уж не обессудь».

Он говорил нехотя, будто весь разговор заранее его

раздражал, и Елизавета почувствовала внезапную обиду. «Как исчезнуть, а я?» – спросила она чуть более жалобно, чем хотела, и Царьков сразу сделался недоволен и почти груб.

«Видишь ли, – сказал он жестко, – мне сейчас не до тебя. Проблем нарисовалось – выше головы. Дай мне время – хотя бы главные расхлебать».

Лиза поняла, что он не шутит и не юлит – у него и впрямь случилось что-то серьезное. Как вести себя, она не знала, но обидно ей было до слез – от нее отказывались, словно от ненужной вещи. Ей страшно не хотелось почему-то, чтобы он бросал ее именно сейчас; она попыталась взять себя в руки и сказала, как могла спокойно: – «Подожди, давай может вместе расхлебывать?»

Царьков занервничал, торопясь и глотая слова. «Ну что ты говоришь – 'вместе'? – передразнил он ее. – Ты ж вообще не в курсе, даже объяснять бесполезно. – Потом покряхтел и сказал с неподдельной горечью: – Мой главный – ну тот, папаша, я тебе рассказывал уже – дуба дал вчера, пока нас прятали по островам. По-глупому, на ровном месте, в автомобильной аварии с каким-то лохом, а я без него голый – понимаешь, голый! Теперь все накинулись, сплошной беспредел, а милиция – так та вообще… Хотят следствие на меня повесить, чтобы я денег дал – откупиться. В джип наркоту подбросили для комплекта – что ты хочешь 'вместе'? В КПЗ со мной вместе или куда?»

«Подожди, как это 'подбросили'? Какое следствие, о чем ты говоришь?» – Елизавета не могла понять, что происходит. Услышанное казалось ей бредом или дурным сном, еще менее реальным, чем вчерашнее похищение. – «У тебя ж там друг, майор этот, что нас встречал на берегу – он-то хоть может разобраться?» – воскликнула она с жаром.

«Да, друг… – буркнул Царьков. – Он-то бабки и тянет, друг. Таких друзей, знаешь, за кое-что – и в музей. Подружишь тут с ними, с шакалами».

Возникла пауза, было слышно, как Тимофей хрипло дышит

в трубку. «А теперь ты где?» – спросила Лиза, чтобы как-то продолжить разговор.

«В надежном месте, – вздохнул он и как-то беспомощно хохотнул: – На даче, под арестом – раньше это так называлось. Они отстанут, Аленыч пообещал – майор этот твой, который 'друг'. Но, типа, заплатить нужно и с недельку где-то переждать. Вот я и ищу – где ждать, чем платить. А потом уж даже и не знаю».

«Ну, недельку-то я потерплю, – сказала Бестужева негромко. – Если дело в недельке, а не в чем другом. – Потом запнулась и спросила дрогнувшим голосом: – Ты со мной вообще хочешь или нет?»

В трубке послышался тяжелый вздох. «Поня-атно, – протянула она. – Ну да, тебе ж теперь свадьба-то и не нужна. А я-то дура… Ну, что ты молчишь?»

Царьков по-прежнему не произносил ни слова. Потом вновь покряхтел и сказал: – «Ты это, если уедешь, соседке напротив ключи отдай. Ее Соня зовут, Софья Павловна. Нет, конечно, если хочешь, живи, но вдруг у тебя дела или что».

«Ах в этом смысле…» – медленно проговорила Елизавета. Ну вот, – мелькнула мысль, – вот все и закончилось, а тебя гонят. Прямо как собачонку на мороз. А чего ты собственно еще ждала?

Она закусила губу и сказала ледяным тоном: – «Уеду, не волнуйся – завтра же, с утра пораньше. Сегодня уже сил нет – ни на вокзал, ни на поезд. С этого бы и начал, чего уж было придумывать – следствие, наркота…»

«Я не придумывал! – взорвался Царьков. – Я тебе правду сказал, что ты из меня жилы тянешь? Не до тебя мне сейчас, непонятно что ли? Ты ж не знаешь ни черта – как я тут варюсь и с кем играю, когда пугнут только, а когда сожрут с потрохами. Где тебе судить – сидишь там на зарплате… Меня может вовсе без ничего оставят, все с нуля начинать придется, какая мне сейчас свадьба – и ты, и вообще?»

«Ну да, – повторила за ним Елизавета, – именно что 'вообще'.

Жизнь разбросала героев по разные стороны баррикад. Ясно, по крайней мере, что ты меня не любишь – и никогда наверное не любил. А я-то уж изготовилась взрастить в себе порыв чувств».

«Вот видишь, – заметил Тимофей, – еще не взрастила – тоже хорошо. Если б они, положим, уже у тебя были, то и взращивать бы ничего не пришлось. А так – баш на баш, все квиты. Ничего мы с тобой друг другу не должны».

«Был бы ты рядом, – сказала Бестужева устало, – я б тебе лицо расцарапала, ногтями. Ну а так, ничего тебе не будет, кроме подброшенной наркоты – или что там еще тебе придумали 'друзья'? Давай, расхлебывай, жених», – и отключилась, не дожидаясь, пока он что-нибудь ответит.

Она посидела немного, глядя в одну точку, и вновь непроизвольно покосилась на телефон. Ей хотелось, чтобы Царьков позвонил еще, чтобы он оправдывался, чувствуя себя виноватым, но мобильный безнадежно молчал. Тогда Елизавета заплакала – злобными, беспомощными слезами, желая ему при этом всяческих бед и козней. Попадись сейчас Тимофей ей под руку, ему бы и впрямь не поздоровилось – она чувствовала себя тигрицей, у которой разорили логово, коварно обкраденной амазонкой, хозяйкой дворцов, обращенных в пыль по чьему-то зловредному наговору.

«Какой же стервец! – проносилось в голове. – Какой же мерзкий лицемерный лгун! Пусть бы все его проблемы оказались взаправду. Хоть бы ему не выбраться из них и вообще попасть в кутузку – там ему покажут сладкую жизнь!»

Ей было жаль себя, жаль несостоявшейся свадьбы, вселенной внутри и всех ее чуть теплящихся жизней, в которых, взятых по отдельности или вместе, стало чудиться что-то сиротское. «Никому, никому нет дела, – шептала Лиза с обидой. – Каждый норовит расписаться в своем убожестве – и этот тоже, герой на 'Тойоте'. 'Тойоту'-то у него отберут – или как там это у них бывает? Пусть отберут и по миру пустят – и все женщины от него отвернутся, и не нужен он будет ни одной!»

Поплакав, она промокнула глаза салфеткой и осмотрелась кругом. Аппетит ее пропал окончательно, еда вызывала отвращение – равно как и вид аккуратной, только что отделанной кухни, в которой, как и во всей квартире, витал нежилой дух. Клетка с евроремонтом, – подумала Елизавета. – Провинциальная урбанистическая пастораль. Он полагал, я буду восхищена этим его комфортом? Таким можно удивить разве что местную дурочку – вот пусть и удивляет, если еще сможет. А таких, как я, эта кухня больше не увидит, и следа их здесь не будет – никогда!

Она вытащила ложку из банки с вареньем и поглядела на нее задумчиво. Капли медленно стекали вниз – кровь ангела, обращенная в сладкий яд, засахаренные алые розы... Внутри вновь остро кольнула обида, и Лиза, неожиданно для себя самой, зачерпнула ярко-красной массы и с силой плеснула на стену.

Результат оказался впечатляющ: по небесно-голубой поверхности растекалась кровавая клякса. «Класс, – похвалила себя Елизавета, – вот вам и след», – затем вновь набрала полную ложку и поставила еще одну кляксу неподалеку от первой. Несколько минут она оценивающе рассматривала содеянное, потом встала и принялась изучать внутренности холодильника и кухонных шкафов – в поиске дополнительных художественных средств.

«Жениться хотел? Хотел, чтоб я тут была хозяйкой? Ну вот я и похозяйничаю, – приговаривала она, распахивая дверцы. – Ну-ка, что тут у нас есть?»

Осмотр не выявил почти ничего полезного, но кое-чем все же удалось разжиться. Вдобавок к клубничному обнаружилось еще варенье – вишневое. «Сейчас мы устроим сладкую жизнь, даже и без кутузки, – Лиза хмыкнула и ловко откупорила литровую банку. – Сейчас вам будет натюрморт-десерт!»

Она стала орудовать ложкой, тщательно прицеливаясь, как художник-абстракционист. Вместе обе субстанции давали интересное сочетание цветов, а вишни вдобавок смотрелись очень красиво на светлом полу – трагически и беззащитно.

«Вы хотели быть живописцем, Николай Крамской? – громко спросила Елизавета. – Так вот, вы опоздали. Здесь, в Сиволдайске, живописец – я! Никогда не думала, что у меня талант».

В холодильнике нашлись куриные яйца, которые тоже пошли в дело. Вскоре стены были разукрашены на совесть, и Лиза признала, что получилось у нее неплохо. «Картина моей жизни, – пробормотала она, оглядываясь кругом. – Прямо как Джексон Поллак. Хоть тот, конечно, делал все не так».

Она повертела в руках пакет с молоком, но решила, что молочные пятна не попадут в цветовую гамму. Зато, банка с медом пришлась кстати – его разводами она щедро украсила поверхность керамической плиты. На этом пришлось остановиться – ее фантазия сошла на нет.

«Жаловался, что один живешь? – мрачно произнесла Елизавета. – Ну так, значит, привык к уборке. Что поделать, гостья была – сам пригласил, я не напрашивалась. Или пусть шлюхи твои поработают, они не принцессы, им не привыкать». Она еще раз обвела кухню критическим взглядом и, гордо выпрямив спину, прошествовала в гостиную, стараясь не ступить ни во что липкое.

Там пыл ее неожиданно иссяк. Елизавета прошлась в сомнении вдоль серванта и книжных полок, но бить посуду или рвать книги ей в голову не пришло. Она вообще жалела ни в чем не повинные вещи, а эти к тому же были изысканны и изящны. Рассеянно полюбовавшись бокалами из хрусталя и чайными чашками из китайского фарфора, Лиза уселась в знакомое уже кресло и попыталась подвести итоги.

После пролитых слез и кухонного погрома мысли ее не прояснились ничуть. Голова шла кругом, и на душе с каждой минутой становилось все тоскливей. Там засели обида и недовольство миром, но за ними скрывалось что-то еще – след незнакомого отчаяния, тревога, утвердившаяся тяжело и прочно, как неподатливый холодный ком. Комната была чужой, и город за окном был ненавистен и чужд. Во всем пространстве, куда ни дотянись воображением, не было ни сочувствия, ни тепла.

«Что я здесь делаю? – спросила себя Лиза и в недоумении пожала плечами. – Это все то письмо проклятое виновато!»

Она попыталась представить себе Царькова и поняла, что не очень твердо помнит его черты. Было неясно, легче ей от этого или нет. Елизавета еще посидела, будто прислушиваясь к чему-то, потом произнесла со вздохом: – «Что ж, придется забыть», – но слова прозвучали слишком робко. В них не было куража, и в ней самой не было сил – как в лихорадке или дурном сне. Казалось даже, что дело вовсе и не в Царькове, не в обиде и не в расстроенной свадьбе.

Это испугало ее, она стала уговаривать себя, шепча что-то не очень связное. «Он кто мне? Никто и бог с ним, – бормотала она, зябко потирая плечи. – Напридумывала я чересчур, да еще и приехала этакой фифой. Он небось струсил, хоть и столичный мальчик. Жалеть его надо – и только, а жизни у нас разные совсем. Хоть в чем-то он, конечно, получше других…»

Ей мельком вспомнилась Москва и череда мужчин, неинтересных и ненужных, а потом – как всю последнюю неделю ее водили за нос, настраивая на романтический лад. Елизавета раздраженно фыркнула и всплеснула руками. «Нет, но каков мерзавец! – воскликнула она с возмущением и пожаловалась сама себе: – Доверчивые мы, бабы. Во все верим, что нам ни подбрось – цветы, сердце из кусочков, Число души…»

Время шло, тягучее, как патока. Бестужева сидела, не двигаясь, глядя прямо перед собой. Потом на балконе что-то звякнуло, она очнулась и оглянулась заполошно, но за стеклом не было ничего, кроме низких туч.

Кошка наверное, – подумала Лиза и повертела головой, будто заново осматриваясь в комнате. – Как же голо тут у него, даже безделушек никаких нет. Вообще, хватит о нем вспоминать, слишком много чести ему выходит. Он хитрый, и я хитрая; он в сторону, и я прочь.

Ком внутри шевельнулся вдруг, и все тело отозвалось непроизвольной дрожью. «А о чем же вспоминать-то?»

– спросила она вслух и беспомощно развела руками. Еще вчера все было так забавно – был Царьков, были планы, и многое виделось впереди. Теперь же пустота подступала со всех сторон, и наваливалось ощущение несчастья, безысходности, тупика. Комната казалась клеткой, но там, за стенами, поджидал враждебный воздух, пространство, лишенное смысла, которое не измерить и не окинуть взглядом. Город тоже терялся в нем, растворяясь в реке, полях, лесах, желтой степи. Она будто ощущала их присутствие, чувствовала дыхание, запах. В них было равнодушие, убивающее надежду – и становилось ясно, как редко это бывает, когда какая-то надежда есть вообще.

Елизавета подумала, что души всех, живущих в этом городе должны иметь толстенную броню. Стихии здесь победили разум – и всякое сочувствие друг к другу. «Такая вот жизнь», – произнесла она жалобно и оторопела от верности этих слов. Ей вспомнился Крамской; она почувствовала вдруг, что его «высшие силы» не так эфемерны, как казалось – и, наверное, жестоки и недобры.

Хорошо мужчинам, – подумала она со злостью, – ищут знаки, разгадки, верят во всякую чушь. А мне не во что верить, я даже намеков не понимаю вовсе. Простушка, одно слово. Только и умею, что соблазнять, да и то не всех.

Лиза кривилась, хмурилась, прислушивалась к себе. Лучше не становилось, становилось больнее. Ладони были холодны, как лед, глаза невидяще смотрели в стену напротив. «Нужно же что-то делать!» – воскликнула она в отчаянии и тут же вспомнила про ресторан, и уцепилась за эту мысль.

«Поеду веселиться и пить! – твердо сказала себе Елизавета. – И интрижку заведу, хоть с тем же Крамским». Потом подняла руку, чтобы поправить волосы, и вдруг заметила кольцо у себя на пальце.

Надо же, бабушкину реликвию-то позабыл, – подумала она. – Небось и вправду крепко его прижали. Оставить что ли здесь, на столе? Нет, возьму пожалуй с собой – захочет, сам за ним приедет. Поделом ему, пусть позлится.

Елизавета рассмеялась нервным смешком, удивляясь сама себе. Было ясно, что сознание настойчиво искало способ спровоцировать Тимофея на еще один контакт. «Дура!» – выругала она себя, отметив все же, что кольцо, предмет материальный и зримый, компенсирует в какой-то мере отчужденность мира. В любом случае, сидеть и предаваться переживаниям больше было нельзя. Собрав все силы, Лиза выбралась из кресла и отправилась в ванную, на ходу расстегивая блузку.

Под горячим душем она наконец согрелась, и тревога отползла куда-то дальше вглубь. Растершись полотенцем, Бестужева подошла к зеркалу и мрачно кивнула своему отражению. Впрочем, настроение улучшалось понемногу.

«Кем бы нам заделаться сегодня? – спросила она вслух, покачав головой. – Инфантильной барышней или европейской львицей? Сексапилкой, проведшей бурную ночь, или нимфеткой с персиковыми щеками?..» Потом поплескала в лицо водой и подвергла его осмотру в поисках припухлостей и следов недавних слез. Результат ее удовлетворил, к тому же и морщин было немного, а кожа казалась совсем молодой.

Еще многое выдержит, – подумала Елизавета, и это сразу прибавило бодрости. Накладывая тональный крем, она почувствовала, что в ней просыпается творец – приятно было создавать себя заново, наблюдая, как из нее, такой расстроенной еще час назад, рождается другой человек. Точными движениями она, не жалея, нанесла тени на веки и тушь на ресницы и отметила, что из зеркала на нее уже смотрит очень даже красивая женщина.

Это потому, – мелькнула еще одна приятная мысль, – что она была такой с самого начала, даже и рисовать-то почти ничего не требовалось, лишь слегка кое-что оттенить. Да, глубиной глаз природа ее не обделила, они сейчас немного влажные, в этом есть особый шарм…

«Вот вам всем», – сказала Елизавета мстительно и нанесла румяна – так, чтобы скулы стали прозрачно-розовыми, словно потертыми мужской щетиной. Вид получился несколько экзальтированный, обещающий многое тем, кто хочет обжечься. Наконец, дошла очередь и до губ, им она уделила особое внимание и, как достойное дополнение румянам, сделала их яркими с чуть расплывшимся «зацелованным» контуром.

«Что ж, – оценила она результат, – очень, очень!» – и завершила процесс прозрачным «блеском», влажным, как настоящий поцелуй. Зеркало утверждало, что она неотразима, и Лиза не сомневалась, что это так и есть. Тут же она вспомнила некстати Тимофея и его «Тойоту», и как на пути в рогожинский ЗАГС ей хотелось сбросить старую оболочку, обратившись кем-то совсем другим. «Вот она, шкурка ящерицы», – пробормотала Елизавета, зная твердо, что другой ей не стать. Тяжелый ком вновь ожил на мгновение, она почувствовала себя безмерно одинокой, но отчаянным усилием прогнала ощущение прочь. Оно предвещало новые слезы, допустить которые было никак нельзя из-за тщательно наведенного макияжа.

Глава 25

Ресторан «Волжский шаман» был в городе на особом счету. Сюда приходили «повеселиться» по старинке, что подразумевало многое – от еды и выпивки до пьяной драки. За ужином здесь можно было прожить целую жизнь и долго потом об этом помнить – истории о кутежах в «Шамане» передавались из уст в уста. К тому же, кухней в нем заправлял известный повар-серб, поднаторевший в русских блюдах, а цены дотягивали до московских, что еще прибавляло очков тем, кто мог себе позволить провести там вечер.

Елизавета Бестужева появилась в главном зале, когда мужчины были уже в сборе. Она вошла стремительно, глядя прямо перед собой, с легкой победительной улыбкой – чтобы никто не заподозрил, что в сердечных ее делах, увы, не все ладно. Их столик располагался в самом центре, неподалеку от танцплощадки. Крамской с Астаховым сидели рядом и о чем-то оживленно беседовали, а Фрэнк Уайт был, напротив, молчалив и невесел, теребил в пальцах салфетку и глядел в сторону.

Внешность Елизаветы произвела впечатление – как и было задумано. Николай сразу сделал ей комплимент и готов был еще развивать эту тему, но она осадила его взглядом, нарочито скромно при этом поблагодарив. Не стоило забалтывать очевидное, да и к тому же, глядя на Крамского, она поняла с досадой, что он не интересен ей даже для флирта, не говоря уже о молниеносном романе. В герои-любовники годился лишь Астахов, старательно отводивший глаза, и Лиза решила, что он, пожалуй, вполне привлекателен как мужчина. В нем тоже угадывался столичный лоск; она попыталась было угадать род его занятий, но поняла, что не имеет на этот счет никаких мыслей. Что ты паришься, дорогая, – одернула она себя, – землей небось торгует или домами, – и ослепительно улыбнулась Фрэнку, посматривавшему на нее с некоторой робостью.

«Ну вот, – сказал Крамской довольно, – почти все в сборе. Не знаю, как вы, а я только сейчас осознаю, какое невероятное приключение с нами произошло. Маленький город, – он обвел рукой ресторанный зал, – тоже может быть горазд на события… А где же последний участник – если не сказать, виновник? Где жених по прозвищу Царь?»

«Жених сплыл, – откликнулась Елизавета беззаботно. – Его приключение оказалось слишком невероятным. Мы решили, что наши чувства еще незрелы, так что праздновать будем вчетвером. Надеюсь, никто не против?»

Она обвела мужчин вызывающим взглядом, боясь сочувствия и расспросов, но, несмотря на удивление, все отнеслись к известию как должно. Николай буркнул что-то неразборчивое и стал высматривать официанта, а Фрэнк Уайт, поморгав, разразился тирадой на тему несбывшихся планов, приведя в пример себя и свой мистический клад. Андрей Федорович, до того молчавший, живо заинтересовался этой историей, и Фрэнк изложил ее почти всю, начав издалека, с беглого еврея Нильвы.

«Неплохо, неплохо, – пробормотал Астахов. – Все-таки, Нильва – это очень смешная фамилия».

На этом Фрэнк вдруг засмущался, и Елизавета пришла ему на помощь. «Ничего смешного, – отрезала она. – Подумаешь, проходимец; из нищеты в нищету. Что здесь, что там – пустое место. А ты, Фрэнк, прямо-таки рыцарь, – повернулась она к американцу. – Прямо-таки, берешь огонь на себя. И почему твои звезды тебе не помогли? Это все та китаянка виновата, стерва – тебе и впрямь нужно бы жениться на русской».

«Он рыцарь в душе, но дела его безумны… – проговорил Крамской, ерзая на стуле. Ему, как и Астахову, было завидно, что внимание достается Уайту Джуниору. – Что же до планов, мои тоже никогда не сбываются. И звезды не помогают – да и не все они знают, звезды, особенно в этой стране».

«А у меня теперь и вовсе нет планов», – вступил в разговор Андрей, стараясь поддержать шутливый тон. Все посмотрели на него, он добавил невпопад: – «Работа вот не ладится, это да, – и замахал рукой официанту: – Молодой человек!»

«Сервис тут у нас, конечно…» – усмехнулся он виновато, обернувшись к Лизе, и замолчал, не закончив фразы. Та привычным жестом обхватила себя за плечи и потерла их ладонями, будто озябнув. Недавнее отчаяние притихло до поры, но ей было неспокойно – беспокойство вообще витало в воздухе, насыщенном невидимым электричеством. За столиками вокруг сидели почти одни мужчины – широкоплечие «братки» с одинаковыми короткими стрижками, дельцы из бывших воров, их пронырливые адвокаты и бухгалтеры, чиновники, глядящие свысока и заискивающие лишь перед начальством, вездесущие кавказцы, не заискивающие ни перед кем… Почти все были еще трезвы, но то и дело бросали тяжелые взгляды на компанию чужаков, забредших на их территорию. Больше всего глаз липло, конечно же, к Лизе – именно она была желанной добычей, не принадлежащей, по необъяснимым, но верным признакам, никому из сидящих с ней.

Официант в черно-белой паре, с жидким чубчиком, зализанным набок, наконец приблизился к ним и вопросил с холопской развязностью: – «Чего желаем, господа?»

«Вод-дки!» – громко и отчетливо проговорила Бестужева. С соседнего столика на нее внимательно посмотрели. «Водки, огурцов, семги, – продолжала она, не обращая ни на кого внимания, – и еще много чего, сейчас я зачитаю из меню…»

Водку и закуски принесли быстро. Елизавета, бойко выпив со всеми за освобождение из плена, вновь занялась Фрэнком Уайтом – словно изыскав безопасную гавань и укрывшись там от всех, посягающих на нее открыто или тайно. «Красная рыбка, белая рыбка, соленые огурцы… – хлопотала она над ним. – А вот еще, смотри – салат из свеклы. А вот селедка и ржаной хлеб…»

Фрэнк вяло отнекивался, но ел с охотой, не забывая и о водке, которая вскоре подействовала на всех. Первой опьянела Лиза – не слишком сильно, но заметно для пытливого глаза. Она сменила роль и грим, сделав это со вкусом, так что ее было не упрекнуть в притворстве. Уайт, наконец, был оставлен в покое, Елизавета оперлась щекой на руку, согнутую в локте и посмотрела на Астахова в упор – так, словно они сидели совсем одни.

«Чем ты занимаешься? – спросила она хрипловато. – Мы ведь, кажется, на 'ты', я не ошиблась?»

Андрей Федорович помялся, потом вздохнул и сказал коротко и как-то скучно, что пишет книжки, самые что ни на есть серьезные – так, словно речь шла о чем-то банальном. Ее реакции, однако, он ждал с нетерпением, что не укрылось от ревностного взгляда Крамского.

«О, – сделала Лиза удивленную гримаску, – так ты, наверное, знаменит. Может быть даже богат, признайся?»

Николай насмешливо хмыкнул, а Астахов лишь улыбнулся виновато и покачал головой. «Меня никто не знает, – сказал он, разводя руками. – А денег за книги вообще не платят – так не разбогатеешь. Я когда-то занимался другими вещами», – добавил он, переглянувшись с Крамским, и Елизавета протянула многозначительно: – «Ах вот оно что…» – серьезно оглядев их обоих, и прикрыла ладонью свою рюмку, которую хотел наполнить неслышно подошедший официант.

«Мне пока хватит, – сказала она ему, – у нас тут интеллигентный разговор», – и вновь повернулась к Астахову с обворожительной улыбкой. «Зачем же ты их пишешь, если они не приносят денег?

– спросила она невинно. – И их что, никто не хочет печатать? А может просто у тебя плохо получается?»

«Хороша штучка, – подумал Андрей. – Барби из себя строит, а глаза цепкие».

«Получается как-то, – откликнулся он ей в тон. – Грех жаловаться, как говорится. Хотя сейчас все застряло, это да… А пишу затем, что не могу не писать».

«Это мне знакомо, – кивнула Бестужева серьезно. – Хоть я, как ты понимаешь, очень даже могу не писать… Смотрите, там что, начинаются танцы?»

До танцев было еще далеко, музыканты всего лишь проверяли аппаратуру. Ресторан, между тем, казался уже почти полон. В ровном гуле голосов то и дело раздавались выкрики и хохот. Табачный дым стал гуще, крепкие парни бродили по залу, разыскивая знакомых. Оглянувшись кругом, Лиза вновь почувствовала себя неуютно – право же, этот город был ей совершенно чужд.

Театр какой-то, – подумала она. – И дизайн такой тяжелый – красный бархат на стенах, желтые кисти. Начинается всегда театром, а кончается свинством. И свинство неотвратимо, от него не спастись.

«Танцев нет, но обязательно будут, – сказал Крамской, тоже глянув по сторонам. – Равно как и остальное».

«Да-да, – рассеянно проговорила Елизавета. – Какие наши годы, все еще впереди». Она ковырнула вилкой в почти пустой тарелке и вдруг обратилась к Астахову довольно-таки строго: – «На самом деле, это уклончивый, трусливый ответ! Что значит ʻне могу не’? Слишком много отрицаний. Ты ж сильный, уверенный в себе мужчина – вот и называй вещи как они есть! Что там – тщеславие, к примеру? Или и того больше – бессмертие, как у вас говорится?»

«Однако…» – удивился Николай Крамской, но Лиза смотрела не на него.

«Я б рад был ответить, – сказал Андрей с усмешкой,

выдерживая ее взгляд, – но это не поддается формулировке. – Потом добавил лукаво: – Бессмертие – это тоже уклончиво, не так ли? – и налил себе водки. – А тщеславие – как без него. Разве можно признать собственную малость?»

«Господа и их дамы! – разнеслось с эстрады. – Прошу внимания, оставьте ваши рюмки. Сейчас будет конкурс на самый смешной анекдот. Как сказал мой шурин, Гоша из Одессы, день без шутки – все равно, что ночь без телки; ха-ха-ха…»

За соседним столом громко загоготали, откуда-то раздался женский визг. Очевидно, веселье набирало темп. «Первым попытает счастья Вовчик из пролетарского пригорода, – надрывался конферансье. – Но сначала я покажу вам фокус. Посмотрите на этот красный шарф: я запихиваю его в брюки…»

В зале грянул новый взрыв смеха. «Иллюзионист, – вздохнул Крамской. – Вот так и Андрей, только тот складывает слова. На что еще годится настоящее – только чтобы иметь иллюзии. А прошлое – лишь на то, чтобы разглядывать фотоснимки, убеждая себя трусливо: жизнь длинна».

«Вод-дки! – сказала Елизавета, подвигая Астахову пустую рюмку. – Иллюзии – вещь нужная, как ты думаешь, господин писатель?»

«Я думаю, когда они кончатся…» – начал тот серьезно, но тут микрофон захрипел под напором пролетария Вовчика, и ему пришлось прерваться. «Когда они кончатся, станет вовсе незачем жить», – закончил он все же мысль, дождавшись небольшой паузы, и вопросительно глянул на Лизу.

«Смотрит новый русский на свой Мерседес и думает – на хрена у меня прицел на капоте?..» – вещал кто-то в микрофон. «Хо-хо-хо», – гоготали соседи. «Да, – кричала Лиза Астахову, – вот и я о том же. Все вы ищете лекарство от страха. Фрэнк, ты у нас романтик, ты тоже боишься смерти? Как тебе видится бессмертие? Или тебе, Николай Крамской?..»

Потом им принесли новую бутылку и большую порцию осетрины. Все принялись за еду, лишь Бестужева, отложив вилку, с удивлением смотрела на эстраду. Там началась пародия на стриптиз – две высокие барышни извивались вокруг ведущего, пытавшегося стянуть с них одежду. Хохот в зале стал стихать – словно запас смешного на сегодня подошел к концу.

«Если мне от них так гадко, а им всем так хорошо, говорит ли это что-нибудь обо мне или о них? – произнесла она задумчиво. – Может что-то со мной не так? Как бы то ни было, я не сдамся – не хочу признавать собственную малость. Особенно теперь, когда я вновь свободная женщина… – она, будто ненароком, коротко глянула на Астахова и спросила громко: – Ну, как? Кто выскажется о бессмертии или еще о чем-нибудь из высокого?»

«Самый реальный путь – космический катаклизм, – уверенно начал Николай Крамской. – Столкновение с крупным небесным телом – если отыщется подходящее тело. На него, собственно, вся надежда».

«И что?» – не понял Фрэнк Уайт.

«И что? – спросила Елизавета, прищурив веки, и потянулась к тарелке с рыбой: – Дайте-ка и мне, пока все не съели, а то я стану совсем пьяной».

«А то! – Николай поднял вверх палец. – То, что все разлетится в клочки – в мельчайшую космическую пыль. И те, кому повезет – кого, говоря условно, выберет случай или судьба – сохранятся в этой пыли посредством своих молекул, своих уникальнейших хромосом, вкрапленных в силикатные капсулы. В силикате их гены будут путешествовать миллиарды лет, дальше можно фантазировать – кто как хочет. Воссоздать копии и даже улучшить их слегка – вполне возможно, почему бы и нет. Вот только память не сохранится – капсулы устроены примитивно, в них даже нет батареек».

«Без памяти неинтересно, – вздохнула Елизавета. – Но иногда нужно довольствоваться малым – и не ныть. Я вон кухню жениху уделала: вся цена истории – новый ремонт на кухне… А музыка-то уже вот-вот, – заметила она вдруг, глянув через плечо. – Где же, где же моя отбивная?»

Действительно, юморист-фокусник исчез со сцены, и музыканты готовились взяться за дело. Зал гудел и шумел, отовсюду слышны были пьяные возгласы. Где-то начиналась ссора, в другом конце на чем-то истерично настаивал пронзительный женский голос.

Темная энергия, – подумал Астахов, осматриваясь вслед за Лизой и ловя себя на том, что повторяет ее жесты. – Агрессивные племена, хозяева здешней жизни. Дорогу, дорогу простым рефлексам! А если не уступишь, они ее проложат сами – незатейливо, прямо сквозь тебя.

Официант, похожий на линялого скворца, принес наконец Бестужевой ее кусок мяса, и она впилась в него острыми зубками – с жадностью, будто ничего не ела весь день.

Какая женщина! – думал Андрей Федорович, наблюдая за ней исподтишка.

«Бессмертия не может не быть! – доказывал тем временем Крамскому Фрэнк Уайт. – Первая жизнь – не более, чем пытка бессмысленностью, простой предварительный отбор...» – но Николай почти его не слушал. Он мрачнел, размышляя о чем-то, посматривал искоса то на Астахова, то на Лизу, а потом вдруг спохватился и потянулся к бутылке.

«Нужно выпить еще, – проговорил он сердито. – Не знаю, как вы, а я почти трезв. Предлагаю тост...» – но в этот миг грянула музыка во всю многоваттную мощь, и самого тоста никто не расслышал.

«Написала Зойка мне письмо...» – хрипло завопил солист, подражая стареющему барду. В зале раздался одобрительный свист.

«Давят нас, а мы безмолвны», – жалобно пробормотала Елизавета, потом махнула рукой и вновь занялась своим мясом. «Каждая особь – машинка для чего-то...» – бубнил Фрэнк Уайт; другие пили, ели и тоже твердили каждый свое, потому что оркестр играл без устали, и через стол можно было расслышать лишь случайные обрывки слов.

«Днем я видел странного человека, но я не могу о нем рассказать, – горячился Николай Крамской. – Он повязан по рукам и ногам – и, при этом, счастливее меня. Я вдруг понял сегодня: самое обидное – когда хочешь освободиться, а тебя, оказывается, ничто не держит».

«Что-что?» – наклонялась Лиза к Уайту Джуниору. Тот морщился страдальчески и доказывал, отчаянно жестикулируя: – «Да, нам дают проявить себя во всей красе! Дают, а потом забирают туда, где нет больных вопросов. А остальные мучаются, считая жизни: первая, не первая, единственная, не единственная…»

«Да!» – отвечала она ему, почти ничего не разобрав, потом вновь глядела в упор на Андрея Федоровича Астахова и спрашивала насмешливо: – «Ну а у тебя, писатель, какой вопрос самый больной?» – а он в ответ кричал, смеясь: – «Что-что?» – точно так же, как и она сама несколько минут назад.

Тут музыка ненадолго смолкла, и всех сразу стало слышно. «Ну же, отвечай, – теребила Бестужева Андрея. – Отвечай быстрее, пока мы не оглохли».

«Смешно представлять себе, – произнес тот вкрадчиво, – как через много-много лет мой лучший читатель будет думать, что жизнь удалась, покупая искусственные цветы для своей резиновой женщины».

«Браво!» – захлопала Елизавета в ладоши, а со сцены уже неслись новые аккорды, и даже рюмки подрагивали, вторя басовым струнам. «В холодной камере Крестов душа разлукою томится…» – хрипел и страдал певец. Ресторанный зал страдал вместе с ним, везде наливали, выпивали и закуривали, размягчаясь и оплывая в слезливой тюремной романтике. Стены, помнившие партийных бонз, взирали равнодушно на новых своих хозяев, давно устав чему-либо удивляться. «Вод-дки!» – громко командовала Лиза, и каждый за столом кидался ей наливать, но отпивала она совсем по чуть-чуть, зорко следя и за Фрэнком, чтобы не увлекался чересчур. Кто-то высокий, в рубахе навыпуск подошел сбоку и позвал ее танцевать, но она глянула в ответ холодно и спокойно, молча покачала головой, и тот, потоптавшись, побрел прочь.

Астахов мельком посмотрел ему вслед и повернулся к Николаю, который все доказывал, никого не слыша: – «…высшая сила, быть может ее роль лишь в том, чтобы придумать ее для себя?»

«А может ничего высшего нет вообще? – Андрей подмигнул с усмешкой, желая свести все к шутке. – Хоть, смотри, мы ж встретились совсем не случайно, – он хитро покосился на Лизу. – Что-то мне не верится в простое совпадение».

«И вообще, – поддержала Елизавета, обращаясь к Крамскому через стол, – может и ты был нужен здесь лишь затем, чтобы познакомить меня с ним?»

Тот, будто не слыша, продолжал свое: – «Бороться с бессмысленностью… Предназначение… Смириться нельзя…» – Зато Астахов расслышал Лизу очень хорошо и, окрыленный, еще шире расплылся в усмешке. Какая женщина! – вновь подумал он и поддержал Николая: – «Да-да, бороться. В борьбе бывают победы – приятнейшие из них!»

Уже давно начались танцы. На свободном участке пола топтались несколько девиц и группа мужчин с толстыми животами. Еще трое из той же компании протискивались к эстраде, хищно поглядывая на раскрасневшуюся Елизавету. Она, тем временем, расправившись с отбивной, сидела, поводя плечами в такт музыке, и, казалось, вовсе перестала интересоваться разговором.

«Помнишь девочка, гуляли мы в саду…» – начал певец.

«Ах, – вздохнула Лиза, – как я люблю эту песню», – потом обернулась и стала жадными глазами рассматривать танцующих. Кругом было шумно, дымно и пьяно; приблатненный надрыв сменился жаждой угарного веселья. Затем песня кончилась, солист объявил перерыв, и в наступившей тишине неожиданно громко раздался голос Крамского.

«Ему не дали клад, – показывал он на Фрэнка, – это его

трагедия; я сочувствую искренне, и мне неловко. Ибо мне-то как раз дали денег – и неспроста, кому-то было нужно, чтобы у меня развился сторонний взгляд. Я и развил его, а потом – Пугачев, бандиты из боевика… У меня, поверьте, открылись глаза. Может, я должен всех предупредить, но я же совсем не знаю, как».

Елизавета повернулась к нему с недоумевающим видом. Она была не пьяна, но возбуждена и раздосадована, как будто ей помешали. «Все-таки, ты лунатик, – сказала она сердито. – Прав был Царьков, чтоб ему провалиться. Тебе не кажется, кстати, что те, от кого и впрямь чего-то ждут, знают об этом точно, а не мечутся туда-сюда? И потом, ты что думаешь, тут ни у кого больше глаза не смотрят? Ты один такой умный и все видишь?»

Зрачки ее сверкали, щеки горели, она была очень красива. Хороша! – в который уже раз отметил Андрей Федорович и почувствовал вдруг, что вот она, иллюстрация к чему-то, для чего он давно искал слова. Такими и бывают женщины мечты, – пронеслось у него в голове. – Избитый штамп, но до чего же верно!

«Интересно, – произнес он в пространство, будто бы ни к кому не обращаясь, – замечал ли кто из вас: порой разговор вполне приличного содержания больше похож на сексуальное приключение, чем многие сексуальные приключения».

Крамской сидел, надувшись и уйдя в себя, а Лиза посмотрела на Астахова внимательно, будто только его увидела, и немедленно отвела глаза. Вот оно, – решила она, – теперь и этот клеится в открытую. Так быстро и так скучно, и все как всегда. Удивительно, что за один день могут осточертеть все мужчины сразу.

Она вспомнила разговор с Тимофеем и тяжелый ком внутри, который никуда не делся. Намеренье завести интрижку тут же показалось ей нелепым – нет, интрижки не будет, это ни от чего не спасает. Проще всего отвадить «писателя» немедля – выйдет хотя бы маленькая месть…

Все, что рушилось, продолжало рушиться. То, от чего

хотелось освободиться, разрасталось все сильнее, набухая в груди. Оболочки, новые и старые, были казалось истончены до микрона, а под ними ждала пустота, с которой вот-вот придется иметь дело.

«Кому-то здесь дышится легко, а я задыхаюсь», – сказала Елизавета, поморщившись, и Астахов глянул удивленно, вспомнив свою утреннюю прогулку.

«Как они здесь живут – все, все, все?!» – воскликнула она в сердцах.

Мысли ее замелькали и засуетились, она забыла на время и об Астахове, и обо всех вокруг. Перед глазами пронеслись цветным вихрем события невозможной недели, которых хватило бы на годы обыденной, спокойной жизни. Филер, зыбкий как тень, локоны парика и мефистофельский плащ, наглый лжец Тимофей и его кольцо, гангстеры, пистолеты и плен, алые пятна на кухонных стенах... Большего было уже не вместить – ни любовника, ни опасностей, ни переживаний.

Машке расскажу – не поверит, – мрачно подумала Лиза. – Или скорее от зависти умрет. А я не пойму: все это длилось, длилось – и что толку?

Нужно было брать себя в руки. «Ты на меня не обижайся, – повернулась она к Николаю, будто бы не замечая Андрея Федоровича и его выжидательного взгляда. – Я и сама такая же – вся в сомнениях, но будто знаю за каждого наперед. Мы с тобой почти близнецы, но у нас ведь нет общей цели».

«Общей цели?» – удивленно переспросил Андрей, вмешиваясь в разговор.

«Ну да, – отмахнулась Лиза, – это тоже из жениховского лексикона. Романтика из глубинки – ты с ней не знаком? – Она повертела головой, спросила умоляюще: – Ну когда же, когда вернется музыка? – и подвинула Крамскому свою рюмку: – Вод-дки!»

Тот послушно налил ей и всем остальным. Елизавета отпила глоток, и ей стало лучше. «Ну все, хватит о сложном, – заявила она безапелляционно. – Пока песен нет, будем читать стихи. Например, ты, господин писатель. Например – твои собственные, самые-самые».

«Я не пишу стихов, – развел Астахов руками. – Есть наброски, которые похожи, но, все равно, это скорей проза…»

«Ах, просим, просим, не ломайся», – перебила его Лиза и вновь стала глядеть в упор, подперев подбородок ладонями.

«Ну ладно», – сказал Андрей с сомнением. Потом пожал плечами, вздохнул: – «К примеру, вот это…» – и стал читать неторопливо и глуховато:

Я швырнул горсть бисера на грязный пол.
Потом одумался и вызвал служанок.
Они ползали на коленях, собирая бусины в жестяной таз.
Зная, что я пересчитаю все до одной.
Я больше не повторяю ошибок, твердил я сам себе.
И смотрел на их бедра и толстые икры.
Я был волен взять прямо тут все, что хочу.
Тут, в хлеву, полном дурных звуков.
С какой-то из них я б даже мог быть нежен.
Но ее не отличишь вот так, со спины.

«А ты талантливый, – сказала Лиза серьезно, когда он закончил, – талантливый и, наверняка, жуткий эгоист. Но до меня, эгоистки, тебе далеко».

Она обвела всех глазами и улыбнулась надменнейшей из улыбок. Кое-что было пока еще в ее власти. Она знала – это ненадолго – и пользовалась моментом, вытребованным у прижимистого мира.

«Горсть бисера на грязный пол…» – пронеслось в голове. Она спросила громко: – «О чем вы говорили, о предназначении? – и заявила, глядя в глаза Астахову: – Это жуткая тоска! Ты вот выполнишь предназначение, перенесешь донесение от одной высшей силы к другой и станешь больше не нужен. А я буду нужна всегда, я – Венера, мой камень – бриллиант. И устроена я нехитро, во мне даже нет батареек, потому всем нужно лишь мое тело. А я зато не помню – ни о ком, ни о ком… Вот они, пришли!»

На сцене вновь появились музыканты, к которым теперь добавились две девушки в коротких юбках. Зал захлопал и заулюлюкал, послышались крики: «Давай, Маруся, жарь!»

«Ах, – произнесла Бестужева с чувством, закидывая руки за голову. – Зачем они, все ваши сложности? Я не знаю, чего я хочу; я почти пьяна, и мне это нравится. Пусть теперь будет танец – что еще нужно для счастья?»

«Провожал ты меня из тенистого сада, вдруг взяла тебя нервенная дрожь…» – грянул оркестр с эстрады.

«Оп-пааа!» – заорал кто-то неподалеку.

Народ со всех сторон повалил к танцплощадке. Елизавета посидела минуту с мечтательным, отсутствующим выражением на лице, потом вздохнула: – «Ну, это просто ностальгический экстаз», – и выскользнула из-за стола, ловя на себе алчные взгляды. Каждый из этих тоже считает, что он тут главный «Царь», – подумала она по пути, мельком глянув по сторонам, и еще расправила плечи. Почему-то ей опять захотелось поплакать, но она знала, что ни за что себе этого не позволит.

У эстрады она выхватила острым глазом в толпе колышущихся, вихляющихся тел хрупкую девочку с голым животом, молниеносно оказалась с ней рядом и чуть подтолкнула плечом: – «Подвинься, ангелочек». Та ощерилась было, но, встретив ласковый Лизин взгляд, нерешительно улыбнулась в ответ и развернулась к ней лицом. «Мы гуляли с тобой, я ревела, ох ревела; подарил ты мне медную брошь…» – подпевала Елизавета, вслед за голосистыми солистками, и цепляла зрачками темные зрачки напротив, понемногу убыстряя движения, затягивая партнершу в свой собственный ритмический кокон.

Та оказалась способной ученицей. Вскоре вокруг них

образовалось пространство, в которое никто не пытался проникнуть. Все лишь смотрели – откровенно и похотливо. Елизавета с девочкой то льнули одна к другой, извиваясь, как тонкие змейки, то расходились на шаг, не отрывая глаз друг от друга. Они скользили по вытертому паркету, как блики по замороженному озеру. Казалось, их тела связаны тысячью упругих нитей, по которым мечутся энергетические сгустки. Весь танец был сплошная чувственность, и в пространстве крепло вожделение – глаза самцов наливались кровью, и с клыков капала слюна. Трудно сказать, что притягивало больше – зрелость желаний и знание своей власти или юношеский порыв, безудержный и пылкий, готовность подчиняться, не страшась последствий.

Оркестр доиграл песню и тут же, не теряя темпа, начал новую. «Колечко мое, золото литое…» – выводили певицы. «Сердечко мое, никем не занятое…» – вторила им Лиза, сверкая глазами. «Ух, ух», – покрикивал какой-то пьяный мужичок, женщины щурились завистливо, не решаясь подступиться ближе, а двое мужчин восточного вида, смуглых и черноволосых, оказались вдруг рядом, выплясывая бок о бок и подбадривая себя гортанными возгласами. К ним, как по команде, стали стягиваться стриженые парни с круглыми славянскими лицами. В воздухе явственно запахло грозой. Тут же и музыка кончилась, а вместе с ней – и танец.

Музыканты переводили дух и переговаривались между собой. Юная партнерша смотрела на Лизу преданно и молча, закусив нижнюю губу. В зале раздались хлопки – это Фрэнк Уайт с Астаховым аплодировали, как в партере. Крамской же, напротив, сидел мрачнее тучи – отчего-то ему стало казаться, что высказанное им вслух потеряло смысл. Высшие силы слепы и неразумны, и никакое «событие» не ждет его больше – ни здесь, в ресторане, ни где-то еще. К тому же, девочка с голым животом была похожа на Жанну Чижик, мысль о которой вдруг пронзила его, как игла.

«Тоже мне, Саломея», – пробормотал он сердито и потянулся

к водке. Елизавета тем временем погладила девочку по щеке и сделала было шаг к своему столику, но один из черноволосых бесцеремонно схватил ее за локоть.

«Шампанское хочешь, красавица?» – спросил он, скаля очень белые зубы.

«Пошел ты...» – откликнулась она презрительно и дернула руку, пытаясь освободиться, но ее держали крепко и не собирались отпускать.

«Зачем грубишь? – обиделся черноволосый. – Гордая, да?»

Местные парни тут же двинулись к ним, но наткнулись на второго кавказца; возникла непонятная суета, и тут в группу ворвались еще два человека, один из которых толкнул обидчика Елизаветы в грудь и заорал: – «А ну отпусти ее, козел, чурка!» От неожиданности тот выпустил Лизин локоть, споткнулся и чуть не упал, но тут же вновь оказался рядом на крепких пружинистых ногах. «О, господи, – простонала Елизавета, узнав своего заступника. – А ты-то, ты-то здесь зачем?..»

Это был все тот же Александр Фролов, явившийся, заметим, в очень нужный момент. После выяснения отношений у дверей тимофеевского дома, он хотел было сразу ехать на вокзал, но водитель Толян уговорил его «досмотреть кино», хотя бы до сегодняшнего вечера. Фролов вяло согласился, ему было, в общем, все равно. Они просидели в молчании, пока Лиза не села в подкатившее к подъезду такси, а потом устроились в летнем баре, прямо у входа в «Волжский шаман», и стали методично накачиваться пивом.

Александр постепенно оживлялся и веселел. «Мы напились вчера, но мы напьемся еще сильней сегодня, – бормотал он, глядя в свою кружку. – Чтобы уж никаких препонов, барьеров, преград. Будто мы – цари и тираны, и нам все можно – и брагу, и наложниц!»

«Это что, тоже Черчилль?» – уважительно спросил водитель.

«Нет, это я сам!» – Александр стукнул кулаком по столу и рассмеялся в полный голос. В нем, не иначе, заговорил свободолюбивый дух его деда. Толян лишь поддакивал и ничуть не удивился, когда, уже основательно набравшись, Фролов вдруг сказал, пожав плечами: – «А что мы тут, собственно, сидим? Гулять, так гулять – и слежка эта мне надоела. Пойдем внутрь, хоть пожрем, как люди», – и они отправились в ресторан, угодив к самому началу конфликта.

Увидев, что Лизу удерживает силой какой-то смуглый восточный тип, Александр без раздумий кинулся на подмогу. Ему не было страшно, инстинкт самосохранения куда-то исчез. Драка началась сразу, все завертелось, как в водовороте. Трудно было разобрать, кто кого бил, и кто отбивался; со всех сторон неслись крики и рычание, стоны и женский визг. Мелькали перекошенные лица, руки, кулаки; трещали и рвались гонконгские рубахи, немецкие футболки, итальянские пиджаки. В схватке усердствовали и Фролов с Толяном, и Николай Крамской с писателем Андреем Астаховым, и даже американец Фрэнк Уайт Джуниор, первым из сидящих за столом заметивший, что их Лиза угодила в эпицентр событий. Сама Елизавета пыталась вырваться из рук размалеванной тетки, вцепившейся ей в одежду, а девочка с голым животом дергала ту за волосы и визжала: – «Пусти-и-и!» Тут же появилась и охрана, споро замахавшая дубинками, и наряд милиции, дежуривший за углом, а оркестр весело наяривал что-то цыганское, и мир казался ненастоящим, в него не верилось, как в фантасмагорический сон. Но нет, все происходило на самом деле, там были раны и выбитые зубы, одного из восточных свалили на пол и пинали ногами, а кто-то из стриженых парней, присев на корточки, скулил и зажимал ладонью толстую ляжку, из которой сочилась кровь…

Утихомирить всех дерущихся смогли лишь через полчаса. Оркестр к тому времени давно стих, кое-кого из пострадавших вывели в холл, где уже ждала бригада «Скорой». Милиция задержала семерых, среди которых оказались и Толян с Фроловым. Водитель почти не пострадал, а у Александра кровоточила рассеченная губа, одну руку он держал на весу и был очень бледен.

Елизавета подошла к задержанным, и все до одного, включая милиционеров, тут же уставились на нее. Лишь Фролов мрачно и сосредоточенно разглядывал пол под ногами.

«Вы старший? – спросила она лейтенанта, высокого украинца с пронзительными глазами кокаиниста, а когда тот степенно кивнул, шмыгнув при этом носом, улыбнулась, как могла лучезарно, и сказала, показав на Александра: – Это мой знакомый, отдайте мне его на поруки. Он всего лишь за меня вступился и ни на кого не нападал».

«Ну, отдадим, чего ж не отдать, – пробасил лейтенант, подмигнув сержантам из наряда. – Сейчас в отделении разберемся и отдадим, если не нападал… Яка гарна! Поедешь с нами? Мы тебе в машине уже местечко нагрели».

От него несло луком и мужским потом, он смотрел на Елизавету со снисходительной уверенностью человека, которому можно все. Она вдруг почувствовала, что сыта по горло – и Сиволдайском, и всеми событиями последних дней. Ни доказывать что-то, ни кому-то мстить, ни даже просто смотреть на этот мир не было больше никаких сил.

Что-то, однако, вскипало в ней и вот-вот грозило выплеснуться наружу. «Ты себя в зеркале видел, жлоб? – спросила она с холодной ненавистью. – Пойди, умойся, от тебя ж несет за версту».

Лейтенант оторопел, но быстро пришел в себя и протянул грозно: – «Ты что, шалава, ты это кому?» – делая шаг в ее сторону, однако тут, по счастью, в дело вмешались Крамской с Астаховым и оттерли Лизу прочь. Затем они вдвоем долго успокаивали служителя порядка, который казался не на шутку рассержен, но в конце концов внял увещеваниям, отстранив царственным жестом несколько сторублевок, протянутых ему Николаем.

«Идите уж, москали, – сказал он презрительно. – И за бабой своей смотрите, чтобы язык не распускала. А вы, орелики, – обернулся он к задержанным, – давайте в темпе наружу…»

Елизавету Андреевну отвели за стол. Ей налили водки,

холодной и прозрачной, но она лишь глянула на рюмку и отодвинула ее прочь. Вся живость ее исчезла, даже плечи чуть опустились, и на лбу прорезалась складка.

«Вот он, мой космический катаклизм – мелкого провинциального масштаба, – проговорила она негромко и вдруг спросила Астахова: – Ты знаешь, что такое Число души?»

«Ну… – протянул тот, потом повертел в руке вилку и сказал, вздохнув: – В некотором роде. Если взять карандаш и бумагу и простой арифметикой свести к одной цифре день и месяц своего рождения, то выйдет число, придуманное индусами. Оно считается значимым на протяжении всей жизни, но особенно проявляет силу в первые тридцать пять лет».

«Потом человек мудреет, – продолжил он, помолчав. – Человек взрослеет душой и больше не стремится к ненужному, сосредоточив помыслы на выполнении уготованного ему. В действие вступает следующая подсказка, так называемое Число судьбы, что вычисляется несколько по-другому. Оно-то и указывает дорогу к счастью», – он усмехнулся и коротко глянул на Лизу, но та не приняла шутки.

«Все-то ты знаешь – сказала она. – Тебе самому не скучно? А я вот знаю теперь, что числа врут. Так же, как и знаки».

Затем она повернулась к Фрэнку Уайту и потрепала его по плечу. Ей было страшно – стихии торжествовали, мир распадался на части.

«Гуд бай, Фрэнки, – улыбнулась Елизавета чуть растерянно. – Прощайте все, я на вокзал. Может еще увидимся в Москве…» – потом вскочила и быстро зашагала к выходу. Все оцепенели, лишь Николай сделал было движение, желая ее остановить. Он даже окликнул ее, но она не оглянулась, и он махнул рукой, будто смирившись и устав спорить.

Над столом повисло молчание. «Я тут прямо борец с репрессиями, – усмехнулся Крамской. – Сначала Фрэнка нашего Уайта от злых ментов отмазывал, теперь вот Лизу…» Он повертел в руке незажженную сигарету, поднял глаза на Андрея и заметил мрачно: – «Ну вот, пошутили. Я выполнил предназначение, познакомил тебя с ней, и – как она говорила? Стал больше не нужен? Да и ты, я смотрю, не очень-то нужен тоже».

«Это то, что ты мне сказал на корабле, – вставил вдруг Фрэнк. – Помнишь, все уходит в пустоту».

«Не на корабле, а на катере, – с досадой поправил его Николай. – Тоже мне, корабль, белый пароход. Не бери в голову – подумаешь, сболтнул очевидное. Каждому ведь хочется, чтоб было по-другому. А события – его нет как нет».

«Да, – пробормотал Андрей Федорович, не слушая его, – вот так они нас и покидают. Меня, кстати, Аня бросила – помнишь, я тебе про нее писал. А эта, Елизавета – до чего хороша! Где же ее мужчины – и что там у нее такое с женихом?»

Фрэнк Уайт поморщился и отвел глаза. «Они – красивая пара, – пожал плечами Николай, наполняя свою рюмку. – Умер там кто-то, и сразу все вкось, миллион проблем. Их бы двоих перенести в другое место…»

«В других местах и женщины другие», – буркнул Фрэнк довольно мрачно.

«Другие женщины, другие радости», – согласно кивнул Крамской.

«Другая скука, – проворчал Астахов. – Хоть, конечно, хочется представить, как они не дают скучать один другому. Тот, жених, он на кого похож, на бандита?»

«Нет, – мотнул Николай головой. – Он как брокер или крутой торговец. По-здешнему, конечно, крутой. Не матерый волк, а волчонок – но не злой. К тому же, – добавил он, вспомнив вдруг фольклориста Мурзина, – к тому же, оба они из тех, кого мучит вопрос. Ну тот, который замкнут в кольцо. Смысл возможности поиска смысла».

Астахов задумался, потом поскреб щеку и скептически хмыкнул. «Вопрос-то неплох, – сказал он со вздохом. – Но ведь не цепляется – как белка за свой собственный хвост. Что-то не сходится – намеренно или, скорей, случайно».

Глава 26

Андрей Федорович ошибался, что бывало с ним нередко. Намеренья и случайности уже сходились, выстраиваясь в простейшую из цепочек, но он искал гармонию в иных сферах и пил водку, и думал о своем. О своем размышляли и Крамской, и Фрэнк Уайт Джуниор, лишь у Елизаветы в голове не было, казалось, ни одной мысли. Она ехала в такси под тусклыми фонарями, по улице Московской, стремясь назад в Москву, подальше от всего, что случилось с ней тут, в городе, даже и ненавидеть который у нее не осталось сил.

Впрочем и ненависти как таковой в ней не было теперь. Ощущения ушли вглубь, их острота притупилась. Она чувствовала с городом даже что-то вроде взаимопонимания. Как и она сама, он был ни при чем, он весь состоял из желтой пыли, невидимой в темноте, покрывшей мостовые из бумаги и коробки зданий из тонкого картона, вьющейся в воздухе и скрипевшей на зубах. Мир был враждебен, и она знала врага в лицо, но не испытывала страха перед ним. Ее вновь тревожило что-то другое – и той тревоге не было имени на знакомом ей языке. И еще в ней жил протест – против всего, всего – и она не хотела его гнать, даже сознавая его бессилие.

Сборы заняли совсем немного времени. Отдав ключи и улыбнувшись криво неопрятной, взлохмаченной соседке, она вернулась в поджидавшую ее машину и скомандовала нетерпеливо: – «На вокзал, я тороплюсь».

«К Оренбургскому?» – понимающе спросил водитель, выруливая через арку.

«Да, да, – кивнула Елизавета, не имевшая понятия о расписании поездов. – Пожалуйста, пожалуйста побыстрее!»

На вокзальной площади она сунула таксисту деньги; тот посмотрел задумчиво и сказал: – «Погодите, барышня, давайте уж провожу, а то ночь». Лиза отнекивалась, но он, не слушая, легко подхватил ее дорожную сумку и зашагал к светящемуся входу. Войдя в здание, полное народа, водитель осмотрелся кругом, сказал удовлетворенно: – «Ну вот, успели», – и поставил сумку на пол. «Счастливо доехать, барышня», – обернулся он к Лизе и увидел, что та замерла и побледнела, широко раскрыв глаза. Чуть левее, привалившись плечом к колонне, стоял ухмыляющийся Тимофей Царьков.

«Ваш? – спросил водитель, проследив за направлением ее взгляда. – Или так, пугает?»

«Д-да, мой», – выговорила Лиза, с трудом заставив себя очнуться. Потом повернулась к нему: – «Спасибо вам, прощайте…» – и вновь встала, опустив руки. Недавний протест растворился в один миг. Вместо картонных декораций вновь были камень, стекло, грязный пол под ногами. Ее окружали людской гомон, духота и запах толпы. Реалии будто надвинулись отовсюду, сосредоточившись тут, в вокзальном холле.

Водитель пожал плечами, еще раз глянул на Тимофея и побрел прочь, а Царьков, отлепившись от колонны, неторопливо подошел к Елизавете и ногой пододвинул поближе ее скромный саквояж. «Сопрут, – пояснил он. – Тут вокзал все же, не отель 'пять звезд'. Это что еще за фрукт тебя провожал?»

«Таксист, – сказала она тихо, потом как-то сразу сбросила оцепенение, посмотрела Тимофею в глаза и жестко поинтересовалась: – За кольцом приехал?»

«Не-а, – ответил тот. – За тобой. То есть, за билетами – и с тобой вместе. В Москву поедем, в столицу, нам кажется по пути. У меня теперь другой план – в нем снова все учтено. А заодно – взрастим в себе порыв чувств. Что-то мне подсказывает, это будет нетрудно».

«С ума сошел?» – спросила Бестужева, крича неслышно себе самой – не верь, не верь! Она уже поняла, что желает именно этого и ничего другого, но страшно боялась обмануться опять. Еще ужаснее была мысль о том, что вот сейчас он исчезнет, оставив ее одну, но Лиза знала, что с каждой мыслью можно так или иначе сладить. Отчаянным усилием воли она призвала на помощь оставшийся здравый смысл, повторила про себя, как жестокую мантру: – Врет! – после чего закусила губу и потянулась было к своей сумке, но Царьков схватил ее первым и повернулся спиной, крикнув через плечо: – «Давай скорей за мной, опаздываем уже!» Только тут Елизавета заметила, что у него на плече висит рюкзак странной формы, набитый чем-то тяжелым, и осознала совершенно ясно, что все взаправду, и он не шутит.

«Погоди, погоди, – зачастила она взволнованно, – а если я не хочу? Я, быть может, теперь тебя презираю, ты что позволяешь себе вообще?..» – но Тимофей шагал широко, подгоняя ее нетерпеливыми жестами, и ей ничего не оставалось, как семенить следом. «Нет, я так не могу, – жаловалась она ему в спину. – Ты ж меня даже не спросил. Я с тобой уже рассталась навсегда, ты что, не понимаешь? Да стой же!» – топнула она ногой, замерев на месте, и только тогда Царьков остановился и обернулся к ней.

Секунду или две он пытливо смотрел ей в лицо, потом вновь ухмыльнулся и проговорил лукаво: – «Зря волнуешься, билетов больше нет – мне Нинка-администраторша последние отдала, и то только в плацкартный. Ты без меня все равно не уедешь, а следующий поезд аж в семь утра. Смирись уж с судьбой и не отставай – нам на третью, это еще вверх по мосту».

Лиза хотела ответить что-то, но он уже вновь шагал вперед, прокладывая путь в толпе. «Вот чокнутый!» – воскликнула она и поспешила за ним. Они выбрались на перрон и, вместе с другими пассажирами, стали подниматься по крутой железной лестнице.

У Елизаветы скоро перехватило дыхание – и от подъема, и от внезапно нахлынувших чувств. «Да подожди ты, я сейчас заплачу, – бормотала она Царькову вслед, зная, что он ее не слышит. – Ты ж меня бросил уже, ты что, опять? Ну откуда, откуда ты здесь взялся?»

Металл дрожал от множества ног. Внизу гудели локомотивы, перекликались обходчики, лязгали сцепки вагонов. «А я тебя вычислил, я ж человек действия, – кричал Тимофей, почти уже перейдя на бег. – Так и думал, что до завтра не дотерпишь. Два часа назад Соньке звонил, она сказала – еще не было, мол, тебя с ключами. Ну ясно, думаю, на Оренбургский помчится – и сыграл на опережение, как говорят… Осторожно, нам сюда, вниз. Ступеньки тут гнутые, не споткнись».

«Нет, ну как же?.. – всплеснула Лиза руками, помедлила мгновение и стала спускаться вниз за Царьковым. – Ты все же негодяй, так бы и треснула тебе! Давай, сумку сама понесу, у тебя уже наверное плечо отваливается».

Тимофей, не обращая на нее внимания, ловко сбежал с лестницы, вышел на платформу и осмотрелся. «Наш там, девятнадцатый, – махнул он рукой. – Сейчас уже подойдет».

Они быстро пошли в указанную им сторону, но тут из динамиков раздалась мелодичная трель, после чего женский голос возвестил с некоторым кокетством: «Поезд Оренбург-Москва, в связи с опозданием, прибывает на первый путь. Будьте внимательны… Прибывает на первый путь… В связи с опозданием, стоянка поезда сокращена. Будьте внимательны… Сокращена».

Царьков резко остановился, вытер пот со лба и расхохотался: – «Нет, ну ты представь!»

«Что, опоздали? – спросила Лиза тревожно. – Неужели не успеем – а если бегом?» – Сердце ее сжалось: что-то рушилось опять, не успев даже принять отчетливой формы.

«Успеем, не дрейфь, – Тимофей перехватил ее сумку другой рукой и вновь потрусил к лестнице, скомандовав: – За мной!»

Елизавета почувствовала вдруг невиданный прилив сил. Хаос был всеобъемлющ, но в нем забрезжило нечто устойчивое, нечужое. Пусть не точка опоры, пусть ивовая ветка, но за нее можно было уцепиться, и в этом был шанс. «На первый путь, на первый путь», – повторяла она про себя и семенила вверх по ступенькам рядом с пыхтящим Царьковым, все порываясь помочь ему с поклажей, которой он наотрез отказывался делиться.

«Сбежишь еще, невеста, – посмеивался он при этом. – Так уж надежней, а то я тебя знаю».

«Ты сам хотел сбежать, – кричала она, сверкая глазами. – Ты от меня отказался – опять, опять!»

«Так, да не так, – приговаривал Тимофей. – Кто ж от тебя в здравом уме откажется?»

«Снова твой план коварный, и все против нас!» – оборачивалась она к нему.

«Вообще, мои планы очень хитры. Но с тобой я больше хитрить не буду, – бормотал он, топая по железу. – Здесь левей, левей – обгоняй…»

Вместе с ними по гудящей лестнице торопливо взбирались прочие, обманутые расписанием, опоздавшим поездом и кокетливой дикторшей из динамика. Со всех сторон раздавались кряхтение и ругательства, мелькали громоздкие баулы, что-то вопили перекошенные рты. Переселение народов, – мельком подумала Бестужева. – Очередь в Ноев ковчег. Неужели не успеем?..

«И еще я понял, – говорил ей Царьков, задыхаясь, – я понял: больше тебя не боюсь. Раньше побаивался, это было, а теперь – нет, извини. Понял и решил: едем вместе!»

«Так вот зачем ты притащил меня в этот город! – воскликнула Лиза. – А жить ты где собираешься, у меня?»

«Зачем у тебя, – пробасил он обиженно. – Найдутся места – переждать да отсидеться. А к тебе я в гости напрошусь, с цветами».

«С розами?» – рассмеялась Елизавета, но он уже не слышал ее за шумом вокруг. «Ишь, не боится», – пробормотала она в пространство и стала спускаться за ним к полотну первого пути, где поджидал темно-синий состав.

«Туда, туда, – покрикивал Тимофей. – Если тронется, лезь в любую дверь».

«Хорошо!» – кричала она в ответ, оглядываясь заполошно и силясь разобрать номера вагонов. Рядом сновали взмыленные люди, кто-то больно задел чемоданом ей по колену, но она не обращала внимания ни на что, пытаясь только не потерять из вида спину Тимофея и не споткнуться на неровном асфальте, по которому они бежали уже казалось целую вечность.

Потом вдруг все стихло, будто разом исчезли звуки. Они сидели на нижней полке плацкартного девятнадцатого и молча смотрели на отплывающий перрон. Там стало почти безлюдно, лишь стояли охранники в черных рубашках, да мужчина лет пятидесяти с детским лицом и совершенно безумными глазами брел за поездом, махая кому-то рукой.

«Меня вечером будто тряхнуло током: нагнетается, нагнетается, – пробормотал Царьков, провожая его взглядом. – Я подумал сначала: катастрофа или что? Наводнение, может, или город проваливается под землю? А потом понял – вот оно, сходится одно к одному, и сразу решил: еду с тобой! А волчары здешние еще у меня попляшут…»

Лиза молчала, лишь стискивала его ладонь, больно впиваясь ногтями. Весь вагон спал, беспокойно дыша, и только напротив, на аккуратно застеленной постели, сидел какой-то человек. «Хотите коньяку, молодые люди?» – спросил он вдруг, не отворачиваясь от окна. «Да», – откликнулись они в один голос, и тогда он щелкнул тумблером ночника, и стало видно, что у него на щеке есть шрам – почти такой же, как у Николая Крамского.

Потом они втроем пили коньяк, заедая его горьким шоколадом. Ночник был выключен, от человека напротив остался чуть заметный профиль. Он по-прежнему не глядел на Тимофея с Лизой, хоть за стеклом уже ничего нельзя было различить. Лишь проносились редкие огни, да зарево Сиволдайска, удалявшегося прочь, медленно угасало у горизонта. Тьма вступила в свои права, и ночь царила, и рождались сны, но видели их далеко не все.

Не спал Фрэнк Уайт Джуниор; он стоял на балконе, ежась от ветра, и смотрел – то вдаль, за реку и в степь, а то и вверх, на крупные звезды, не желавшие помочь советом. «Это казалось так стройно: приманка, испытание, награда… – шептал он по-английски. – Что ж, приманка была, и испытание, по-моему, тоже».

Чуть раньше, едва войдя к себе, он позвонил Ольге на личный ее номер, который она дала ему на последнем свидании, предупредив, что пользоваться им можно лишь в крайних случаях. Ольга откликнулась после пятого гудка, была слегка пьяна и долго его не узнавала, а узнав, удивилась было, но как-то сразу потеряла к разговору интерес.

«Ну, что ты, как ты? – спросила она зевнув. – Давай, говори скорей, я тут немного занята». На заднем фоне звучало что-то из джаза, и слышались мужские голоса. Фрэнк почувствовал, что сердце его отрывается и летит в пропасть.

«Ольга, – глухо выговорил он, – ты, пожалуйста, выйдешь за меня замуж?»

Она долго молчала, потом пробормотала: – «Подожди…» – раздраженно крикнула кому-то в сторону: – «Да отвали ты, не до тебя!» – и тяжело вздохнула в трубку. «Фрэнки, – сказала она ласково и мягко, – ты еще такой ребенок. Езжай домой, там лучше, а тут тебе совсем нечего делать».

«Ага, – ответил он, – ну, пока». Потом нажал на рычаг и долго еще стоял с телефонной трубкой в руках. Очнувшись, распахнул балконную дверь и вышел к Волге, величественной и спокойной, к набережной, все еще полной народа, к голосам и музыке, доносящимся из шашлычных, уже потушивших жаровни и торгующих одним лишь пивом. На душе у него было беспросветно-горько, он переживал самую большую потерю в своей жизни. Город внизу веселился надрывно, как в последний раз, и Фрэнк Уайт знал, что видит эту набережную в последний раз, и, почему-то, от этого тоже щемило в груди.

Потом музыка стихла, как по команде, и берег сразу опустел. Лишь редкие пьяные брели, шатаясь, тоже никому не нужные в эту ночь. А потом фонари стали гаснуть один за другим – и на набережной, и в самом городе, насколько хватало глаз – и вскоре все вокруг погрузилось во тьму, лишь вода масляно блестела в лунном свете. Тогда Фрэнк вдруг понял что-то об этой стране; на него накатила немыслимая печаль – отраженье уныния великого из пространств. Так было здесь в веках, и так будет всегда – и какая же это страшная вещь, неосвещенный город!

«It's hopeless», – громко сказал Фрэнк Уайт в летнюю ночь. Безнадежность больших просторов, для которой и горизонт – не более, чем условность, открылась ему безупречно ясно. Ее масштабы не поддавались оценке, но и она была не всемогуща. Фрэнк знал, что и здесь хватает безумцев – тех, что не устают бросать ей вызов. Она отступает притворно, пока однажды не поглотит их совсем, но вслед являются другие – и вновь воюют изо всех сил…

Ему отчаянно вдруг захотелось уловить дразнящую суть: зачем? Шелест и запах сути были где-то здесь, рядом, но он понимал, что она не дастся – неуловимая, как жар-птица Ольга. «Уже конец», «Еще не конец», – пробормотал он. Пламя нельзя было схватить рукой, но можно ли накрыть ладонью хоть отблеск? Странные гексограммы, не похожие ни на что, чудились ему в речных бликах. «'Земля любви', 'Земля нелюбви', – поименовал он их. – Причем, вторая следует за первой».

Ему подумалось тут же, как легко умереть вот так, в гостиничном номере – не узнав, будет ли впереди другая жизнь, устроенная лучше, проще, разумней. Легко раствориться, и никто не заметит пропажи – как заметить, когда кругом вообще ничего не видно?.. Звезды мерцали, не открывая тайн. Он знал лишь, что где-то над головой нависало небо; оно было настоящим – оно и большая река. И цепляясь за это знание, Фрэнк Уайт Джуниор парил между рекой и небом, разом вдруг позабыв и имена, и лица, лелея, как вечную ценность, беспредельность своей печали – свидетельство того, что он все еще жив.

Не спал и Николай Крамской. Он пришел в гостиницу вместе с Уайтом и распрощался с ним как ни в чем не бывало, но потом брел по коридору, с трудом передвигая ноги, будто изможденный усилием, пропавшим зря. Суть усилия была неясна, но Крамскому было не до нее. Оказавшись в номере, он, как и Фрэнк, бросился к телефону, но у Жанны дома никто не ответил. Он долго слушал длинные гудки, затем пил воду прямо из-под крана и бродил кругами, шепча что-то сквозь зубы, чувствуя себя растерянным и жалким. Нужна ли ему эта женщина, почти еще девчонка, и если да, то зачем? Свобода, несвобода – где они, в чем, отчего он вечный пленник чего-то? Как достичь свободы, которая не есть смерть? И кто он вообще – посторонний, не посторонний, наблюдатель, не наблюдатель?

Потом он позвонил дежурной по этажу, попросив таблетку от головной боли и какую-нибудь книжку – почитать на ночь. Дежурная, полная пожилая дама, принесла несколько старых книг, он раскрыл на середине первую, в истершейся обложке, и оторопел от внезапности узнавания – своих снов и страхов, и мыслей.

...Она подарила ему аметист – чтобы он клал его в стакан за ужином. Надо же по чему-то сличать цвет, а неразбавленное вино пьют лишь варвары, одетые в звериные шкуры. И тогда, ей назло, он захотел ощутить себя зверем. И похитил ее, и поселил у себя, и запретил выходить на улицу. Запретил удалять волосы с тела, пользоваться телефоном и говорить внятные слова. А она приняла игру всерьез, они перешли на гортанные звуки. Он приходил по вечерам и владел ею – всегда при свете, не позволяя скрываться под простыней. Доводил до крика изощренной лаской, а после зарывался в ее мякоть. В темные пятна подмышек, в львиную гриву, во влажные запахи и терпкий привкус. Потом она покинула его, как покидают отживший город, и забрала камень с собой. А он шлялся по свету, заглядывая во все углы, во все бордели и злачные места. Спрашивал, уже без всякой

надежды, о вакханке с львиными волосами. И пил вино, не добавляя воды, зная, что цвет теперь не важен, и даже не важен вкус. Ибо: чутье отказало навсегда, и ничего не вернуть – ни этой женщины, ни страсти, ни камня.

«Ни женщины, ни страсти, ни камня», – повторил Николай вслух и замычал, как от зубной боли. Мысль, засевшая в голове, была мучительна и невыносима, а щеку жгло – будто давний след на ней настойчиво напоминал о себе. Фантазии рассеивались – их почти уже не было больше. Он знал, они явятся вновь – и так же предадут его вновь. И останется лишь Жанна, у которой не отвечает телефон, и еще вот эти строки.

Крамской швырнул книгу в угол комнаты и бросился на кровать – наискось, на спину, раскинув руки. Губы его растянулись в ухмылке, он пробовал смеяться, но по лицу текли пьяные слезы.

«И что ж, я дождался? Это все, что вы хотите мне сказать? – шептал он, глядя в потолок. – Неужели, мир устроен так бездарно?»

Он снова издал смешок, похожий на всхлип, и погрозил кулаком куда-то вверх: – «Будьте вы прокляты – вы и ваши загадки. Все равно, ничего не будет, кроме силикатных капсул – этого мало, поймите, мало!»

И Астахов не спал – придя домой, он сразу поспешил к письменному столу. Что-то из этой ночи не должно было пропасть бесследно – неуловимый штрих, добавившись в картину, установил наконец взвешенный баланс всего.

«Лиза, Лиза, простая душа...» – пробормотал он с усмешкой, потом задумался на минуту и потянулся к папке, где лежала рукопись только что начатой книги. Открыв ее, он рассеянно перебрал несколько страниц и вдруг вскочил и замер, боясь пошевелиться.

Очень осторожно, почти на цыпочках, Андрей Федорович подошел к шкафу и достал оттуда стопку чистой бумаги. Затем так же медленно вернулся, бесшумно отодвинул стул и сел. Ему вдруг стало ясно, каким должен быть замысел будущего романа, и ничего уже было не жаль – ни времени, ни Анны, ни впустую потраченных строк.

«Будет другая книга – и это будет великая книга, – бормотал он себе под нос. – Там все будет по-иному, и именно так, как нужно!» Затем он глянул в исписанные страницы и поморщился: нет, не годится. Придется начать заново – ну да, ему не привыкать. Даже название нельзя оставить прежним, это будет новая иллюзия, пришедшая взамен старых, ее нужно по-новому назвать. Для нее даже стоит придумать слово, которого нет – довольно уже бояться, что тебя не поймут… Он перечеркнул заглавие в начале рукописи, потом вовсе скомкал лист, взял чистый и вывел в самом верху: «СЕММАНТ».

А Оренбургский поезд летел сквозь степь – ровно, неутомимо, как вечный странник. Лиза и Тимофей сидели, склонившись головами, и шептали друг другу что-то, слышное едва-едва. Сосед со шрамом давно ушел в тамбур, прочие кругом похрапывали и сопели, возились и вскрикивали в коротком забытье.

«У вас вся набережная в бутылочном стекле, – говорила Елизавета. – Каково это, каждый день ходить по битому стеклу?»

«Ты меня поймал, но я не жертва, – говорила она. – Хоть те, кто ищут сам знаешь что, часто бывают жертвой».

«Ты столько создал вокруг меня, – говорила она ему. – Я попала в центр чего-то и там царила. Такого не дождешься от высших сил. Я – Венера, я теперь чувствую это…»

«Душа в темнице, а дух на воле, – бормотал Царьков в ответ. – Ты уж на меня не злись. Я знал, что гладко не выйдет, ну и что с того?»

«Теперь никто не назовет меня 'Царь', – усмехался он. – Ты как, сумеешь с этим смириться?»

«Придется суметь, – откликалась Лиза ему в тон. И добавляла: – Будешь смеяться, но я лишь притворяюсь сильной».

«Я тоже», – соглашался Тимофей, и она качала головой, не веря.

Другие земли не грезились им пока, равно как и чужие моря. Путешествие лишь начиналось, знаки были полны смысла – сами по себе, вне зависимости от места. И любая из гексограмм, даже придуманная мудрецами, распадалась на символы всем знакомого шифра. Утверждая бессилие усложнений. Предвещая бессилие мудрецов.

«Мне всегда хотелось кольцо с сапфиром», – признавалась Лиза и трогала прохладный камень.

«Ты знаешь, что такое Число судьбы?» – спрашивала она, закусив губу.

Вагон раскачивался, как утлый ковчег, гремел на стыках, привычно рассекая пространство. Поезд мчал от станции к станции, по просторам равнодушнейшей из равнин. Но ее равнодушие скрывала ночь – милосердная тьма, в которую не всмотреться. И равнина представала иной, над ней приоткрывался космос. Тень смысла проносилась неслышно – обещая, увлекая с собой.

Ночь царила и рождался сон – сон ангела из остатков мифа, мысль о котором так больно ранит сердце. И хочется собрать остатки воедино и убедиться, что миф не скуден, что он огромен – огромен и велик. Часть его, что доступна взгляду – лишь намек на таинство перспективы. Безразличие, что чудится за окном – лишь повод поверить в самый жаркий отклик. Пусть отклика нет, и простор бездушен, но есть иллюзия – и душа ее проста. И за нее готов воевать каждый – не смущаясь огромностью расстояний. В городах, что ушли под землю или стоят во веки веков. В пустоте и там, где нет пустоты. По обе стороны железнодорожного полотна и большой реки. И даже по обе стороны неба – которое, увы, так низко, низко, низко.

Другие книги Вадима Бабенко:

Семмант

Черный Пеликан

Семмант

Глава 1

Я пишу это за неудобным столом, у белой стены, по которой движется моя тень. Она ползет, как в солнечном хронометре без цифр, отсчитывая время, понятное только мне. Мои дни расписаны строго, по часам и даже минутам, но спешки нет ни в чем, и тень движется едва-едва – постепенно теряя четкость и расплываясь к краю.

Только что закончились процедуры, и от меня ушла Сара. Это не настоящее имя, она взяла его у какой-то из порнозвезд. Все наши медсестры носят такие имена – из коллекции забытых DVD, которую они набрали по палатам. Это их любимая игра, у нас есть еще Эстер, Лаура, Вероника. Ни с одной из них у меня пока не было секса.

Сара, как правило, весела и смешлива. Вот и сегодня: я рассказал ей шутку про попугая – она хохотала до слез. У нее оливковая кожа, полные губы и розовый язычок. Еще у нее – искусственная грудь, которой она гордится. Грудь большая и слишком твердая – по крайней мере, на вид. Вообще, наверное, ее тело обещает больше, чем может дать.

Несмотря на это, меня влечет к Саре, но все же не так, как к Веронике. Вероника родилась в Рио, у нее самба в узких бедрах и взгляд, проникающий глубоко внутрь. И колени, эманирующие бесстыдство. И длинные, тонкие, сильные пальцы. Умелые пальцы, предполагаю я и гляжу на нее с прищуром, но глаза ее полны всезнания, смутить Веронику невозможно. Мне кажется, она ко мне чересчур холодна…

www.semmant.com

Черный Пеликан

Глава 1

Я и сейчас хорошо помню свое появление в городе М. Оно растянулось во времени – путешествие было долгим, осаждавшие меня мысли переплетались с дорожными картинами, и казалось, видимое вокруг уже имеет отношение к самому городу, хоть до него еще было несколько часов пути. Я проезжал мимо фермерских владений, затерянных в безлюдье, мимо небольших поселков или одиноких поместий с возделанной зеленью вокруг, мимо полей и лесистых холмов, искусственных прудов и диких озер, от которых уже попахивало болотом – затем, около самого города М., оно переходит в торфяники и пустошь, где на многие мили нет никакого жилья. Попадались скромные городки – шоссе ненадолго становилось их главной улицей, мелькали площади, скопления магазинов, потом, ближе к центру, банки и церкви, проносилась колокольня, обычно молчащая, затем вновь мельтешили окраинные пейзажи с магазинами и бензоколонками, и все: город кончался, не успев ни взволновать, ни заинтересовать, дорога снова вилась меж полей, утомляя однообразием. Я видел странных людей, которыми кишит провинция – они предстают забавными на короткий миг, но потом, соизмерив их с окружающим, понимаешь, как они обыденны, и перестаешь замечать. Кое-где мне махали с обочин или просто провожали взглядом, чаще же никто не отвлекался на мое мгновенное присутствие, оставаясь позади, растворяясь в улицах, отходящих в стороны от шоссе.

Наконец поля пропали и начались настоящие болота – влажная, нездоровая местность. Тучи насекомых разбивались о лобовое стекло, воздух стал тяжел, казалось природа наваливается на меня, чуть придушивая, но это длилось недолго. Вскоре я выехал на холм, болота остались чуть восточнее, уходя к невидимому отсюда океану ровной, заросшей диким кустарником полосой. Вокруг теперь были густые деревья, тени скучивались на полотне неразборчивой вязью, а еще через несколько миль шоссе расширилось, и дорожный указатель возвестил, что я пересек границу владений города М…

www.ingramcontent.com/pod-product-compliance
Lightning Source LLC
Chambersburg PA
CBHW020932310726

48980CB00007B/735/J
* 9 7 8 9 9 9 5 7 4 2 2 3 2 *